翟业军 著

金风集

现当代作家作品阐释与批评

浙江大学出版社
ZHEJIANG UNIVERSITY PRESS

图书在版编目（CIP）数据

金风集：现当代作家作品阐释与批评 / 翟业军著
. —杭州：浙江大学出版社，2019.5
ISBN 978-7-308-19097-8

Ⅰ.①金… Ⅱ.①翟… Ⅲ.①中国文学—当代文学—
文学评论 Ⅳ.①I206.7

中国版本图书馆 CIP 数据核字（2019）第 074420 号

金 风 集
——现当代作家作品阐释与批评

翟业军　著

责任编辑	唐妙琴	
封面设计	黄晓意	
出版发行	浙江大学出版社	
	（杭州市天目山路 148 号　邮政编码 310007）	
	（网址：http://www.zjupress.com）	
排　版	杭州中大图文设计有限公司	
印　刷	绍兴市越生彩印有限公司	
开　本	710mm×1000mm　1/16	
印　张	16.5	
字　数	279 千	
版 印 次	2019 年 5 月第 1 版　2019 年 5 月第 1 次印刷	
书　号	ISBN 978-7-308-19097-8	
定　价	89.00 元	

浙江大学一流基础骨干学科建设计划
资助项目

自　序

再过一个月，我将年届不惑，到了钱玄同所说的，不死也该枪毙的年龄，是时候整理、出版我的第二本论文集了，这是总结，也是开始。

古人过了三十即可自称"老夫"，那个"聊发少年狂"的"老夫"，也不过才三十八岁而已，而我这个比"老夫"还要大上一岁多的现代人，还可耻地赖在青年人的队列里，并每每因为被人称为"同学"而自喜。不承认老，是因为有所"畏"，对于不知从何而来、流向何去的时间，以及从时间深处吹来的悲风的"畏"，更何况又值年尾，急景凋年，时间的鼓点一记重似一记，一槌急过一槌。不过，有所"畏"说到底也是时间的馈赠，只有到了这个年纪，我才真正地"畏"了，"畏"让我与自身的命运直接相"对"，我明白，我是孤独的，我更明白，我是有力的。陈寅恪说："一生负气成今日，四海无人对夕阳。"他的意思无非在说：只有"四海无人"的时候，我才能"对"着自己的夕阳，夕阳反过来又只是因为我的"对"而存在着，此时的风也不再是悲风，它毋宁是浩荡的，山鸣谷应。我喜欢李商隐的两句诗："沧江白石渔樵路，日暮归来雨满衣。"我想，满衣的雨既是一路风雨的见证，也是我与世界的一个"亲"字。"亲"不是"惠风和畅"，不是"暖风熏得游人醉"，而是"风又飘飘，雨又萧萧"，而我笃定地走在自己的"渔樵路"上。

我的"渔樵路"大抵由我写下的文字筑成。作为"渔樵路"的文字当然就不只是什么文学研究，而是对于真理（而非知识）和生命的揭示、铺陈。在沉浸于写作的那些白日和黑夜，我分明过着一种陌生的、亢奋的、更属于我、更是我的生活，我知道，那时的我是骄傲的，是美的。我如此害怕回归到日常生活中来，因为日常生活无非就是庸惫的日子的一再绵延，这就如同我如此害怕投入一场新的写作，因为那无异于一次洗心革面、投胎为人，是疼的。这样的写作只能为具体的、特殊的对象所触动,对象那么锐利地凸起着,不把它挫平,是走不过去的。我坚信,特殊性连通着普遍性,只有从特殊性才能走向普遍性,普遍性也只有被特殊性所吸收,才能获致它的生命,这就好像我所"对"的夕阳也还是照临大地的那个夕阳,但就在我"对"着它的此时此刻,它为我的"对"所开启。当下的学术界欢迎综、宏的研究,我实在做不到"唱沙作米、强凫变鹤",更害怕体系的同一性会吞噬特殊性,所以,冷就冷一点,随它去吧,我自有我的沧江和白石。

我曾说过,说"好"比说"坏"难很多,因为说"好"是一个让比自己高的对象完成自身的过程,几乎是不可能的,而说"坏"则是指出一个比自己低的对象怎么低、低在哪里、为什么低,当然要来得轻松一些。本书中好几篇都是说"坏"的文章,我并不太喜欢它们,因为在写作它们的时候,我没有获得多少智的欣悦或痛苦,我更警惕自己居高临下、颐指气使的姿态本身;但恰恰是它们给我带来一些不虞之誉和求全之毁,我也由此越发看清世态和人心的莫测,我想,我大概也算是"体露金风"了。所以,还是要谢谢围绕着它们所出现过的一些人,发生过的一系列事。

"金风"即肃杀秋风,以此为名,并无"悲凉之雾,遍被华林"的萧瑟意,而是带着一股把自己从温暖得令人微醺的在世之"烦"中掷出去,与世界和命运素面、素体相"对"的刚健。

本书仍未收录我更为钟爱的关于汪曾祺的文字,期待下一本关于汪曾祺的专著早日问世,当然,你们都知道的,我说的不只是汪曾祺。

论严歌苓一文,系我与我的研究生鲁辰琛合写。

此书献给先师曾华鹏教授,永远不会忘记,病榻上的曾老师拉着我的手,说,业军,你要好好的!

2016 年,冬至夜

目　录

"救救儿子"还是"救救孩子"?
——果戈理、鲁迅《狂人日记》对照记

早在留日时期,有志于译介外国文学的鲁迅就开始关注果戈理,他说:"记得当时最爱看的作者,是俄国的果戈理(N. Gogol)和波兰的显克微支(H. Sienkiewitz)。日本的,是夏目漱石和森鸥外。"①到了1918年,正是在果戈理《狂人日记》和尼采《苏鲁支语录》(又译《查拉图斯特拉如是说》)的共同开启之下,鲁迅创作出属于他自己的《狂人日记》来,这一篇《狂人日记》与《孔乙己》《药》等小说一道,因其"表现的深切和格式的特别",显示了"文学革命"的实绩。不过,鲁迅虽明言自己的《狂人日记》确实其来有自,却毫不掩饰后来者居上的信心:"但后起的《狂人日记》意在暴露家族制度和礼教的弊害,却比果戈理的忧愤深广,也不如尼采的超人的渺茫。"②撇开"超人的渺茫"不说,单看所谓的"忧愤深广"究竟指向何处,后起的《狂人日记》是不是真比原版的来得"忧愤深广",对于"忧愤深广"的强调和自傲折射着鲁迅什么样的创作心态,原版不那么"忧愤深广"的缺失处会不会恰恰泄露出果戈理自身的忧心,只是此忧非彼忧罢了?

一、在正常与疯癫的两极

所谓"狂人日记",就是一个疯癫的人对于自己的言行举止、衣食起居之类事务的逐日记录。那么,狂人为什么要记日记,如何有能力记日记,他又是在

---

① 鲁迅:《我怎么做起小说来》,《鲁迅全集》(第4卷),人民文学出版社2005年版,第525页。

② 鲁迅:《〈中国新文学大系〉小说二集序》,《鲁迅全集》(第6卷),人民文学出版社2005年版,第247页。

一种什么样的情况之下终止了他的日记？种种问题，让我们在两篇日记中寻找答案。

果戈理《狂人日记》的第一句话是："今天发生了一件不寻常的事。"认定狗说人话"不寻常"，"不寻常"到一定要在"十月三日"这一天的日记中劈面就说，说明波普里希钦心中有一个寻常的、稳定的世界存在着，他是一个常人，这个常人被"不寻常"的事"格"得慌。这是一个什么样的常人啊，首先，他满意于自己九等文官的地位，时时谨记一位上等人应有的高贵，他说："要不是为了职务高贵，我早就辞职不干了。"其次，在安于现状的同时，他又保有一份合理的"上进心"，他相信自己还能"大有作为"，而科长之所以对他阴沉着脸，正是嫉妒他的挡不住的好运——有了合理的"上进心"，常人的世界才是富有生机并因而越发稳妥的。再次，他还秉持上等人应有的道德"洁癖"，本能地憎恶那些"伤风败俗"的下等人、事，比如，读了《蜜蜂》，他痛斥："法国人全是些多么愚蠢的家伙！他们说的是些什么！真个的，我想把他们统统抓起来，用桦树棍子抽他们一顿才痛快！"再如，当他幻想部长的女儿垂青自己时，立马用"……"遮蔽掉了思维的信马由缰，紧接着就是严苛的自我矫正："哎呀，下流……没什么，没什么，别说了！"就是这么一位四平八稳、志得意满的常人，猛然撞上了一件"不寻常"的事，他当然会第一时间警醒自己是不是出了幻觉，抑或是喝醉了："留点神，我别是喝醉了吧？这样的情况可是不大有的。"可是，明明是那条叫美琪的小狗在说话啊？于是，他不得不"把这一切好好儿想了一下"，而整篇《狂人日记》正是"好好儿想了一下"的副产品——他要以文字的形式记录并反思自己原本稳妥的世界为什么会出现如此稀奇的事情，他又该如何消解掉这一坚硬的异物。不过，"好好儿"去思索一件"不寻常"事情的事情本身，已经说明他在试图把"不寻常"纳入寻常，他受到"不寻常"强大的反作用力的暗示和牵引，他站在了"不寻常"的深渊边上。果然，"好好儿想了一下"的结果就是"不寻常"也没什么好奇怪的，他甚至承认，他最近"常常听见和看见一些大家闻所未闻、见所未见的事情"。要知道，对于"不寻常"的不以为奇和承认，正是以"不寻常"为寻常的开始，当"不寻常"成了寻常状态时，他距离疯癫也就不远了。其后，他还要被一系列"不寻常"的事情死死拉拽着，身不由己地坠落下去，并在坠落的过程中碰上一面魔镜，在这面魔镜中，他第一次看清自己那副让自己如此难堪和绝望的"尊容"，被这副"尊容"强行占有的他一定会彻底崩溃。这里的魔镜就是小狗美琪的"信",这些"信"映照出他的双重镜像。其一,美琪非常高傲,连正眼也不瞧一下那条笨头笨脑的看家狗,更厌恶那条可怕的猛犬,它称它为蠢家伙、乡下佬,可是,它是多么迷恋有着一张"惹人爱的小脸蛋"的"骑士"特列索尔啊。这样一条害着热烈的相思的高傲母狗,不正像他这位单恋着部长女儿的高贵的九等文官?他的骄矜和迷恋原来跟美琪一样的"狗腔狗调",根本上不了台面。其二,他甚至还不如美琪,你看,美琪又为他刻画出另一重越发不堪的镜像:"啊,亲爱的,你不知道这人长得多么丑。简直像一只装在麻袋里的乌龟……"九等文官竟会是一只乌龟?一只乌龟竟会不自量力地恋上部长的女儿?就是这双重的猥琐镜像,深深地撼动了他的业已出现裂隙的世界,悚惧得失措、绝望到狂热的他开始痛骂这条愚蠢的狗尽说些"魔话",接着又向他的立身之本提出了致命的质疑:"我为什么是个九等文官,凭什么我是个九等文官?"这一质疑一举摧毁了他所剩无几的理性,他只能朝向疯癫的深渊无休止地坠落下去,他的日记的日期也随之冲破了"十月三日"这样的自然时间,到达"日期不记得。也没有月份。鬼知道是什么日子"之类的时间无法规范的无何有之乡——丧失了时间感,他也就完全地丧失了世界以及把捉世界的企图,他真疯了。真疯了的他的日记当然是难以为继的,只能结束在"知道不知道在阿尔及利亚知事的鼻子下面长着一个瘤"之类不知所以的话语碎片上。所以,果戈理《狂人日记》是从常人常态朝向疯癫的不断坠落,这样的坠落无外物可以归咎,亦无外物能够施以援手,这是狂人对于自身的存在真相猝然洞观之后无可挽回的下场,常态是假象,疯癫才是真实,最冰冻的真实。

鲁迅《狂人日记》以"今天晚上,很好的月光"开头。这里的"很好的月光"与"明月几时有"那样的古典诗意无涉,它是莎士比亚《奥赛罗》里不走常轨,靠近地球,叫人都发了疯的月亮,是王尔德《莎乐美》里"红得像血",像从坟墓里爬出来的女尸,更像一丝不挂、到处寻找情夫的疯女人的月亮,是张爱玲《金锁记》里如同漆黑天上一个白太阳的一轮满月,朗照着这个"丈夫不像个丈夫,婆婆也不像个婆婆"的疯癫世界。疯癫的月光,疯癫的"我",整个世界都仿佛燃烧得通明透亮,"精神分外爽快",于是,"我"猛然醒悟:以前的三十多年,"全是发昏"。疯癫的世界如此通透,任何一丁点的诡秘动向都逃不出"我"的眼睛:"那赵家的狗,何以看我两眼呢?""我"真是一个精力过分饱满、感觉高度灵敏的狂人。到了第 2 节,"今天全没月光"。敛去了月光,也就敛去了精力和兴奋,只剩下虚弱以及由虚弱反向刺激出来的谵妄:"晓得他们布置,都已妥当了。"第 3 节,还是那个没有月光的晚上,"我"两次强调,"凡事须得(总须)研究,才会明白","研究"的结果是,满纸"仁义道德"的历史,其实从头到尾写着"吃人"两个字。这里的俨乎其然的"研究",哪里是什么严密的归纳、演绎,而是一种"从字缝里看出字来"的非理性跳跃,这样的跳跃,唯狂人才能完成。第 4 节,何先生来诊,"我"无意中发现,大哥也在合伙吃"我",那么,"我"被吃了,却还是吃人的人的兄弟!这一由发现大哥吃人到认定自己是吃人的人的兄弟的逻辑推定,已非狂人所能为。第 5 节一开始是"这几天是退一步想"。"退一步想"何尝是狂人所能做到的,那里面包含着多少逻辑关系的推演、人情世态的斟酌啊,不过,狂人真的"退一步想"了,还用了"假使……也仍然……(因为)……"这一指示着极其曲里拐弯的因果关联的句式,那么,他正在清醒,或者根本就是佯狂?"退一步想"的结果当然是没有冤枉何先生和大哥,于是,在第 6 节的"黑漆漆"不分昼夜的时空里,"我"想象着吃人的世界,并与之对峙:"狮子似的凶心,兔子的怯弱,狐狸的狡猾,……"凶心、怯弱、狡猾之类词语,正是鲁迅对于"庸众"的多重样态的断语,比如,他在《摩罗诗力说》里认定,民众大抵"驯至卑懦俭啬,退让畏葸,无古民之朴野,有末世之浇漓"①。至此,"我"与作者开始重叠。第 7 节,"我"越发清醒、缜密起来,在"疾视"大哥之罪恶的同时,掺杂了更多的"衷悲":"最可怜的是我的大哥","我诅咒吃人的人,先从他起头;要劝转吃人的人,也先从他下手"。有了"衷悲"的渗入,一直"疾视"着的狂人终于蜕变成了恳切、深挚的启蒙者——"衷悲所以哀其不幸,疾视所以怒其不争"。"我"与鲁迅之"我"原来是二而一的。到了第 8 节,作为启蒙者的"我"作出了振聋发聩的反问:"从来如此,便对么?"第 9 节,"我"进一步吁求:去了吃人的心思,"放心做事走路吃饭睡觉,何等舒服"!如果说这里的吁求还只是杂文一样的议论,没有特定的吁求对象的话,到了第 10 节,"我"就直接向大哥乃至众人喊话了,"我"的喊话运用了"只要……只要……也就……"这样杂糅着假设、祈使的复杂句式,还把"将来"这一狂人决不会顾及的时间维度纳入自己的推演过程,从而做出令人震悚的,却

---

① 鲁迅:《摩罗诗力说》,《鲁迅全集》(第 1 卷),人民文学出版社 2005 年版,第 71 页。

又像定理一样不可撼动的"归谬":因为"将来容不得吃人的人",所以"你们要不改,自己也会吃尽"。第11节,"我"把寒光凛冽的剖刀切向了母亲,母亲也是吃妹子的帮凶,第12节,更切向了自己:"我未必无意之中,不吃了我妹子的几片肉……"就在自剖、自责的时候,"我"突然对自己做出了一个苛刻、沉痛到不近人情的判断:"有了四千年吃人履历的我。"这一判断看似匪夷所思,就像是狂人所惯有的非理性跳跃,实则是作为启蒙者的"我"对于自身黑暗的承认和逼视,是把四千年吃人履历之类"黑暗的闸门"一肩扛起,更是自觉承担"立人"的神圣使命,一定要把"沙聚之邦"转成"人国"。"我"的灼灼目光四下里扫开去,当然是一片萧然:"难见真的人!"这一直感把所有吃人者都归入假人、非人一类,却独独把"我"这样的启蒙者择了出来,因为启蒙者虽也吃过人,却已醒悟到四千年吃人履历的肮脏,觉醒了的"我"即便因为无意中吃过人所以已算不得真人,起码也是正在朝向真人转化的"历史的中间物",正是这样的中间物,才有资格发出真人难觅的感慨,才能在第13节喊出"救救孩子"的清明之声。"救救孩子"既是最急迫的时代议题,亦能反映启蒙者建立在自信基础之上的使命感、自豪感——那些还没吃过人的孩子,唯"我"辈能救。所以,鲁迅的《狂人日记》与果戈理的走了一个反方向,他笔下的狂人从疯癫走向清醒,从过度的灵敏、狐疑走向绝对的冷静、坚定,直到喊出"救救孩子"的时代强音。强音喊出来了,日记也就结束了,因为"我"记日记的目的,就是要揭出吃人的真相,喊出启蒙的"狮子吼",接下来的事,便是践行了——这不是真疯子的不得不止,而是佯狂者的常止于所当止。佯狂者也从不向外物归咎,因为"我"知道,自己背负着四千年吃人履历,佯狂者同样不奢望外物的救助,因为"我"知道,只有"从真心改起"的"我"以及"我"的同仁才能修复世界由来已久的朽坏。正是这样一种一切都知道的自信和明朗,让初读《狂人日记》的沈雁冰受到一种"痛快的刺戟","犹如久处黑暗的人们骤然看见了绚丽的阳光"[1],也让张定璜恍如"从薄暗的古庙的灯明底下骤然间走到夏日的炎光里来"[2]——"阳光""炎光"云云,不正点明了佯狂者的盗火者、启蒙者身份?

---

[1] 茅盾:《读〈呐喊〉》,《茅盾全集》(第18卷),人民文学出版社1989年版,第394页。
[2] 张定璜:《鲁迅先生》,见《鲁迅论》,北新书局1930年版,第136页。

综上所述,果戈理与鲁迅的狂人,一个由正常而疯癫,是真疯子,一个由疯癫而正常、清明,却仍旧举止癫然,是佯狂者。真疯子丝丝入扣地记录自己的行迹,他的日记却注定错乱、破碎并消散,佯狂者的日记虽"语颇错杂无伦次,又多荒唐之言",却一定"略具联络",它哪里是"供医家研究"之用的,它根本就是一篇战斗檄文,要让所有吃人者听取。

二、疯言疯语与训众箴言

接下来的问题是,真疯子和佯狂者的疯癫是一回事吗,疯癫究竟有多少种形态,它怎么具备如此巨大的涵盖力? 其实,疯癫可能是一种生理性病变,更可能是基于常人/狂人、正常/疯癫的二元对立,对于那些不同于常人常态的特殊状态的指认。对于作为特殊状态的疯癫的指认,既源出于常人对于自身正常状态的信心满满,更是要反过来强化常人当然正常、从来都正常之类的自我认同——这个正常的"我"正在忧心忡忡地打量着疯癫的异己者,如此居高临下的打量不正标示出打量者不证自明的优越性? 疯癫既被指认为失常,就无法被理性的阳光照彻、澄明,它不得不是紊乱的、幽暗的、失语的,它无法为自身申诉、呐喊,它就算真的绝叫了起来,绝叫也只是一些不值得认真对待的疯言疯语而已,疯言疯语反而更进一步坐实了它离开正常已经有多远。所以,疯癫注定是混沌、神秘的,只能被定义,被命名,却无法被穿透,被言说,它就是一个与我们比邻而居,随时都有可能吞噬我们的黑洞,一块我们都很好奇,却只能以想象的方式抵达的飞地。有趣的事情随之而来:作为一块只能定义却无法抵达的飞地,疯癫成了一个不知所指为何物的空空荡荡的能指,这一能指饥渴地召唤着由常人常态根据自我认同的需求源源不断地制造出来的各色各样的填充物,它的性质和状态也就由这些填充物的性质和状态暂时性地凝定了,所以,疯癫是一种随常人常态之"物"而赋"形"的相对性状态,它从不"是"其所"是",而总是在"是"常人常态之所非"是"。如此一来,要想一窥两篇《狂人日记》的真面目的话,还要从两个狂人各自所对应着的常人常态说起。

前面已说到,波普里希钦的疯癫所对应的常人常态是一个九等文官的稳妥世界,他的世界之所以稳妥,是因为他沾沾自喜于"我是一个官,我是名门出身",时时想到自己能"大有作为",并因而看不起其他的蠢货,由此,他根本不可能意识到自己本质上的卑琐,他就这么既稀里糊涂又怡然自得地活着,活下去。被一同收在《彼得堡故事》里的《外套》的主人公阿卡基·阿卡基耶维奇正是波普里希钦眼中的蠢货,因为后者只要口袋里还有一文钱,就忍不住要去戏园,还不屑地想:"可是我们的同僚就有这样的蠢货:压根儿不上戏园,这些乡下佬,除非白送他戏票",而前者却从不寻找任何消遣,"谁都说不出,多咱在哪一个晚会上碰见过他"。可偏偏就是这么一个蠢货,竟是波普里希钦精神上的影子,就像晴雯是黛玉的影子、袭人是宝钗的影子一样。你看,巧合的是,阿卡基·阿卡基耶维奇也是一位九等文官,波普里希钦因为沾沾自喜和自大而忘却自己的存在处境,阿卡基·阿卡基耶维奇则靠沉迷于抄写工作来逃离他的真实世界——他不管看什么,看见的都是他的清晰工整的字行,他只要想到明天老天爷不知道又会赐给他什么东西抄,他就打心眼里乐了,于是,"一个每年挣四百卢布而能乐天知命的人的平稳无事的生活就这样过下去了……"可是,魔鬼一样的果戈理就是不让他们安安稳稳地度过他们的生命,就像是给宁静的小城派去一个假钦差(《钦差大臣》),给凝滞如一潭死水的地主生活塞进一个骗子(《死魂灵》),他一定要给他们一个契机,一种黯淡生涯里不可能的、太过辉煌的梦想,于是,他们骚动了,振奋了,妄想了,又不可避免地摔倒了,在摔倒的过程中,他们终于看清自己原来如此猥琐、卑下的真相,而疯癫是洞悉真相的他们唯一可能的下场。对于阿卡基·阿卡基耶维奇,契机就是那件外套,用小说的原话说,就是"一个光辉的访客曾经借外套的形式闪现了一下,刹那间使他可怜的生命活跃起来,后来灾祸还是降临到他头上"。不过,死并不是他的终点,而是由正常坠入疯癫的临界点,疯癫了的他以幽灵的样态在卡林金桥畔一带徘徊,"剥掉凡是人们想得出用来遮盖自己的皮肉的各式各样的毛革和鞣皮"。对于波普里希钦,契机则是对于部长千金的突如其来的爱慕,正是这一爱慕让他迎面撞上自己的双重镜像,被真相猝然吞噬的他"好像突然被一道闪电照亮",于是,"西班牙有了皇帝了"。剥人衣服、当上皇帝之类的癫狂,是以一种歇斯底里的想象来恶性补偿他们从前太过卑琐的生命,他们的举止越是癫然,说明他们的生命越是卑琐,这样的卑琐,普希金命名为庸俗:"还没有任何一个作家有才能把生活的庸俗现象展现得这样淋漓尽致,把庸俗人的庸俗描写得这样有力,以便让那种被肉眼忽略的琐事显著地呈现在大家的面前。"①普希金没有说到的是,庸俗不是刻画出来,而是在疯癫之镜中映现的,只有在疯癫的映衬之下,庸俗才成为庸俗自身,而不是一种稳定、怡然,本来如此也应该如此的生命常态。这样一来,同样过着稳定、怡然的生活的每一个人就都有可能是庸俗的,或者说,存在即庸俗,在,就是庸俗地在,只是大多数人没有遇上果戈理式的恶作剧而已。正是在此意义上,果戈理说:"我的读者中任何人都不知道,如果他嘲笑我的主人公,那就是嘲笑我。"②果戈理连自己也不放过。深味着庸俗的滋味的果戈理,不禁心生喟叹:"诸位,这世界多么无聊啊!"生命如此庸俗,世界多么无聊,如此可怕的存在真相就算发了疯也无法挣脱,反而是越发地清晰、刻骨,果戈理的狂人不得不绝望呼告:

> 妈啊,救救你可怜的儿子吧!往他发烧的脑袋上洒一滴眼泪吧!
> 你瞧,他们把我折磨得好苦啊!你把苦命的孤儿搂进自己的怀抱吧!
> 他在这世界上没有立足之地!他在遭受迫害!娘啊,你可怜可怜你
> 有病的孩子吧!

存在原来必定要孤独地承受这份早已分定的庸俗和无聊,那么,存在者就一定是"苦命的孤儿"。不过,孤儿根本无力承受因为无比轻盈所以又太过沉

---

① 见《与友人书简选·就〈死魂灵〉致不同人的四封信》,《果戈理全集》(第 6 卷),周启超主编,任光宣译,安徽文艺出版社 1999 年版,第 113 页。此外,梅列日科夫斯基也说,果戈理的唯一对象,就是"人类的不朽庸俗"。不过,他接着说,在死去的阿卡基·阿卡基耶维奇、成为狂人的波普里希钦和说谎的赫列斯塔科夫的脸上,"闪烁着某种真实的、不朽的、超理性的东西,这种东西在一切人的人性里都有,这种东西从人性里向人们、向上帝呼喊着:我只有一个,过去和将来,任何时候,任何地方都不会有类似于我的人,我对于自己来说就是一切……"这样的说法,是诠释者站在自身角度的"过度诠释",而忽略了死亡、疯癫和说谎本身,以及它们之于人物的意味——在梅氏的逻辑中,死亡、疯癫和说谎,仿佛只是人物的面具,面具下面,隐藏着一个真正的"我"。《果戈理的"魔鬼"和〈钦差大臣〉》,见《果戈理评论集》,袁晚禾、陈殿编选,复旦大学出版社 1993 年版,第 304 页。

② 见《与友人书简选·就〈死魂灵〉致不同人的四封信》,《果戈理全集》(第 6 卷),周启超主编,任光宣译,安徽文艺出版社 1999 年版,第 113 页。

重的庸俗和无聊,绝望的孤儿只能向虚空里喊出一声"妈啊",呼唤者随即在呼唤声中自我催眠成了儿子,一个有妈妈、怀抱、慰藉、家园来向往和依恋的儿子。我们都知道,孤儿哪来的妈妈,"救救儿子"的呼告终究是一些当不得真的疯言疯语罢了。疯言疯语让常人避之唯恐不及,却又令他们喜不自胜,因为他们终于可以把自己多少也能感受到一点的庸俗和无聊以及对此的恐惧全都推给疯言疯语,他们自己也就彻底安全了,他们根本不会想到,正是疯言疯语揭示出了人类注定沉沦于庸俗和无聊,毫无得救可能的可怕事实。

鲁迅的狂人所对应的常人常态是吃人的世界,吃人的世界因为大家都在吃人、吃了四千年的人而维系着暂时的稳妥,于是,诅咒吃人的"我"理所当然地被视作威胁到常人常态的合法性根基的疯子。"我"显然不是真的疯癫,"我"非常清楚,大哥之所以说"我"是疯子,只是"预备下一个疯子的名目罩上我",这样一来,将来吃了"我","不但太平无事,怕还会有人见情"——这是一个为了保持和加强常人的自我认同,把自己所恐惧的东西定义为疯癫的经典案例。不过,事情的复杂性在于,被叱责为狂人,"我"只是淡然地想,"又懂得一件他们的巧妙了",并没有太过排斥,而不像波普里希钦那样,始终不可能直面自己被命名为狂人的事实——他被关进了疯人院,还以为是到西班牙加冕,而疯人院的工作人员不是宰相,就是宗教大审判官。不单不排斥,"我"还要以狂人自许,抑或是自诩,因为只有狂人才能说出吃人这一常人世界早已习焉不察却又在下意识地掩盖的真相,并喊出"救救孩子"的强音。就这样,疯癫从被定义、被命名的不祥之物,悄然转化成了自我定义、自我命名的荣耀之物,就像是武士的徽章,而狂人也由那种与弃儿、白痴、麻风病患者、骗子一道,被驱逐到暗影里去的常人常态的他者,一跃成了天然地掌握着真理的先知、使徒、智者、圣者,就像柏拉图"洞穴比喻"中那个被嘲笑,甚至会被杀掉的"囚徒",像在广场上向人群大声朗诵"我们的萨拉米斯"的"疯诗人"梭伦,像被钉上了十字架,被路人辱骂、被祭司长和文士戏弄、被同钉的强盗讥诮的耶稣。狂人原来就是先知,这一点,傅斯年有非常明确的总结:

文化的进步,都由于有若干狂人,不问能不能,不管大家愿不愿,一个人去辟不经人迹的路。最初大家笑他,厌他,恨他,一会儿便要惊怪他,佩服他,终结还是爱他,像神明一般的待他。所以,我敢决然

断定,疯子是乌托邦的发明家,未来社会的制造者。至于他的命运,
又是受嘲于当年,受敬于死后。①

从这个角度说,试图唤醒常人的狂人才是真正意义上的常人,而一般意义
上的常人则是有待唤醒、疗治,让真常人既"疾视"又"衰悲"的真疯子,真疯子
不是一种生理性病变,而是真常人根据自我认同的需要,对于非自身之所"是"
的人们的命名,真常人污名化起真疯子来,也是毫不手软的,比如"青面獠牙"
"虫子""海乙那",不一而足。如此一来,"狂人日记"的命名就是一桩极暧昧的
事件,它既是狂人"病愈",或者叫堕落为一般意义上的常人之后,对于自己从
前的疯言疯语既哑然失笑又深怀恐惧并因而果断采取的他者化伎俩,也是真
常人为自己庄重地戴上了先知的冠冕,他要"登山训众"了,而"救救孩子"的呼
唤,正是先知的训众箴言,正是一定会传布开去让万民得拯救的福音。"救救
孩子"这一雷霆万钧的呼唤当然要比"救救儿子"的绝望呼告来得"忧愤深广",
冷静、明晰的训众箴言当然要比凌乱、凄厉的疯言疯语来得深入人心,只是,包
括鲁迅在内的我们都忽略了,我们都是孤儿,我们都希望成为妈妈的儿子,我
们一定会在某个领悟的时刻发出"救救儿子"的呼告,所以,在存在论层面,"救
救儿子"的呼告其实也是同样"忧愤深广"的。

训众箴言讲求文体和行文的简洁、准确、有力,正话反说反话正说、有话则
短无话则长、假装痴愚、插科打诨、旁逸斜出、细节的增生和肥大、判断的此亦
一是非彼亦一是非之类小说常见的手法和态度,都是不必要的冗余,必须坚决
予以清除,就连梁启超所推重的"熏浸刺提",都太过迂回和委婉,会影响到箴
言"撄人心"的直接有效性,所以,鲁迅《狂人日记》与其说是一部沉潜入人物内
里的小说,不如说是一篇洪钟大吕般的文章。这一点,鲁迅自己非常清楚,他
说,他不能以自己之"必无",来折服他人之"可有",便答应金心异(钱玄同)"做
文章"了,这便是最初的《狂人日记》,积久有了十余篇"小说模样的文章"②,集
为《呐喊》。周作人在论及《狂人日记》时,对它的文章体式也有虽然苛刻倒也

---

① 傅斯年:《一段疯话》,见《傅斯年文选》,林文光编,四川文艺出版社 2010 年版,第
39 页。
② 鲁迅:《呐喊·自序》,《鲁迅全集》(第 1 卷),人民文学出版社 2005 年版,第 441 页。

算准确的判断:"这是打倒礼教的一篇宣传文字,文艺与学术问题都是次要的事。"①说《狂人日记》是一篇"小说模样的文章",并不是在贬低它的成就,因为写文章与做小说,本来就没有高下之分,吉川幸次郎甚至认定,"在中国人的意识里,做文章——把想用语言表达出来的东西用文字写下来——是人间诸生活中最重要的事情"②。不过,文章体对于《狂人日记》的写作有着巨大的体裁暗示,鲁迅在小说与文章之间的徘徊,也必定会留下一些难以弥合的漏洞。周作人就说,写赵家的狗看了两眼,这与果戈理所写的小狗有点相近,拉出古久先生,也想写得"热闹"点,可下面要集中于礼教,便写得"单纯"了起来。照我理解,所谓"热闹",就是一种小说性的丰富、暧昧,而"单纯",则是文章式的简洁、直接,《狂人日记》由"热闹"而"单纯"的嬗变,正是鲁迅从小说家到文章家、启蒙者的身份转换的过程。因为当文章写,《狂人日记》就到处都是"从来如此,便对么""救救孩子"之类的格言——这是登山训众的当然后果;也会有一些文章笔法,比如那个何先生,与《父亲的病》中的陈莲荷先生一样,都在影射当年的绍兴名医何廉臣。更关键的是,作为文章的"狂人日记"的日记作者,当然不会是一位鲜活的人物,而是一个文章中常见的抒情人、议论者,抒情人、议论者是一种没有名字、未知职业、不谈长相的抽象的人,与那个长着一头稻草般的乱发,既自尊自大又自轻自贱,一点秋波、一顿刻薄就足以完全地颠覆他的生活的波普里希钦,与满手是泥,原来是用手"走"到咸亨酒店的孔乙己,与拧了一把小尼姑的脸,到了晚上却睡不着,觉得手指间有点古怪的"滑腻"的阿Q,根本就不是一个层面的存在——抽象的人是作家的传声筒,只要把那个情和论传递出来,那就够了。从这个角度看,鲁迅说《狂人日记》"很幼稚,而且太逼促,照艺术上说,是不应该的"③,也不尽是自谦,鲁迅对于自己要干什么、在干什么,从来都是极洞明的。

---

① 周作人:《周作人自编文集·鲁迅小说里的人物》,河北教育出版社 2002 年版,第 18 页。

② 吉川幸次郎:《中国文章论》,见《日本学者中国文章学论著选》,王水照、吴鸿春编选,上海古籍出版社 1994 年版,第 259 页。

③ 鲁迅:《对于〈新潮〉一部分的意见》,《鲁迅全集》(第 7 卷),人民文学出版社 2005 年版,第 236 页。

"在酒楼上"
——从鲁迅到蒋一谈

    经典之为经典的特征之一,在于它拥有丰富、复杂以至于言之难尽、无尽的意义空间,从而为后世一再地戏说、仿写、续写提供了必要和可能,这就像《圣经》、《荷马史诗》、"四大名著"问世以后均涌现出一个庞大的、绵延不绝的后文本系列。后文本的写作之于原文本是致敬,致敬体现出原文本的精神内核在后文本写作的当下薪火传承、常说常新的可能;更是较劲,较劲则是后文本的写作者意欲刻写下自己以及自己所处时代的独特性的努力。致敬或较劲的另一种表述,就是后之来者面对原典的态度是:影响,但不焦虑。鲁迅经典化过程的特殊性以及他并无意于绘声绘色说故事的写作特点,使得鲁迅文本的衍生品泛滥,比如"咸亨酒店",后文本却寥寥,也许只有那些亦步亦趋的影、视、戏改编能够算在其内。有鉴于此,蒋一谈在 2010 年出版的短篇小说集《鲁迅的胡子》以及发表于 2014 年第 2 期《人民文学》的短篇小说《在酒楼上》就显出不一般的意义,因为蒋一谈对于鲁迅写作路径的坚守或偏离,既可以帮助我们进一步校准关于鲁迅的认知,又是在提醒我们以鲁迅为参照,反过来认清蒋一谈以及他所置身的时代的精神高度——要知道,蒋一谈被誉为是一位进行"真正的'自由的写作'"的"二十一世纪的先锋派作家"①。

---

①   杨庆祥、刘涛、徐刚:《"二十一世纪的先锋派作家"——蒋一谈短篇小说三人谈》,《当代作家评论》2012 年第 1 期。

一、酒与不"好"的意义

鲁迅喜欢喝酒。在鲁迅同时代人的印象中,他的形象并不总是"横眉"或者"俯首",而往往是醉态可掬的。不信请看,爱他的郁达夫说他醉里乾坤大:"醉眼朦胧上酒楼,彷徨呐喊两悠悠。群盲竭尽蚍蜉力,不废江河万古流。"(《赠鲁迅》)憎他的叶灵凤也拿他的嗜酒来败坏他:"阴阳脸的老人,挂着以往的战绩,躲在酒缸的后面。"(漫画《鲁迅先生》题图)①在他与许广平交往的初期,两人就他喝酒一事多次"交锋"。她先是婉讽他"纵酒",他辩称自己深知喝酒之害,"并不很喝酒","现在也还是不喝的时候多,只要没有人劝喝",她不依不饶:"'劝喝'酒的人是随时都有的,下酒物也随处皆是的。"他南下厦门,她最担心的还是他也许依旧"纵酒",于是话就说得重了一些:"不敢劝戒酒,但祈自爱节饮。"②酒到酣处,难免要发一点酒疯,1925年端午,他母亲宴请许羡苏、许广平和俞家姐妹等,他以拳击俞家姐妹,吓得一干女生狼狈而逃。经年累月地喝,身体当然吃不消,1925年9月间,他抱恙数日,医生经过全面检查,"终于决定是喝酒太多,吸烟太多,睡觉太少之故"③。

不能喝,不让喝,还是忍不住要喝,酒之于鲁迅到底有什么魔力?太过辽远的古希腊酒神姑且不说,仅就中国历史而言,名留青史的圣贤、豪杰大抵都是一些饮者,因为现世逼仄如牢笼,干枯如荒漠,酒乡才是中国人,特别是中国文人真正的精神故园,就像白居易诗云:"生计抛来诗是业,家园忘却酒为乡。"(《送萧处士游黔南》)也像秦观在词里吟唱:"觉健倒,急投床,醉乡广大人间小。"(《添春色·醉乡春》)酒的无远弗届的魔力还在于,它对于秉持游世、淑世、超世等不同生命态度的人们各有针对性的作用,或者叫疗效:"或为麻醉享

① 参见何宝民的《〈戈壁〉上叶灵凤的漫画》,《文化学刊》2014年第3期。
② 分别见《两地书》之二五、二六、二七、四五,《鲁迅全集》(第11卷),人民文学出版社2005年版,第83、84—85、87、127页。
③ 鲁迅:《250930致许钦文》,《鲁迅全集》(第11卷),人民文学出版社2005年版,第516页。

乐的工具,或为促人上进的动力,或为引渡诗人进入逍遥超越境界的舟楫。"①
不过,这些道理都是泛而言之的,具体到鲁迅本人,他喝酒的由头则一般是在
现实中严重受挫,急需用酒来浇平心中恨恨难平的块垒。在厦门时,他致信李
秉中说:"去年夏间,我因为各处碰钉子,也很大喝了一通酒……"②在给许广
平的信中,他也说:"我在北京,太高兴和太愤懑时就喝酒……"③太高兴时就
要喝酒,正如那次端午之会,可高兴之时太少,愤懑之日苦多,他更多时候还是
酒入愁肠,意欲于醉乡里寻找一丝半点的慰藉:"我向来是不喝酒的,数年之
前,带些自暴自弃的气味地喝起酒来了,当时倒也觉得有点舒服。"④他当然知
道,在外部世界碰了钉子,就以酒为媒介向内心深处转,这样的做法多多少少
是软弱的,所以,他对许广平剖明:"然而世人之装醉发疯,大半又由于倚赖性,
因为一切过失,可以归罪于醉,自己不负责任,所以虽醒而装起来。"⑤他甚至
以阮籍为例,阐发凡饮者必"敷衍"的道理:"吃药可以成仙,仙是可以骄视俗人
的;饮酒不会成仙,所以敷衍了事。"⑥——"敷衍"是一种极沉重的宣判,因为
它意味着收回投向俗世的审视、逼问的目光,与之共浮沉,这样的"敷衍"也就
是他在哀悼范爱农时所说的"沉沦":"把酒论天下,先生小酒人。大圜犹酩酊,
微醉合沉沦。"(《哀范君三章·之三》)不过,就算再软弱、再"敷衍",喝酒毕竟
还是意味着自己与俗世之间存在不容混淆的区隔,意味着孤独,意味着不甘,
意味着再一次梳理来路的渴望——这样的喝酒说到底不就是"彷徨"?

　　在鲁迅那里,喝酒既是精神"彷徨"的外在流露,狂飙突进中的他和他的友
人就不会有喝酒的兴致和闲暇,关于这一点,最好的例证就是鲁迅眼中的范爱

---

①　孙明君:《酒与魏晋咏怀诗》,《清华大学学报》1999 年第 1 期。

②　鲁迅:《260617 致李秉中》,《鲁迅全集》(第 11 卷),人民文学出版社 2005 年版,第
　　527 页。

③　鲁迅:《261015 致许广平》,《鲁迅全集》(第 11 卷),人民文学出版社 2005 年版,第
　　516 页。

④　鲁迅:《这是这么一个意思》,《鲁迅全集》(第 7 卷),人民文学出版社 2005 年版,第
　　274 页。

⑤　鲁迅:《250628 致许广平》,《鲁迅全集》(第 11 卷),人民文学出版社 2005 年版,第
　　500 页。

⑥　鲁迅:《魏晋风度及文章与药及酒之关系》,《鲁迅全集》(第 3 卷),人民文学出版社 2005
　　年版,第 532—533 页。

农。辛亥前夕,落魄中的范爱农爱喝酒,醉后常说一些愚不可及的疯话。绍兴光复的次日,他上得城来,脸上却是从未见过的笑容,一改往常地说:"老迅,我们今天不喝酒了。我要去看看光复的绍兴。我们同去。"做了师范学校监学的他更是意气风发,穿的虽然还是那件布袍子,"但不大喝酒,也很少有工夫谈闲天。他办事,兼教书,实在勤快得可以"①。革命很快风流云散,他又沉湎于酒精,并在醉后"独沉清冽水"。"呐喊"不喝"彷徨"喝,这就导致一个有趣的后果:为"听将令"而作的《呐喊》中的启蒙知识分子当然是决不喝酒的,哪怕在类似于《故乡》中"我"还乡搬家,免不了要觥筹交错的重要时刻。好一口杯中物且酒后总是"飘飘然"的人们,无一例外都是庸众,不过,在庸众那里,酒不再是抗俗、解忧的利器,而是愚蠢到空空荡荡,或者是从乡土社会脱序、沦为二流子的触目标签。于是,我们看到,被打断腿的孔乙己就算用手走,也要到咸亨酒店喝上一碗黄酒;《明天》开篇就是红鼻子老拱和蓝皮老五深夜还赖在咸亨酒店喝酒("不上一更,大家便都关门睡觉",那么,深更半夜还在喝酒的他们不就是乡土社会的游魂?);《风波》里的七斤两年前正是因为喝醉了酒,才敢骂赵七爷是"贱胎";阿Q更是一个不折不扣的酒鬼,他所有落魄和辉煌的时刻都一定与酒相关,不算太长的小说中,他"飘飘然"竟达九次之多;《端午节》中的方玄绰既是官员亦是教员,算是知识分子了吧,但他的畏葸和狡黠令他只有被鞭打的资格,而他兜里没钱还敢赊上一瓶莲花白的"智慧"更标明他与阿Q等庸众无异:"他知道店家希图明天多还账,大抵是不敢不赊的,假如不赊,则明天分文不还,正是他们应得的惩罚。"

写作《彷徨》的1924、1925年,正是鲁迅"自暴自弃"地"很大喝了一通酒"的时期,在"酒徒"鲁迅的笔下,"飘飘然"的庸众悉数退去,取而代之的是一群醉醺醺的(前?)启蒙知识分子。在首篇《祝福》中,"我"虽然被祥林嫂的追诘——"一个人死了之后,究竟有没有魂灵的?"——窘得如芒在背,但此一追诘还不足以从根本上瓦解"我"作为一位启蒙知识分子的自信,"我"决计明天回城,城里让我挂心的还是福兴楼一元一大盘的"清炖鱼翅",而不是那里的酒。到了第二篇《在酒楼上》,羁留S城的"我"为了"姑且逃避客中的无聊",径直来到狭小阴湿的一石居,跨上走熟的扶梯,到了二楼,点一斤绍酒,十个油豆

① 鲁迅:《范爱农》,《鲁迅全集》(第2卷),人民文学出版社2005年版,第325页。

腐,自斟自饮起来。这段描写的信息量非常大。首先,"我"喝酒的地方一定是一石居空无一人的二楼这种幽独的空间,而不会是敞开的、人来人往的咸亨酒店,因为只有前者可供"荷戟独彷徨"的战士独自舔伤口,后者则是庸众打发时间乃至酗酒、起哄的腌臜所在。其次,略过"清燉鱼翅"之类美食,只点油豆腐,说明"我"的意之所在只在于酒,酒才是"我"此刻的忘忧国。最后,这里第一次说到"无聊",其后还要陆续提及六次,如此高频率出现的"无聊"毫无疑问是《在酒楼上》的关键词,是打开"我"、吕纬甫以及鲁迅本人心扉的一把钥匙。汪晖在精读《阿Q正传》时,早已拈出"无聊"一词,做出极透辟的论述:

> "无聊"不是对失败的直接承认,而是对于自己所做的事情、所经历的事情的意义的彻底怀疑。那个能够产生《呐喊》的"寂寞"就是以"无聊"为前提或底色的……寂寞是创造的动力,而无聊是寂寞的根源,无聊的否定性因此蕴含着某种创造性的潜能。①

汪晖之论述的危险在于,仿佛存在一个抽象的、一成不变的"无聊",能够被阿Q和鲁迅共通感受到,可是,阿Q"似乎从来没有经验过这样的无聊"与鲁迅"感到未尝经验的无聊"②,这两个"无聊"怎么可能是同一个东西?阿Q如何有意愿和能力来"彻底怀疑"自己的意义,意义一词之于他不是太重、太遥远了么?汪晖的忽略还在于,鲁迅因为《新生》的流产而感到"无聊","无聊"给他带来的是漫长的"钞古碑"生涯,只是到了"呐喊"之声四方涌动,连他都"决不能以我之必无的证明,来折服了他之所谓可有"的大时代,他才有了振臂一呼的冲动,所以,"无聊"蕴含创造性的判断也是有问题的。对汪晖的理论进行过一番辩证之后,我可以认定,鲁迅(而不是阿Q)的"无聊"就是"彻底怀疑",就是连根拔起的自我否定,就是自我认同的无可挽回的崩裂,正是在此意义上,1925年重又深味"无聊"的鲁迅才会说:"人到无聊,便比什么都可怕,因为这是从自己发生的,不大有药可救。"③即使在《野草》中,鲁迅也未必能够直视自己

---

① 汪晖:《阿Q生命中的六个瞬间——纪念作为开端的辛亥革命》,《现代中文学刊》2011年第3期。

② 鲁迅:《呐喊·自序》,《鲁迅全集》(第1卷),人民文学出版社2005年版,第439页。

③ 鲁迅:《两地书·二九》,《鲁迅全集》(第11卷),人民文学出版社2005年版,第90页。

的无药可救,因为那是一系列"自言自语",写作和阅读它们时有一个基本的体裁预设:不管是"我"还是"他",都只是写作者的一个分身而已。所以,《野草》在取消希望的同时一定要取消绝望,哪怕面对"无物之阵"也不得不执拗地举起投枪,因为他必须给读者、更为自己留下一丝哪怕是虚幻的得救的可能。相反,在《彷徨》里,由于小说体裁本身的隔离性,读者和写作者不会轻易把人物与写作者本人画上等号,于是,他才有可能罩着看起来无关乎自身的"他"的面具,倾吐出所有因为"无聊"而引发的切己的寂寞、颓唐和绝望。这样一来,《彷徨》中的篇什就大多比《野草》还要冰冻、寂静,冰冻得成了硬邦邦、寒闪闪的冰碴的时候,就有了"以送殓始,以送殓终"的《孤独者》——《孤独者》的另一个关键词是"静","死一般"的"静","静到要听出静的声音来"的"静"。

　　既要倾吐极可怕的"无聊"感,又要在自己与"无聊"之间做出一定程度的区隔,鲁迅就在《在酒楼上》与《孤独者》中设置了同一个意味深长的故事框架:一个与故事主体并不发生本质关联的游离的"我",在听(止于听,决不走进,因为"无聊"是如此的不详)"他"一次抑或多次诉说自己就像一只蜂子或蝇子飞了出去,只一个小圈,又停回到原点的可笑和可怜,或者是躬行先前所憎恶的一切、拒斥先前所崇仰的一切的失败的胜利。需要点出的是,在魏连殳致"我"的唯一的长信结尾,他说他现在已经"好"了。"好"就是与世界握手言和,就是"敷衍"到不觉"敷衍"、"沉沦"到不知伊于何底,而还有写信诉说的冲动则表明,他到底不甘于"好",还想重新不"好"起来,从而再一次把捉到早已"沉沦"、迷失的自己。由"好"到不"好"的灵媒,正是喝酒。《在酒楼上》里,"我"和吕纬甫一共喝了五斤绍酒,只有在一斤多绍酒下肚以后("总不很吃菜"地不停喝),他才活泼起来,"渐近于先前所见的吕纬甫了"——先前那个拔神像胡子、议论改革乃至于动手的吕纬甫多么不"好"啊。就在这一以酒为舟穿渡而去的幻境里,他痛悟到自身的"无聊",他还要用"敷敷衍衍""模模胡胡""随随便便"之类的近义词一再地诉说和宣泄这一太过沉痛的绝望感,并由此再一次与世界格格不入起来——他又不"好"了,他赢获了沦丧太久的精彩。不过,这样的不"好"毕竟只是幻境,当他"满脸已经通红,似乎很有些醉"时,刚刚明亮起来的眼光"却又消沉下去了"。也就是说,只有在介于醉与清醒之间的精神性微醺中,"无聊"者才能暂时性摆脱自身的"无聊",重新不"好"起来,不"好"才是真正的醒,而肉身之醉则是最彻底的"沉沦"。可是,微醺是如此的短暂和脆弱,它的下一步要么是醒来（"好"回去），要么是大醉（还是"沉沦"），鲁迅的绝望真是沉重。而《孤独者》两次写到喝酒。第一次是"在我的寓里的酒后"，魏连殳因为被"天真"的孩子所仇视而"微露悲哀"，第二次则是"我"在旧书摊惊见他的汲古阁初印本《史记索引》，便买上一瓶烧酒、两包花生米、两个熏鱼头去看他，他"一意"喝酒，微醺中细细说起自己就像"冬天的公园"一样的孤寂和悲哀。其实，喝酒并不止两次，他那封长信难道不可以看作一次微醺中的倾诉？大雪的长夜就像雪后的寂寞的酒楼，吐了两口血"使我清醒起来"则是不"好"的真正的醒，一种只能在精神性微醺中才能抵达的醒，他就在既醉且醒的神奇状态中唯一一次对"我"娓娓说起他的如同吕纬甫去教"子曰诗云"的"好"以及"沉沦"于"好"的不甘。临终前三天，他哑了喉咙，"说不出一句话"。我想，这一也许"装出来"的哑，正是《野草·题辞》中的"沉默"："当我沉默着的时候，我觉得充实；我将开口，同时感到空虚。"①——能说，但不说，因为说过，说过很多，你们还是不懂，这便是他、也是鲁迅本人对世界的终极的恨意，他们说到底还是不"好"的。不"好"的最经典的姿态，就是死后的魏连殳连躺在棺材里都"很不妥帖"。

二、另一种酒与一定要"好"起来

奇怪的是，到了新世纪的《鲁迅的胡子》，不管是知识分子还是愚夫愚妇，基本都不再喝酒，就连《在酒楼上》都与酒无缘，这是因为我们的时代不需要酒了，还是酒以另一种难以觉察的方式渗透开来？

先看《枯树会说话》（以下简称《枯》）。《枯》从视角安排到人物和情节设置，都在模仿《祝福》，是最典范的鲁迅文本之后文本。不过，它最早收在蒋一谈的首部短篇小说集《伊斯特伍德的雕像》，直至第二部短篇小说集《鲁迅的胡子》第三次印刷时，他才把它与《公羊》《坐禅入门》这三篇"比较喜欢"的作品一道增补了进去。② 这一版本变迁以及变迁的缘起，说明蒋一谈对于《枯》作为

① 鲁迅：《野草·题辞》，《鲁迅全集》（第 2 卷），人民文学出版社 2005 年版，第 163 页。
② 蒋一谈：《烟花是坠落的星星》，《鲁迅的胡子》，新星出版社 2011 年版，第 245 页。

鲁迅文本之后文本的性质并无明确认知。与《祝福》一样,《枯》也是写"我"还乡遇上一个跟祥林嫂一样失去了丈夫和儿子的可怜女人阿霞,阿霞也来到"我"家做起了待遇还不如祥林嫂的短工,因为她不要钱,不留宿,只吃饭。不过,相距近百年的两次还乡存在着巨大差异,这些差异既是由时代外铄,也是从作家自身内发的。首先,《祝福》中的"我"只是一双审视的眼睛,看到鲁镇的衰朽,看透鲁镇人的愚昧,并在祥林嫂如"怨鬼"一样的追诘之下反过来看穿启蒙理性本身的限度。到了《枯》,"我"不再是一双眼睛,而是一具肉身,一个老婆还乡待产的常人,常人之于故乡不是居高临下的审视,故乡甚至会因为它迥异于城市之"污糟"的与生俱来的"纯洁"从而在道义上凌驾于常人,于是,常人还乡就不再是一次发现乡土之窳败的旅程,而是一次刻骨铭心的再教育——当"我"得知阿霞身份时,对母亲瞪大眼睛:"万一喜事被……"母亲有些激动:"亏你还在北京工作!"一句"亏你还在北京工作!"彻底翻转了鲁迅笔下的"我"与乡土中人的关系,"我"不再是"衷悲"和"疾视"的主语,而是宾语。其次,《祝福》的还乡只是一个作为套子的大故事,大故事里面的小故事——祥林嫂的遭遇——才是主体故事,也就是说,鲁迅是要用祥林嫂的遭遇来逼视出乡土中人乃至"我"本人的精神痼疾,毫不留情的批判和自我批判才是他的用心之所在。而《枯》中的小故事——阿霞的儿子土豆上树掏鸟窝,就像春天有狼进村觅食一样不可思议,突然就打雷下雨了,丈夫黑头赶紧救他,两人一同被雷电击死,树也成了枯树——被蒋一谈潦草带过,他无意于用这个近乎玩笑的小故事去逼视什么,他的重心只是在于:在"我"还乡的日子里,什么样的契机能够疗救阿霞心中近两年的时光都无法稍稍平复的巨大创痛,同时又治愈"我"从城市习得的冷漠和干枯。从这个意义上说,不同于鲁迅"揭出病苦,引起疗救的注意"[1]的创作旨归,蒋一谈的小说属于"治愈系"。接下来的问题是,拿什么来治愈?蒋一谈精心设计了一棵会说话的枯树,阿霞在满天月光下(多么通灵的时刻)抱着枯树,与黑头、土豆聊起了家常,他们一家人好像从来都在一起,何曾有过一丁点的丧失?蒋一谈还要让阿霞立誓:"黑头,别再劝我找个人家。我不会找的……"女性的无条件的贞洁从来都是终极圆满的重要一环。我想,

---

[1] 鲁迅:《我怎么做起小说来》,《鲁迅全集》(第 4 卷),人民文学出版社 2005 年版,第 526 页。

要是眼见祥林嫂居然从了贺老六,蒋一谈一定也会像柳妈一样发出质问吧:"我问你:你那时怎么后来竟依了呢?"门槛不单对于阿霞是通灵的,在"我"也是一种灵物,"我"只有在花了三百块为阿霞买下原本要拆除、焚毁的枯树之后,才能看得见"远处的枯树披了一身的月光"(枯树之于之前的"我"只是一块"死木头"而已),才能在小说结尾有了幸福到快落泪的体悟:铁蛋(怀孕的狗)你快当妈妈,"我也快当爸爸了……"——这真是一个物我无间、万化为一的灵境。我猜测,蒋一谈的治愈法如果落实到《祝福》,结果就应该是祥林嫂用十二元鹰洋捐门槛,免去了死后被锯成两截的苦难,从此一直"神气很舒畅,眼光也分外有神"地活下去吧,这样推测的理由在于,他一定会相信(在一个祛魅的时代,说不定是假装相信?)门槛是通灵的,就像枯树也会说话一样。当一个作家相信起通灵术,当一个时代只需付出三百块或者十二元鹰洋就能想象性地蠲除(其实是闪避)自身所有的磨难,鲁迅的"心狠手辣"就显多事和"无聊"了,因为他竟然在冬至祭祖时节,祥林嫂"坦然"去拿酒杯和筷子的时候,让四婶慌忙把她喝止:"你放着罢,祥林嫂!"蒋一谈自然想不到,四婶的一声断喝,可能才是最惨淡、真实的人生。

更意味深长的是,小说明明写到拆迁,阿霞明明对冥冥中的黑头说,拆迁出了人命,"还有人被逼无奈,往自己身上倒汽油,把自己点着了……"可蒋一谈决不会让阿霞的苦难与拆迁之类最赤裸裸的现实发生任何关联,他决不去触碰时代在人们身心撕裂开来的一丁点伤痕,哪怕这样的伤痕早已累累,他只能想象他的人物死于一场空穴来风一样的雷雨,他一定要把所有的悲哀指认为出自造物主的偶然拨弄。就这样,在这个既盛大又衰颓的时代面前,他果断地闭上了双眼,他避之唯恐不及的就是那一声悠远却雷霆万钧的"呐喊":"睁了眼看。"[1]不仅不睁眼,他还要在想象的世界里越走越远,越舞越欢恣,于是,从来都是战无不胜的拆迁队在阿霞面前竟成了"十足的败将",原因只是她拥有枯树,她已经被注入了百炼钢化为绕指柔的伟力,蒋一谈实在是通灵有术。祈望于灵,现实也就成了尘埃,可以轻易地忽略乃至摈弃,这一看似温暖实则冷酷的逻辑,蒋一谈在《鲁迅的胡子》的扉页上借用叶芝的话做过表达:"讲故

---

① 鲁迅:《论睁了眼看》,《鲁迅全集》(第 1 卷),人民文学出版社 2005 年版,第 251—255 页。

事的人呐,让我们大胆向前,尽管去抓住心灵需要的任何猎物吧,不要害怕。这一切都存在,都是真的,人间,只是我们脚下的一片尘土而已。"

其实,何止枯树会说话,蒋一谈信手就能拈来一个灵物。在小说集《鲁迅的胡子》里的同名小说中,毕业于中文系、梦想做一个诗人或小说家的"我"为了留在北京,只能进中学,开始了"周而复始"的无关乎文学梦的教书匠生涯。《在酒楼上》中的"我"则是一位近现代史博士,导师"对我未来的学术研究寄予厚望",也是为了北京户口,"我"做了中学老师,没过几年,就成为"那个情绪郁闷的中学历史老师,那个三十好几了前途依旧茫然无措的异乡男人"。请注意,蒋一谈为两个"我"所设置的同一个起点——中学老师——非常重要,因为在他的语境中,中学老师就意味着机械、单调、无聊,于是,"我们"所面临的头等大事就是如何走出无聊。需要辨析的是,此无聊非彼"无聊","无聊"是自我认同的崩裂,崩裂的"我"再也无法维系自身的同一性,无聊中的"我"却十分肯定地把握着自身,只要逃离现实强加于自身的无聊之境,"我"就能作为"我"而存在。《鲁迅的胡子》的逃离策略是"我"和老婆双双辞职,开了家足疗店,当足疗店生意惨淡的时候,"我"又有希望成为饰演鲁迅的特型演员,后来演出无望,"我"似乎再一次陷入无聊的困境。可是,如果无聊只是意味着机械和单调的话,那么,"我"的每一次折腾不都证明自己不再无聊,"我"折腾故"我"已在吗?更何况蒋一谈怎么可能让"我"真的走投无路,他安排"我"化妆成鲁迅出现在一个因成果得不到承认而精神分裂且患了肺癌将不久于人世的鲁迅研究专家面前,给他以坚实(其实是虚妄)的肯定,奇妙的是,这一肯定反过来又使困境中的"我"有了领悟,"我"对妻子说:"我想实实在在地生活……"请注意,这是一次极关键的理论认定,因为它以折腾为虚,以无聊为实,"我"与无聊终于握手言和,"我"又"好"起来了,而为"我"带来这一领悟的灵物竟是鲁迅——在蒋一谈这里,鲁迅与门槛、枯树无异。《在酒楼上》的完满方式则是"我""走异路,逃异地",来到绍兴接掌身患绝症的姑姑的酒楼和财产,同时担负起照顾弱智表哥阿明的重任。此一完满方式的危险在于,绍兴在让"我"挣脱无聊的同时,又用一个弱智缚住了"我",于是"我"的生活可能只是另一种"周而复始"而已。不过,蒋一谈不会让他的人物真的无路可走,他让一直在指责"我"怯懦和纠结的女友适时出现,绍兴的夜色如此温柔,更温柔的她坚定地对"我"说:"为什么要选择呢?"是啊,为什么要选择,选择不是比它所要逃离的无聊更加虚妄,就像姑姑"留下该留下的,带走该带走的",可她的选择怎么可能通往自由?于是,最好的选择就是放弃选择,接受造物主派定的一切,这样的话,一切都会重新"好"起来的,而点化出这一领悟的灵物,正是那座无比沉重的酒楼、酒楼上那个更沉重的弱智以及由他们所表征的沉重到无法承受的无聊本身。由此看来,蒋一谈的通灵术一点都不神秘,只是以对无聊甘之若饴的方式一劳永逸地取消无聊本身,在他那里,也许只有恐惧无聊才是最无聊的事。

通过以上论述,我们可以发现,在蒋一谈的小说中,什么样的创痛都能愈合,不管多有梦想的人都应该"实实在在"起来,因为无论如何,世界是一定要"好"起来的。我想,他的人物就是躺进棺材里,也会很"妥帖"的吧!从这个角度说,蒋一谈的创作本身就是在营造一座酒楼,读者于其中被目不暇接的灵物所致幻,沉醉不知、也不要归路,成了鲁迅所说的"醉虾",于是,世界无非就是"酩酊"的"大圜"——"酩酊"有什么不好呢?而且,你自己知道你别无选择,不是吗?

只是,我还是忍不住要问:从鲁迅的终究还是不"好"到蒋一谈的一定要"好",真的很好吗?作家的天职在于直面并书写下一个时代的创痛,还是用一张自以为通灵的膏药把创口温柔地盖上,让它溃烂、流脓?

行者的姿态
——胡适《上山》与鲁迅《过客》对照记

生命无非是一段从母体到坟墓的不短也不长的旅程。在我们的想象中，这段旅程可以是一次快乐的郊游，让敏感的人们兴起一种"昼短苦夜长，何不秉烛游"的喟叹；可以是一次多舛、艰难的远征，让无畏的人们激起一股"万水千山只等闲"的豪情；可以是一次从此岸到彼岸的泅渡，让睿智的人们玄思、玩味："人不能两次踏进同一条河流"；也可以是一次朝向绝顶的不可能也无意义的攀登，让西西弗时时刻刻体验着荒诞。面对这段命定的，无法闪避更不能更改的旅程，我们这些"孤独的旅客"在上路之前，甚至在"在路上"的每一个瞬间中，都应该问一问自己：我是谁？我为什么会分有这样的一段旅程？这段旅程通往一个什么样的远方？这样的远方是我想要的吗？问，还是不问，决定着我们是不是一个完整意义上的"人"，①而千差万别的回答以及由此导致的各个不同的行走姿态，则凝定出一个个绝对不容混淆的"这一个"来。

巧合的是，1919 年，胡适写作小诗《上山》，以登山者自况，六年之后，鲁迅写出诗剧《过客》，用过客的跋涉来自剖心迹，而不管是说登山还是写跋涉，都是一种以旅程的意象来想象、逼近和拷问生命本身的努力。顺理成章的追问便是：在登山或者跋涉的过程中，两位文化巨匠的行走姿态到底有哪些相契处，又有哪些本质上的疏离处？我想，只要厘清这一至关重要的同中之异，也就能事半功倍地把握两位行者各有活力的文化抉择和生命态度，并进而为当下思想界清理出两条发端于五四的，既相互交融又彼此排斥的精神源流了。

---

① 用胡适的话说，就是："请大家记得：人同畜生的分别，就在这个'为什么'上。"《介绍我自己的思想》，《胡适文集》（第 5 册），北京大学出版社 1998 年版，第 510 页。

一、"我",还是"他"?

让我们先从最外围的体裁着手,因为体裁看起来只是一只承载内容的器具,其实对于内容有着一种基础、本质、隐秘到仿佛是本能,以至于我们可以理所当然地视而不见的强大规定——内容的形式为器具所赋,内容不得不以器具的物状来显现自身,并在显现的过程中一劳永逸地模塑了自己。

《上山》是一首叙事兼抒情的短诗,分而论之,叙事是在叙"我"拼命爬山,半途昏沉入睡,猛省后蓄势前行之事,抒情则是在抒发"我"哪怕被树桩扯破了衫袖、被荆棘刺伤了双手,更哪怕一直坐到天明,也要在明天绝早跑上最高峰,"去看那日出的奇景"的豪情;合而观之,只有在详尽叙述攀登之难以及"我"不畏其难,步步前行的基础之上,"会当凌绝顶"的豪情才是可信的、有力的,而"我"在缕述勉力攀登的诸多艰辛细节,比如"头也不回/汗也不揩"的时候,胸中也一定会油然而生出一派舍我其谁的豪情来。所以,在胡适这里,叙事即是盈盈欲溢的一汪深情的打开、奔流,抒情也正是一段艰难旅程的点滴在心头的记录,叙事与抒情原来浑然一体,它们就是一回事。如此说来,这首短诗的叙事人就是抒情主人公,抒情主人公也正是叙事人,而这个二而一的叙事人/抒情主人公一定是"我",只能是"我",因为只有在"我"的时而激越时而萎顿的独语中,叙事与抒情才能达成最完满的交融——"我"的独语既是对于"我"的攀登过程的绵密、透辟的叙述,也是"我"在大声宣誓自己决不放弃,一定能跑上最高峰的浓烈、壮丽的抒情。这一个"我"决不能置换成"他"或"她",因为"他"或"她"就算再切己些,与"我"也还是隔着一层的,也不能是"他们"或"我们",因为"他们"或"我们"的雄浑声浪,瞬间就会吞没"我"的独语。"我"的独语一定是纠结的、冲撞的、激越的,因为希望与失望、奋进与彷徨、明朗与晦暗总是联袂造访"我"的世界,"我"的独语又一定是安稳的、沉着的、明晰的,因为这是"我"一个人在细细捋清自己的心路历程,其他人不得与闻,更因为"我"是唯一的、绝对强大的叙事人/抒情主人公,"我"有能力、有余裕把那些相反、相克的纷乱因子,捋成一股股相生、相成,凝聚向一个生生不息的未来的创造性力量。一堆乱麻拧成一股绳了,"我"的独语就一定是看似杂乱实则有条不紊、明朗的,"我"从来不会怀疑"望上跑"的这个"上"本身,更是乐观的,哪怕天已经黑了,路已经行不得了,"努力"的喊声也灭了,"我"都决不会怀疑"我"的目标一定能达到。更重要的是,"我"的攀登没有时间、地点,没有一般事件时时偶发从而决定性地改变事件进程的意外、惊喜,甚至没有关于"我"是一个什么样的人的任何说明和规定,于是,"我"的攀登祛除了任何一丁点的具体性、现实性,成了一种就像代数公式一样的,循着公理、定理,从一个结论笃定地走向下一个结论,绝对抽象因而绝对稳定的行旅。这样的行旅从胡适的经验世界里发生过无数次的行旅中抽象而出,却已不再是他的经验世界中的任一种,它比他的经验世界中的任一种都要圆满、永恒,只有它才是真正意义上的,因而也就是不可能现实化的胡适的"我"在行走,在攀登。"我"的攀登既然拥有了代数公式一样的抽象性和稳定性,"我"关于这次攀登的独语的明朗性也就有了保证,因为代数公式杜绝任何形式的枝蔓和荫翳,乐观性更得到了加强,因为就算推导的步骤再烦、再难,代数公式也会通往一个可以预期的确凿的未来。我想,胡适对于许多结论数十年如一日的坚守及其不可救药的乐观,正源自他对于抽象的攀登的信靠吧,因为任何经验层面的挫折对于抽象的攀登都不会造成一丝半毫的损伤。需要说明的是,抽象的攀登也不同于《过客》中"或一日的黄昏""或一处的跋涉",因为"或一"所指向的时空虽然是任意的,任意的时空却总要落实到可以是这一个也可以是那一个但终究要是某一个的具体时空上。所以,"过客"一定是鲁迅"或一"时空里的心迹,从来没有一个抽象的、一成不变的鲁迅存在过。

早在 1919 年,鲁迅便在《国民公报》连载了一组题为"自言自语"的散文诗,这组散文诗的某些篇目正是《野草》相关篇目的雏形,比如,《火的冰》之于《死火》,《我的兄弟》之于《风筝》,这一组"自言自语"的独语风,更直接影响了《野草》的运思和表达方式,以至于《野草》那些浓烈、缠绕的自言自语,开启出中国新文学的独语传统。不过,蹊跷的是,虽被称作自言自语、独语,《野草》却极少像《题辞》那样跳出一个"我"来直接抒情,而是更多地假借于"他",比如影子、死火、魔鬼,来间接地传情达意,鲁迅甚至要设置戏剧或拟戏剧的框架,比如《复仇(其二)》《过客》《狗的驳诘》《立论》,让两个乃至多个"他"相互辩难、冲撞,从而砥砺出一腔微妙难言的深情。那么,鲁迅为什么要舍"我"而就"他"?"他"这么一个疏远、异己的人称,如何能够曲尽鲁迅的心声?而且,戏剧化的冲撞真的能够化合出一个明晰、确凿的独语声吗？或许，鲁迅压根不会有所谓的独语，他的内心从来就是一座辽阔、冲撞的戏台？且看《过客》。

研究《过客》的人最关心的地方，莫过于下面的一段问答。过客问："老丈，你大约是久住在这里的，你可知道前面是怎么一个所在么？"老翁答："前面？前面，是坟。"女孩的回答迥异于老翁："不，不，不。那里有许多许多野百合，野蔷薇，我常常去玩，去看它们的。"而过客知道，前面的确有许多许多的野百合，野蔷薇，他更明确地知道，那些地方就是坟，但是，即便明知是坟，他还是要追问下去："老丈，走完了那坟地之后呢？"研究者习惯于根据三人回答的不同来推导他们各异的生命态度，喜欢辩证法的人又会相对审慎地辨析他们生命态度的异中之同：

> 一方面，我们可以看到……小女孩的天真热切与理想主义，老者的淡泊暮气与保守主义，过客的坚定清醒与现实主义。与之相对应的则是可以玩耍的布满"野百合""野蔷薇"的草地，坟，以及二者兼取的"走完了那坟地之后呢？"但另一方面……我们可以说过客是正在路上的过客，老者是停滞不前的曾经的过客，小女孩则是有好奇心的潜在过客。①

这里的"一方面"肯定有误，因为"走完了那坟地之后呢"的追问怎么可能是对于野百合、野蔷薇与坟的"兼取"？这一执着却又注定无解的追问又怎么可能是现实主义的，野花，或者坟，哪一个不是更大的，就连过客也都认可的现实？而"另一方面"则更站不住脚了，因为这样一来的话，人人都或是潜在或是正在路上或是曾经的过客，过客的特殊性就被毫不留情地抹杀了。我的看法是，他们根本不是三个人，他们就是同一个人，老翁和女孩都是扎根于过客体内的常人，过客也认可并时不时地沉迷于诸如野花和坟的常人、常识，但是，过客之为过客的独异之处，就在于他对于常识的怀疑和颠覆：那么，之后呢？迈出这一步是艰难到虚妄的，因为谁都不知道这个之后是什么，或许压根就没有什么之后存在，但这一步又是极有力、坚实的，把他从常人、常识中一下子振拔

---

① 朱崇科：《执着与暧昧：〈过客〉重读》，《鲁迅研究月刊》2012 年第 7 期。

而出,他与他的命运猛然相对了。不过,常识从来都是甜蜜、稳妥的,从常识迈出哪怕一小步都是让人虚妄、疼痛的,于是,就在迈还是不迈出这一步,选择稳妥还是走向虚妄的反复拉锯中,过客的心绪一直在"徘徊""沉思"与"吃惊""惊醒""倾听"的两造之间过山车般地来回,由此体验着绝对的苦痛,并由苦痛享受到极致的狂喜。所以,过客从来不只是作为过客自身出现的,甚至就没有一个明确的过客自身存在过,过客一直处于与自己"争执"的过程中,他只在"争执"之中在,"争执"一旦停止,他也就做回了常人。就算过客做出了"决断",也不会挣得永恒的澄明之境,因为新的"争执"又接踵而至,就像诗剧的结尾,过客向野地里"跄踉地闯进去",这不是"争执"的结束,而是"争执"的继起。从这个角度说,《过客》的诗剧体正是"争执"的必然结果,因为"争执"从来不偏袒于一端,也不可能凝结成一块晶体,鲁迅只能选择既可入乎其内又能出乎其外的游离性的"他",来观察、体悟自己遭遇到的旋生旋灭又一再继起的"争执",并不断尝试性地做出"决断"。这样的"他"与胡适那个即便沉睡也能猛省的牢不可破的"我","他"的永远在"争执"—"决断"—"争执"中循环的跋涉与"我"的抽象、稳定的攀登相比,真是虚妄但也深切了太多。

二、一个声音在召唤

有趣的是,《上山》和《过客》都有一个声音在召唤。在《上山》中,这个以直接引语的形式现身的声音一直在向"我"发出召唤:"努力!努力!/努力望上跑!""半山了!努力!/努力望上跑!""小心点!努力!/努力望上跑!""好了!上去就是平路了!/努力!努力望上跑!"而《过客》中的声音不是以独白、旁白抑或对白的形式直接出现,而是在过客与老翁的对白中间接性地呈现的,比如,过客说:"况且还有声音常在前面催促我,叫唤我,使我息不下。"下文要问的是,这两个声音是同一个声音吗?它们到底在召唤些什么?直接和间接的不同现身方式本身是无关紧要的技术处理还是由声音的性质所决定了的不得不如此的逻辑必然?让我们先看声音本身。

声音在西方文化中具有超然的魔力。《申辩篇》中的苏格拉底说:"我服从神或超自然的灵性……我与之相遇始于童年,我听到有某种声音,它总是在禁止我去做我本来要去做的事,但从来不命令我去做什么事情。"①神或灵性总是在声音中显现自己,没有声音的现出,神就是不在的。不过,神居于"欲说"的意向性结构之中,所以,神的声音不是公众性讨论、言不及义的交谈之类的外在性言说,而是一种内在的声音——神意居于"我"之本性? 在《圣经》的创世故事中,"地是空虚混沌,渊面黑暗",神"说":"要有光,就有了光。世界原来是经由神"说"而被造的。而《约翰福音》开篇就说:"太初有道,道与上帝同在,道就是上帝。"这里的"道"(logos)即是一种声音在言说,用言说让某物现出。而"道"又是圣子,圣子"从太初就与父同在",只有圣子能够显现圣父的旨意,就像声音让思想现出一样,所以,约翰接着说:"从来没有人看见上帝,只有在父怀里的独生子将祂表明出来。"声音的神圣性一至于此。到了海德格尔那里,神退隐了,但声音犹在,良知的声音打断"共在"的嘈杂和烦扰,把此在唤到它最本己的可能性中。那么,召唤者为谁? 海德格尔说,是此在的良知在召唤,"呼声出于我而又逾越我"②。再进一步问,此在的良知何来? 这就可以沟通起中国的哲学了。孟子曰:"人之所不学而能者,其良能也;所不虑而知者,其良知也。"(《孟子·尽心上》)良知原来是本性,人皆有之,但本性每每为私欲所窒塞,所以,我们须要细细聆听它的召唤,并把聆听到的体现于自己本性之中的"良知之天理"推及于事事物物,这种聆听并推及于物的功夫,就是王阳明"致良知"的"致"。综上所述,我们可以知道,《上山》和《过客》中的声音既是神/绝对律令,也是胡适和鲁迅各自的良知所发出的召唤,或者说,绝对律令和良知原本就是一体的,当他们听到良知召唤的时候,也就发现了良知之中自有的天理,或者叫绝对律令,因为"心外无学",当他们服从绝对律令的时候,也就听从了良知的声音,因为天理无非人心。天理人心既相浑成,我们就正好借着它的外在显现——声音,来看看胡适和鲁迅的人心和天理各是什么样子,他们又是如何对待他们各自的人心和天理的。

在胡适这里,声音的召唤有如下几点值得注意。首先,声音出现四次,每次都以不得不用惊叹号标示出来的声调,极明确、极具煽动性地鼓励"我""努

---

① 【古希腊】柏拉图:《申辩篇》,《柏拉图全集》(第 1 卷),王晓朝译,人民出版社 2002 年版,第 20 页。

② 【德】马丁·海德格尔:《存在与时间》,陈嘉映、王庆节译,生活·读书·新知三联书店 1987 年版,第 329 页。

力望上跑"。如此斩决的召唤,一方面可以见出"努力"哲学在胡适心上的烙痕已是如此深刻,另一方面也能看到胡适竟是这样的清晰和执着——只有一个"努力"的喊声在复沓,在回旋,更无一丁点的杂音。其次,"我"对于声音的反应从来都是如应斯响的。声音第一次出现时,"我"开始拼命爬山,到了半山,没路了,声音又一次降临,在声音的鼓动之下,"我"手攀青藤,脚抵岩缝间的小树,一步步朝上爬,声音又接着打气,"我"便一鼓作气地打开了一线路,爬上山去。此时,声音最后一次浮现,这应该是担心"我"小富即安、鲜克有终而敲响的警钟吧,可惜"我"没有领会,到底闻着扑鼻的草香,昏昏沉沉地睡了一觉。我想,胡适自己也应该意识到第四次声音太不协调了吧,因为唯独这一次的召唤,"我"没有响应,于是,《尝试集》再版的时候,他便删去了此段,这样的删除,正说明声音之于他不仅仅是要听,更是要应、要从的神圣指令。所以,胡适从来不会到理论为止,他怀疑那些自诩能够"根本解决"的主义,更蔑视空谈主义的人:"空谈好听的'主义',是极容易的事,是阿猫阿狗都能做的事,是鹦鹉和留声机器都能做的事。"①他一定要把他所信奉的实验主义推及万汇,否则主义就是无效的,而推及的过程中,哪怕遇上再大、再多的困难,他也会坚持一种詹姆士式的,由"实在论"所生发出来的"宗教":"我吗?我是愿意承认这个世界是真正危险的,是须要冒险的;我决不退缩,我决不说'我不干了!'"②再次,当"我"醒来时,天已黑了,"努力"的喊声也灭了,怎么办?"我"就自己给自己加油:猛省,猛省!注意,这里的两个"猛省"明明是加油声,却没有引号,因为它们都是内在的声音。内在的声音来自良知,良知连通着绝对律令,这样一来,"我"就不会真正的孤单,更不会彻底的绝望,而会终其一生都在声音的激励下,以"坐到天明"的艰苦卓绝的方式,向最高峰努力攀登。

到了鲁迅那里,声音的风貌就大不相同了。首先,声音是间接呈现的,我们根本不知道声音在召唤些什么,甚至就连过客本人都弄不清楚这个在他耳边反复回旋着的声音的具体内容,否则,他怎么会不知道坟之后是什么?这个未明所以的声音还是那么的微弱、时断时续,以至于老翁都不确定了:"他似乎

---

① 胡适:《多研究些问题,少谈些"主义"!》,《胡适文集》(第 2 册),北京大学出版社 1998
年版,第 249 页。

② 见胡适《实验主义》,《胡适文集》(第 2 册),北京大学出版社 1998 年版,第 227 页。

曾经也叫过我。"由此,我们可以认定,鲁迅从来没有一个像胡适的"努力"哲学、实验主义那样明确的,足以指导、支配自己一生的主义,如果有某种主义如洪钟大吕一样向他宣示,让他聆听了,那么,这种主义不是妄言就是谎话。不过,在勘破无数妄言和谎话之后,他还是依稀听见一个说不清道不明却又确确凿凿存在着的声音在前方召唤着他,于是,他"奋然"朝前走去。我想,这一个哪怕再困顿、再虚妄也要一直走下去的姿态,正是鲁迅毕生坚守的不是主义的主义吧。其次,由于声音的抽象性,鲁迅不会执着于某一主义,听令于某一政党,因为"某一"就是抽象性的具体化。他只能既坚定又虚妄地朝前走,与每一个阻碍着他前行的人和事战斗,战斗才是他的唯一姿态,而不同的战斗对象也就暂时性地凝定了他的生命,甚至为他命了名,难怪过客说,他没有名字,一路上人们对他的称呼各式各样,"相同的称呼也没有听到过第二回"。再次,声音是模糊的,所以,"唯有能领会者能审听"。不过,没有谁生来就能领会,因为一次领会就是一次疼痛的"争执","争执"是要把你从令你惬意的在世之烦中"惊醒"并驱逐出去啊。所以,女孩未曾领会,老翁似曾领会如今彻底不再领会,而过客犹疑又被"惊醒"凡五次:(一)老翁说,你不如回转,"因为你前去也料不定可能走完",过客"沉思":"料不定可能走完?""忽然惊起":"那不行! 我只得走。"(二)老翁说,他听到过声音,不理他,也就不叫了,过客"沉思":"唉唉,不理他……""忽然吃惊,倾听着":"不行! 我还是走的好。"(三)女孩递来布片,他坐下缠裹,又"竭力"站起:"但是,不行!"(四)老翁让他休息,他欣然:"对咧,休息……""但忽然惊醒,倾听":"不,我不能!我还是走好。"(五)分手时,他与老翁互祝平安,平安的温暖让他"徘徊,沉思",又"忽然吃惊":"然而我不能! 我只得走。"多达五次的"惊醒",充分说明了领会、聆听并接受召唤的艰难——树桩、荆棘、困倦之类的行路难都是可以克服的,而也许走不完的担忧,放弃聆听的冲动,布片及其表征着的现世安稳的诱惑("皮面的笑容""眶外的眼泪"只会愈益地激发斗志,而布片这样的"心底的眼泪"才是致命的诱惑),却釜底抽薪式地解构了跋涉本身,过客必须一边抵御着一阵阵袭上前来的无法抵御却又不得不抵御的虚无,一边困顿地走下去。这真是一场绝望的战斗。

三、真有最高峰吗？

还是看声音。前面说过，声音是天理人心相浑成的外在显现，那么，声音的样态不就是人心的样态？于是，我们完全有理由根据《上山》《过客》中的声音，来推测、勾画出胡适和鲁迅各自心中的那个"我"来。

《上山》引号之内的呼声以及"猛省"的内在声音都是明确的、高亢的，所以，胡适的"我"当然是稳定的、坚实的，这个"我"与"努力"的喊声相互生长，彼此呼应，以至于"我"从来不会停下来想一想："我"是谁？"我"为什么要爬这座山？真的有最高峰吗？即便能爬上最高峰，就一定看得到日出？谁能保证日出一定是"奇景"，而不是我们所习见的寻常景象的延续？而且，就算看到日出了，之后呢？把这些问题搁置甚至删除了，摆在"我"面前的当然就是一条崎岖却必然会通往最高峰的路，"我"要做的，就是一步一步地往上跑，并随之收获一步一步的欣喜——"上面果然是平坦的路/有好看的野花/有遮阴的老树。"这样的一步一步往上跑的精神，就是胡适素所强调，源自于詹姆士的改良主义：

> 这种人生观也不是悲观的厌世主义，也不是乐观的乐天主义，乃是一种创造的"淑世主义"。世界的拯拔不是不可能的，也不是我们笼着手，抬起头来就可以望得到的。世界的拯救是可以做得到的，但是须要我们各人尽力做去。我们尽一分的力，世界的拯拔就赶早一分。世界是一点一滴一分一毫的长成的，但是这一点一滴一分一毫全靠着你和我和他的努力贡献。①

有了积跬步以至千里的改良的信念，《尝试集》便处处潜涌着小温，比如，"明年春风回/祝汝满盆花"（《希望》），再如，"在这欲去未去的夜色里/努力造几颗小晨星/虽没有多大的光明/也使那早行的人高兴"（《晨星篇》）。但是，一

---

① 胡适：《实验主义》，《胡适文集》（第 2 册），北京大学出版社 1998 年版，第 226 页。

步一步望上跑的姿态固然动人,却也存在着致命伤,这一点从"果然"二字即可看出端倪。"果然"的含义颇暧昧。首先,"果然"表明,攀登的收获是可以预期、不出所料,也因而是极切实、可靠的,正是在此切实感的保证之下,"我"的"一点一滴一分一毫"才能细水长流下去。其次,"我"其实一直在担心自己的攀登会不会一无所获,或是走入死胡同,故而当真的得偿所愿时,便有了一份"果然"的欣喜和放松,不过,"果然"的庆幸不正说明希望多半可能落空? 所以,"果然"既是胡适的乐观,亦是他的软弱和自欺,他不敢、不忍去想,前面或许是一条死路,虽然现世中所有的人、事都在这样告诫、教训他,他自己对此也是心知肚明的。从这个角度说,胡适强调"大胆的假设,小心的求证"的科学精神,他自己却有一个无法求证、不能求证的假设存在着,他一生之所为都建基、维系于这一假设——望上跑吧,你不会失望的——之上,而建基于假设的生命,说到底还是迷信和虚妄的,胡适终究未能把他的实验主义推行到底。

《过客》中的声音是抽象的、模糊的,由此声音召唤、呈现出来的"我",当然也是不确定的、虚幻的。过客之"我"的虚幻性,从他与老翁的一段对答中可以看得格外分明。老翁问,你怎么称呼,过客答,我不知道,翁再问,你从哪里来,客再答,我不知道,翁接着问,你到哪里去,客接着答,我不知道。其实,每一个本真的人都被"我是谁、从哪里来、到哪里去"这一著名的哲学三问质询着,被质询的自觉,正是"争执"的开始。有信仰的人是幸福的,因为他们所信靠的主对此问题有一个牢靠的回答:"我虽然为自己作见证,我的见证还是真的。因我知道我从哪里来,往哪里去;你们却不知道我从哪里来,往哪里去。"(《约翰福音 8:14》)后来,上帝死了,人也就跟着死了,人死了之后,这三个问号那么触目惊心地横亘在我们面前,我们却无力给出答案,我们注定如此悬欠地存在着,就像高更那副名画里的无助的人们一样。鲁迅极敏感于这一悬欠感,他无法像胡适那样,把如此严重的问题搁置起来,更无力如主一般,给出一个笃定的回答,他只能把这三个问号描得更粗、更黑,让自己时时刻刻直面着根基处的虚无,并由此获取存在即是荒诞的领悟。要知道,领悟荒诞是战胜荒诞的根本前提,就像西西弗只有从一开始就洞达了自己的命运,他才有可能成为一位"荒诞的英雄"。所以,过客的三个"我不知道"不是向荒诞的命运投降,也不是以提问的方式把问题本身存而不论,而是对于"被抛"命运的提前洞达,洞达这一生命奥秘的他非常清楚,他的"我"被打上了斜杠,现成的、未经反思的"我"是不在的,而这样的"我"不在了,那个胡适发誓要登临的最高峰的现成性也就被取消了——没有"我",哪来"我"必将登临的顶峰?于是,摆在过客面前的最迫切的任务,就是把"我"身上的斜杠抹去,从而赢获"我"的充盈性,而赢获充盈性的必由之路,就是不管前方是什么,也不问最终能不能抵达,只是听从那一个内在声音的召唤,"昂了头"朝前一直走下去。行走中的过客可以什么都不知道,对于走的姿态却一定是刻骨铭心的:"我单记得走了许多路,现在来到这里了。我接着就要走向那边去,(西指,)前面!"所以,走是过客的宿命,他不得不通过不断的走来与荒诞作战,他也不得不以极困顿、茫然的走来走出一个"我"来。不过,走又何尝不是过客的荣耀,他的不停歇的走正是对于虚无和荒诞的藐视,他在走的过程中远远地超越了自己早已被分定的那一份命运,我们甚至可以借用加缪的句式来描述他:"应该认为,过客是幸福的。"①说一句题外话:加缪对于西西弗的发现和重造,已是近 20 年之后的 1943 年了。我们从来不缺少发现,但是,我们缺少发现发现的信心和虔心。

胡适的"我"如此坚实,却可能是虚妄的,鲁迅的"我"原本虚妄,却反而那么的坚实,这是一重极诡异的辩证法。正是在此意义上,李泽厚说,胡适并不能充分理解他所钟爱的那一句易卜生名言——"世界上最有力量的人正是最孤立的人!"连"我"的真相都不敢直视,怎么敢孤立?不敢孤立,哪里来的力量?胡适的"我"终究只是一种必须汇入"大我"的"小我"而已。李泽厚紧接着说:"只有鲁迅,才真正身体力行地窥见了、探求了、呈现了这种强有力的孤独。"②唯能孤独者能强大,我想,过客就是最有力的证明。

还需要说明的是,登山或者跋涉是人们想象世界、思索生命的主要和基本的图式(不是主要和基本的图式,出现一些差异就说明不了什么问题),相关的创作自然极多。比如,徐志摩《他眼里有你》中的抒情主人公"我"与胡适的

---

① 加缪在《西西弗的神话》一书的结尾说:"这块巨石上的每一颗粒,这黑黝黝的高山上的每一颗矿砂唯有对西西弗才形成一个世界。他爬上山顶所要进行的斗争本身就足以使一个人心里感到充实。应该认为,西西弗是幸福的。"杜小真译,生活·读书·新知三联书店 1987 年版,第 161 页。

② 李泽厚:《胡适、陈独秀、鲁迅——五四回想之三》,福建论坛(文史哲版),1987 年 2 期。

"我"、鲁迅的过客一样,攀登万仞的高岗,下潜无底的深潭,就是望不见、听不到"我"要的上帝。但是:"我在道旁见一个小孩:/活泼,秀丽,褴褛的衣衫/他叫声妈,眼里亮着爱——/上帝,他眼里有你。"徐志摩心中终究有一个磨不灭的上帝在,上帝栖息于每一份童真和母爱中。不过,因其意蕴的过度显豁,以及与本文所论对象形不成同中有异、异中有同的张力,故不及。

想象共和国的方法
——以《初雪》《洼地上的"战役"》为中心的讨论

1949 年 10 月 1 日,中华人民共和国成立,如何想象并叙述这个新生的共和国,从而最大限度地凝聚起全国人民的人心和人力,是摆在每一个共和国作家面前的根本任务。1950 年 6 月 25 日,朝鲜战争爆发,10 月 25 日,志愿军赴朝参战,其后,大批作家先后跨过鸭绿江,去感受并进而描述"英雄儿女"的战斗勋业,讴歌中朝人民血肉相连的情谊。这样的描述与讴歌,当然是共和国想象的重要组成部分,因为每一个"英雄儿女"都不只是他们自己而已,他们的身后站着一个强大的祖国。但是,想象共和国是难的,因为陈旧的你怎么可能想象一个全新的对象? 同理,书写志愿军战斗豪情的任务也绝不会轻松,因为英勇的战士及其身后的伟大的共和国,岂能被注定是落后的、亟待改造的作家理解? 如此一来,赴朝作家就有了一个相通的感受——苦恼。比如,杨朔说,"我是个从事创作的人,总想能写出点志愿军和朝鲜人民这种高贵的精神品质,写不出,便苦恼的很"①,巴金也说:"……回国以后,我一直没有能写出志愿军新人的面貌,而且一直因为我没有写出我应该写的文章感到苦恼。"②

奇怪的是,路翎似乎一点都不苦恼,他甚至无比"激动"地接连写下《战士的心》、《初雪》、《你的永远忠实的同志》和《洼地上的"战役"》(以下简称《洼地》)等四篇志愿军题材小说。本文以《初雪》和《洼地》为例,看看路翎想象志愿军和共和国的独门方法究竟是什么,他的方法如何契合又在多大程度上背离了主流意识形态。

---

① 杨朔:《与路翎谈创作》,《文艺报》1955 年第 5 期。

② 巴金:《谈别有用心的〈洼地上的"战役"〉》,《巴金全集》(第 14 卷),人民文学出版社 1990 年版,第 446 页。

一、大男孩的"圣"意

祖国是什么? 青春意气的五四诗人说,祖国是一个让我们朝思暮想的女郎,就像郭沫若狂呼:年青的女郎,我为你"燃到了这般模样"! (《炉中煤——眷念祖国的情绪》)也像刘半农柔情地说:"微风吹动了我头发,教我如何不想她?"(《叫我如何不想她》)五四落潮后,青春的一代遽然苍老,那一股清澈、炽烈的恋情随之消逝,人们再也没有胸怀和力量来把祖国想象成女郎,沧桑的他们不约而同地认定:祖国,我的母亲。母亲可以是倦游的、孤苦的人们的归宿,就像闻一多的《七子之歌》,也可以是对于祖国所背负的过量的苦难和屈辱的指认,就像艾青觉得,寒冷封锁着的中国,"像一个太悲哀了的老妇"(《雪落在中国的土地上》),后来的舒婷也在《祖国啊,我亲爱的祖国》一诗中喃喃诉说:"你以伤痕累累的乳房/喂养了/迷惘的我,深思的我,沸腾的我。"从女郎或者母亲的意象中,我们可以看出,我们的文化记忆里的祖国从来都是阴性的,她意味着孕育、哺乳、抚摸、怀抱、创痛、苦难——这样的祖国,怎么可能是他? 但是,淬火而生的共和国与从前的那个她没有了一丁点关联,它不再是温婉的伊人,而要以雷霆般的号角不停地耸动、鼓舞和命令着它的子民;它也不再落后挨打、遍体鳞伤,随着"站起来了"的一声惊雷,冰雪消融,万物花开;更重要的是,它还天生一派豪情,一心要"赶英超美",要"跑步进入共产主义"——这样的共和国只能是阳性的,只能是他。从她到他的转变,不是古国的复兴,不是从量变到质变,而是一次从无到有的创造,一种所有物质都于其中改变了自身的化学反应,刚刚从这样的反应中结晶出来的共和国,要求文学以全新的方法去想象他、称颂他。

就在这时候,路翎适时地出现。易感的路翎一下子领悟到了共和国的阳性本质,更感动于共和国刚刚结晶而成的亮眼的新鲜,所以,他一定要写男性,写那么清纯、坚毅和忠诚的大男孩,只有这样的大男孩才能配得上,才能隐喻出他心中如此神圣的共和国。于是,《初雪》和《洼地》的主人公都是大男孩——前者是来到朝鲜才五个月的司机助手王德贵,后者是刚刚参军,分配到九连仅一个星期的新兵王应洪。众人问起王德贵的年纪,刘强说:"这年轻的同志十八岁啦。"这语气里有爱怜——才十八岁啊；更有自豪——看，小伙子十八岁了，十八岁的小伙子来朝鲜打仗啦。有人打趣："不像的！十六，十六！"小伙子气呼呼地说："我十九啦！"十九之于十八，是丝毫不容混淆的、无比珍贵的成长。无独有偶，王应洪也是十九岁，年轻得让二班长王顺心中升腾起一阵抑制不住的友爱。十九岁的他们一样的自负，他们相信自己一定能成为最好的司机或者侦察员。他们又是一样的赤诚，一腔对于祖国和朝鲜人民，以及对于共产主义事业的赤诚。他们更是一样的懵懂和腼腆，那个头包花格子毛巾的浓眉毛姑娘笑了，王德贵很不满意她的笑声，激怒道"这有啥好笑的呀"，可羞怯的微笑不争气地挂上了他的嘴角；金圣姬的深情则让王应洪感到从未有过的甜蜜，因为甜蜜，他慌乱了，因为慌乱，他又变得异常的生硬。这些既自负又赤诚还懵懂的大男孩，从头到脚都是那么的清爽、鲜亮，他们简直有"圣"意。这样的"圣"意不正暗合了没有沾惹一丝半毫的污泥浊水的共和国本身的神圣？反过来，共和国的神圣不就由大男孩的"圣"意轻轻拈出？如此说来，路翎无意中为共和国速写出了一幅最逼肖的图画。对于大男孩的"圣"意，王安忆也有体悟，她在《遍地枭雄》和《启蒙时代》里写到许多发育期的男孩子，这些男孩子毛茸茸的、蠢蠢欲动的，那么好看，"睁眼就是美景"，他们还干净、金贵得很，妈妈和姐姐的内衣都要让开他们的衣服晾晒。只不过，王安忆再也没有了路翎那样的想象共和国的野心和雄心，她所建构的大男孩世界要琐屑并因而稳妥许多。①

　　大男孩和崭新政权面临的第一要务都是成长，或者说，追踪大男孩的成长轨迹与展现共和国的苦壮之路，原本就是一体之两面。于是，路翎要为王德贵安排初雪中的第一次行车，为王应洪安排第一次战斗，这样的犹如猛兽幼崽第一次觅食的初体验，不正指涉着志愿军入朝这一共和国所做出的头一个特大决策？在共产主义理想的辉耀下，不管是大男孩还是共和国"第一次出门远行"，在经历了必不可少的挫折和困苦之后，都一定能有惊无险地抵达终点，并在抵达终点的刹那，成长为一个真正的男人和一个强大的国家。过了三十多年，余华笔下十八岁的"我"背起漂亮的红背包，"像一匹兴高采烈的马一样欢

---

① 　路翎以大男孩隐喻共和国的开创性思路，深深影响了后之来者，大家不约而同地用大
　　男孩来想象和称颂共和国，比如汪曾祺《羊舍一夕》中的四个男孩，徐光耀的小兵张嘎，
　　李心田《闪闪的红星》中的潘冬子。

快地奔跑了起来"，照例开始了生命里的第一次远行。不过，"我"的远行没有了方向，没有了终点，"我"甚至被打劫了，黑暗的世界中，"只有遍体鳞伤的汽车和遍体鳞伤的我"。这一最初的绝望和恐惧，一把拆穿了看起来无比明朗、昂扬的共产主义理想，更以自己的后见之明，证伪了路翎以及整个"十七年"文学的成长主题的乐观。不过，后见真的明吗？什么都不再相信的我们真的有资格轻忽一个时代的乐观？

接下来的问题是，第一次出门远行的过程中，大男孩和共和国注定会遭逢哪些不得不遭逢的坎坷？他们必须汲取什么样的生理和精神资源，才能成长为铮铮铁汉？这些来路纷杂的资源会不会相互冲撞，甚至根本就无法调和，无法调和的它们又该如何整合成一股不可撼动的共和国精神？

二、她性力量

《初雪》说的是卡车司机刘强和助手王德贵开车从前线往后方转移的故事，路翎强调："他们这一车全是年老的和年轻的妇女，带着一群孩子和很多的零碎东西。"这一强调意味深长——妇女、儿童和零碎东西都处于由战争、献身、理想、主义等宏大词汇构成而成的阳性世界之外，带有琐屑、凌乱、潮湿、日常等阴性的特点，她们甚至从来就是一体的，你看，抗战期间，刘强的姐姐正是为了抢回一个包着几件小孩子的旧衣服的包裹，才被车子碾伤的。为了凸显阴性世界的琐屑，路翎一一罗列那一堆零碎物件：盆子、罐子、篮子、破炕席，还有两只鸡。就是这些鸡零狗碎、杂七杂八的物件，刘强还一个不落地搬上车，不厌其烦到庄重的程度，他的庄重自有堂皇的阳性理由，因为"这些东西仿佛在对他讲述着艰苦和贫穷，同时又仿佛对他讲述着妇女一两年来在炮火下的流血奋斗"，也因为"放到车子上去的任何一件小东西，都叫他觉得这是对敌人的一个胜利"。可是，阳性世界赋予这些物件再多的意义，也不可能让刘强欢快地喊起来："阿妈尼，这个鸡，顶好！""顶好"不是对意义的指认，而是穿透了意义之膜，直接感动、惊叹于物本身的光彩而发出的由衷赞叹，这样的赞叹表明，阴性的物本身无须阳性世界的祝圣，自行拥有并展露着意义。正是基于这样的领悟，刘强才会既婆婆妈妈又无比严厉地对王德贵说："老百姓过日子什么都有用的,——哪怕是破炕席,能丢在这里叫敌人一炮打掉么?"也正是有了这样的领悟,刘强才会觉出这一车的沉重,才会有了真正的紧张和痛苦:"如果一颗炸弹落在他的车上,他将如何对得起这些朝鲜妇女?"王德贵也焦急啊,不过,他的焦急不是因为他感到了阴性世界沉甸甸的分量,而是因为阴性世界的枝枝蔓蔓干扰到了阳性世界的正常运转——再耽搁就不能按时赶到了。初出茅庐的大男孩只会被阳性世界鼓荡地越发激狂,他们只熟悉和亲近被编码之后的对象,而日常生活本身要么作为被编码、转化之后的他物而被他们理解抑或曲解,要么成为视镜照不到的沉默者而被他们遗忘。就是在这里,大男孩的生命境界被有家有室的老练的男子汉拉下了长长一段距离,这段距离就要在这一次远行中一点一滴地弥合。如果说被主旋律燃烧到亢奋的大男孩一定要补上日常生活本身的意义这一课的话,那么,太过激昂、高蹈的主旋律同样需要一种阴性的、家常的、稳妥的力量来平衡,健康、强大的主旋律从来就离不开既纷乱芜杂又生机勃勃的日常生活。所以,《初雪》的重大意义及其动人之处就在于它发现并确立了日常生活的本体性地位,主旋律不应该也不可能绞杀日常生活。

不过,主旋律是绝对优位、排他的,就像杨朔强调,他心目中的"英雄儿女"一定"……还有更高的思想。他们更喜欢谈论的却总是祖国",而刘强那样的为日常生活紧张、痛苦的人,则"……总是自私、狭窄,整天在'我'上兜圈子",他们上了战场,"一定会贪生怕死,畏缩不前"。[1] 也就是说,眷恋于姐姐在拔草、邻家姑娘在笑这样的日常生活画面的人都是懦夫,甚至是叛徒,只有克服了"我",扬弃了阴性世界,跃居更高级、永恒的阳性世界的人们,才有资格进入共和国的英雄谱。共和国伦理与日常生活原来是贵贱有别,甚至水火不容的,他一定要战胜她、驱逐她、绞杀她,只有完全绞杀了她,他的绝对优位性才能够确立。如此说来,其后《初雪》和路翎受到猛烈的围剿实属历史的必然,因为这场围剿正是共和国的阳性伦理自我确立的关键性战役之一。面对围剿,路翎一脸错愕:"为什么会有这样的批评?"他确确实实觉得,哪怕是母亲几十年前出嫁带来的一口木头箱子所散发的古旧气息,都是令人宽慰的。他压根理解不了,他的共和国想象与批评者及其背后的意识形态之间出现了根本性分歧:

---

[1]　杨朔:《与路翎谈创作》,《文艺报》1955 年第 5 期。

共和国的成长究竟需不需要她的力量？

强调她的力量之于大男孩和共和国成长的重要性，《初雪》便处处设下来自她的世界的细节，比如，让王德贵面红心跳的姑娘的笑声，再如，那一坛明年春天一定会发芽的麦种。她性的细节锁链中，至关重要的一环是刘强把那个名叫金贵永的婴儿塞进了王德贵的手里。开始时，王德贵不以为然："这么个孩子有什么值得稀奇的呀，说不定一会儿就拉你一身！"他又是那么笨拙，捧着孩子，"就像捧着一盆热水似的"。但是，在如雨的枪炮中，在照明弹的光亮里，他第一次看了一眼孩子的圆脸，可爱的孩子在他紧张的心中"唤起了模糊的甜蜜的感情"。"模糊的甜蜜的感情"以及下文说到的"秘密的感情"，都是一种说不清、道不明的，无法被神圣的共和国伦理解读、照亮的源于生命本身的感动，这样的感动属于潮湿、紊乱的阴性世界，而阴性的感动只能被孩子这样的阴性之物"唤起"。只有被唤起了阴性的感动，他才开始丰润了，饱满了，饱满了的他忍不住亲了亲孩子。在大男孩的成长史中，亲孩子是一个具有里程碑意义的动作，这一动作表明他已经从男孩成长为男人，作为男人的他才会对孩子充满了柔情。他又偷偷亲了一下，孩子的奶腥气让他"激动"。"激动"作为一种异质性元素猛然汇入，旧的格局在轰毁，新的状态在生成，就在这种深刻的不安中，"他觉得自己现在是成了一个真正的成年人了"——成长不仅是长大了，更是对于长大的自觉。真的长大了的他就像老刘一样的婆婆妈妈，他因为能和老刘一起谈谈孩子而觉得"很满意"，因为能为妇女们做一点事，能在这种场合负起责任来而感到"一切是多么好啊"，他甚至想象，到了目的地，孩子不要母亲了，哭着往他的身上扑。长大了的他就连声调都在悄悄改变，他拍拍孩子屁股，"非常柔和"地说："不哭，啊，宝宝，咱们马上就要过桥了。"就这样，在她性力量的引领之下，王德贵一夜之间完成了他的成长史，成长的终点处，"大雪无声地、密密地降落着，这台车后面的那两条很长的黑色的车迹很快地就被大雪盖住了"。这是一种丰润到博大，博大到深邃，深邃到宁静的境界，在这样的境界中不是没有冲撞，冲撞被地母般的胸怀中和，也不是绝对的死寂，寂静中自有一股改天换地的伟力在孕育。在路翎的想象中，最动人的男人、最理想的共和国就应该是这样的形象，也一定会抵达这样的境界，而阳性的人或共和国要想抵达这样的境界，成长为最完美的英雄，就必须由她性力量来平衡、丰满和引领吧。基于此，我可以认定，共和国文学处处狐疑、压抑和绞杀她性力量，只有在路翎这里,她性力量才取得了昙花一现的胜利。不过,由她性力量滋养出来的英雄,注定写不进共和国的英雄谱——我们的英雄怎么能"光在家庭骨肉间翻筋斗"?

三、溃败也可以是一种成长

　　王德贵被孩子的奶腥气"激动",王应洪则遭逢了金圣姬的爱情,一种不是要和他并肩作战,而是渴望与他一起建立"和平的、劳动的生活"的爱情,这样的爱情与奶腥气一样,都来自阴性世界。那么,王应洪会被这一股阴性力量激励,从而成长为王德贵式的英雄吗?

　　王应洪是"激昂的、元气充沛的"——激昂由共和国伦理煽动起来,充沛元气则是大男孩如乳虎般的生机,两者相激相荡成一种随时准备战斗和牺牲的豪情。王应洪被这样的豪情整个地占有,哪有什么恋爱的闲情? 于是,当金圣姬用问他家里有几口人的方式探听他是否单身时,他爽快作答:"四口,父亲、母亲、哥哥、嫂嫂。"她脸红了,他却唱着歌跑出去了,"他什么也没有觉察出来"。第二天,金圣姬的母亲对着他笑,抚摸他的头,还说了很多他听不懂的朝鲜话,她显然极喜欢这位未来的女婿,"可是这年轻的侦察员仍然什么也没有想到"。他也不是什么都没想到,他想到他在为这一位和他母亲一样受苦的、慈祥的老大娘战斗,便"激动得很厉害",找出斧头替老大娘劈柴了——日常生活被共和国伦理曲解、转化的经典一幕。共和国伦理的排他性甚至使他有了伦理上的洁癖,或者说贞操观,以至于当他被怀疑爱上金圣姬的时候,立刻产生受辱一样的痛心和愤慨,大叫起来:"班长,你就这样看我么?"冷静之后,他含泪、颤抖地发誓:"我真是对她一点心思也没有。"但是,姑娘痴痴的凝望还是让他的心里出现了从未有过的"甜蜜的、惊慌的感情"———一种源自生命内里的,不能被读解,无法被整饬,更不可能被遏止的生理性轻颤,轻颤的时刻,正是阴性世界的大门被徐徐推开的瞬间。这样的感情还要多次在他的心里涌起,每一次涌起就是一次成长的契机。不过,作为坚定的革命战士的他的过人之处,就在于他只会在走神时或是在梦里稍稍放纵一下这样的感情,"但在清醒的时候他却对这个很冷淡;他觉得他心里很坚强"。他更会因为纪律,因为激烈的战斗,毫不留情地抹去这种"幼稚心情"。于是,姑娘送袜套,"他没有什么犹豫就向班长汇报了"。姑娘又送绣花手帕,他的第一个念头也是汇报给班长。他又犹豫了:马上就要行动,班长这么忙,完成任务再说吧?犹豫的当口,又是她性力量入侵、裹挟,以纪律的形式现身的共和国伦理软化、坍塌的瞬间。不过,这样的瞬间毕竟太无力、太短暂了,他理解不了她的"建立一个和平生活的热望",他觉得,"他没有及时地把手帕的事汇报给班长,是一个错误",他平静地向班长汇报了。这一次太过浮皮潦草的自我搏斗,也就是所谓的洼地上的"战役"吧,"战役"的结果,是纪律及其背后的共和国伦理大获全胜,而彻底剪除了爱欲等所有来自阴性世界的不祥之物的他,顺理成章地被铭刻进了共和国的英雄谱。只是,她和她的平凡、美好的爱情怎么就成了不得不抵御的诱惑?她怎么会是试探耶稣的魔鬼,而他只有在多次斥退如此柔情似水的魔鬼之后才能超凡入圣?而且,如此索然寡味的"战役"在共和国文学中片刻都没有中断过,毫无新鲜之处,那个独异的路翎到哪里去了?

其实,洼地上同时发生了两场"战役",一场是大男孩朝向共和国伦理不断攀升的皈依史,一场是老班长王顺被她性力量一再感动,从而松动原本牢不可破的意志,由神而人的溃败史。你看,路翎为老男人王顺设置了一个与大男孩王德贵一样的起点——完全懵懂、淡漠于阴性世界。小说一再强调,"老战士们是不大容易激动的","对于这一类的事情,老侦察员一向是很冷淡的",王顺甚至有一种成见:"如果这一方面没有什么,那一方面也一定不会有什么的。"这是一个诡异的,却又是司空见惯,怎么可能不如此的逻辑:只有抵御她性力量的引诱,才能成为共和国的英雄,成圣的过程就是对她性力量,对"邪恶"人欲的一场艰苦卓绝的歼灭战。但是,就在他考虑一对年轻人是否已经恋爱了的问题的时候,姑娘的纯洁、赤诚的眼光,她在地里劳动的姿态,她在战士们走过时突然直起腰来寻找什么的渴望样子,却使他"困惑"了,并有了一种"模模糊糊的苦恼"——"困惑"是共和国伦理松动的开始,"模模糊糊的苦恼"则是他一直视而不见的她性力量大肆入侵所导致的,无法被厘清更无计被消除的排异反应。其后,王顺还要无数次地被她那无望的爱情所惊扰、刺痛,比如,王应洪把袜套退给她,面对她的错愕、失望,他并不太放在心上,王顺对这件事却"注意得比他多些",再如,"人民军战士之妻"在舞蹈,王顺感动得说不出话来,那个年轻人"却好像没有什么感触",他在想着今晚的战斗。更致命的是,他所担心、所反对的她的天真的爱情,竟慢慢烛透了他的心,被压抑的日常生活世界随之涨破了共和国伦理的藩篱,从潜意识的暗影处走到了台前:他想起他的女儿认识一百二十一个字了,他清楚地看见女儿背着书包从田野上跑过,他甚至觉得,"这个他在中间度过了将近二十年的受苦的日子的家乡,这个生了他、养育了他,用地主的皮鞭迎面地抽击过他的家乡,从来不曾这么亲爱过!"——在共和国伦理中,皮鞭的抽击必然引爆阶级仇恨,到了阴性世界里,伤痛却是生命的本然部分,因为伤痛,所以更加亲爱。只有在此领悟的光晕中,他才会在王应洪牺牲后,对她说:"请你,金圣姬同志,永远地记着他吧。"这一句叮嘱是对于被禁止、被诅咒的爱情的追认,更标志着他朝向阴性世界的彻底溃败。如此一来,这两个人的生命轨迹就出现了一种奇异的倒错:业已超凡入圣的王应洪觉得,自己的年龄好像一下子大了许多,已经是一位身经百战的老兵,"而那个热情的班长倒反而更像个青年了"。那么,在这两条倒错的生命轨迹中,路翎祝福哪一条?从《初雪》一直追踪大男孩的蜕变历程,《洼地》却转而以老男人的眼睛观察一对年轻人的爱情,并由此深深地改变了自己这一点看,老男人被阴性世界俘获的过程才是路翎关注的焦点,他无比珍视老男人的溃败史,因为溃败才能成为人,成为英雄——英雄从来都是人而神的。他甚至要大声宣布:溃败也可以是另一种更扎实的成长。所以,《洼地》看起来是在讲述大男孩如何抵御爱情的故事,实际上是在说老男人怎样在别人的爱情的开启下一步步走出共和国英雄谱,最终潜入浩瀚的阴性世界的心灵史。巴金说《洼地》写了一个类似于中古骑士的"不能实现的爱情"的爱情故事,从而"打动一般把'爱情'看得比什么都重要、或者对爱情充满幻想的小资产阶级知识分子的心"①。这样的指责未免太过小视了路翎的雄心,路翎并不特别看重这一场"不能实现的爱情",他是要借这一场爱情对于一位老战士的"侵蚀",来打破成长就是朝向阳性世界单向度攀升的定论,写出一部往阴性世界不断回溯、溃败的崭新的成长史来,这样的成长史大大地拓展、丰润甚至否定了"十七年文学"的成长主题。这样威胁到共和国伦理的正当性的成长史,当然会遭到共和国伦理的维护者的毫不容情的攻击,甚至清除。

---

① 巴金:《谈〈洼地上的"战役"〉的反动性》,《巴金全集》(第 14 卷),人民文学出版社 1990 年版,第 448 页。

英雄的战士向阴性世界回溯、溃败了,他们就不再是触目都是新鲜的大男孩,而成了懂得生命之重的男人。在这样的男人眼中,共和国也不会是全新的结晶体,而是经受了太多苦难、屈辱却仍旧如此慈爱、温暖的母亲。这样的男人深深懂得母亲的苦难和伟大,他们一定会迸发出一腔为母亲而战斗、牺牲的豪情。这样看来,《战士的心》的结尾看起来稍觉突兀,其实倒是顺理成章的:吴孟才要寄钱给烈士廖卫江的姐姐,他没有见过她,却无端觉得,这个受过很多苦的中年妇女有着一双布满皱纹的、慈爱、柔和的眼睛,圆圆的脸,头发有些白了,说话是很慢的,他更无端觉悟到,这就是他二十多年来一直想象,却从未见过的母亲的样子,一时间,他心里极安静,对自己说:"母亲啊,保卫你!"战斗,是因为祖国,更是因为母亲——母亲一样的祖国,祖国一样的母亲。

于是,路翎想象共和国的方法又回到了我们的文化记忆的老路。

《西望长安》和《假如我是真的》对照记

　　1956 年,老舍学习罗瑞卿的报告,"看到罗部长希望有人用骗子李万铭的材料写个讽刺剧"①,便争取到机会,写出话剧《西望长安》。到了 1979 年,沙叶新与合作者被一起骗子冒充高干子弟行骗的新闻怂动,特意躲到无锡锡剧团,仅用了十一天,写出激起"巨大的风波"②的话剧《假如我是真的》。从古到今,行骗的故事常说常新,因为骗术中自有一番真假虚实之间的辩证、纠结,更因为经由骗术哈哈镜的扭曲和夸张,原本模糊、平淡的世道人心会展露得无比生动和鲜明。我之所以从那么多的骗子故事中,单单挑出这两部话剧作"对照",是想从它们的同中之异、异中之同里,看看"新时期文学"与"十七年文学"的关系:断裂抑或承传? 甩掉重负的轻装前行抑或喝进了吐也吐不尽的狼奶?

一、老舍的时代颂歌

　　老舍擅长小说,却在抗战和"十七年"这两个时间段,专注于话剧创作。他在不同时期截然不同的文体"偏好",源于他不无偏颇的文体意识:小说是"志愿",是在相对宽松的环境中的个性化追寻,关乎一己心性;话剧则是"组织化"("组织化"既可以是抗战的全社会总动员,也可以是社会主义改造)过程中教育民众、浸染人心的利器,往往为时局服务。 比如,关于战时的"戏剧热",他说:

---

① 老舍:《有关〈西望长安〉的两封信》,《老舍文集》(第 16 卷),人民文学出版社 1991 年版,第 393 页。

② 沙叶新:《关于〈假如我是真的〉》,《自由的笑声》,学林出版社 1999 年版,第 250 页。

小说自五四以来,本是比较占优势的,但抗战期间为了配备抗战,诗歌、戏剧反而赶过了它。因为戏剧、诗歌能应抗战需要,可以救急地很快写出来,而且能马上收效。如朗诵诗可马上在群众中引起反响,戏剧更不要说了,小说无此便利,必须印出来放在人眼前才行。①

如此强调戏剧的工具属性,老舍的剧本便大抵紧跟着某项政策、某场运动,时时不忘为政治服务,自我的表达倒是无足轻重的。他甚至详尽探讨过如何在剧本中表现政策的问题:

现在我明白过来:从现实生活中体会政策,以现实生活表现政策,才是更好的办法。这就是说,剧中的一切都从生活出发,使观众看过之后能意味到政策,细细地去咂摸,由赞叹而受到感动,才能有余音绕梁的效果。②

老舍煞有介事地论证这个问题,多少是有些僵化、迂腐得可笑的,可是,联系到他的文体观,一切又是自自然然的。小说家老舍与剧作家老舍,其实就不是同一个人。或者说,老舍是有"精神分裂症"的,小说家和剧作家,是他分饰不同角色时的面具。

"十七年"期间,老舍都戴着剧作家的面具,或在新旧比照中唱起新时代的"欢乐颂",或礼赞"三反""五反""合作化"等运动的英明和有效。在这些剧作中,处处是光明,是希望,是一个接着一个的胜利,是紧紧攥住时代的骄傲,就是没有小说家老舍固有的永远比时势慢半拍的惶惑、"志愿"注定无法达成的悲怆。③ 为配合"肃反"运动而作的《西望长安》同样如此。老舍以骗子栗晚成

① 老舍:《抗战以来文艺发展的情形》,《老舍文集》(第15卷),人民文学出版社1990年版,第506页。
② 老舍:《我怎么写的〈春华秋实〉剧本》,《老舍文集》(第16卷),人民文学出版社1991年版,第329页。
③ 《茶馆》虽是满纸凄凉,背后却是以"葬送三个时代"的明朗和干脆打底的。即便如此,还是有人批评《茶馆》的挽歌情调,与时代氛围格格不入。

利用全社会的英雄崇拜情结到处招摇撞骗并最终败露的故事,揭示出浴于胜利喜悦中的人们的轻信、骄矜和不太严重的官僚主义作风,并提醒大家:新社会中仍有旧社会的渣滓残存。既为配合"肃反",真正的反角就只有那个"反",全剧的重心也在暴露"反"之为"反"。其他的受骗干群,则是一片好心,都希望社会主义事业蒸蒸日上,他们虽有种种缺点,甚至无意中助长了"反",作者也一定会让他们幡然醒悟,最终回到"正"的行列中来。比如,栗晚成落网后,农林部人事处处长林树桐悔悟:"我接受这次的教训,我准备检讨自己!至于整个事件,由中南到北京,马主任应负最大的责任!"一句检讨就能一笔勾销所有的错误,同志还是同志啊,怎么说也是人民内部矛盾。而"罪魁祸首"马昭出场时,老舍如此描述他的特性:"他办事颇有气魄,但失之粗心大意。"粗心大意,就让骗子有缝可钻,使社会主义事业和党的形象蒙受了损失,但是,这些都不打紧,他可是处处为咱们的事业着想的呀,又能错到哪里去呢?更何况他还是位"颇有气魄"的领导?细细体会老舍的描述,马昭其实是"猛张飞",缺点多多,错误多多,却是可爱、勇猛和忠诚的,社会主义建设事业的"金兰谱"上,不会漏掉他的大名。对此,老舍亦有自剖:

> 假若我为写得痛快淋漓,把剧中的那些干部们都描画成坏蛋,极
> 其愚蠢可笑,并且可憎,我便是昧着良心说话——我的确知道我们的
> 干部基本上是好的,只在某些地方有缺点,犯些错误。我只能讽刺这
> 些缺点,而不能一笔抹杀他们的好处……①

　　除了这些心怀善意的讽刺,老舍还赞美了疾恶如仇的林大嫂,保持高度革命警惕的荆友忠和眼光锐利、心思缜密的唐石青。在新社会里,大家都在领袖教诲下迅速"成长","好人"还是很多的啊。就这样,《西望长安》成了浴血重生后的新社会里"邪不压正","正"不断地克服缺点,越来越"正"的轻喜剧。喜剧的结尾,当然是人们举杯欢庆"领导的胜利,咱们大家的胜利"。这胜利,其实是新社会战无不胜的证明。《西望长安》不仅呼应了"肃反"这一具体的运动,

---

① 老舍:《有关〈西望长安〉的两封信》,《老舍文集》(第 16 卷),人民文学出版社 1991 年版,第 395 页。

更是"大时代"的颂歌。

这种颂歌体,典型体现了"十七年文学"的精神,这种弃小说攻戏剧,以为政策喉舌的文学努力,也吻合了"十七年文学"愈益工具化的倾向。只是,此时的工具化自觉,与抗战期间鼓吹"文章下乡,文章入伍",一心一意写剧本、相声、大鼓词的热忱相比较,总让人觉得遗憾,更让人有所反思:我们在强调"十七年"加在作家身上的桎梏的同时,也应该反过来考虑到,正是作家的工具化自觉,强化了"十七年文学"精神,两者是相生相成的。剧作家老舍实在是"十七年文学"的经典作家。我不禁揣测,当小说家老舍偶尔在那个分裂体里冒头,把他一把拽回童年,潜入一个民族的衰败和创痛秘史,写下《正红旗下》时,他该会怎样的恍如隔世啊。正是这样的"隔"世之感,使《正红旗下》注定只能是断章。

二、"他的政治热情是很高的"

和老舍不同,沙叶新是职业编剧,一度做过上海人民艺术剧院院长。一个以戏为"志业",自称"天下第一大戏迷"①的剧作家,会如何看待戏? 当他在"新时期"之初讲述骗子的故事时,和半路出家的"十七年"剧作家老舍,会有怎样的不同?

乍看之下,《假如我是真的》远比《西望长安》有批判的锋芒。栗晚成的父亲是地主,"现在还受管制",其本人是国民党青年军、三青团团员,纯属旧社会的残余,坑蒙拐骗是他的"阶级本性"。李小璋却是聪明、有理想的青年,只是在两年前,他的回城指标被人走后门挤掉后,才变得非常消沉,又抽烟又喝酒。他刚开始只想骗戏票,只是在误撞入官场潜规则之网后,才越陷越深的。他一办好调动手续,就向女朋友发誓:"明华,从明天起,我一定……一定要做个让你喜欢的人!"他仍是个善良、上进的青年。沙叶新甚至给他安排了这样一段台词:"开开玩笑嘛! 骗人算什么? 演戏不也是骗人? 世界上有那么多真戏你们不看,偏要到剧场来看假戏,你们不也是受骗了?"这段话把骗人之"假"和演

---

① 沙叶新:《五个剧本五本帐》,《自由的笑声》,学林出版社 1999 年版,第 237 页。

戏之"假"强行等同起来,以后者的非道德化把前者拔出了道德困境:李小璋只是为回城与女朋友团聚,演了一场戏而已,没什么大不了。那么,这样的青年为什么会走上歧途?究竟是谁之罪呢?沙叶新的答案显而易见:特权人物相互勾结、竞进形成不正之风,正是此股歪风逼"良"为"娼"。骗子无辜,被骗的无耻。就这样,《假如我是真的》把《西望长安》的逻辑翻转过来,把表现的重心也从揭发骗子的骗术转向展露被骗的人们被骗的丑态,并在结尾处,用被告席上李小璋的自白——"我错就错在我是个假的,假如我是真的,我真的是张老或者其他首长的儿子,那我所做的一切就将会是完全合法的"——狠狠地扇了被骗的一记耳光。所以,《西望长安》与《假如我是真的》,一个是颂歌,一个是枭鸣,一个是欢欢喜喜的"大团圆",一个是让人如芒在背的追诘,一个是"十七年文学"丧失自我,盲从政治的畸形产物,一个是"新时期文学"回归启蒙理性的先声。

但是,"清官大老爷"张老对李小璋说:"虽然你冒充我的儿子,可是你对我并不了解。看来你对我们党,对我们干部队伍的基本状况也缺乏了解。"言下之意,大部分干部并不像剧中人物那样钻营、贪婪。也正因为如此,张老最后长长一段大义凛然的儆戒才有了底气。试想,如果整个干部队伍都烂掉了,这凛然正气不成了空穴来风?所以,沙叶新只是把老舍业已发现的问题放大了、尖锐化了,怨气和火气也更大了,总体判断却是一致的——"干部基本上是好的",创作初衷也是一致的——"给共产党的脸上擦去灰尘"①。老舍若有知,可能会觉得沙叶新"昧着良心说话",因为他为了自己写得痛快,把干部写得太愚蠢、可憎了。不过,考虑到"肃反"和"思想解放"截然不同的时代氛围,我以为沙叶新的批判意识实在比老舍犀利不到哪里去。

就在写作《假如我是真的》前后,沙叶新写出颂歌《陈毅市长》。抹去《陈毅市长》的创作日期,我每每恍惚:这是与《龙须沟》同时代的剧本?一样的时代背景,一样清浅、笃实的乐观。其实,从来不存在两个沙叶新,批判和歌颂原本一体,每念及此,沙叶新都如鲠在喉,有话要说:

《陈毅市长》写作时间早于《假如我是真的》半年,而发表和演出

---

① 沙叶新:《关于〈假如我是真的〉》,《自由的笑声》,学林出版社 1999 年版,第 255 页。

则晚半年左右。不知情者以为我是因为写了《假如我是真的》受到有关方面批评之后为了"立功赎罪"才创作《陈毅市长》的。其实这两部戏本意是一样的,一部是告诉人们共产党员不应怎样,一部是告诉人们共产党员应该怎样。①

不管是批判还是歌颂,都是为现实政治服务,都强调戏剧的工具属性。难怪沙叶新在《假如我是真的》开头语带玄机地说:"戏剧源于生活。我们这出戏也来自活生生的现实生活。"他写的是戏,瞩目的却是现实生活啊。在论及话剧这一舶来品何以能在中国生根发芽、枝繁叶茂时,他更凿凿地指出:

> 就因为它的大幕主要是向着现实生活而打开的,就因为它能经常地、及时地将当代人们在现实中的斗争、思索、苦恼、欢乐反映到自己的舞台上。这是话剧艺术最主要的艺术功能,也是话剧艺术的生命力所在。②

话剧的意义真的在于反映现实吗?我们千万不要把他的话当真,需要当真的是,这是他的夫子自道:现实政治正是他不能须臾离开的创作源泉。于是,我们看到他为纪念马克思逝世一百周年写出《马克思秘史》,为讴歌改革新人写出《大幕已经拉开》,为讽刺官僚主义作风写出《〈风波亭〉的风波》。到了二十一世纪,他仍是批判和歌颂并举,写出《都因为那个屁》《幸遇先生蔡》等剧作。难怪前辈导演黄佐临会盛赞:"……他的政治热情是很高的。"③在突出现实、服务政治上,沙叶新与剧作家老舍在创作理念上有什么区别?也许他们的不同之处仅在于:沙叶新不会像剧作家老舍一样,冷不丁地有另一个"我"将他淹没,让他沉湎,更给他带来撕裂的疼痛。下面的疑问是,沙

---

① 沙叶新:《五个剧本五本帐》,《自由的笑声》,学林出版社 1999 年版,第 238 页。在《尊严无价》中,沙叶新又抱屈:"我写批评的作品,我自己受到的是更猛烈的批评,如我以前写的《假如我是真的》;我写赞美的作品,我自己获得的是更大的赞美,如我以前写的《陈毅市长》",殊不知批评和赞美是一体之两面。《自由的笑声》,第 248 页。
② 沙叶新:《扯"淡"》,《自由的笑声》,学林出版社 1999 年版,第 272 页。
③ 黄佐临:《序》,《沙叶新剧作选》,江西人民出版社 1986 年版,第 2 页。

叶新何以在政治氛围大变的"新时期"仍念念不忘政治？他在何时、以何种方式扎下这一信念？

三、终究是"活报剧"

其实，沙叶新有很深的"十七年文学"渊源。1963 年，他从上海戏剧学院戏曲创作研究班毕业，进入上海人民艺术剧院开始专业创作。他的文学滋养是"十七年文学"的，初步的文学实践也是"十七年文学"的。说他，怎么能不从"十七年文学"说起？

沙叶新"十七年文学"时期的代表作是发表于 1966 年第 4 期《萌芽》上的独幕喜剧《一分钱》。故事是说，一个夏天的晚上，生产队饲养员张可娟过生日，身为经济保管员的丈夫刘村宝答应陪她看戏，却因为帮助别的小组劳动而晚归，回来后一心一意轧账，结果发现少了一分钱，满世界找人对账，可娟情急之下偷偷塞进一分钱，村宝发现多了一分钱，又要跑十几里地去对账，可娟无奈承认错误，并认识到：管账目，"一分一厘不能差"。落后分子在先进典型的感召下"浪子回头"，无限欣喜地皈依组织的怀抱，本是解放区文学和"十七年文学"的主导模式。年轻的沙叶新，显然熟谙其间的操作规程，才能编造出这部喜剧/闹剧。这剧更让我感兴趣的是沙叶新力图揭示的"辩证法"：一分钱并不重要（可娟说："哎呀，吓了我一跳！原来就少一分钱啊！看你大惊小怪的，我还以为短了十元八元的哩！"），但是，如果一分钱是公家的，就重若泰山了（村宝说："这一分钱，也是公家的啊，怎好不急？"）。这正是"十七年文学"咄咄逼人的主流逻辑啊：个人的事再大也是小事，集体的事再小也是大事。沙叶新实在是"十七年文学"的希望之星，《一分钱》也受到了理所当然的好评。可以设想：如果没有发生"文革"，"十七年文学"还在继续，沙叶新会不会如臻化境，制造出大量更成熟的《一分钱》，成为杨朔一样的"经典作家"？他还会有那么多的狐疑和追诘吗？

可惜，历史不容假设，《一分钱》已经虚假得可笑，沙叶新也不复旧日的明朗。但是，从《陈毅市长》《大幕已经拉开》等剧中，我们仍清楚地看到《一分钱》在"借尸还魂"：还是一位公而忘私、通体光鲜的主角，还是一群各打各的小算盘的落后分子，还是经过一番或轻松或艰难的斗争，主角征服了落后分子，先进者的光芒照彻世界。仔细想想，"新时期"之初的文学，特别是"改革文学"，又有多少能挣出此一模式的呢？题材与时俱进了，思维架构和想象方法却一以贯之。"新时期文学"的"十七年文学"残留，怎么估计都不过分的。歌颂性剧作如此，与之一体的批判性剧作，比如《假如我是真的》，也不例外，只是这种影响要沉潜、模糊了许多。

既在"十七年文学"夯实了根基，沙叶新当然锻造出一副砸不烂、摔不碎的信念：文学为现实政治服务。在此信念支配下，置身高度一体化的时代，会流水作业般炮制《一分钱》《边疆新苗》，到了思想冰消、春潮涌动的时代，则会写出《假如我是真的》这样的讽刺剧和《陈毅市长》这样的颂歌。写出什么，全由时代氛围或曰政治决定，个人倒是无关紧要的。主体性弱化至此（弱化不是指不批判，而是说批判与否全由时代决定），对于一位以思想性著称的剧作家，是不是一种讽刺？

文学为政治服务了，自己还剩下些什么？戏剧成了工具，那还是戏吗？沙叶新多少意识到了自己的偏执："我们的作品（应该说是我的作品）又有太多的理念，太多的教训，太多的政治色彩，太多的社会内容。"只可惜一连串"太多"构织成的"自省"看似痛彻，实则只为引出一番不被理解和宽容的怨艾，从而得出"像我这类作家是悲剧性的"[1]这样有点自怜、自恋和自傲的自我认同。沙叶新对于自己的创作症结，说到底还是不自觉。他甚至明确表示，手中之笔正是战士的枪。[2] 枪就是要击中目标，笔就是要歌颂或批判理念，文学性则是无聊的消遣了。如此漠视戏剧本身，必定会给他的创作带来如下伤害。（一）简单、粗糙和漏洞百出。比如，在《假如我是真的》中，钱处长、吴书记怎么会相信一个对张老一无所知的底层青年是张老儿子？孙局长怎么会在郑场长办公室喝多，说出"干部就是要有特权，开后门就是合法……"之类的"醉话"？难怪巴金在力挺该剧"鞭笞了不正之风，批判了特权思想，像一瓢凉水泼在大家发热发昏的头上"的同时，会委婉地说它"不成熟，有缺点，像'活报剧'"。[3] "天下第一大戏迷"的名剧，竟像"活报剧"，实在让人丧气。（二）人物只是传声筒，剧

---

① 沙叶新：《五个剧本五本帐》，《自由的笑声》，学林出版社 1999 年版，第 240 页。

② 沙叶新：《答意大利〈人与书〉杂志问——代后记》，《沙叶新剧作选》，江西人民出版社 1986 年版，第 483 页。

③ 巴金：《再说小骗子》，《随想录》（第 2 集），人民文学出版社 1981 年版，第 112 页。

作只是教训。比如,张老就是党性之声。沙叶新自我检讨,说他没有血肉。何止没有血肉? 骨架也没有。再如,《〈风波亭〉的风波》以一连串不可能的巧合,一遍遍暴露马局长的官僚主义。暴露之不足,更让方菲不顾语境,更不顾舞台效果,发表了长篇的痛斥。他是另一个张老。(三)思想应该从活生生的戏剧冲突中来,从人物于生命困境的挣扎中来。如此得来的思想或许是混沌的、说不清道不明的,却实实在在地切入了时代与生命的内里。而沙叶新抛却戏剧的血肉纠结直接进行教训,教训必定是自以为是的、粗暴的,思想也是浅薄的。比如,《孔子、耶稣、披头士列侬》假托一场莫名其妙的旅行,批判了万恶的金人国(发达资本主义的美国?)和恐怖的紫人国(改革前的社会主义中国?),此种批判根本没有抓住对象的症结,更弄不清楚对象的理路,只是关于流俗观念的鹦鹉学舌。

"活报剧"迅速、直接,长于引爆群情,却每每随着题材的变旧、过时,被人们遗忘。沙叶新的话剧,亦可作如是观。"有识之士"呼吁:谁有勇气把《假如我是真的》重新搬上舞台? 我不禁哑然:就是搬上去,还有人看吗? 戏首先要是戏啊。

四、正剧时代的喜剧

《假如我是真的》已时过境迁,成为专业读者的案头资料。《西望长安》为配合时下观众早已陌生的"肃反"运动而作,却于 2007 年 2 月被中华全国总工会文工团再度搬上舞台,巡演了数十场。刨去导演和演员的再创作因素,《西望长安》拿什么吸引现代人?

答案是:《西望长安》是工具,也是戏,老舍自有一番戏剧天分,让半个多世纪以后的观众着迷。

老舍本是话剧外行。在《张自忠·写给导演者》一开头,他就非常没有底气地声明:

> 对于话剧的一切,我都外行,我之所以要写剧本是因为(一)练习练习;(二)戏剧在抗战宣传上有突击的功效。因此,我把剧本写成,自己并不敢就视为定本,而只以它为一个轮廓;假若有人愿演,我一

点也不拦阻给我修改。

不过,老舍勤于写作,也敏于反思,渐渐摸到话剧门径,前后写过多篇颇有质量的关于悲剧、喜剧等问题的论文。于是,在配合时政的同时,他会思索:如何在戏剧性上下足功夫来抓住观众? 比如,写《西望长安》时,他就警惕到:"在解放后所演出的戏剧里(连我写的在内),往往是正面人物一出来,观众就准备去拿帽子了。"①所以,他力避空洞地、脸谱化地塑造唐石青的形象,而是在嬉笑甚至调侃中,写出他的复杂性来。首先,唐石青是夸夸其谈、云山雾罩的,每每让人产生错觉:这不就是另一个栗晚成?(杨柱国当面批评唐石青:"甭跟老同志吹你的天才吧!"而他对栗晚成亦有类似评价:"我也看出他一点毛病,他爱自我宣传。")其次,他在一个又一个的玩笑中,又处处展露出缜密、机智和坚定来(就是在农林部错误地证实了栗晚成的身份后,他仍不依不饶:"昨天晚上发现的那些漏洞不许我去睡觉!")。警察竟然像个骗子,不过,再怎么像个骗子,他还是个最优秀的警察,身份和言行的错位,产生强烈的喜剧效果,就是这效果抓住观众,使他们坐下来,不会去"拿帽子"。

专注于戏剧性,老舍就会弱化乃至忽略所配合的现实政治。《西望长安》应"肃反"而作,他却说:"这个剧本的内容只能说与'肃反'有关,而不是整本大套地写'肃反'。我是要写讽刺剧……骗子的材料是讽刺剧的好材料。"②不经意间,老舍透露出自己对于戏之为戏的偏好。他甚至让栗晚成如此自白:"我没有别的企图,只是为往上爬。爬的越高,享受越好!""我的胆子最小! 我不敢面对困苦、困难,我老想吃现成饭!"罪犯竟然不是国民党特务,而是这么个胆小鬼,犯罪竟然不是因为地富反坏右对新社会的刻骨仇恨,而是因为好逸恶劳,在一切叙事阶级斗争化的时代,实在让人摸不着头脑:写这个"庸俗"的故事有什么意义? 可正是"庸俗"把剧本拉离了"肃反"运动,拉出了工具化窠臼,并使之有了开掘日常生活、世道人心内蕴着的喜剧性因素的可能。

栗晚成是"十七年"这个正剧时代少有的喜剧人物。亚里士多德说:"喜剧

---

① 老舍:《有关〈西望长安〉的两封信》,《老舍文集》(第 16 卷),人民文学出版社 1991 年版,第 394 页。

② 老舍:《有关〈西望长安〉的两封信》,《老舍文集》(第 16 卷),人民文学出版社 1991 年版,第 393 页。

是对于比较坏的人的摹仿，然而，'坏'不是指一切恶而言，而是指丑而言，其中一种是滑稽。"①如果是恶，就由正义与邪恶之间的殊死搏斗形成一种惊心动魄的崇高之美，是丑，就在对于丑角的"惊人的小"②不无揶揄的一一展露中，形成一种喜剧性快感。快感源于观众之于丑的心理优势。栗晚成正是丑而不恶的坏人。帷幕一拉开，我们就从他的一轻一重，"有些抑扬顿挫"的皮鞋响声，从他跟荆友忠谈心时不屑中又带点体贴的装模作样，更从他关于自己伤情的一遍遍既天花乱坠又漏洞百出的"追述"中，非常清楚地看到：他是个骗子。而剧中人都有种狂热的英雄崇拜，相信了骗子，也成全了骗子。即便有些人，比如林大嫂，看穿他不地道，也会善意地"包容"："他呀，为人的确不错，就是顽固一点！"就这样，观众带着底牌在握的心理优势，看着骗子如何绞尽脑汁地花言巧语，而他就是再用尽聪明，在观众洞若观火的眼睛里，也是笨得可笑，由此得到智慧的欢乐；看着被骗的怎样糊涂和纵容，而他们就是再糊涂，初衷也是好的，能够被知根知底的观众原宥，原宥会给原宥者带来巨大的愉悦，而他们在挫折中的"成长"，更会让原宥者欣慰。此种喜剧性快感的获得方式，与骗局的具体内容关联并不大，而关乎老舍对于骗/被骗的关系的形式化处理。于是，《西望长安》超越时代，获得了较为恒久的生命力。更重要的是，老舍以一手上百部英国小说熏陶出来的幽默文笔，巧妙揭出骗术里微妙的人心。比如，卜希霖的颟顸、自大，马昭的自以为雷厉风行其实是马虎大意，达玉琴的虚荣和预感到真相时的恐惧、遮掩。这些人心是普遍的，只是在不同时代有不同的表现方式而已，当然就能勾住当今观众的心。由此可见，《西望长安》的生命力，离不开老舍对喜剧性的苦心经营。天道从来是酬勤的。

老舍在强调文学为政治服务的"十七年"写出相对文学化的《西望长安》，沙叶新却在文学据说渐渐回归自身的"新时期"写出"活报剧"《假如我是真的》。文学史可能从来不是直线前行的，我们是否应该更审慎、多元地看待这两个文学时段？文学史写作，是难的。

2008年12月8日改毕，谨以此文纪念老舍诞辰一百一十周年

---

① 【古希腊】亚里斯多德：《诗学》，罗念生译，见《诗学·诗艺》，人民文学出版社1962年版，第16页。

② 【德】里普斯：《喜剧性与幽默》，刘半九译，见《西方文艺理论名著选编》（中卷），伍蠡甫、胡经之主编，北京大学出版社1986年版，第454页。

"我可以原谅魔鬼，但决不原谅庸人"
——"新时期"初期作家创作心态研究(之一)

一、"和我们在一起吧!"

1972 年春,靳凡(刘青峰)完成《公开的情书》初稿。初稿先以"小红书"的形式在朋友中流传,1979 年刊载于杭州师范学院的油印刊物《我们》上。其后,经过大幅删改,小说正式发表于《十月》1980 年第 1 期。① 正是这次删改,使我有理由认定"十月版"《公开的情书》是新时期文学之初的典范文本。

《公开的情书》深镌着时代烙印。1971 年,随着"9·13"事件的发生,革命的意义系统瞬间坍塌,人们从狂热中惊醒,一时间虚无、怀疑、痛楚,继而平静、深思。黄子平认定这是一个新的历史阶段的来临:"所谓'七十年代'是在那个瞬间开始的。其实九十年代的重要命题'告别革命',恰恰是在此时此刻开始。"②不过,历史虽已悄然转向,旧戏却仍在上演,人们便只能"……用独特的方式,如极其私密的个人通信、与朋友共同读书或聚谈来构建另一种精神生活"③。通信或聚谈,就是努力拓展一种新型的、葆有弹性的公共空间,就是为

---

① 据刘青峰回忆,《十月》编辑部提出两点修改意见:一是作品太柏拉图了,为了增强可读性,能否安排男女主人公见面;二是删去一些太过大胆的长篇论说。于是,她大改了一遍,删去一万字左右,但为了忠于 70 年代的精神原貌,她没有安排两个主人公见面。见《〈公开的情书〉与 70 年代》,刘青峰、黄平,《上海文化》2009 年第 3 期。

② 黄子平:《七十年代日常语言学》,见《七十年代》,北岛、李陀主编,生活·读书·新知三联书店 2009 年版,第 323 页。

③ 刘青峰、黄平:《〈公开的情书〉与 70 年代》,《上海文化》2009 年第 3 期。

即将展开的历史新戏编写脚本。《公开的情书》以书信记录一代人的心路历程，正应和了时代的特征。《公开的情书》走得更远，它还要以"批"的方式在写信人与收信人之外强行掺入第三者的声音，彻底驱逐通信的私密性，从而构筑起脆弱却义正词严的公共空间。但是，问题随之而来：情书如何公开，公开了的甚至专为公开而写的情书还是情书吗，此情还是你侬我侬之情？ 开放的情书书写会不会不知不觉中被某种修辞编码并限定？ 写作、流传及刊行"公开的情书"的时代与书信体、日记体、忏情书大行其道的五四又有怎样隐秘的相关性？ 这批情书的发表距写作已隔八年，八年前的旧形式和老话题又凭何种魔力吸引着时过境迁了的人们关注和沉迷？ 种种问题显然不可能在小说中汪洋恣肆到空洞无物的议论和蒸郁勃发到委顿衰竭的抒情中找到答案。就像老久在朋友致真真信上面批注："我服从时代精神的裁决。"靳凡也只不过是时代精神的传声筒，她被时代精神附了体，才会写下这些既混乱、杂沓又真挚、炽热的情书。所以，打开真相之路就不仅是看看靳凡及其笔下人物说了些什么，还要看看他们欲言又止地隐藏了些什么，更要看看他们是如何议论、怎样抒情的，如此大概能够窥见庞大的、不可言说的时代精神。

《公开的情书》的故事类似于《青春之歌》的一女多男模式，描写了真真与四个男人之间的情爱纠葛。这种纠葛乍一看来是不洁的、堕落的，但是，真真的情路恰如道静的既坎坷又光明的情史，勾连上了革命、事业、时代、人类之类神圣词汇，于是，不管是沉迷还是背叛，都拥有了毋庸置疑的合法性——温婉的情人原来是百炼成钢的战士，在多个男人之间的穿梭原来是朝向正义的无限迫近和皈依。杨沫把三个男人分成虚伪的个人主义者和坚定的革命者两大类，同样，靳凡也把四个男人分成两大类：一是或如石田般谨小慎微、享受平凡或如童汝那样深谙世俗规则、如鱼得水，一是如老久、老嘎一样摒弃平庸、恶俗的世俗生活做一个勇敢、坚韧的战士。杨沫不无留恋地抛弃了余永泽，把道静依次许给卢嘉川、江华，靳凡则毫不留情地唾弃石田和童汝，让老久不由分说地俘获了真真的芳心。靳凡远比她的"十七年文学"前辈激进啊。老久和真真站在石田、童汝的对立面，他们的爱情就一定是反物质、反肉身、反日常的，所以，他们从未见过就能够爱得死去活来，无须肌肤之亲也可以颠鸾倒凤，精神的交锋竟比肉身的交合更能掀起歇斯底里的快感，性的癫狂竟在最贬抑性、放逐性的时刻爆发，这真是一幕当代拍案惊奇。他们的爱情还脱离了任何低级趣味,比如自私、嫉妒,成为一场公开的恋爱,群体性恋爱。你看,老久痛斥因为爱上真真而痛苦、畏葸的老嘎:"为什么你要那样狭隘地对待爱情?为什么我爱她了,你就不能爱她?你应该经常去看她,大胆地爱她。"爱原来可以如此慷慨,一对一的爱倒显出小来。老久还对真真呼喊:"和我们在一起吧!我爱你。""我"和"我们"难解难分,或者说,只有在"我们"里面才能依稀找到"我","我"只能以"我们"的方式存在,爱"我",就是爱"我们"。这几乎就是群体性恋爱的宣言了。就连局外人老邪门也会大刺刺地把自己卷入这场恋爱:

> 我来预测一下,我们和她的关系今后会怎么发展。
>
> 她和我们走到一起来了。我们是因为追求真理而来的。她是为了追求精神的解放而来的。她将从我们的思想能给她多少光明来判断我们工作的价值。她追求的那种精神生活,在现在的条件下,只有和我们这种人在一起时才能得到。从这个观点看来,我们当中的某一个和她结合将不是没有可能的。

此种当仁不让、舍我其谁的气势,也来自"我"是"我们"的,"我们"之内皆兄弟的体认。不止于此,"我们"之间那种互渗交融到极致的巅峰之爱,哪是狭隘的、未脱形骸的"兄弟"一词可以比拟,也要远胜一切俗世里的男欢女爱,就像老久如此倾诉与老邪门分离的悲哀:"朋友,也许,除了他以外,世界上只有你知道我的悲伤。难道热恋中的男女的离别能和这相比吗?"此种浓情何以名之?唯有"同志"!有此"同志情"打底,"我们"就成了一个神圣同盟,这个同盟是真理在握的,顺者就是同志,就是战士,逆者就是庸人,甚至敌人。这一同盟还肯定是雄性的、男权的,具有咄咄逼人的侵略性,这种侵略性根本不加任何掩饰,仿佛天经地义,怎么可能不如此?诡异的是,雄性的同盟在征服女性并以女性的被征服进一步确认自身的时候,从不掩饰对女性的蔑视,老邪门就曾对老久说:"我们并不需要一个在理论的深刻性上和我们匹敌的爱人。这不仅是不可能的,也是没有必要的。"女性之于同盟来说,只是一种"奔放的激情",一种温柔的力量而已。难怪老久有点恍惚,他对真真说:"也许我爱的只是自己心中的幻影?"是啊,理想幻灭后的老久毕竟还是理想熏陶出来的一代人,他可以拆解甚至摧毁理想的具体内容,理想内里的激情和模式还是在他心里牢牢扎下了根，他以及他的同志们其实把自己当成了领袖，这样的红色领袖一定需要这样的红颜，真真就成了得来全不费工夫的替代品，就像堂吉诃德把邻村的挤奶姑娘当成女恩主一样。说老久有领袖情结，绝非危言耸听，亦非栽赃嫁祸。你看，老嘎向真真追忆，老久刚刚学会游泳就急着横渡钱塘江。老久的壮举，一定是对毛泽东多次横渡长江的"不管风吹浪打，胜似闲庭信步"的革命豪情的追慕。上岸后，夕阳照着老久的胸膛，他的双眼熠熠闪光，嘴角挂着一丝微笑，举手投足之间全是领袖的风范。他更大声说："人家能做到的，我们也能做到！""人家"所指再明确不过，"我们"的心也呼之欲出。"我们"就是一群"反基督"！① 所以，我可以认定，靳凡为了对抗那个虚假的、荒蛮的"十七年"而正面建构起来的理性和激情，仍然是属于"十七年"的。历史从来没有截然的断裂，只有不断的藕断丝连。

既然思维模式大抵还是"十七年"的，那么，骄傲的"我们"就一定会像"十七年"的英雄一样，毫不留情地剪除任何属己的情感和欲望，把全部身心都投入伟大事业中去，就像老久的铮铮誓言："我们要用自己毕生的精力，乃至牺牲个人的幸福，顶住现实的重压，艰难地从事我们的工作……""我们"原来和"十七年"偶像一样，仍是禁欲主义的，而且愈要献身伟大事业就愈禁欲，愈禁欲就愈有献身的冲动，伟大事业成了欲望的天敌，或者说伟大事业本身就是一座绝对排他的巨大的销魂窟。于是，"我们"如果还有爱的话，就只能是对于伟大事业的爱，"我们"如果被爱，被疯狂地爱的话，就一定是因为"我们"早已和伟大事业水乳交融。这一点，老久亦有绝妙总结："我的爱情完全是和事业融汇在一起。我分不出我是在爱事业还是在爱爱人。一个热爱我的人，一定爱我的理想和事业；而一个爱上我的理想、事业的人，她必将是我所爱的人。"这样一来，靳凡的情书就一定是也只能是一束"公开的情书"，收件人也绝不会是某一具体肉身，而是抽象的又因极度抽象而无比具体的伟大事业。此一事业在"十七年"是合作化运动，在"文革"是革命，到了新时期则是改革开放，献身的激情则是一向如此的。由此可见，睿智、审慎如靳凡，仍在拥抱滚滚的历史洪流。

---

① "反基督"就是伪称基督，或擅自以弥赛亚自居的人和机构，也可以说就是基督的敌人。此处所说的"我们"同盟，即有异常强烈的弥赛亚情结，而这样的弥赛亚一定是伪托的。

二、深些,再深些!

不过,在《公开的情书》写作及发表的年代,意义已然分崩离析,日常化时代渐次铺陈,"我们"如此汹涌的献身激情和自虐般的禁欲主义就如空穴来风,脱不了洒狗血的嫌疑——曾经那么相信的"我们"却被骗得如此惨痛,怎么还会轻信?"我们"为谁献身? 其实,"我们"一方面不知不觉地承续了由车尔尼雪夫斯基《怎么办》里如"盐中之盐""茶中之碱"的拉赫美托夫肇其端,至"十七年文学"的英雄谱集大成的革命传统,另一方面又有意无意地改写了此一传统,把它抽象化、泛化了,泛化了的革命传统具有惊人的普适性,在后革命时代仍然鼓动着"我们"的献身激情。下面的问题是,泛化了的革命传统为何物?

阿伦特说:"只有发生了新开端意义上的变迁,并且暴力被用来构建一种全然不同的政府形式,缔造一个全新的政治体,从压迫中解放以构建自由为起码目标,那才称得上是革命。"①也就是说,革命要奠定一个新开端,要在"是"的板结大地上寻找崭新的"应该",要穿透纷乱的现象界去窥见本质。于是,革命的内里一定并存着新与旧、过去与未来、个人与集体、主体与客体、现象与本质等诸多矛盾项,矛盾项相互排斥又相互吸引。有纵深的革命本能地反对扁平,大开大合、大悲大喜、大转折、大跃进、大决战,才是它的美学标签,庸俗、日常、宁静则不可避免地成为它的头号敌手。所以,大难临头还不忘给妻子买上一大包她最爱吃的麻辣牛肉的甫志高会背叛革命,革命者怎能沉湎于日常恩义? 家破人亡、虽九死其犹未悔的江姐才深谙革命美学,她一定是革命英雄谱中最炫目的明星。到了"我们"这里,革命的新开端、暴力、解放、自由等实质性内容全被"9·13"事件瓦解,却剩下一个迷人的、颠扑不破的深度模式植根心中。中了深度之蛊的"我们"一定要把世界劈成泾渭分明的两半:过去与未来、刹那与永恒、表象与意志、庸人与战士……"我们"的志业就是抛却过去拥抱未来,就是掐死刹那的日常享乐留驻永恒的善,就是拨开表象之雾跃居意志的世界,就是向庸人宣战做一个真的战士。践行如此志业,"我们"一定会有惊心动

---

① 【美】汉娜·阿伦特:《论革命》,陈周旺译,译林出版社2007年版,第23页。

魄的犹如纵身革命的快感及美感。与"我们"相反，石田、童汝"他们"躺在淤滞、扁平的日常生活之上，虽生犹死。不，不单犹死，"他们"还是"我们"的敌人，一定要鄙弃、鞭挞和置于死地而后快的敌人。这些敌人哪里是什么恶棍或魔鬼，只是一些日常化的庸人罢了，就像真真眼里的石田——"他的生活理想完全可以在一个安分守己的姑娘和一条笔直的裤缝上得到满足"。不过，老久说了："我可以原谅魔鬼，但决不原谅庸人。"魔鬼恶则恶已，毕竟有深度存焉，还是同道，庸人则是让"我们"无法忍受的扁平，只能是敌人。其实，石田不就是后革命时代的甫志高？他们一样地不能见容于革命者或"我们"，正好进一步确认了"我们"的革命血统。

　　革命者强调烈火金刚般的纯度，"我们"则追求深度——深些、再深些！老久显然是"我们"中最具深度的人，深而又深的他才会向真真不断吁求：发掘爱的"更深的意义"，探索爱的"更深沉的内容"吧！也正是因为深，他才能毫无争议地拥有真真，就像正是因为纯而又纯，江华才能笃定地对道静说："你说咱俩的关系，可以比同志的关系更进一步吗？"江华虽不是道静的意中人，她也一定会诚挚地回答："可以，老江。我很喜欢你……"追求深度，体现在现实生活中就是对瑰奇风景的钟爱，小说提到那朵生长在风雪呼啸的高山之巅的黄色小花，提到壮丽的雪山日出，更无数次提到夜空中的灿烂群星；体现在艺术里就是对于壮美的偏嗜，正如老久对老嘎疾呼："你应该去画闪电、画风暴、画波涛的怒吼，画自然界中那些不可思议的事物。"有此深度打底，"我们"当然骄傲，相信自己就是冥冥中被眷顾的"选民"，你看，老久有一种强烈的信念："在我们这一代人中间将会产生出无愧于我们时代的政治家、思想家、科学家和艺术家。""我们"是"选民"，"他们"当然就轻贱了，哪怕"他们"是自己的父辈，也是不在话下的，老久直截了当地表述过此种没来由的优越感："我感到我们这一代人在意志上比父辈们强悍。我也由此而想到了我们这一代人对祖国和民族所担负的责任。"顺理成章的设想就是：石田、童汝让人不齿的卑琐说不定只是出自"我们"有如超人般傲慢、决绝目光的逼视？果然，没过几年，"他们"的重罪就由刘震云、池莉等人洗清。

　　靳凡的深度追求呼应者众，追求崇高、鄙夷凡俗是新时期之初作家的基本心态之一，他们大抵都是"我们"，在"我们"的逼视下，"他们"当然不得不集体受难。比如，张抗抗《北极光》几乎就是《公开的情书》的翻版：不安日常、婚约在身的陆岑岑就是真真,温柔、懦弱,满足于饱食暖衣、保全首领的傅云祥就是石田,而身居卑贱却在苦苦探寻中国现代化之路的曾储就是老久,岑岑当然毫无悬念地解除了与傅云祥的婚约,投入曾储的怀抱。不仅人物相似,风景亦相仿,"像闪电、像火焰,像巨大的彗星、像银色的波涛、像虹、像霞"的北极光,不就是《公开的情书》中一直在熠熠发光的星星?它们一直指引着、照耀着在苦旅中艰难跋涉的"我们"。有趣的是,张抗抗把曾储的精神径直归结为二十世纪五十年代青年人的单纯、真诚,以及献身于理想的奋不顾身,并慨叹此一精神的弦歌不再:"三十年过去了,这种气质和精神,在今天的社会里是否还有它的位置呢?"看来,她比靳凡更加自觉到"我们"正是"十七年"精神的继承人。只是,张抗抗用"十七年文学"精神来拯救精神软骨病和老化症,实在是抱薪救火。再如,张辛欣也是"我们"的一员,她一再申说日常生活的窒息、无望,紧紧攥住那个根本攥不住的瑰丽梦想,陆续写下《在同一地平线上》《我们这个年纪的梦》等呼唤深度的作品。《我们这个年纪的梦》类似于后来的《烦恼人生》《一地鸡毛》,描写了她的琐碎、无聊的婚姻生活。与后之来者承认生活就"是"这样的,不这样又能怎样的认命态度相反,张辛欣的她虽然明白婚姻生活无非就是"彼此能习惯,能容忍",却是到底意难平的,她一定要漫无目的地想:"好像不应该是这样,应该是那样。应该,什么是应该的呢?"就是这个看起来似有若无实则一直横亘心头的"应该",使她一刻也不能安于"是",而专心在"是"上打转转的丈夫、同事、邻人,就不可避免地成为她所疾视的"他们"。更何况红帆船、匹诺曹、拇指姑娘等等美丽的童话,那个既依稀又真切的青梅竹马的梦,一直耸动着她,拽着她朝前飞奔,她早被两个世界拉扯得心力交瘁,就像小说被生生撕裂的文体。无独有偶,她用以对抗黯淡日常的精神资源也是"十七年"的,她常想,那时候的路多么清晰啊,曲折,艰难,"但每一步都接近着灿烂的明天"。可是,那样明朗的路不早就断裂成"偶然的碎片"了吗?

不过,张抗抗这些"我们"的成员,虽然无深度不能栖息,却毕竟越发少了底气。张笑天《公开的"内参"》力斥戈一兰的玩世,可陆琴方不也有片刻的犹疑甚至着迷?日常其实是动人的。在《我们这个年纪的梦》的结尾处,她彻底幻灭,反而落了实,淘米洗菜,"做一天三顿饭里最郑重其事的晚饭"。"我们"慢慢朝"他们"靠拢,要不了多久就会把酒言欢?还是写得最早的《公开的情书》最清坚决绝。其后靳凡转向学术研究,远离文学,她一定早早预感到"我们"不可避免的衰竭和瓦解。渐渐不见了发扬蹈厉的"我们",是不是有点单调,有点寂寞?

三、"带着'恶'意来写'恶'"

有了深度,"我们"就成了一个巨大的共鸣腔,一个超级蓄水池,能量于其中蕴蓄、震荡、汹涌,一出声就是洪钟大吕,一开闸就是万顷波涛,而且不出声、不开闸还不行,会把自己涨破的呀。于是,"我们"仿佛天生秉有一股改天换地的伟力,不择路径而出,涌向有待整饬、提升的世界,世界也在涌向这一动作中再一次确认了自身的低级和粗陋,"我们"与世界从来都是高下有别、尊卑有序的。于是,老久才会要求老嘎在画作中"表现出艺术家改造世界的魄力"。艺术改造世界,不就是左翼文艺观的变调?改造世界倒在其次,"我们"的第一要务还是改造人心。老邪门在鼓动老久去见真真时,大言不惭地说:"和她见面的主要目的,是对她的内心世界来一番彻底的改造。"恋爱竟成了思想改造,是不是太可怕?可怕的恋爱之于"我们"却是司空见惯、理所当然的。"我们"之于世道人心当仁不让的攻击和改造,哪里是什么无中生有的创造,分明就是对于红色领袖的欣羡和追随。众所周知,马克思在《关于费尔巴哈的提纲》一文中提出,传统哲学家解释世界,问题却在于改变世界。改造世界才是马克思主义哲学的真正旨归。

改造内心,不就是"十七年"的思想改造?"我们"拿什么来改造世界,一腔激情吗?没有可靠的精神资源,改造即是摧毁。"我们"的改造若是说一不二、不容他人置喙的,那么也就是武断的。真真钟爱俄国伏鲁贝尔画的"闪烁着宝石光彩、震撼人们心灵的年轻魔鬼的油画"。魔鬼图正是"我们"的自画像么?恶魔还有多个美好的名字,比如"时代感情的伟大歌手""无畏的探索者""坚强的战士"。战士是恶魔,未免耸人听闻了些,那么,让我们听听老久的自白吧:

我们是献身于祖国未来的战士,世俗的道德良心对我们没有任何约束力。对于我们,背叛事业,背叛未来,追求个人目的而忘记历史使命,才是最可耻的。不管一个人的道德如何崇高,一旦他脱离了时代,历史对他只能宣判:"他是一个庸俗的好人!"

超越了任何约束力,一定就是恶魔,恶魔憎恶所有"庸俗的好人"。这样的恶魔,让我想起鲁迅笔下的摩罗诗人,摩罗诗人视世人为奴隶,"苟奴隶立其前,必衷悲而疾视,衷悲所以哀其不幸,疾视所以怒其不争";想起他对超人的呼唤:"故是非不可公于众,公之则果不诚;政事不可公于众,公之则治不郅。惟超人出,世乃太平。"这样的精神界战士自信扼住了时代的咽喉,誓言改造世界,改造世界的第一要著,"是在改变他们的精神"。"我们"改造人心的凌云壮志,原来不仅可以追溯至"十七年文学",亦可回到鲁迅的"改造国民性"。我们是否应该重新审视鲁迅精神对后世的正负两面影响? 而重精神轻物质、扬灵魂抑肉身的新时期之初,是不是对精神极度高涨的五四的隐秘回归?

恶魔企图改造世道人心,却每每缺少基本的及物能力,企图终究只能是企图而已,所以,古今中外的恶魔不得不是寂寞的、怨恨的,有着过度的敏感、过度的愤懑。无力改天换地,那就改变自己的命运吧,胸怀天下、鄙夷世俗的恶魔们讽刺性地成为世俗生活的强者,时代的歌者从此只为自己浅斟低唱。他们左右逢源、八面玲珑,他们为了上位不惜付出一切代价、不惮于使用任何手段,他们出手时稳、准、狠,他们把所有的激情和才气一股脑泼洒在世俗生活里。你看,《在同一地平线上》中的他,把在艺术上出人头地看成一场拳击赛:

> 这不仅仅是艺术,也是一场紧张的竞争。是一个没有定局限制的拳击赛。连正儿八经的比赛规则都没有。不仅是用拳,而且是用膝,用脚,用肘,像暹罗拳那样。又像柔道,带衣领绞杀的手段。这个场地很小,彼此都能容忍另一个的存在。你不去他,他要击你。每一瞬间都在防备中,紧张地窥视对方,寻找弱点。对手是别人,也是自己。

如此一来,他当然成了世俗生活的胜者、强者,如同一只更机警、更灵活、更勇敢、更凶残的孟加拉虎,而宽厚的乔亚光,只知忙家务的吴大平,通通都是被他、她和张辛欣蔑视的"他们"。世俗生活中原来也有"我们"和"他们"的尖锐对立。但是,生活成了拳击赛,世界成了弱肉强食的丛林,是不是太可怕太悲哀了?

对于恶魔性,王蒙早有警觉。他大惑不解,去菜场买些便宜又好吃的菜不是"普遍的人性"之一种吗,为什么到了张辛欣的笔下就成了贫困、空虚、卑微、可怜的了? 是这个世界还是张辛欣出了问题? 他甚至说了重话:"恕我说得重一点,她有时是带着'恶'意来写'恶'的。她好像怀着某种以恶对恶的报复心。这正是她的文学道路的坎坷所在。"①"以恶对恶"一句中前一个"恶"是恶魔之"恶",后一个"恶"则是在恶魔逼视下成为"恶"的日常生活。

---

① 王蒙:《漫话几个作者和他们的作品》,《文艺研究》1983 年第 1 期。

"治疗我们祖国健壮躯体上的局部痛疽"
——"新时期"初期作家创作心态研究(之二)

1977 年第 11 期《人民文学》发表刘心武的《班主任》,1978 年 8 月 11 日《文汇报》登载卢新华的《伤痕》,正是这些小说引领着国人以虚构的方式一再地倾诉那段历史给他们带来的创痛,从而形成一股"伤痕文学"的风潮。近四十年后的今天,我们可以指责《班主任》和《伤痕》粗陋得无法卒读,也可以质疑它们的文学史"正典"的地位,但是,我们更应该考量:为什么是它们,一定是它们被历史选中? 它们以及透过它们传递的什么样的创作心态,恰好击中了刚刚从梦魇中挣脱、亟待重新上路的读者? 此种考量有可能把我们拽入当时的文学现场,而不是滞留在一片风蚀雨淋得越发残破的历史陈迹面前。

一、"救救孩子"与"救救被'四人帮'坑害了的孩子"

《班主任》和《伤痕》都是问题文学。《班主任》一上来就发问:"你愿意结识一个小流氓,并且每天同他相处吗? 我想,你肯定不愿意,甚至会嗔怪我何以提出这么一个荒唐的问题。"由此可见,《班主任》以宋宝琦的个案,提出了如何对待"小流氓"的问题。"小流氓"不仅指"宋宝琦这样品质低劣的坏孩子",也指"谢惠敏那样品行端方的好孩子"。"好孩子"怎么可能是"小流氓"? 我们可以把"小流氓"的概念稍做修正——所有那些思维僵化、言行愚蠢的孩子。"好孩子"与"坏孩子"的差别何其大,"但在认定《牛虻》是'黄书'这一点上,却又不谋而合——而且,他们又都是在并未阅读这本书的情况下,'自然而然'地作出这个结论的"。《牛虻》这块"试金

石"试出了谢惠敏与宋宝琦"不谋而合"的愚昧和粗暴,他们都是"小流
氓"。不过,那么动人心魄的《牛虻》怎么可能是"毒草"? 好好的孩子怎么
会成了"小流氓"? 痛恨和焦虑"像火山般喷烧"的刘心武情不自禁地大声
质问:"谁造成的? 谁?"一句紧似一句的追问勾画出刘心武誓把元凶缉拿
归案的忧心如焚、义正词严的审判者形象,追问本身倒是无关紧要的,因
为元凶早已落网——"当然是'四人帮'!"既然是"四人帮"把好好的孩子
摧残成了"小流氓",刘心武就顺理成章地喊出了"新时期"初期最为振聋
发聩的呼声:"救救被'四人帮'坑害了的孩子!"这一呼声与《狂人日记》里
的"救救孩子"的"呐喊"似乎相仿,难怪有论者认定,"新时期"初期的文学
回归了五四的启蒙理性。但是,这两声呼喊又是多么的不同啊。鲁迅的
"呐喊"是建立在对自己、对世界极度不信任的基础之上的——我们都是
"吃人"的主犯或帮凶,我们都罪孽深重到没有救赎的可能,只有孩子还没
吃过人,救救孩子吧。刘心武则相反,他的呼声建立在对世界以及世界中
的自己高度的、理所当然的信任的基础之上——他以及他笔下的张俊石仿
佛天外飞仙般的洁白、正义,与"文革"毫无干系,那么笃定、那么痛心疾首
地打量着宋宝琦、谢惠敏这些被坑害了的孩子。甚至不是打量,而是逼
视,是审讯,就像张俊石对于宋宝琦的通透的、毫不手软的"看看":"……
从面部肌肉里,从殴斗中打裂过又缝上的上唇中,从鼻翅的神经质搐动中,
特别是从那双一目了然地充斥着空虚与愚蠢的眼神中,你立即会感觉到,仿
佛一个被污水泼得变了形的灵魂,赤裸裸地立在了聚光灯下。"聚光灯的比
喻再清晰不过地凸显了审讯的情境,此一情境反过来一劳永逸地核定了审
讯者与被审讯者的身份。都已经是审讯了,刘心武也就拥有了不证自明
的道义正确性,他是置身于滔天罪孽之外的。但是,刘心武怎么就成了天外
飞仙,他凭什么就能出淤泥而不染?"救救被'四人帮'坑害了的孩子"的呼
声会不会是一种修辞,这一修辞完全窒息了"救救孩子"的"呐喊"所包含的

自省、自责，甚至是"扰心自食"？①

《班主任》揭露了"四人帮"给人们造成的心灵斫伤，《伤痕》更要借妈妈之口，细细厘清身体和心灵这两个层面绝对不容混淆的伤痕："虽然孩子的身上没有像我挨过那么多'四人帮'的皮鞭，但我知道，孩子心上的伤痕也许比我还深得多。"身体的伤痕很快就会愈合，不管愈合与否，它都是被迫害的明证，是与"四人帮"殊死搏斗的勋章，挂满勋章的人们当然是通体透亮，没有半点瑕疵的。心灵的伤痕却是灵魂被扭曲，被扭曲到由"好孩子"堕落为"小流氓"，更是精神被操控，被操控到认贼作父、助纣为虐——茫茫歧途，何处才是归程？于是，《伤痕》看起来像是女儿向妈妈忏悔，其实是妈妈这位刘心武式的审讯者对女儿这位谢惠敏式的被审讯者的宽恕："妈妈不怪你。"也是呼唤："孩子，早日回来吧。""早日回来"的呼唤，不就是"救救被'四人帮'坑害了的孩子"的变调？就在殷切的呼唤声中，呼唤者越发巩固了审讯者的身份，被呼唤者则被牢牢钉死在被审讯的位置上，并在呼唤者的呼唤声中迷途知返。如此看来，呼唤仍旧是一种修辞，一种身份认同的诡计。

《班主任》和《伤痕》都瞩目于孩子的心灵伤痕问题，动因有二。首先，"小流氓"还能"早日回来"，"老流氓"就万劫不复了？心存善意的作家怎么忍心写出万劫不复的一代人？其二，文学一定是也只能是心灵的疗伤，此种治疗正好抚慰了那一代颠簸得失魂落魄的国人。所以，"伤痕文学"与其说是在喊"我疼"，不如说是国人灵魂的小心翼翼的自我修复，是一群人的集体疗伤。修复一定会取得成效，迷途的浪子一定会回头，你看，觉醒了的女儿在心中低低地、缓缓地、一字一句地说："妈妈，亲爱的妈妈，你放心吧，女儿永远也不会忘记您和我心上的伤痕是谁戳下的。我一定不忘华主席的恩情，紧跟以华主席为首的党中央，为党的事业贡献自己毕生的力量！"谢惠敏和宋宝琦虽然还没有来

---

① 刘心武说，他有意重复"救救孩子"的"呐喊"，但觉得还是写成"救救被'四人帮'坑害了的孩子"更"准确"。他并没有意识到加上一个定语就完全改变了立意，只是简单觉得这是个技术问题："这样从小说文本来说，原本是比较简洁的，文气比较畅，这样呢就疙疙瘩瘩，但是这是当时的具体情况。"见《我不希望我被放到单一的视角里面去观察》，刘心武、杨庆祥，《上海文化》2009年第2期。有趣的是，据崔道怡回忆，原文就是"救救孩子"，是在他提示之下，刘心武才加了定语。崔道怡后来觉得改动并不妥当，反映了他本人的谨小慎微，因为他唯恐读者把矛头指向整个社会。见《我和〈班主任〉——崔道怡访谈录》，崔道怡、白亮，《长城》2011年第11期。对此史实有意无意的遗忘或忽略，说明刘心武的心态与崔道怡并无大的区别。

得及回头,但他们的醒悟早已在张俊石的计划之中:"不仅要从这件事入手,来帮助谢惠敏消除'四人帮'的流毒,而且,还要以揭批'四人帮'为纲,开展有指导的阅读活动,来教育包括宋宝琦在内的全班同学⋯⋯"所以,"伤痕文学"又是一些乐观的、明朗的春天里的故事——《班主任》的故事发生在"多么美好、多么幸福"的 1977 年的春天,《伤痕》写的是除夕的夜里,却"已经是一九七八年的春天了"。季节哪里只是季节,更是政治。

下面的问题是:孩子们一个个浪子回头了,那成年人呢? 成年人就没有伤痕需要修复,没有罪孽需要忏悔?

二、"我们"与"他们"

"伤痕文学"既是一代人的集体疗伤,就不会是封闭的、自足的,而是开放的,询唤着所有母语读者的思想和情感的投入。所以,《班主任》常常出现"你愿意⋯⋯""正像你所知道的那样⋯⋯"之类的句式,甚至直接向"你"吁求:"请不要闭上你的眼睛,塞上你的耳朵,这是事实!"所有母语读者在此询唤声中都会被催眠成与刘心武的"我"相对应的"你","你"与刘心武的"我"又会结盟为"我们"。"我们",一种称兄道弟般过分亲昵的呼唤,在此呼唤声中,读者与刘心武手拉手、肩并肩,一起在这里仔细"观察",去那里认真"看看"。"观察"和"看看",都是置身事外的,因为置身事外,所以无比超然。于是,读者只要被询唤成为"你",并进而成为"我们",就拥有了置身事外地"观察"或是"看看"的权力。置身事外了,也就安全了,不管发生过多么可怕的灾难,一定不是"我们"造成的,不管有多少人需要忏悔,乃至受到审判,也与"我们"无关。那么,赶紧来吧,赶紧来写、来读"伤痕文学"吧,写了、读了,大家就都成了"我们",就都干净了,安全了。"伤痕文学"原来是一群人的一次大撇清啊! 难怪《班主任》等小说会"引起文学界的一场历史性的地震",一时间读者来信像雪片一样飞来①——谁不想趁着这股东风,洗清自己原本无法洗清的罪孽,而且这种清洗还不像"在清水里泡三次,在血水里浴三次,在碱水里煮三次"那样的彻骨,而

---

① 刘心武、杨庆祥:《我不希望我被放到单一的视角里面去观察》,《上海文化》2009 年第 2 期。

是和风细雨一般的温柔？不单"伤痕文学"的作者引领着亿万读者一起加入了"我们"，哪怕是"小流氓"，也可以属于"我们"嘛。在"我们"的"早日回来"的呼唤声中，在"我们"既声色俱厉又无比温情地"救救"之后，"小流氓"回到"我们"宽厚、温暖的怀抱，"小流氓"甚至就是"我们"最坚实、可靠的未来。

　　大家都成了"我们"，对于历史的真正的反思就一定是不可能的——"我们"又没错，为什么要反思？急于自我撇清的人哪里有一丝一毫的悔意。难怪我们的历史叙事还是那么轻薄和潦草。不反思，那就指责吧，总要有人成为"他们"，"他们"必须承担所有的罪责。谁是"他们"？当然是"四人帮"那一小撮罪大恶极的家伙。"我们"心安理得、义愤填膺地痛骂着"他们"，也就与"他们"划出了一条斩斩分明的界线，界线的两边忠奸立判、人鬼殊途，"我们"这才彻底上岸了。这样一来，"他们"的指认，就必定是一次妖魔化的过程。妖魔化的典范意象，就是宗璞《弦上的梦》里的巨大横幅："倘若魔怪喷毒火，自有擒妖打鬼人。"邪不压正，人定胜妖，宗璞当然会信心满满地宣布："人的梦，一定会实现；妖的梦，一定会破灭。这是历史的必然。"

　　"他们"更被疾病化了。疾病可以是病菌，就像张俊石坚信——"那些'四人帮'在她（谢惠敏——引者注）身上播下的病菌，是一定能够被杀灭的"，也可以是痈疽，就像宋宝琦正是一块"局部痈疽"，还可以是癌细胞，就像宗璞《三生石》中的梅菩提半是欣慰半是酸楚地想："我们要在一起战胜各种癌细胞。——我们的党也会战胜癌细胞的。会的，一定会的。"如此一来，"我们"与"他们"的殊死搏斗就成了一次割除癌肿或痈疽的外科手术，或是一次杀灭病菌的抗生素注射，只要割除了、杀灭了，整个躯体也就健康了。局部病痛的存在，甚至就是整个躯体的健壮的明证——只是局部的病痛，消灭了，不就完全健康了？而且能消灭，一定能，不正说明了整个躯体健壮到能够自我修复、自我苏生？整个躯体如此健壮，某段历史只是偶感风寒而已，哪里需要什么反思。这一整套社会卫生学的修辞，可以浓缩成《班主任》中的一句话："治疗我们祖国健壮躯体上的局部痈疽……"就在这样的修辞的反复操练中，一群人的罪孽被洗清，被遗忘，深知自身罪孽的那群人哪有不欢呼雀跃的道理。"伤痕文学"原来是一群人的一纸赦免书，一碗孟婆汤。有趣的是，夏衍在二十世纪四十年代创作话剧《法西斯细菌》时把法西斯细菌化，那么，同样病菌化了的"四人帮"会不会也是法西斯？果然，刘心武言之凿凿："……'四人帮'搞法西斯文化专制主义最凶的几年。"李陀《愿你听到这支歌》里的杨柳更在"四·五"事件之前就探讨了"我"不敢想，似乎一想就是犯罪的问题："这沉默说明什么？说明现在没有起码的民主，有的是法西斯！"不过，刘心武还说了，宋宝琦满脑子的"封建时代的'哥儿们义气'以及资产阶级在没落阶段的享乐主义一类的反动思想"，"四人帮"这些"白骨精"化为美女"以售其奸"的"奸"，又成了资产阶级和封建主义的余孽，其后，封建主义成了大家对于那段历史的主导判断，所谓"新启蒙"所开启的正是封建之蒙昧。① 就这样，法西斯、封建主义、资产阶级的享乐主义、修正主义等八竿子打不着的东西被乱炖成一锅粥，或者说，"我们"根本没有能力、没有耐心更没有愿望去细细厘清那段历史的思想根源，"我们"只要指认出"他们"，并把"我们"所能想到的恶谥一股脑地砸向"他们"，这就够了。

不过，那段历史为什么一定是"他们"这些"局部痈疽"在兴风作浪，而不是祖国机体的某种失衡？刘心武等为什么一定要用临床医生的实证性眼光，而不是中医想象性的、系统性的思维去观照这具病体？临床医生对于病体的居高临下的、单向度的逼视不就是另一种集权，这样的集权取消了中医诊疗时病人向医生描述、想象自身病痛的权力？我想，话语范式的局限既反映了"伤痕文学"作者头痛医头、脚痛医脚的短视，更折射出他们的无奈——你敢说整个机体失衡了？你敢让"他们"发声？

割除了"局部痈疽"，整个躯体重又健壮，可以再次踏上漫漫征程了。所以，"伤痕文学"是受过伤也一定伤过别人，因而面目模糊、心神涣散的那群人的自我确认，是"我们"重新起航的必需的起点。确认之后的"我们"，终于拥有了自己明朗、丰润、坚毅的形象。"我们"甚至还要感谢"鬼蜮横行"，感谢"局部痈疽"，正是通过对于痈疽的艰辛却又注定会成功的治疗，"我们"才达成了自我确认，真正成了"我们"。这样的自我确认机制，极清晰地体现于《伤痕》开头

① 比如，在"新启蒙"的浪潮中，夏衍重提科学和民主，来肃清封建主义的流毒，因为"封建主义这座大山，并没有因为新民主主义革命的胜利而真正推翻"。见《科学、文化与民主》，《新启蒙》1989年第4辑。不过，据汪晖分析，"新启蒙"把当代中国前三十年的社会主义实践比喻为封建主义，一方面是把自己的反思放置于传统/现代的二分法中，"再一次完成了对现代性的价值重申"，另一方面又回避了"中国社会主义的困境也是整个'现代性危机'的一部分"的理论现实。见《当代中国的思想状况与现代性问题》，《天涯》1997年第5期。

稍觉突兀的照镜子的动作上。午夜的列车上，晓华竟会从旧挎包里掏出一块小方镜，细致地端详起自己的"青春美丽的容貌"："这是一张方正、白嫩、丰腴的面庞：端正的鼻梁，小巧的嘴唇，各自嵌在自己适中的部位上，下巴壳微微向前突起；淡黑的眉毛下，是一对深潭般的幽静的眸子，那间或的一滚，便泛起道道微波的闪光。"这一方正、白嫩、丰腴的形象，只有在治疗了"局部痈疽"之后才能确立起来啊，要知道，九年前离开上海时的她是何等的单薄："瓜子型的脸，扎着两根短短的小辫。在所有上山下乡的同学中，她那带着浓烈的童年的稚气的脸蛋，与她那瘦小的杨柳般的身腰装配在一起，显得格外地年幼和脆弱。"这真是神奇的一照、惊艳的一照，这一照，照出了如此灵动、有力的"我们"，照出了一代人的自信和自傲，"改革开放"道路上必将遭遇的风风雨雨，能奈我何？看起来哭哭啼啼、凄凄切切的"伤痕文学"，其实乐观到了骨子里。

那么，这种不可救药的乐观情绪究竟来自何处？

三、"应当怎样辨别香花和毒草"

要想弄清楚乐观情绪的来源，当然先要知道"我们"用来治疗"局部痈疽"的良药是什么。第一剂良药是以华主席为首的党中央的强有力的领导。只要坚持这一点，谁都可以汇入"我们"这个大家庭，就连宋宝琦的家也不会太"差劲"，更不会被抛弃，你看，毛主席、华主席像不是端正地并排挂在他家的北墙，稍小的周总理像不也郑重地摆放在衣柜上？"我们"同呼吸、共命运，伟大事业就一定会走向一个又一个的胜利。第二剂良药是"十七年"精神。《班主任》罗列了一批书目：《牛虻》《盖达尔选集》《表》《茅盾文集》《暴风骤雨》《青春之歌》《红岩》《唐诗三百首》《辛稼轩词选》《欧也妮·葛朗台》……多年以后，刘心武总结，有四种文学资源对他影响很大，其一是西方翻译小说，特别是苏俄文学，其二是现代文学，特别是左翼文学，其三是"十七年文学"，其四是古典文学。① 上述书目，全部出自这四种资源，刘心武倒是三十多年如一日的

---

① 刘心武、杨庆祥：《我不希望我被放到单一的视角里面去观察》，《上海文化》2009 年第 2 期。

坚守。不过,四种资源又可以综合成同一种精神——"十七年"精神。"十七年"盛产《青春之歌》《红岩》,不也热读苏俄和左翼? 辛稼轩等古典作家不也因为他们的"积极"浪漫主义而合拍于"十七年"的雄奇想象? 如此说来,刘心武早在"十七年"就已完成他的文学储备,他用以对抗"他们"的武器正是"十七年"精神。"十七年"精神相信个人的眼泪一定会被集体的大手抹去,相信此刻的牺牲一定会在不太遥远的未来得到终极的报偿,相信黄金时代一定会如约而至,人们就在从此刻到未来的平坦、宽阔的百米跑道上加速度地、斗志昂扬地奔跑。这样的"十七年"精神之于"新时期"初期的人们,是思想的来源和成长的金色记忆,更是永恒的失落了的天堂。于是,我们可以看到宗璞的怀想:"那五十年代的日子,是多么晴朗,多么丰富呵。"(《弦上的梦》)看到蒋子龙的感叹:"他这套作风,在五八年以前的厂长们身上并不稀少,现在却非常珍贵了。"(《乔厂长上任记》)更看到张抗抗的追问:"三十年过去了,这种气质和精神,在今天的社会里是否还有它的位置呢?"(《北极光》)被"十七年"精神附了体,刘心武等当然开心得合不拢嘴,哪里还悲观得起来? 只是,如此这般的精神治疗,不就像抱薪救火? 这样的治疗,不就是某种历史思维的另一种赓续?

正因为葆有一种颠扑不破的"十七年"趣味,"伤痕文学"的遣词造句、运思方式就还是"十七年"的,此种沿袭让同样从"十七年"中长起来的读者感到熨帖,不会有丝毫不舒服的地方。单以《班主任》为例,姑且不论小说中处处可见的诸如"资产阶级标榜'自由、平等、博爱',讲究'个人奋斗''成名成家',用虚伪的'人性论'掩盖他们追求剥削、压迫的罪行"之类的"十七年"言论,小说的比喻就非常的"十七年"化。比如,张俊石的嘴竟然可以"像一架永不生锈的播种机,不断在学生们的心田上播下革命思想和知识的种子,又像一把大笤帚,不停息地把学生心田上的灰尘无情地扫去",这样的比喻让我们想到"长征是播种机",想到秋风扫落叶一样的无情。就在此类比喻的一再运用之中,"革命"思想得以生生不息。既有"革命"思想代代相传,"我们"就一定会教导孩子们应当怎样取其精华去其糟粕,"应当怎样辨别香花和毒草,识别真假马列主义",应当怎样为共产主义的灿烂未来而奋斗……"我们"更会被"反革命"行径激怒:"凭什么把这样一些有价值的、乃至于非但不是毒草,有的还是香花的书籍,统统扔到库房里锁起来,宣布为禁书呢?"这样的义愤看起来天经地义——"香花"怎么会是禁书？其实包含着另一种"十七年"式的确信——一定有"毒草"，只不过不是《牛虻》罢了。但是，某些书籍就算庸俗、贫瘠了些，怎么就成为"毒草"了？是谁，又凭什么去认定这些书籍是"香花"，那些书籍是"毒草"？同理，"我们"的心中一定同时张着对人民的爱之弦与对丑类的恨之弦，就像与宋宝琦及其家人的初步接触，"竟将张老师心弦中的爱弦和恨弦拨动得如此之剧烈，颤动得他竟难以控制自己"。不过，刘心武有没有想过，是谁，又凭什么去划定哪些人是人民，哪些人是敌人？不管怎样，世界已被刘心武切割成为泾渭分明的两块：精华与糟粕、"香花"与"毒草"、人民与敌人、"我们"与"他们"……两大阵营剑拔弩张的对垒，仍是那段特殊历史时期你死我活的敌我之争，只是"新时期"初期的敌人比起前二十七年来要少了太多，我方倒是空前壮大了，从"十七年"到"文革"再到"新时期"，不就成了从一个胜利走向另一个更伟大的胜利？更重要的是，一定要揪出"毒草"，让"香花"更娇艳，一定要拨响"恨弦"，让"爱弦"更嘹亮，一定要消灭敌人，让人民更团结、更纯净，"毒草"、"恨弦"、敌人和"他们"，原来都从反面巩固了"我们"的自我认同。此种机制，刘心武显然深有会心："对丑类的恨加深着对人民的爱，对人民的爱又加深着对丑类的恨。"

"他们"在"我们"的逼视和打击之下，灰溜溜如丧家之犬，这样的集体意识，这样的斗争气概，这样的胜利豪情，怎么说都是"十七年"和"文革"的，"伤痕文学"走的还是一条集体化、工具化的文学之路。有些论者从石红身穿"带小碎花的短袖衬衫"和"带褶子的短裙"等几处地方，就得出崭新的个人话语在诞生的结论，实在太过轻率。① 要知道，石红也在写"号角诗"，向大家发出号召："让我们的教室响彻抓纲治国的脚步声！""抓纲治国"的"纲"，就是"以阶级斗争为纲"的"纲"啊！

如此说来，对于"新时期"初期文学的复杂性和暧昧性，我们如何估计都不过分。

---

① 贺桂梅说："《班主任》就是个人话语如何一步步取得合法性而集体话语的合法性如何一步步丧失的一篇里程碑式的文本，它以明显的隐喻方式表明了集体话语向个人话语的妥协让步，不断地走向边缘化的过程。"见《新话语的诞生——重读〈班主任〉》，《文艺争鸣》1994年第1期。衬衫或裙子成为集体话语与个人缠斗的主战场，要迟至1983年铁凝发表《没有纽扣的红衬衫》。

"来，我也把你的心洗洗吧！"
——"新时期"初期作家创作心态研究（之三）

"新时期"初期，人们用以肃清"四人帮"流毒的思想资源有二：（一）"十七年"精神。就连《人啊，人！》中那么犀利、高远的何荆夫都对"十七年"精神追怀不已——"……从整个国家看，五十年代、六十年代还有不少值得怀念的东西。我们干部的状况，我们群众的精神面貌，都有新的理想的萌芽。"（二）人道主义。针对不管是封建的还是法西斯的"异化"，或者说"妖化"，当时的人们异口同声地喊出"人"的强音，比如，刘宾雁用他常带感情的笔锋划出"人妖之间"丝毫不容混淆的鸿沟，戴厚英既若有所思又无比深情地呼唤"人啊，人"，一贯"左"倾的周扬也冒着不被组织谅解的危险，思考起马克思主义与人道主义的关系问题。不过，"人"，哪一种"人"？真有一个确凿无疑、万变不离其宗的"人"存在吗？从"妖"的魔爪中挣出来的"人"会不会沾染了太深、太重的"妖"气，甚至就成了"妖"？这样的"人"会是五四所谓"从动物进化的人类"吗？[①]此处选取"人"声鼎沸中分贝最高的戴厚英为解剖对象，就是要看看"新时期"初期的"人"究竟是什么人，这些"人"又是用什么样的材料制成的。

一、爱，是可以忘记的

因挞伐自己的老师钱谷融的"文学是人学"观一炮走红，却在"四人帮"倒台后成为"人学"最忘情的吹鼓手，出任闻捷的专案组长，竟和专案对象爱得死

[①] 周作人：《人的文学》，《周作人自编文集·艺术与生活》，河北教育出版社 2002 年版，第 9 页。

去活来,最终以专案对象吞煤气自杀收场,戴厚英的爱恨情仇真是二十世纪后半叶的一幕奇观。这一幕奇观中,最让人叹为观止的当然就是她与闻捷的旷世奇情。爱原来如此有力,可以不费吹灰之力捣毁藩篱,爱又是那么的脆弱,转眼间就被专政的铁手捏成齑粉,再也没有重塑的可能。一腔跋扈到稚拙,柔软到坚毅的痴情,筑成一座"心中的坟",是此情绵绵的祭奠,更是此恨绵绵的控诉和追悔。言之不足,她还要以虚构的方式让"诗人之死"重演一次,让死亡浇灌的爱之花再怒放、妖娆一次。爱只能以死的方式永生,死了还可以再死的爱才是不死的。如此说来,《诗人之死》是一纸控诉状,更是痴情、奇情、畸情、忏情之书。爱甚至成了戴厚英的魔咒,她还要以《人啊,人!》的一女三男故事,再一次探究爱的真谛。不,不是探究,永失我爱的她一劳永逸地得到了爱,理解了爱,掌控了爱,她是在那么深情地追忆爱,更是在大声地、笃定地宣示爱。戴厚英的为爱着魔,有意无意地呼应了张洁差不多同时发出的动人喟叹:"爱,是不能忘记的。"于是,"新时期"初期的文学成了爱被压抑得太深、太久之后的一次大解放,解放了的爱又引领着人性、人道主义潮流的复苏和汹涌——有了爱的人才成了"人",就是"人"。

不过,爱是本能的还是习得的? 二十多年来一直污蔑爱、摧残爱、忘却爱的人们还有爱的能力吗? 他们即使真的爱了,他们的爱还是你侬我侬的男欢女爱吗? 爱的对象是个人还是集体,是一具温暖的肉身还是一个耀眼的理念? 爱会不会成为恨的曲折表达,而且爱得越高亢就可能恨得越咬牙切齿? 爱从来不是不证自明的,也不是从来如此、一成不变的。所以,我们还是要细究一下"戴厚英们"的爱的成分和成色。

在《诗人之死》里,戴厚英用一泻如水的月光见证了余子期和向南的定情之夜,她甚至顾不上第三人称全知叙事的叙事纪律,情不自禁地跳出一个"我"来,"我"和那轮明月一起见证了他和她的甜蜜。这是创作主体向人物不由自主地靠近,更是戴厚英让死去了的爱重又活过来然后再死一次。虽然这个中秋之夜一如二十五年前的中秋之夜,虽然眼前的良人哪里比得上二十五年前的柳如梅①,但是,有了这样的月夜,这样的情人,还不够吗? 生怕还不够似

① 这一点,《心中的坟》的抒情主人公心知肚明:"我理解,这是讲过去,也是讲今天。在他的脑子里,亡妻和面前的我已经分不清了。"

的，戴厚英又让她为他写下诗句："但愿人长久，千里共婵娟。""人长久""共婵娟"的祈愿一下子完满了爱，爱再也不会褪色，不会衰竭。爱得如此纯粹，如此整全，当爱被污蔑、被禁止时，他就只能用死来成全爱，她则生活在永远的追悔里，并在追悔中终极地占有了他，占有了爱。如此奇情，会让所有读者生发一种"世间何物似情浓"的感叹吧。不过，就在这首爱的颂歌的高潮处，戴厚英全然不顾读者的阅读期待，用他的临终遗言把爱猝然打到了谷底："别了，小向！我不是普希金，不会为情而死。恕我没有完全对你说出我不可解决的矛盾。我对党说了，对毛主席说了。"原来他根本不是什么情种、情痴，他的心思只能对党和毛主席说，只有党和毛主席才能听得懂他所有能言和不能言的苦痛，党和毛主席才是他最狂恋、最依赖的情人。他死了，她还要活下去，生不如死地活下去却不是为了延续他的生命，延续他们的爱，而是为了一首长诗："不要以为是我们的恋爱惹了祸。不是！一切都是因为《不尽长江滚滚流》，我相信，为了它，你会坚强地活下去。总有天回地转、日月重光的那一天。"他哪里是在殉情，他是在为诗以及诗背后的一整套意义系统殉葬。甚至不是殉葬，他的慷慨赴死本身就是一首写给意义系统的既凄恻又辉煌的情诗，远胜那首语焉不详的《不尽长江滚滚流》："今天，我要为党写下最后的一首诗，一首忧伤的诗，报警的诗，用我的血，我的生命！"这首忧伤到博大，博大到雄浑的情诗，既是他对他的党大声喊出"我爱你"三个字，又是拒绝任何第三者的注视和聆听的"恋人絮语"，哪怕这个第三者是她："向南和孩子们一点也不了解我的这些想法，要是她们知道了，一定会不赞成的。"他的心早就被那个庞然大物填得满满当当，哪里腾得出一丁点位置给她。诡异的是，被粗暴地排斥在外的情人竟然没有丝毫的怨怼，她甚至因为"恋爱至上的诗人因恋爱不成自杀"的论调而感到心脏被戳进了一把利刃，感到一盆又脏又臭的污水泼了她和他一身："诗人之死"是另一桩极专注、专横、专断的恋爱的完成，怎么可能只是一场"普通的恋爱变故"？在那样耀眼的，不得不用生命来成全的爱的面前，他和她的爱就显得太小、太小了，爱的颂歌反复吟咏的，原来只是一种让人索然寡味的教训：爱，是可以忘记的。

其实，当时的读者和作者对于爱是没有什么期待的，或者说，他们只知道爱集体、祖国、党和毛主席，还不懂得如何去爱一个具体的人，他们即便爱上了一个具体的人，也一定穿透了这个人的肉身，痴恋着肉身之后、之上的某种更辉煌、更纯粹的东西,就像《爱,是不能忘记的》中的她对天国里的他说:"我从不相信你是什么三反分子,你是被杀害的、最优秀者中间的一个。假如不是这样,我怎么会爱你呢?"爱他,原来只是因为他哪怕被谤、被毁仍然不改的"忠"。就连张洁这样相信爱、高扬爱的人,打量爱的目光都会如此辉煌,我就不得不认定,"新时期"初期的中国是一个"被爱情遗忘的角落"。

下面的问题是,还不懂得好好地爱一个人的"新时期"初期的文学怎么理解人?那些浓墨重彩的"人"字所勾画、所呼唤的,究竟是什么样的人?

二、"学着样板戏里共产党员的样子回答:我是人!"

"新时期"初期的文学中,爱上一个人,或者说一个人值得爱,也或者说一个人真的是"人",一定是因为这个人的眼睛里闪烁着某种奇异的光辉。[①] 比如,在《诗人之死》里,向南对密友卢文弟说,在一个风雨之夜,在一道刺眼的电光中,"我突然发现了一双以前未曾发现的眼睛,它亮得像要喷出火焰,又深得像一泓清水"。一瞬,只要一瞬,像火焰、像清水的眼睛就能占有她、摧毁她、改造她。在《人啊,人!》里,何荆夫之所以当仁不让地占据着孙悦的心,也是因为他的眼睛像两团火,像两盏灯。眼睛的神采绝对地优位于身体的吸引力,身体甚至要以它的注定被眼睛的神采所征服、击溃的吸引力来反证眼睛的无可争议的高贵,就像何荆夫的眼睛"使赵振环的一切美色都显得黯淡无光",也像《爱,是不能忘记的》中的乔林当然是不值一提的,因为他的身材虽然矫健如"掷铁饼者",但他竟然会有着一双"儿童般的、清澈的眸子",而那个让母亲痴恋了一辈子的他,则是天生的"选民",因为他的眼睛闪着寒光,"当他急速地瞥向什么东西的时候,会让人联想起闪电或是舞动着的剑影"。如此一来,眼睛就挣脱了易变的、沉重的、衰腐的身体的围困,成为一种绝对、超验的存在。因为绝对、超验,眼睛就不会像身体一样有着男女之别,男女之别甚至是不洁的,只有无性的眼睛才能向女人也向男人更向整个世界投射惊心动魄的光辉,世

---

① 对于眼睛的迷恋,是一个时代的症候。比如,早在 1968 年,食指在《相信未来》一诗中就说,他之所以相信未来,是因为他相信未来人们的眼睛——"她有拨开历史风尘的睫毛/她有看透岁月篇章的瞳孔"。

界也在这一辉耀中涌起一股为它打开、被它占有的柔情。不信请看,何荆夫的眼睛竟然也打动了许恒忠:"我突然发现,何荆夫是个美男子! 看他那一双眼睛,简直是个谜。眼睛并不大。但黑白分明,晶莹闪亮。当他把眼珠转向你的时候,你会感到他是那样坦率而又多情。你忍不住要向他打开心扉。"性的大涌动、大欢喜只能由无性的眼睛开启,"新时期"初期的逻辑就是如此。

拥有了这样的眼睛的人反过来又会被眼睛所拥有,所同一,他的所有的肉身性因子都被毫不客气地删除,只剩下眼睛以及与眼睛同处绝对、超验之域的心灵在释放永远释放不尽的光辉。所以,真的"人"只需要、只信任眼睛和心,其他的器官都是可疑的,或者全无必要。正是有了这样的确认,何荆夫才会宣称:"我们不需要、也不相信口头的表白和信誓,只相信自己的眼睛和心灵。"就这样,眼睛洞穿心灵,心灵的秘密只为眼睛所把攥,眼睛与心灵完成一个心有灵犀的隐秘循环,形成一个绝对排他的,特别是排斥所有肉身性因子的同盟。真的"人"既然只有眼睛和心,那么,他如果是一个画家的话,他就什么都不画,"单画一颗血淋淋的心。在心的各个部位标出:野心、贪心、虚心、良心……每一种心都赋予它一定的形状和色彩"。他如果是一个理论工作者的话,他就不会被缭乱的万象所惑,而是看得如此分明:"每个人的心里都有天使和魔鬼,所不同的是,有的是天使管魔鬼,有的是魔鬼管天使。"那些迷途的浪子们如果也想成o"人"的话,第一要务当然就是立心,有心才有"人",就像赵振环发下大愿:"我宁可作一个跛足而有心的人,不愿作一匹只知奔跑而无头脑的千里马。"戴厚英一直强调她所说的"人"不是资产阶级而是无产阶级的人道主义,马克思、恩格斯"这两位伟人心里都有一个'人',大写的'人'","马克思主义包容了人道主义,是最彻底、最革命的人道主义",唯物主义者的"人"有一颗精力饱满、斗志昂扬的心。

眼睛和心组成"人",这样的"人"一定要穿透表象看本质,一定要剖开肉体拷问灵魂,一定要抛弃现世的享受跃居超验之域,于是,成为"人"的过程就成了对肉身以及肉身表征着的日常生活的一场旷日持久的镇压,而肉身和日常生活同时被他者化为动物性或兽性。戴厚英毫不讳言"人"身上的动物性,不过,"人"之为"人"的光华就在于"人"对自身动物性的决不手软的克服,她更要借着何荆夫的嘴直接宣示:"承认人的自然属性(生理的、动物的)也是人性的一部分,并且对人类生活有影响,这并不是为了降低人,而恰恰是要提高人,要我们自觉地去克服自己身上的动物性。"这样的宣示,与王若水的人道主义观如出一辙:"人道主义所反对的有两个东西,一个是神道主义,一个是兽道主义。"①"戴厚英们"没有想到,克服了自然属性之后的"人"是什么样的人? 人何尝能够加引号,能够大写,大写了的"人"一定是抽象的人。所以,真正的人道主义无法一边反对兽,一边反对神,倒是五四的人性论还算知人:"兽性与神性,合起来便只是人性。"②

克服了动物性的人还有另一个名字——"这一个"。何荆夫的追随者奚望对他的左派父亲慷慨陈词:一个人不能把自己混同于"那一个"、那一群,而要为时代提供出"这一个",只有"出乎其类,拔乎其萃"的"这一个",才能"最先呼出人们的心声",才能最大限度地实现"人"。他更要向所有的朋友大声疾呼:"尊重个性吧! 培养个性吧!"盛赞"这一个",听起来好像是天经地义的事,我们耳熟能详的批判现实主义的典型论,不也执着于"这一个"的精细打磨吗? 更何况彼时的国人早被规训得"千部一腔,千人一面",他们不正在岌岌地寻找着自己的"这一个"吗? 不过,我们一定要清楚,"这一个"只能是一个人"虽不能至,心向往之"的绝妙境界,决不能是成为"人"的底线,或者说门槛。我们可以终其一生地寻找我们的"这一个",就像成圣可以是我们的梦想,却不能想象更不能勒令"六亿神州尽舜尧"。错把最高境界当成最低标准,就是要把人抽离身体,拔离地面,成为神人,也是要把面目模糊、不面目模糊又能怎样的芸芸众生写成典型环境里的典型人物,塑造成样板戏里的样板人物。戴厚英的《空中的足音》中的陶木然说,那段时期他被隔离审查,他怎么能向"不讲人"的审查者,"学着样板戏里共产党员的样子回答:我是人! 是堂堂正正大写的人"? 他们会信吗? 他们只会加倍地羞辱他。"堂堂正正大写的人",是要用样板戏里的共产党员的样子来演,腔调来说? "新时期"初期的"人"似乎不是坐卧行走中的一具具肉身,而是一种台步,一种唱腔,一种只有"三突出"原则才能"演"出来的戏剧。

---

① 王若水:《人是马克思主义的出发点》,见《为人道主义辩护》,生活 · 读书 · 新知三联书店 1986 年版,第 200 页。

② 周作人:《人的文学》,《周作人自编文集 · 艺术与生活》,河北教育出版社 2002 年版,第 10 页。

三、"人"这个幽灵

"新时期"初期的"人"并不新鲜，类似于早被马克思、恩格斯清算过的费尔巴哈的人本学。费尔巴哈力图打破神道主义，认定上帝无他，只是人的一面镜子。神被拉下了神坛，人也就塑上了金身："你的本质达到多远，你的无限的自感也就达到多远，你也就成了这样远的范围内的上帝。"①人成了上帝，也就被大写成了"人"，一如"戴厚英们"的神人。不过，肉体凡胎如何承载得了神性之重？金身之中还有血肉和体温？难怪马克思、恩格斯一针见血地批评："他（费尔巴哈——引者注）还从来没有看到现实存在着的、活动的人，而是停留于抽象的'人'。"②在施蒂纳那里，费尔巴哈的"人"又被称为"真正的人"，"真正的人"不是作为自己而是作为"最高本质"的倒影和传声筒而存在的："如同神的启示并非是神亲手写下来的，而是通过'主的喻示'公之于众的；新的最高本质也并非亲自写下它的启示，而是通过'真正的人'使我们知悉。"作为"最高本质"倒影的"人"之于人，当然是神秘的、外来的，于是，"你在我那里看到的并非是我、有形体者，而是看到了一种非现实的东西、幽灵，这就叫作人"。③ 如此说来，"新时期"初期的"人"潮高涨，好比一个幽灵在狂舞。疑问也随之而来：前面说过"人"对于个性的高扬，有个性的"这一个"怎么可能没有自己，而是一个幽灵？其实，"戴厚英们"所谓的个性，无意也无力为"人"拓开一片"内面"，使"人"成为有纵深、有层次的丰润存在。他们的个性只是"最高本质"的个体化原则，个性使人被"最高本质"附体成了"人"，从而绝对地高贵于人并进而睥睨于人。"人"的幽灵化，直接导致"新时期"初期的文学中"真正的人"的形象太过粗陋和单薄——谁能说得清一个幽灵是什么样？所以，多年以后，《人啊，人！》的责编还在为何荆夫形象太弱而遗憾，并喟然长叹："世无人道主义者，在我们这块思想板结的土地上，谁又能说得清，人道主义者应该是个什么

---

① 【德】费尔巴哈：《基督教的本质》，荣震华译，商务印书馆1984年版，第37页。
② 【德】马克思、恩格斯：《德意志意识形态》（节选本），人民出版社2003年版，第22页。
③ 【德】麦克斯·施蒂纳：《唯一者及其所有物》，金海民译，商务印书馆1989年版，第190页。

样子呢。"①他的遗憾恰中鹄的,喟叹却没有道理:并不只是被极"左"思潮碾压得极度板结的土地上没有人道主义者,人道主义者从来都是作为一个没有形体、没有方向的幽灵,飘荡在世界文学史上的。你看,哪怕是何荆夫最为钟情、一再援引的《九三年》中的郭文,不也只是一种情怀,一个口号而已?郭文让人们着迷的,不是他这个人,而是一种外在于他、盘踞于他的祈愿:"我要人类的每一种特质都成为文明的象征和进步的主人;我要自由的精神,平等的观念,博爱的心灵。"更进一步说,何止何荆夫,何止"新时期"初期,新文学以来所有的"人"的形象无一例外都是单薄的,比如狂人、觉慧、张俊石,倒是不那么"人",甚至"人"的对立面,被作家们塑造得"活色生香",比如觉新、曹七巧、方鸿渐——不太"人"、非"人",才是摒弃了"人"的神秘性、外来性,回到了"人"本身的"人"。这样的人一定是不彻底的、千疮百孔的,不过,正是不彻底的、千疮百孔的人,才需要一种文学性的懂得和慈悲。施蒂纳又总结:"孩子只有非精神的,即无思想、无观念的兴趣,青年只有精神的兴趣;成人则有着有形体的、个人的、利己主义的兴趣。"②以此洞见观之,五四以及"新时期"初期大谈特谈"人"的文学,都是一种陷溺于精神性迷狂的青春写作,而走出五四、走出"新时期"初期的有了形体因而不得不个人、利己、沉重的文学,才真正地"长大成人"了。

　　幽灵化的"人"当然不能见容于人群,所以,"人"在鲁迅那里只能是狂人,到了戴厚英这里就成了粗野的、不可理喻的何荆夫。在孙悦的"我的梦"里,何荆夫甚至被删繁就简成了一颗疯狂的心,这颗心向爱人发出如塞壬歌声一样魅惑的吁求:"吞下我吧!"人视"人"为疯子,"人"却道人人皆疯癫。疯癫的病源一定是也只能是心坏了、脏了,就像梦里的孙悦掏出自己的心,仔细看看,"心尖上有一处缺损了,又蒙上了不少灰尘"。"人"甚至宣判人根本就没有心,不配有心,就像孙悦的心被呕掉、泄掉了,他竟是个无心人。世界因人心坏了、脏了甚或无心而病入膏肓,那么,"人"的神圣使命就是为人洗心、换心。把心冲洗干净之后的孙悦也成了"人",成"人"的她立刻领悟到自己的使命,拿刀指向他,说:"来,我也把你的心洗洗吧!"心洗了、换了,世界一下子变得多么神奇啊,"人"能够轻轻飞起,如小小卫星,在天空环游,"宇宙将永远辽阔,大地也将

---

① 杜渐坤、白亮:《八十年代初期语境下的〈人啊,人!〉》,《长城》2012 年第 1 期。
② 【德】麦克斯·施蒂纳:《唯一者及其所有物》,金海民译,商务印书馆 1989 年版,第 13 页。

永远静谧……"孙悦的梦境再雄辩不过地证明了"人"的神人本质。不过，刀之于"人"是通过洗心、换心来改天换地的利器，之于人却是不折不扣的凶器——人心是肉长的，怎么能说换就换？而且，"人"怎么有资格宣判某些人的心是坏的、脏的？"人"给人施行洗心、换心术的资质又是谁授予的？洗过、换过的心与原体会不会产生排异反应，从而送掉卿卿性命？更加重要的是，洗心、换心术会不会只是达成另一种隐秘意图的修辞，而非一次真实的外科手术？

其实，洗心、换心术又是一种道德混淆术——用好坏、善恶的两分混淆乃至取消大是大非的价值分歧。十年、二十七年的惨痛被轻率地归咎于"那些钻进党中央的坏人"，绝大多数人都是好人，即使他们中的某些人确实干过一些坏事，比如"党油子"游若冰，那也是被魔鬼操纵的，"而这个魔鬼就是狄化桥"。所以，层出不穷的思想改造是一种切肤的、刻骨的、血淋淋的，一定要磨砺出一个社会主义新人的洗涤，戴厚英的洗心、换心术却是一道吹面不寒的必备工序，只要洗了、换了，就都成了"人"，可以重新上路了，至于洗到什么程度，是不是真的成了"人"，人有可能成"人"吗，种种问题，则是谁都无意追究的。更有趣的是，这场"洗心记"的结果，竟是大家既在情理之外又在意料之中地发现自己原来如此干净，都有一颗红亮的心，哪里需要什么清洗。比如，专案组长向南说："我向自己的心灵深处挖下去，可是挖不出一丝一毫反革命的因素，却又看见了那一颗可贵的种子！"就连间接害死了妈妈的晓京也慢慢"想通"了："我没有害妈妈。是坏人害的。我恨他们。我只想和他们算账，感情上就不那么折磨自己了。"洗心、换心术原是一次对原本就存在的红心的发现，一次"我"从来就是"人"的确认，戴厚英的自信来自何处？

余论、"我珍藏历史，为的是把它交付未来"

自信源于自惭，只有自惭的人才会大声地、无中生有地宣告自己的自信。戴厚英一直是一名骁将，直到真理标准大讨论才把她"从黑暗引向光明"[1]。

---

[1] 戴厚英：《人啊，人！》（后记），见《戴厚英随笔全编》（上），杜渐坤编，暨南大学出版社1998年版，第13页。

多年的斗争生涯,她不免伤害过许多人,就连一向宽厚的钱谷融都说:"我不很清楚她在'文化大革命'中究竟做了些什么,我所熟悉的许多文艺界的朋友,对厚英几乎很少好评。我的这些朋友,我觉得并不是特别褊狭而不知宽容的人,我想厚英在'文革'中的一些言行,一定确有令人难以谅解的地方。"①诸多"劣迹"使她一度被人视为漏网的"三种人"②。面对被怀疑、被疏离甚至被厌恶的焦虑,戴厚英有三大纾解的法宝:(一)取消历史。《诗人之死》两度引述列宁语录:"我们不预备做历史学家,我们所关心的是现在和将来。过去的一年,我们是把它当作材料,当作教训,当作我们往前行进的跳板看待的。"何荆夫也说:"我珍藏历史,为的是把它交付未来。"历史被珍藏、遗忘乃至取消,她以及所有有悔的人们也就赢获了"咸与维新"的权利。不过,历史被取消了,也就不可能出现立诚的"文革"叙事了。(二)赎回灵魂。历史毕竟无法被取消,那么,就把历史中的污点抹去,把灵魂赎回吧。赵振环说他"把灵魂抵押给了魔鬼",何荆夫却告诉他:"魔鬼也许没有那么多装灵魂的瓶子,你还可以赎回自己的灵魂。"这是一道"人"对人的赦免令。人还不敢相信会有如此轻省的赦免,"人"便为他彻底宽了心:"不可能有别的理解。"(三)大声喊出:"人!"我成了"人",我原本就是"人","人"的神性一笔抹去了所有人间的龌龊。所以,"人"是避难所,是销魂窟,是欢乐颂,所有被泼了脏水的人们都来唱响这首欢乐颂吧,如此大家都可在一种宏大到空洞,因为空洞所以无法也无须检视的绝对的颂歌声中超凡入圣。

---

① 钱谷融:《关于戴厚英》,见《闲斋忆旧》,罗银胜编,上海人民出版社 2008 年版,第165 页。

② "三种人"指"文革"中造反起家的人、帮派思想严重的人以及打砸抢分子。

启蒙就是一段试错的旅程
——从《晚霞消失的时候》到《启蒙时代》

一、无意于控诉、忏悔的礼平

1976 年底，"四人帮"刚刚垮台，"批邓"还在继续，海军宣传干事礼平开始写作《晚霞消失的时候》（以下简称《晚霞》）。反复修改后，小说发表于 1981 年第 1 期《十月》。《晚霞》一问世，便以丰沛的情感、芜杂却有力的思索撼动着读者的心，也引得胡乔木、王若水等党内理论权威，赵朴初等宗教领袖，冯牧等文艺理论专家纷纷关切。一时间，《晚霞》成为极具轰动效应的"争鸣作品"。不过，争议大抵由文中弥漫的、当时还颇为忌讳的宗教气息以及南珊、楚轩吾等单薄却极具煽动性的人物形象而起，而礼平借着这个漏洞多多的故事究竟想说些什么又说出了些什么，他这样说而且非这样说不可吻合了什么样的时代心理，种种问题则是人们无暇也无力顾及的。人们更没有反思过，面对这样丰富的作品，主题及形象研究能有多少有效性?① 二十多年过去了,《班主任》《伤痕》等相对粗陋的小说,因为能在"伤痕""反思""改革""寻根"等文学潮流环环相扣的文学史叙事中各就各位,越来越被当作文学"正典",而真挚、厚重得多的《晚霞》,却因为无法有效地整合进叙事锁链,被文学史遗忘或是一笔带过,其真意的求索就更无从说起了。我想追问的是:《晚霞》究竟说了些什么,这样说又意味着什么?

《晚霞》犹如《罗密欧与朱丽叶》《梁山伯与祝英台》,扭合着爱情和世仇。不过,细细想来,这里的世仇已在李聚兴的个人魅力及其背后某种光环的感召下,变成世亲,不再具备推动故事前行的力量。爱情则如空穴来风,更没有说服力。你看,小说开头,"我"和南珊在高台晨读时相遇,聊了一会儿文明与野蛮的关系。要上课了,她一边裹紧书包,一边匆匆看"我"一眼,便飞快跑开了。爱的印记就此烙在"我"心:

> 那留给我的一瞥是永远难忘的,那是一闪而过的注视——她的眼睛在一瞬间闪动了一个明亮的火花,这火花从此便埋藏在了我的心底深处,再也没有熄灭掉!

---

① 比如,王若水连续撰写《南珊的哲学》(《文汇报》1983 年 9 月 27—28 日)、《再谈南珊的哲学》(《文汇报》1985 年 6 月 24 日)来批评"南珊的哲学"的消极性:"南珊的哲学不可能产生巨大的力量。它不是改造世界的哲学,因为它只是诉诸抽象的人类心灵而否定实际的斗争;它不能说明世界,因为它贬低理性而自居朦胧。在地上的神还原为人以后,为什么又要去寻找天上的神呢? 在思想从新的教条中解放出来以后,为什么又要用老的教条去重新束缚思想呢?"王若水没有想到,南珊哪里来的系统化哲学,值得他一谈再谈? 南珊的"哲学"原本就是东拼西凑的,你煞有介事地批判,礼平当然可以轻轻松松地"诡辩":"宗教是根本不承认人生有所谓幸福的。佛教认为人生'苦海无边,回头是岸',幸福不在人间而在'天国',不在今生而在'来世'。南珊却那么热烈地肯定了人生的各种幸福,认为它们的价值都是'同样的珍贵和巨大'。这里有什么宗教气味,有什么'禁欲主义'呢?"(《谈谈南珊》,《文汇报》1985 年 6 月 24 日)多年后,礼平老实交代:"……我在小说中提到的许多书我都没有读过,甚至没有见过,比如《奥德赛》和《伊里亚特》,比如英文版的《莎士比亚集》,还有《大藏经》和《华严经》,等等,我都没有读过。我想读者一定是让我给忽悠了。"(礼平、王斌:《只是当时已惘然——〈晚霞消失的时候〉与红卫兵往事》,《上海文化》2009 年第 3 期)王若水这些读者真是被"忽悠"了——主题及形象的过于泥实的研究路径对于《晚霞》都是无效的,因为礼平自己就一知半解,不完全当真。

印记更烙在她的心上，即使"我"抄过她的家，即使十四年的悠长时光漫过，都不会被抹去。叙事人无意罗列更多证据，铺排更多情绪，来夯实神奇"一瞥"的可信度，从而支撑起后续的情节。对于他来说，"一瞥"的威力是不证自明的。不过，"一瞥"所具有的足以战胜一生、摧毁一生的永恒性，只会产生于"墙头马上遥相顾，一见知君即断肠"（白居易《井底引银瓶》）的古典时代，发生在高度抽象、凝练的戏台上。现代小说要求基本的事理真实，会在"一瞥"之上打个重重的问号，从而拆毁整个故事。

也许，故事只是礼平借题发挥的一个由头，充分、真实与否并不重要。那么，他借这个松松垮垮的题，究竟要发挥什么"事"？

控诉？这是当时的流行病，有多种心理期求：帮助大家喷发对"四人帮"的一腔怒火，同时巧妙地把自己从罪责中剥离出来——谁会去想伤痕累累的苦主说不定也是凶手呢？控诉即诿过。伤痕甚至成为金光灿灿的徽章和自我崇高的资本。人们不会有昆德拉的冷静："我要对你说一说我一生中最悲愁的发现：受迫害者并不比迫害者更高贵。"①《晚霞》确有控诉。比如，在还乡的列车上，"我"忆起十二年前刚刚入伍时军队受到的重创：

> 舰队整天陷于没完没了的政治学习，很少搞什么正规的操课和训练，更谈不上够水平的考核和演习。最叫人忍受不了的是那些敬忠仪式。奇形怪状的顶礼膜拜，装模作样的繁文缛节，加上莫名其妙的语录歌，怪模怪样的忠字舞，越到后来，就越闹得乌烟瘴气。

"我"甚至直斥这些敬忠仪式就是"愚昧、粗俗和鄙陋的奴性仪式"。不过，控诉只有少数几处，而且游离于故事主干，不足以使小说成为一纸公诉书。更关键的是，控诉没有简单地指向"四人帮"，这种审慎、负责任的态度使得控诉的火力模糊了、涣散了，不像《班主任》那样粗率却犀利："'四人帮'不仅糟蹋着中华民族的现在，更残害着中华民族的未来！"

忏悔？忏悔应该是有限者对于无限者，残损者对于整全者，被抛者对于温爱者的私密性倾诉和悔罪。没有无限者存在，中国文学便缺少忏悔精神，忏悔

---

① 【捷】米兰·昆德拉：《告别圆舞曲》，余中先译，上海译文出版社 2004 年版，第 102 页。

大抵沦为自辩、自怜、自恋，甚至是炫耀。《晚霞》中，"我"却因一次司空见惯的抄家，沉沉的十字架一背就是十多年。"我"甚至吁求受害者的谴责："丢掉你的宽容，拿出你应有的谴责和愤怒来！无论是在法律上还是在道义上你都有这样的权力……"这种不推诿、不矫饰的忏悔态度，确实弥足珍贵。但是，楚轩吾秉着长者、仁者的宽厚，根本没有在意过"我"的唐突，甚至很看重"我"，称赞"我"胆大敢为、刚直果断。就连南珊也从教义中获得宁静，"我"的忏悔只是些不要再说的"傻话"罢了。罪孽原来早已被原宥。此种忏悔是否过于轻省？而且，"引子"开宗明义地告诉我们，这一段经历是"我""杂乱无章而又平淡无奇"的生命历程中"一篇动人心弦的故事"。那么辗转难安的煎熬，那么彻骨的悔恨，只是把生命调和得"动人心弦"的佐料？"我"甚至庆幸："由于我生活在这样一个时代，我就有机会在自己的人生中留下了一段我永远也不能忘怀的往事。"这已是感谢苦难的口吻了，哪里有什么忏悔精神。

既无意于讲述一个可靠的故事，也不专注于控诉、忏悔，礼平究竟意欲何为？

二十多年过去，2007年第2期《收获》发表王安忆的《启蒙时代》，出人（包括王安忆本人）意料地遥遥呼应着《晚霞》。同样是"文革"叙事，同样是几个中学生的茫茫追寻，同样是经不起推敲的情节，同样是看似深刻实则混乱、浅薄的思想驳诘，同样是思想提灯人走马灯般轮换，甚至连主人公的父亲也同样以饶漱石为蓝本塑造——江西人，华东局高官，卷入党内路线斗争被审查……①王安忆是否接过礼平的未竟之"事"，试图给出新世纪的答案，我们姑且不论，可以肯定的是，这两部小说形成一种奇异的互文性，或者说，这两部小说相互询唤着对方，只有以一方为参照系，我们才能看清楚另一方。于是，我必须凭借《启蒙时代》的后见之"明"/"不明"，来洞察《晚霞》在二十世纪八十年代不可能被洞察的真意，并以此真意回视《启蒙时代》，开掘它在此回视中增殖出来的意义。

----

① 王安忆明确地告诉张旭东，南昌父亲的原型就是饶漱石。见王安忆、张旭东：《对话启蒙时代》，生活·读书·新知三联书店2008年版，第47页。李聚兴类似饶漱石的地方就更多了，他也去过苏联，也是第三野战军的高级将领，等等。

二、成长就是不断地试错

从《长恨歌》开始，王安忆用细腻得琐碎的笔触，绵密得壅塞的意象，诚恳、温暖得近乎慈悲的态度，扎扎实实地砌就了日常生活的本体性地位。这种切入世界的方式，徐德明称之为"众生话语"①。不过，2005 年，王安忆推出《遍地枭雄》，以浪游迅疾地甩掉稳妥、淤滞的现世烟火，以作文或讲故事的虚构方式架空并进而重塑看似针插不进、水浇不透的日常生活，以韩燕来一个人的成长取代众生相的勾描，展露出强烈的求变意愿。但是，人们面对这几个好似半瓶子醋哲学家的劫匪的神聊，觉得不可思议：这是王安忆一时走神，还是蓄意为之的创作新走向？ 如果是新走向，那么，要走向哪里？

《启蒙时代》把《遍地枭雄》的求变意愿进一步落实、放大了。这里较少弄堂里的飞短流长，也不关注人们曲里拐弯的小小欣喜、悲哀和猜忌，而是悉心观察一群与燕来一般大的孩子（基本是男孩子，而"众生话语"的主角大抵是女人，比如王琦瑶、富萍、秧宝宝、郁晓秋。也许，王安忆觉得男孩子的心界要宽阔许多？）的成长历程。王安忆非常钟爱稍纵即逝的发育期。少年们那么毛茸茸的、蠢蠢欲动的，他们又那么好看，"睁眼就是美景"，他们还干净、金贵得很，姐姐、妈妈的内裤都要让开让他们的衣服晾晒。他们简直有"圣"意。发育期最大的主题，当然是成长。在王安忆看来，成长不是年齿的递增，不是学校教育的灌输，甚至不是巴赫金所说的"开始克服自身的私人性质（当然是在一定的范围内），并进入完全另一种十分广阔的历史存在的领域"②，个人与历史相互促进、相互占有、相互塑造的成长。她更愿意把少年放在自由自在的环境中，看他们怎样被信心和从自然中生发而来的向善的力量驱策着，运用无限却又被纪律箍住的想象，直抵彼岸——世界的真相。成长原来就是自由地寻找真相。所以，她杜撰一场出租车抢劫案，把燕来从庸常、细碎的生涯中争夺出来，让他在广袤的大地上，在一次又一次叙事中，一任心性地思索和寻找。所

① 徐德明：《王安忆：历史与个人之间的"众生话语"》，《文学评论》2001 年第 1 期。

② 【苏】巴赫金：《教育小说及其在现实主义历史中的意义》，《小说理论》，白春仁、晓河译，河北教育出版社 1998 年版，第 233 页。

以，她把南昌、陈卓然他们的活动时间放在 1968 年左右。这时，"革命"早已震碎了"读书虫的生涯"，使他们能够不呆板、不教条，自由地走进"户内"或走向"户外"，去寻找通往彼岸之路，而红卫兵运动渐渐刹车、上山下乡热潮还未掀起的短暂宁静，更确保了寻找的舒展和纯粹。需要强调的是，选择"文革"作为寻找的背景，并不意味着王安忆肯定"文革"。她的态度很明确——"我不认为这场革命有多少思想的含量"，她更强调她无意于现实主义地反映"文革"，因为"这场革命我觉得也轮不到我去发言"。① 不过，天性的纤敏和宽厚，使她不会一味黑洞化"文革"，而是清楚地听见了废墟中生命那么酣畅、自在地拔节生长的声音。那么，南昌、陈卓然他们是如何成长的？

成长的第一资源是阅读（或观看）。每类人都有自己的阅读书目，不同书目构成不同人属己的精神肌理。王安忆不厌其烦地一一开列书目，其实是在勾勒人的精神结构草图。比如，陈卓然明朗、积极、向上，走过一条清晰的"从幻想走向科学、再走向社会科学的思想路径"，所以他从杨朔散文读到《物种起源》，再到《资本论》，再到《路易·波拿巴的雾月十八日》。正是后者华丽的辞藻、咄咄逼人的雄辩以及法国大革命的辉煌背景，使他一下子成长为最具煽动性的"思想家"。小老大是偏居一隅的、幽暗的，所以念《离骚》、"少司命"——另一路绮靡、华丽的浮夸。就连他外婆都是喜欢忧郁的《二月》、恐怖又凄厉的狄更斯小说，他母亲都是演《桃花扇》里的李香君、《日出》里的陈白露的，阴柔原来在血液里流传。嘉宝出身洋务派家庭，她的名字来源于母亲最喜欢的好莱坞影星，这位影星主演的电影——《瑞典女王》《安娜·卡列尼娜》《茶花女》和《双面人》——便潜在地影响着嘉宝的成熟、时髦又质朴的个性。丁宜男和母亲、外婆一起生活，平静、婉约又好像有一段隐情，所以，舅舅给她做的幻灯片里有王文娟、徐玉兰的《追鱼》《红楼梦》，张瑞芳的《万紫千红》，孙道临、谢芳的《早春二月》，王丹凤的《女理发师》，早期中国电影中泛黄的缠绵和幽怨浸透了小女孩的心。

成长还需邂逅。邂逅不是擦身而过的经历，而是作用与反作用、吸引与被吸引、占有与被占有相胶着的经验。正是在扑面而来的经验的洗礼下，生命一步步成长。比如，南昌邂逅陈卓然，开始接触《路易·波拿巴的雾月十八日》的汪洋恣肆，开始讨论《牛虻》中信仰和亲情的关系，《九三年》里人性高于革命、阶级的问题，生命便初初成型。当他邂逅小老大，便从虚浮、高蹈、亢奋的精神世界一下子跌进身体性层面，从辉煌、热闹转向衰腐，生命恰恰均衡。后来，他还邂逅叶颖珠，初涉爱情，邂逅嘉宝，初尝禁果，更邂逅高医生，懂得 LIGHT 和 TRUE，懂得另一种谦抑、温润的庄严。阿明原本把绘画当成手艺，就像父亲把《圣经》讲成浦东说书。"狱"中邂逅王校长后，他知道了"日内瓦公约"(其后该有长长一串世界现代史背景啊，震动了这个质朴的小男孩)、芝诺悖论，理解了"数学就是一个乌托邦"。"这个夜晚，其实是有些像圣典，有多少华丽的思想在交汇漫流，量和质都超出了一个少年的头脑与心灵的承载力。"这圣典就是成年礼。阿明一脚跨进成年的门槛，漫长的成长拉开了帷幕。

没有一本书、一部电影讲述了绝对真理，没有一次邂逅点亮了终极性光芒，成长是以一己心性不断地试错(或者是不完满性)的过程，也是不断地收藏各种思想资源和经验的过程。所以，我们毋庸责备《启蒙时代》中许多思辨肤浅、郑重其事得可笑，比如农民究竟是不是无产阶级，他们是不是革命的可靠力量，因为成长过程中每一种思想都是"中转"而非"终点"；毋庸责备思辨的精神资源过分驳杂，比如陈卓然重回书斋后读数学、生理、乐理、地理、天文、历史，甚至读养蚕书，因为每种知识都可能是敲开山门的芝麻；也毋庸责备某些邂逅缺乏事理依据，比如足不出户的小老大怎么如此神通广大，能帮嘉宝堕胎，因为这次邂逅可能太过偶然，由此种邂逅带来的生命成长却迟早要发生。这种试错式成长，王安忆命名为"启蒙"。对于每个个体来说，启蒙一定是具体的，充满属己的、独特的欣喜或懊丧。正是此种启蒙，在 1968 年匪夷所思的安静中，照亮了无数少年的生命。这一启蒙概念对于我们所习见的启蒙概念有多重致命性质疑。(一)流俗启蒙是指对蒙昧处、幽暗处的照亮，但是，这种启蒙概念会说，启蒙不是被照亮，而是主体本着向善之心，对光亮的主动寻找。如此，我们便能理解流俗启蒙为何从五四起便屡屡碰壁：你凭什么启蒙我？我为什么要你启蒙？所以，扬州阿姨面对七月的阶级理论启蒙时，根本不屑一顾："不剥削，我们怎么有饭吃？"流俗启蒙的一厢情愿性，使它注定溃败。(二)拿什么照亮？当然是自由、民主、科学等理性光芒，不过，这种启蒙概念又会追问：这些理念真是完满的、终极性的？它们就不会偏颇，甚至错误，就不需要别的质素来中和、补充？启蒙不应是试错的过程吗？所以，南昌、陈卓然他们准备给资本家顾老先生启蒙,却不知不觉中被他跌宕起伏的发家史吸引,欲罢不能,勤俭发家的资本主义精神和世事洞明的世故,击中了被革命理论激扬得过度亢奋、高蹈、虚浮的心,反过来给他们启了蒙。在王安忆看来,就连扬州阿姨在舒娅面前播弄七月、小兔子的是非,也可以是启蒙之一种啊,"教的是言情这一课"。启蒙资源不应是单一的。(三)流俗启蒙既是以光照亮,那么,当光芒照彻时,启蒙便终结了,难怪陈思和会指责南昌父亲的形象被刻画得太过单薄、孱弱:在经历过一系列惊心动魄的邂逅之后,南昌的启蒙该有个有力的收梢了,而那个患有忧郁症的南方男人根本无力阶段性地完成儿子的生命启蒙。① 但是,这种启蒙概念坚持:成长不会一蹴而就,而是不断地寻找,不断地试错。启蒙是一个开放的、持续的过程,谁都无力一劳永逸地完满,哪怕是父亲。王安忆说:"我只能用否定法,它没有什么,它不能什么,它不是什么,来逼迫出那个肯定的答案。"②"否定法"即试错。但是,试错一定逼不出一个"肯定的答案"来,"肯定的答案"就是陈思和所说的有力的收梢,就是启蒙的终结。

我如此阐扬王安忆的启蒙概念,并不是否定流俗启蒙,而是一次拓宽它、丰润它、校正它的努力。要理解王安忆的启蒙,就得抛开流俗启蒙的成见,诚心诚意地走进那一次次思辨和邂逅中。陈思和批评《启蒙时代》,认为那个时代没有启蒙的条件,我想就是被成见拘囿住了。

三、成长,遗忘了肉身

从《启蒙时代》这面镜子里,我们可以很清楚地看到,《晚霞》正是一部成长小说,一部王安忆意义上的一个人的启蒙史。

小说先写一个梦:清辉如水,"我"踏上一条小径,来到有成群蝴蝶翩飞的

---

① 陈思和说:"他(南昌父亲——引者)应该更有魅力,否则他妻子不会与他生死与共,绝不背离;他应该有清醒的头脑,才让孩子们错认为他是'托派'。他应该比陈卓然更成熟,比小老大更有力,比舒娅嘉宝们更有人情味,比老资本家更有生命力,比高医生更加阳刚和坚定。可是,作家没有给予他这样的禀赋,甚至也没有让他承担起南昌的精神启蒙的责任。"见《读〈启蒙时代〉》,《当代作家评论》2007年第3期。

② 王安忆、张旭东:《对话启蒙时代》,生活・读书・新知三联书店2008年版,第58页。

湖畔,对岸隐隐传来轻柔妙曼的歌声。"我"断定,一定是这片山林湖谷的主人在歌唱,在操控这场"神秘的魔术表演",便"毅然沿着湖岸向那歌声响起的地方走去……"这种对于表象背后的实在、世界之上的主宰的寻找,不就是成长?这个梦实在是全书的高度抽象:一连串不可思议的邂逅铺设成一条成长的小径,把"我"带向彼岸的真相。

"我"的成长同样需要阅读,礼平便开列出一串串的书目。"我"通过普希金的诗懂得俄语不是"猪话",而是那么铿锵、瑰奇的语言,哺育出那么富丽堂皇的文学。"我"和南珊的"定情信物"是一本《莎士比亚戏剧集》,那个既糊涂又可怜的老国王的悲惨命运,使"我"初初懂得悲悯。礼平更用长长一节文字来罗列"南岳长老"的藏书:史学有《资治通鉴》《清史稿》,哲学有《庄子》《淮南子》《吕氏春秋》,外国著述从普鲁塔克、洛克、卢梭直到罗素、杜威,应有尽有,更多的当然是古奥费解的佛经了。正是这些庞杂、高妙的书籍,组构出一个先知,开启了"我"的神思。南珊到内蒙古插队,念念不忘的也是几箱子书,她说:"我可不爱过没书的生活。不爱书和不知书的人,生活不会美好。"书成为支撑她稳稳渡过苦厄的依托。

成长也需要邂逅。"我"率领红卫兵小将抄楚轩吾的家,给他启"革命"之蒙,却被他自述的惊心动魄的淮海作战史深深吸引,反过来被启了蒙:国民党并非漆黑一团,其中也有忠贞的、刚烈的、含恨的,就连一般看来臭名昭著的反动派黄伯韬,也自有一番傲骨留人间。当然,禁锢初解,礼平还没有眼光和魄力去翻革命史的案,还坚持认为楚轩吾的那段生命"充满了痛苦和耻辱",甚至"罪孽深重",更让他自悔:"国民党,曾经是我的过去。是的,它使我蹉跎年华,虚掷半生。我应对它痛加悔悟!"不过,叙事自顾自地铺陈开一片国民党的逻辑和军人的逻辑,冲淡、解构了革命史逻辑,一种新的不为既有观念限制的视野便有了生成的可能。这场邂逅不就像南昌他们邂逅顾老先生?被革命话语摈斥的话语方式自有一番神采,照耀着沉溺革命癫狂的年轻人的成长道路。

就在一次次阅读和邂逅之中,"我"渐渐成长,最终有了拨云见日的开朗:"是的,从今天开始,我们的视野应该转向更加广阔的未来。""我"甚至觉得,自己的成长以及国家、民族的前途,都是既波折又光明的,就如泰山那条山道:

　　这是一条唯一的道路,它是这样崎岖,但绝没有歧途。所以,当任何一个行人在踏上它那古老的路面时,不管他是个识途者还是个陌路人,都永远不会迷失在深山中。

　　相较于开放的、持续的、错误迭出的王安忆意义的启蒙概念,礼平的成长/启蒙道路是单一的,有终点的——岱顶,显出那个时代特有的清浅的乐观。仔细想来,这种单一性、封闭性其实出自礼平的自说自话,当他真的走进李淮平的启蒙史时,便不得不被各种自有其合理性的思辨冲撞得头昏脑涨,“迷失在深山中”。或者说,礼平编织这个爱情加世仇的故事,只是开垦出一片“林间空地”(“我”常常回忆起“林间空地”里的邂逅,只是,“我”以及礼平一定没有意识到,这是典型的海德格尔语汇啊:“空地”中,一片澄明),不预设任何立场,让各色思想、情怀平等、自在地交锋。只要这样的交锋能够迸溅出火花,故事粗糙一点又何妨? 比如,“文革”时期,一切宗教都被视作洪水猛兽,南珊怎么可能在火车上向爷爷大谈上帝? 不过,就是这一漏洞太过明显的邂逅,给这场思想大驳诘引来仁慈、神圣的爱,启蒙的光束又多了一重色彩。再如,楚轩吾这样教育外孙女:

　　　　如果你由于书看得太深太多而学得只会以理性的眼光来看待人类生活的一切,那你无疑已经成为一个心地冷酷的人。这种人往往会把自己的理念看得高于一切,把自己的理念看成老百姓的上帝,其他人都不过是自己对世界秩序进行逻辑演算的筹码而已。这样的人,爷爷是不赞成的。

　　一个牛鬼蛇神的子孙,一个善良的小女孩,不会也压根没有资格“把自己的理念看成老百姓的上帝”,楚轩吾的教诲纯属无的放矢。我甚至怀疑,一个皈依了共产主义的前国民党将领,会有这番思辨? 这可是陀思妥耶夫斯基对于身后即将席卷全球的共产主义革命弊端的天才预见,是大半个世纪之后人们对于革命逻辑的痛定思痛啊。不过,礼平感兴趣的不是这些话由谁说、对谁说的,而是这些话本身:启蒙盗来理性之火,火光照彻的世界却可能一片冷酷。就在不断的自反过程中,启蒙理念步步推进,也深深镌入“我”的成长。所以,礼平的成长/启蒙同样是不断地试错,试出不完满性的过程。

《晚霞》里有一个意味深长的变化。初见南珊,"我"用俄语骂道"滚开,女学生",想轰走她。她非但没有逃走,反而沿着台阶走上高台,这样呈现在"我"眼前:"在台阶口开始露出一个女孩子好奇张望的脸庞,随后是双肩,上胸,半腰,全身。"由脸及肩到胸再腰最后全身,这是一个男孩子对一个美丽、聪慧的女孩子充满了好奇、憧憬和震惊的细而又细的打量。这一打量是浑然的、全体的,而非分析的、抽象的。但是,当最初的震动过后,"我"再次打量她时,她的身体便被毫不留情地滤去,只剩下精神及其载体:"她的眉毛又细又长,一双眸子简直黑得像闪亮的宝石。她把头发大大方方地拢在耳后,露着聪颖的前额,显得神清气爽。"等到一番话后,"我"更不以目视,只用心去感觉她学识、性情、品格和气质的与众不同了。如果说"一瞥"真的烙下了爱的印记,这爱也无关乎身体及其表征的日常生活,而是纯粹精神性的。劫波过后重逢岱顶,她该有多少疼痛要呼喊,多少思念要倾诉啊,可是"我"或者礼平用夕照的金线勾画出她的眉眼,金色、明亮的双眸闪烁的只能是精神性光耀,肉身性照例被忽略。更荒诞的是,十四年过去了,她念念不忘的只是"我"关于文明和野蛮的肤浅之至的议论,并谴责"我"的遗忘:"这样的题目怎么能轻易就放弃掉?"当"我"向她求爱,期望与子偕老时,她更义正词严地拒绝:"我是要否定你的人生信念。对于你来说,那个信念太庸俗了。"就这样,在"我"和南珊的通力合作下,她"不再是一个名字和一个人",而被焙制成"一种对于我的人生正在开始发生巨大影响的因素!"原来,二十世纪七、八十年代之交,在一个"人"的成长过程中,肉身性存在无足轻重,甚至被提防、删除,唯余精神在狼奔豕突般追寻,造就一个让无数知识分子追怀不已的壮怀激烈的"八〇年代"。"八〇年代"成了高标,成了思想的狂欢舞场。不过,如此高蹈的成长/启蒙不是对"人"的戕伤?不是暗合了"十七年""文革"文学里成长主题对肉身性的遗忘?"文革"虽已过去,思维却没那么容易倒换,"新时期"初期文学中的精神质素一如从前,虽则精神质素本身已发生重大改变。其后,中国文学陷入"一地鸡毛"和身体叙事,就是对此倾向顺理成章的反拨,对失落太久的肉身的寻找。这一寻找的文学史、思想史意义,未可一笔抹杀。

四、寻找"六八年人"

处身新的世纪,一度引领肉身性叙事风骚的王安忆,显然没有礼平的狂热,更不会像他那样粗暴。在她笔下,南昌的诗意和思辨二而一的启蒙史,一定会邂逅小老大的冷静和衰腐,邂逅嘉宝的丰腴身体。她甚至说,市民世界绵密、稳妥的生活令人心生敬畏:

> 这敬畏不是来自它们的高深,恰巧相反,它们是平凡而且庸常的,然而,如此的积量,并不经过任何的质能的转变,仅只是老老实实地,一加一地加上去,终于,呈排山倒海之势,你就感觉到了威慑力。

不过,王安忆自有困境:在平淡(按詹明信的说法,平淡就是"缺乏深度的浅薄"①)的消费主义时代,如何才能不被物象的川流淹没?《长恨歌》《富萍》一路的创作实践早已露出弊端,每每挑战读者的耐心,也让她自己心生"熟极而腻"的愈怠。于是,她小心翼翼地绕过市民世界,来到万物解体的"文革",探究一群人的成长/启蒙史。那么,她和礼平看取"文革"中的成长的方式,有什么相异处?

礼平出生于1948年,"文革"爆发时已十八岁,亲身经历了全部运动,所以,"我"的成长史大抵是真实的,有迹可循的。礼平曾回忆过自己有如李/南对话一样的读书生活:

> 不久"文化大革命"开始,无课可上,我们那几个年级的朋友聚在一起自己读了不少书,甚至自己互相上课。"文化革命"粉碎了制式教育,却给了我们一个痛快淋漓地读书的机会。我的同学……那时就在研究南斯拉夫的经济改革模式。②

---

① 【美】詹明信:《现实主义、现代主义、后现代主义》,《晚期资本主义的文化逻辑》,生活·读书·新知三联书店1997年版,第289页。

② 礼平:《写给我的年代——追忆〈晚霞消失的时候〉》,《青年文学》2002年第1期。

　　这是破坏的时代，也是生长的时代，是肃杀的时代，也是思索、激越的时代。就在这样的时代，一群朱学勤意义上的"六八年人"①开始了精神求索。此一求索被少年们沸腾的激情推动着，灼热得近乎透明，透明得那么犀利，却又必然是芜杂的、语无伦次的。但是，再混乱、浅薄的思辨，礼平也会敝帚自珍，那可是他的青春印迹啊。即便到了写作《晚霞》的时候，他也不忍心（更加无力）把这些思辨从青春的经络上剥离，细细加以厘定。难怪《晚霞》堆积着大量可笑的议论。比如，没有了是非观，"我"怎么可能分得清真善美与假恶丑？再如，"只有痛苦与幸福的因果循环，才造成了丰富的人生"，这是庸俗的励志名言，岂会出自高僧之口，佛家不就是希望通过净修超逾因果循环？此外，"我"亲历了运动，便有责任也有冲动判断运动，而亲历时和回顾时的判断一定不同，却又会不可避免地纠缠起来，造成叙事视角的混淆。比如，红卫兵运动骤起，"一向干干净净的墙壁上贴满了大字报"，一片混乱。这绝不是"我"这个红卫兵头目彼时的印象，而是叙事时的追认。正是混乱、纠葛的叙事，造就了这一"新时期"之初最丰富的文本。

　　王安忆出生于1954年，舒拉一般大的年纪。"在那个年龄里，四岁的差距简直是一道沟壑，划开了两个时代。""文革"伊始，她就跟舒拉一样，被关在狂热的运动和思潮辩论的门外，却又被门内的喧嚣激动得心痒难熬。这些喧嚣对她不是切己的，而是不得其门而入的风景。当多年后她忆起属于李淮平、南昌、陈卓然、舒娅，其实也属于礼平的成长史时，便不会亢奋得短视，而是冷静得客观。看看王安忆略带揶揄地描写他们的争论，我们会觉出一种长者、智者的宽容。这种宽容，是不是对当年被排斥的报复？又因为她是这出成长喜剧的局外人、"旁观者"，所以她的叙事大抵是想象的、舒展的，能够自由地从一个人的内心潜入另一个人的内心。她甚至没有冲动去判断这些运动，而是单单注目着运动中的成长。就这样，在对精神恶性膨胀的想象性重构中，王安忆意外地获得了一种迥异于"众生话语"的精神向度。这些精神资源即便芜杂、错

---

① 朱学勤略觉夸饰地贴出一张寻找"六八年人"的启示："你们大多毕业于重点中学，那时重点中学的熏染，胜过今天的研究生毕业。从此你们关心精神事件，胜过关心生活事件。即使在一九六八年发烧，别人手里是红小书、绿藤帽，你们手里是康德、是别林斯基。那一年你们卷入思潮辩论，辩论延续至农场，延续至集体户。"《读书》1995年第10期。

乱些也不打紧,重要的是它们开启了她的创作新动向,更何况她从来不相信会有一种通体透亮的终极精神。此一精神向度不会无限膨胀,而被"众生话语"中和成一种"实打实的市民心":

> 不是为生计劳苦,也不是纯精神活动,是在两者之间,附着实物而衍生内心。他们看上去是有些闷的,不大有风趣,其实是有着潜在的深刻的幽默。

对于"实打实的市民心"的揣摩,对于精神性与肉身性的均衡的精准拿捏,也许就是王安忆所说的"写大东西的欲望"吧?

王安忆非常清醒,"六八年人"精神求索的意义远没有朱学勤说的那样耸人听闻,她抬高了南昌、陈卓然。不过,在物质化、符号化的当下,那种思索着、冲撞着、攀登着的成长/启蒙显得那么珍贵,那么闪光,所以,她愿意"写一个神话,以文化大革命为舞台"①。由此可见,《启蒙时代》虽是一次历史叙事,其实有着清醒的现实忧心。而"六八年人"礼平则有着"身在此山中"的迷乱,没有力量把自己从当年的思想驳诘中剥离,所以,他的创作一定是难以为继的。奇妙的是,"两代人"在不同的历史时段回溯那段成长,竟得出了惊人一致的结论:启蒙/成长就是不断地试错,不完满,即是生生不息的未来。

---

① 王安忆、张旭东:《对话启蒙时代》,生活·读书·新知三联书店 2008 年版,第 60 页。

从两种"恐变症"看公平与效率的两难

一、问题的缘起

与五四时期乡土小说的勃兴相仿佛，"新时期"初期也涌现出一大批乡土小说，不过，这两个时段的乡土小说存在本质上的差异。五四乡土小说是业已离开乡土的知识分子回望、审视曾经的乡土，在回望者眼中，乡土是一座失落了的"父亲的花园"，在审视者笔下，乡土无非是一片"蚯蚓们"于其中蠕蠕而动的土地，而不管是回望还是审视，作家的立足点都是城市，正因为此，鲁迅称这些小说为"侨寓文学"。到了"文革"结束，张贤亮、王蒙这样的作家亟待重新获得自我认同，数十年的农村生活顺理成章地成了他们进行自我认同的精神源泉——在那艰苦的、不堪回首的岁月里，我以或坚忍或豁达的态度渡过了重重苦厄，磨砺出一个丰润、坚定的"我"，从此，"我"将迈向一个宽阔、光鲜的舞台。诡异的是，"我"从农村生活的清水、血水和碱水中重生的瞬间，也就是农村被"我"永远抛弃的时刻，因为农村从来不是"我"的真正的对象，"我"自始至终都是农村的外来者，这样的"我"所追述的即或是农村往事，也无论如何算不上乡土小说的。而更多的作家则被"反右""上山下乡"等一系列运动"打"得与农民成了一片，他们就是农民，他们的出发点和落脚点就在农村，他们的写作不是为了确认自身，而是要揭出他们所置身的农村正在面临的问题，并给出相应的解决方案。他们的方案可能是仓促的、犹疑的，而仓促、犹疑的方案的抛出，正说明农村的问题已经严峻到了不得不以这样的方案来聊胜于无地抚慰、安妥的程度，因为只有失魂落魄的农村才需要他们赶紧递上定心丸，而农村要是圆融具足,或是已经把他们远远抛下的话,他们也就丧失了发言的必要和可能。
如此,我们便能理解"新时期"初期何以井喷似地走红了一拨农村题材作家,风
行了一批乡土小说,因为蜕变、阵痛中的农村需要自己的代言人来发出自己的
呻吟,喊出自己的渴望,甚至需要他们以想象性的解决来鼓荡民意,从而倒逼
高层的决策;我们也能理解这些作家何以迅速失语或者转型,因为农村很快走
上正轨并超越了他们,他们注定只能拥有炫目却转瞬即逝的光华,他们的作品
也在有用性的桎梏中匆忙地耗尽了自己,成了时代的遗迹。文学是要有用的!
这真是一个陌生的、土得掉了渣的观念。我想,之所以会形成这样的观念,这
其中既有赵树理的问题文学观的深刻影响,也是那个时代对于作家、对于文学
的召唤,你看,城市作家张洁也在《沉重的翅膀》中借人物之口发出了怪诞却深
情的喟叹:"作家,那是无所不知的人。世界上有作家这种人,该有多好
啊。"——作家原来是要洞悉世界并进而改造世界的。这里所要探究的是,在
那短短的两三年时间里,这些幸又不幸的农村代言人捕捉到哪些暧昧、丰富的
矛盾,面对这些矛盾,他们持有什么样的心态,这样的矛盾和心态对于当下中
国有着何种借鉴的意义? 与之相关联的问题是:有用的文学可能吗,必要吗?

　　我选取高晓声、赵本夫、何士光、王润滋作为考察对象,因为他们正是那一
拨幸又不幸的农村代言人的翘楚,理由概述如下。

　　经济、新闻专业出身的高晓声(1928—1999)于1957年与方之、陆文夫、叶
至诚等同道发起"探索者"文学社团,旋即被划成右派,遭返武进劳动。对于自
己的右派生涯,他做出迥异于张贤亮们的回顾:"我二十多年来与农民生活在
一起,准备就这样过一辈子。我在农民中间,不是体验生活,而是共同生活,所
以对农民的思想比较了解……""文革"一结束,他相继推出《"漏斗户"主》《李
顺大造屋》和《陈奂生上城》等一系列引起广泛反响的小说,后二者还分获
1979、1980年度全国优秀短篇小说奖。他说,他"就想为农民叹叹苦经,把他们
的苦处说一说。农民有些什么苦? 我认为受苦最深的就是吃和住"①。陈奂
生、李顺大最大的问题不就是吃和住? 其后,他的创作陷入低潮。

　　1967年,赵本夫(1947—)从丰县中学毕业,回家乡务农,后来调到县城任
宣传干事、广播站编辑,也还是围着农村打转。1981年,他发表处女作《卖驴》,

————————

① 　高晓声:《创作思想随谈》,《上海文学》1981年第1期。

一炮而走红,获得 1981 年度全国优秀短篇小说奖。在回顾《卖驴》的创作过程时,他说:"从我打谱搞文艺创作,就立志着意反映农民的生活、情趣、愿望等,因此这念头一经产生,便十分强烈。"①正是对农村、农民问题的一腔赤诚,在那个特殊的时段造就了他,当这一页翻过去,他立刻遭遇创作瓶颈,数年时间里,他很少些,甚至不写。不过,沉寂期也正是"艰难的蜕变时期",此后,他开始抛弃"表层生活",去表现生命,表现人与自然的关系,直至"地母三部曲"陆续问世,"蜕变"终告完成。

1964 年,何士光(1942—　)大学毕业,分配到贵州凤岗,娶了农村姑娘,生了女儿,一晃就是十多年。在这凋敝、困苦到让人"号陶大哭"的农村,他产生了两个强烈的欲望:"第一是要在理论上弄清楚这一切是为什么,难道这一切都是必然的、必要的吗?第二是要把这一切写下来,为了受苦受难的父老兄弟们。"②正是这一为"受苦受难的父老兄弟们"写作的强烈冲动,使他写出分获 1980、1982 年度全国优秀短篇小说奖的《在乡场上》和《种包谷的老人》。这样的文学时代很快一去不复返,何士光成了文学史上一个泛黄的名字。

出身农家、长在山村的王润滋(1946—2002)并没有种过地,挣过工分,1967 年师范毕业后,他当教师,做新闻,所接触的也无非是学生、中下层知识分子和基层干部。可是,他却言之凿凿,他属于农民,"脱了皮,骨头还在",当他找到他的"我",表现"我"的时候,也就是在表现他所熟悉的农民,他甚至认定,农民顽强的生命力正是"民族的灵魂"。③ 本着淘洗"民族的灵魂"的目的,他写出分获 1980、1981 年度全国优秀短篇小说奖的《卖蟹》和《内当家》以及中篇小说《鲁班的子孙》。不过,当农村的生产、生活走上正轨之后,他也就自然地淡出了人们的视野。

---

① 赵本夫:《积累·发掘·构思——回顾〈卖驴〉的形成过程》,《赵本夫选集》(第 8 卷),作家出版社 2011 年版,第 212 页。

② 何士光:《我怎样走上写作道路的》,《文谭》1982 年第 8 期。

③ 王润滋:《人民是土地,文学是树——创作断想》,《文艺研究》1982 年第 2 期。

二、比阿 Q 还要困苦的农民

要研究这一批作家和他们的农村题材小说，当然先要弄清楚"新时期"初期农村的生活水平和农民的生存状况。接下来，我就以陈奂生为例，还原当时农村的生活图景。

一说起陈奂生，我们就会想到他交了五块钱住宿费之后不再脱鞋，故意站直身子朝弹簧太师椅扑通连坐三下，还会想到他的"精神胜利法"："这等于出晦气钱——譬如买药吃掉!"他的这些言行，一定会让我们联想起阿 Q 和"改造国民性"。先不说"改造国民性"这一宏大命题，陈奂生跟阿 Q 倒真有几分相像。阿 Q 是打短工的，"割麦便割麦，春米便春米，撑船便撑船"，一个老头子称赞他说："阿 Q 真能做!"陈奂生年轻时绰号"青鱼"，这正是说他骨骼高大，身胚结实，也真的很能做。"青鱼"不仅身强力壮，还"直头直脑"，碰了头都不管的。从阿 Q 一有钱就去押牌宝、要跟吴妈"困觉"等情状来看，他的性格也"未免有点危险"。至于因为"看得穿""向前看"所以每每"优胜"的精神胜利法，他们用起来就更是得心应手了。这两个人物既是一样的能干、直愣而且善于自我排解，他们在各自时代(靠勤劳就能致富的农业时代)所处的阶层也就应该大致相仿，如此一来，我们就能够从他们的生活水平的高低大致推断出他们所置身的农村的生活水平的高低。

"陈奂生系列"的开篇《"漏斗户"主》中的陈奂生是一位年年亏粮、越亏越多的"漏斗户"，直到 1978 年底执行"三定"分配方案，他才分到三千多斤粮食，一举摘掉"漏斗户"的帽子。反观阿 Q，他不仅没有吃不饱的问题，竟时时有点闲钱喝上几碗黄酒，押上几局牌宝，他只是因为发生"恋爱的悲剧"，才出现"生计问题"，最后从中兴走向末路的。有人会质疑：陈奂生沦为"漏斗户"，是因为他的老婆有脑炎后遗症，不大能劳动，又接连生了两个女儿，而阿 Q 一人吃饱，全家不饿，两人有什么可比性? 可是，我也可以反问：即使到了 1981 年底，陈奂生的堂哥陈正清不是还是没钱买粮，不得不跟跑供销赚了六百块的陈奂生借了六十块? 所以，我有充分理由认定七十年代末的中国农村普遍饥饿。需要注意的是，饥饿未必因灾荒而起，因为 1971 年是增产的，"生产队除了公粮、余粮、平均口粮、饲料粮和种子以外,还多四万六千斤超产粮"。造成饥饿的根本原因,还是那个不管增产、减产,"有一斤余粮就得卖一斤"的高征购政策——生产力与生活水平竟然可以一点都不挂钩。横征暴敛更是理直气壮的:"你们要这么多粮食做什么? 吃不掉还卖黑市吗?"与七十年代的武进相比,"辛亥革命"前后的未庄,生产力不会更高,年成也未必更好,可是未庄的店里有黄酒和馒头,静修庵里有结子的油菜、开花的芥菜、老了的小白菜和一畦老萝卜,只要不像阿Q那样做出荒唐事体,混个肚儿圆大概是没什么问题的。经过近七十年的革命、革革命,中国农村的经济反而破了产,埋头苦干的陈奂生被活生生地逼成了一条"投煞青鱼"(投煞:武进方言,意即心慌乱投,走投无路),这无论如何都是一桩悲剧,也是闹剧。

中国农村走向破产,是因为严重违背了"分配正义",这一点,大家大概不会有什么异议,但是,人们往往意识不到,社会的基本结构所分配的不只是食物,而是一整套"社会的基本善"(social primary goods)。罗尔斯说,所谓"基本善"就是"……每个有理性的人都想要的东西。这些善不论一个人的合理生活计划是什么,一般都对他有用","基本善"包括权利和自由、权力和机会、收入和财富,以及在此基础上建立起来的自尊。① 罗尔斯是针对"良序的社会"(a well-ordered society)来讨论"正义"问题的,他考虑不到的是,在一个差序、失序的社会中,食物才是"基本善"的基础,控制住食物的分配权,也就扼住了所有的"基本善"。阿Q三天打鱼、两天晒网地打短工,就能获得食物,有了食物,他就有了追求财富、权利、尊严的资格和可能。比如,他进过几回城,就相当自负,有了既看不起城里人又嘲笑乡下人的权利:城里人不叫"长凳"叫"条凳",错,城里油煎大头鱼不加葱叶加葱丝,也错,而未庄人真可笑啊,竟没有见过城里的煎鱼。千万不要小瞧阿Q可笑的自负,正是这样的自负使他在吃的向度之外葆有了一丁点的精神空间,也正是这一丁点幽暗的、近乎本能的精神空间的存在,使他有了"理直气壮"的诉求:"和尚动得,我动不得?"更使他喊出未庄革命的第一声。而陈奂生的眼光则死死盯住粮食,绝无可能和必要生长出毫无用处的精神空间,于是,他没有能力去追问为什么丰收了还要饿肚子,收获

---

① 【美】约翰·罗尔斯:《正义论》,何怀宏、何包钢、廖申白译,中国社会科学出版社1988年版,第58页。

时节，大堆粮食耀花人眼，他却在想年夜饭的米该跟谁家借。我想，精神空间被彻底删除，正是当时的农村破产却不崩溃的深层奥秘。当1978年底陈奂生开始吃饱饭以后，自然就会出现《陈奂生上城》那个发生在1979年春天的饶有趣味的开头："'漏斗户主'陈奂生，今日悠悠上城来。""悠悠"就是余裕，有了余裕，他开始"渴望过精神生活"，他总想，要是碰上一件大家不曾经历的事情，讲给大家听听，就神气了——有得吃不够，还要有得说、有得吹，这才算是"人"，一个跟阿Q一样的最起码的"人"。所以，这篇小说与其说是在批判国民性，不如说是写了一桩"艳遇"——中国农民在饥饿多年以后，终于有了吃之外的既卑微又高大的精神渴望，这一渴望在不期然中得到了满足。满足之后的陈奂生划着快步，"像一阵清风荡到了家门"。你能感到"荡"字所辐射出的飞扬，一种从冷灰中拨出火来的飞扬？小说结尾说，从此，陈奂生一直很神气，做事有劲多了，我认为，这一股神气正是此后农村大发展、大腾飞的原动力。

至此，我们可以总结：二十世纪七十年代末的中国农村，农民从物质到精神似乎都被剥夺殆尽，赤贫的农民怎么可能有"变"的信心和奢望？接下来的问题是：当一股春风吹来，世界真的变起来的时候，农民会有什么反应，这些反应对于之后的中国又有什么样的意味？

三、"恐变症"之一："家里富了是福还是祸！"

《"漏斗户"主》的结尾，陈奂生被从天而降的喜悦砸晕，他"闪雷"似地问队长：凿定了吗？不变了吗？他的反应，正是"恐变症"的第一种：农村政策松动，农民获益，从此过上"悠悠"的日子，但，还会变回去吗？过去的日子实在太恐怖，政策又总是朝令夕改，大多数农民都患上了这种"恐变症"，作家敏锐地抓住这一社会心理，写出不变的必然，这样的写作，既疏解了农村汹涌着的巨大的不安，也从民意上呼应了党内改革派对保守派的斗争。比如，《在乡场上》选取乡场上的一次小小纠纷作为横截面，来展现"分田到户"（冯幺爸说："这责任落实到人，打田栽秧算来也容易！"）给农村带来的天翻地覆的改变：从前的冯幺爸是"一个出了名的醉鬼，一个破产了的、顶没价值的庄稼人"，现在却挺直腰杆，不惧恶势力，做了一回堂堂正正的证人，这真是"分田到户"把"鬼"变成

"人"啊。为了进一步凸显"分田到户"政策的正确性、有效性,何士光还让一直站不到人前的冯幺爸出人意表地做了一番演说:"……只要国家的政策不像前些年那样,不三天两头变,不再跟我们这些做庄稼的过不去,我冯幺爸有的是力气,怕哪样?"不过,这一骤然的拔高,冯幺爸演说时好像在发抖的奇怪的声音,以及"只要"一词的或然性,传递了何士光本人深刻的不确定,他也是"恐变症"患者,他需要通过大声地说出"不会变"来掩盖掉心头不时会冒出来的"也许会变"。①

《卖驴》则通过两场奇遇来治疗民众的"恐变症":因为政策多变,"昨天是允许的事,今天也可能会禁止",孙三老汉吃不准"家里富了是福还是祸",而大青驴误把他拉到火葬场这一丧气事使他认定政策会变,于是痛下决心,卖驴;但牲口市上攒动的人头又让他"迷乱"了,形势也许不会变?而神医王老尚复出私诊,用一记"神鬼鞭"治好大青驴的胯,更使他坚定了不会变的信心,他决定,不卖了。炫"奇"本是赵本夫的看家功夫,他的《绝药》《绝唱》都"奇"到了"绝"处,不过,《卖驴》的"奇"不只是技巧、趣味而已,还深藏着不能说的甚至是连赵本夫本人都未必意识到的秘密。先看第一桩奇遇。身患"恐变症"的孙三老汉犹如"伤弓之鸟,落于虚发",经不得一丁点风吹草动的,而误入火葬场只是击落他的一记虚发而已,不是这一桩奇遇也会有另一桩意外误伤这只"伤弓之鸟",所以,奇遇完全可以置换成寻常之遇,而寻常之遇在孙三老汉那里能不能翻转成奇遇,关键就在于这个遇会不会刺激到他的沉疴。而第二桩奇遇确实是平日里看不到的稀罕事,就像是大侠的神功,把看客们看傻了,许久之后,才响起一片掌声、叫声。如此奇而又奇的遇让人不禁担心起来:有几个"恐变症"患者会碰上这等好事,碰不上,就活该一直生活在一夕数惊的惊惶之中?从引发矛盾的奇遇原本可以不"奇"而解决矛盾的奇遇却必须"奇"、只能"奇"这一点,我们可以看出,赵本夫本能地觉得,"恐变症"正全面、深入地吞噬着农村,根本无药可治,而政策又非常有可能变回到从前,于是,他只能乞灵于奇遇、奇迹来进行想象性的疗伤,使农民的身心得到暂时的安妥。多年以后,赵

① 何士光的"恐变症"是深入骨髓的,据他回忆,粉碎"四人帮"以后,他感觉国家正在走向光明,"但还有点不放心"。到了1977年,形势明朗了,他写了一篇散文,寄给省报,"探探风向",署的是他爱人的名字,后来写小说,也还是用她的名字。见何士光的《我怎样走上写作道路的》,《文谭》1982年第8期。

本夫说,文学本质上是理想主义的,"优秀的作家总是深刻的、前瞻的、浪漫的"①。我想,这一论断不仅是在说《天下无贼》一类理想化的作品,也是在说《卖驴》这样的现实题材小说,因为脆弱的现实需要理想化,负责任的作家必须以"深刻的"眼光洞穿时代的症结,然后以"浪漫的"情怀提供一个"前瞻的"解决——同一个人,怎么可能有两副笔墨?

幸运的是,这种"恐变症"因为顺应了时代发展的潮流,在改革进程中不治而愈了,赵本夫的担心只是一场虚惊,不过,当他终于可以松一口气时,却发现,已经找不到新的紧张感来继续有用的写作,他被抛弃了。接下来的问题是,紧张真的不再存在,时代归入永恒的和谐?让我们回到这种"恐变症"。从前的分配机制把农民盘剥成勉强能够实现劳动力再生产的劳作机器,这样的劳作机器毫无效率可言,而"分田到户"把劳作机器从一体化的高度板结的组织架构中剥离出来(就像冯幺爸对曹支书说:"送我进管训班?支派我大年三十去修水利?不行罗!你那一套本钱吃不通罗!"),还原为一个个既勤劳又利己的人,这样的人在短时间内就能凭借起早贪黑的劳作摘掉赤贫的帽子。"自发"的效率既是如此之高,农民的获益又是如此之大,他们当然害怕再变回去,他们衷心拥护富起来是硬道理的效率原则,所以,这种"恐变症"的优先原则是效率原则。在一穷二白的时代把效率原则置于优先地位当然天经地义,却又潜藏危险:作为优先原则的效率原则一定会压倒其他的原则,比如公平原则,因为效率和公平是相互制衡的,当其中一项成为优位原则时,另一项就必然受到压抑,而公平缺位的效率又会导致新的贫富分化和阶级对立。更要命的是,高晓声早就发现,效率原则的拥护者都是有点小奸小坏的,阿Q一样的陈奂生自是不必说,冯幺爸也很难把自己活成个鬼的责任全部推给"左"的路线,因为就那么一点粮,根本不够吃的,他还要卖掉一、两升,打酒、买肉醉上一回。至于孙三老汉,赵本夫也有总结:"他不仅纯朴善良,而且老于谋算,是个既有创伤又有觉悟的农民形象。"这里的"纯朴善良"就是勤劳,踏踏实实挣血汗钱,"老于谋算"则是利己,吃亏的事情坚决不干,小说结尾,孙三装聋作哑,拉着大青驴冲出人群,翻身上驴,"一溜烟跑走了",这个胜利大逃亡的身影,正是利己本能的最好注脚。于是,问题就来了:当这些小奸小坏者在唯效率的时代赢获

---

① 赵本夫:《清高的文学》,《赵本夫选集》(第8卷),作家出版社2011年版,第212页。

最大利益的时候,会不会蜕变成大奸大坏者?利己主义者在新的社会分裂面前又怎么可能做出缝合和融通的努力?其实,这样的提问,说的正是当下最赤裸裸的现实。

四、"恐变症"之二:"俺就不信共产党的天下能叫人翻个个儿!"

据赵本夫回忆,1981年度全国优秀短篇小说奖的第一名原本是《卖驴》,后来换成《内当家》,《卖驴》退居第二。① 这是一个有趣的调换,当时的主事者未必意识到它的深刻意味,因为历史还远未铺陈开其复杂和诡谲。跟《卖驴》一样,《内当家》也在一开始就把主人公抛入煎熬之中:锁成听说地富反坏右跟"咱贫雇农"平起平坐了,生怕自己的"果实房"哪天又被逃亡日本的地主刘金贵夺回去,因而辗转不成眠。他的惊惶同样源于对政策多变的恐惧:"瞎寻思?你不见上头的政策,像奶头孩子的脸儿,一天十八变!吃不准哩!"不过,锁成的"恐变症"与孙三他们完全是反方向的,他不是怕正在发生变化的政策再变回去,而是对正在发生的变化本身恐惧不已,因为他是靠共产党这个靠山翻的身,如今这个靠山好像"不硬戗",反过来要跟有钱人一个鼻孔出气了。"内当家"的一席话让他安了心:"俺就不信日头能跟西边出!俺就不信共产党的天下能叫人翻个个儿!"这个从来都是从东方升起的日头,就是土改时期共产党所奉行的公平压倒效率的原则,在王润滋心目中,这是一座永远不倒的"龙墩"。可是,刘金贵真的回来了,打前站的孙主任的气势何其汹汹,他们不就像当年的还乡团?王润滋把公平与效率的两难一下子推到极致,看他们该如何面对。有趣的是,连王润滋自己都意识到这样的对峙太过震悚,没法收拾,于是笔调一转,把原本应该杀气腾腾的"胡汉三"写成一位垂垂老矣的思乡客,一碗甜甜的家乡水让他们泯却恩仇,同时消解了前文所设置的两难。我想,正是这样的和解,以及王润滋所宣扬的贫民对于共产党的本能的信靠,让主事者把《内当家》放在了第一名,他们看不到的是,第一名与第二名的情感和逻辑剧烈

---

① 赵本夫、翟业军:《最雄浑的与最柔软的——赵本夫、翟业军对话录》,待刊稿。

冲撞,这样的冲撞催促人们做出选择:公平,还是效率?

农村改革刚起步的时候,王润滋的"恐变症"还可以用王顾左右而言他的方式加以回避,两年后,效率原则取得压倒性胜利,对于公平原则的坚守已是可笑的,也是不可能的,王润滋就不得不以更大的篇幅、更直露的追诘、更纠结的情感来继续探讨这个问题,写出《鲁班的子孙》。《鲁班的子孙》套用父子冲突的模式,"父"一如既往的保守,"子"则是理所当然的开创。不过,这一次保守的却是正义的,因为"父"坚持社会主义不能半途而废,他想:"共产党领着呼隆了这么好几十年,莫非真的叫大风刮跑了?"而开创的倒是昧着良心,因为"子"六亲不认,眼里只有钱。王润滋非常清楚,在急于摆脱贫困的历史时段,效率对于公平的胜势是不可阻挡的,但是,即便不能阻挡,他也要冒着犯忌的危险喊上一嗓子:"共产党变心眼儿了,不顾咱贫下中农了!"他更要把"父"塑造成一位西西弗一样的悲剧人物,他让"父"做了一个梦:"许多许多人把一辆车子往大沟里推,他在前面顶着,顶啊顶啊,终于顶不住,连人带车翻进沟里去了。"我们都知道,在悲剧情境中,从来是失败的一方获得道义上的凯旋,"父"才是真正的胜利者。

王润滋对公平原则的近乎偏执的追求,使他成为效率至上的时代的异数,由此也衍生出一个文学史命名——"王润滋现象"。如何看待"王润滋现象",显然不只是文学问题,更是在公平与效率的两难中怎样选边站的伦理、政治问题。一般以为,"王润滋现象"凸显出历史主义与伦理主义的二律背反,因为有效率的都好坏,讲公平的却注定要翻进沟里——令人惊奇的是,效率派和公平派竟在这一点上罕见地达成了共识。不过,当人们运用二律背反这个康德概念的时候,一般早就在心里掂量着黑格尔的对立统一律,而且,不管统一的过程如何艰难、疼痛,它的重心都一定是在历史主义这一边。吴秉杰更直接挑明:"'历史主义与伦理主义矛盾'理应让位于一个更积极的命题:历史精神与道德精神的统一。"[①]也就是说,历史的车轮无法阻挡,道德精神要么和它相统一,要么被它碾压成泥,于是,直击现实的文学不是在为历史主义唱颂歌,就是在为沦落的伦理主义唱挽歌,而挽歌说到底是在为颂歌清理情感上的残余,使

---

① 吴秉杰:《历史主义与伦理主义的矛盾——评"王润滋现象"》,《文艺争鸣》1988 年第 2 期。

它更嘹亮,更一往无前,从这个意义上说,二律背反其实是在为效率原则张目的。与之相反,我认为,"王润滋现象"的意义恰恰在于:面对效率和公平的两难,他坚定地站在了公平这一边,他的悲情不是以忸怩作态的方式向效率、向历史主义投靠,而是以玉石俱焚的姿态守住公平的底线。其实,在"新时期"初期,效率压倒公平的恶果还未显现,王润滋的意义当然不会被人们认知,他也很快被文学史淹没。不过,到了经济高速发展、社会分化日益加剧的当下,我们有必要重温王润滋,更有必要让两种矛盾的、当年因为效率原则走强而未能展开充分对话的"恐变症"对起话来:在追求高效率的同时,我们是不是应该兼顾到公平,公平会不会已经成了高度分裂时代的首要问题?罗尔斯在《正义论》的开篇说:"正义是社会制度的首要价值,正像真理是思想体系的首要价值一样。"而所谓正义,从来就是"作为公平的正义"。

其实,当现代派的风筝从中国文学的地平线上扶摇升起的时候,这些专注于有用性的作家就开始动摇了,何士光检讨,"《乡场上》急切地要为农村生活的深刻变革作一次说明"①,忽略了审美性,赵本夫决然"离开社会学意义上的主题",沉思起生命的本源,高晓声则写起了《钱包》《鱼钓》等象征意味浓郁的小说。类似的惶惑,写作《平凡的世界》时的路遥也有过:"那时说不定我国文学形式已进入'火箭时代',你却还用一辆本世纪以前的旧车运行,那大概是十分滑稽的。"②事情的复杂性在于:当赵本夫们终于写出纯而又纯的文学的时候,他们已经找不到读者,倒是执着于为社会造"像"、为时代立"心"的路遥获得了更久远的文学生命。由此,我们也许可以总结:纯文学可能是单薄的、羸弱的、小圈子的,有生命力的文学应该是泥沙俱下、不涓细流的,而有用性恰恰是最混浊也最丰沛的泥沙。

---

① 何士光:《努力像生活一样深厚——关于〈种包谷的老人〉的写作》,《人民文学》1983 年第 7 期。

② 路遥:《早晨从中午开始——〈平凡的世界〉创作随笔》,《路遥文集》(第 2 卷),陕西人民出版社 1993 年版,第 11 页。

论贾平凹改革小说中的男女关系

《周易》第三十八卦"睽"卦,其"序卦"曰:"睽者,乖也";其"彖辞"说:"天地睽而其事同也。男女睽而其志通也。万物睽而其事类也。睽之时用,大矣哉!"①也就是说,天乾地坤,男阳女阴,万事万物只有被分裂成相互排斥、彼此乖离的两半,才有感通、化育并进一步开创出生生不息的世界的可能。这样一来,摆在每一位生而为人者面前的首要任务,就是处理好男女关系,从而达成情感的满足、欲望的排泄和物种的存续,而如此根基性的问题也就必然地成了古今中外的文学所关注的母题,一个既你侬我侬又剪不断理还乱的母题。值得注意的是,男女关系问题的根基性一来使得任何作家都回避不了它,他们必须描述它、思索它;二来又使它显得若有若无、可有可无,只会在社会急剧转换的某些节点凸显成一个凝重的时代命题,这就像只有在气压陡变时我们才会真切领会到空气的"在"。二十世纪中国有三个至关重要的转换节点:五四、四九和改革开放。五四让无数痴男怨女痛悟他们一直以来安之若素的男女关系竟是苦痛而不是爱情,这样的领悟反映到文学领域,就是婚恋自由主题的勃兴。四九之后掀起一股不爱红妆爱武装、工装、农民装的新潮,男女关系不再是它自身,而是阶级关系最直接的体现,选择谁、拒绝谁,是阶级立场的自我剖明,与"发乎情"没有多少关系,情甚至是立场的天敌,立场的宣示与对情的剪除净尽是二而一的关系——你能想象梁生宝是个情种,他在痴痴地等着改霞的归来吗?改革开放如一股春潮冲开淤塞的河床,旧的秩序被重组,新的生态在生成,男女关系随之发生深刻的变迁,这样的变迁也一定会被作家收纳于笔

---

① 贾平凹在《妊娠》中对于"睽"卦有详细解读,胡河清在《贾平凹论》一文中对此解读又有所发挥。见《当代作家评论》1993 年第 6 期。

110

端。我以贾平凹改革小说中的男女关系为例,试图探讨如下问题:"四人帮"倒台后十年文学里的男女关系想象模式与"十七年文学"和"文革"文学发生了哪些显著变化,存在什么样的藕断丝连? 这样的男女关系模式倒映出一个什么样的改革开放,在与别的作家的平行比较中又可以显出贾平凹创作的哪些特质和局限? 需要强调的是,男女关系成为问题未必意味着对这一关系的重视,人们也许只是通过它、穿越它来抵达自己所要抵达的对象,只有当它不再作为凝重乃至严峻的问题而是作为它本身吸引或质询我们的时候,我们才能真正品尝它的苦与甜。

一、"要我嫁给你吗? 你衣襟上少着一枚奖章"

贾平凹的成名作是写于 1977 年 12 月、荣获 1978 年首届全国优秀短篇小说奖的《满月儿》。那个时候,十一届三中全会还未召开,贾平凹让满儿立志拿出多项科研成果,为生产队两年建成"大寨队"做出贡献,当然无可厚非,因为人人笃信"堵不住资本主义的路,迈不开社会主义的步",没有理由苛求贾平凹先知先觉到为一年后才会揭开帷幕的改革开放提前铺路搭桥。可是,他竟然让胜文梦见满儿培育出新麦种,麦浪滚滚,他在麦穗上跳啊、蹦啊,怎么也掉不下来,就未免令人瞪目,因为这是彻头彻尾的大跃进狂想、新民歌运动美学。由此梦境可知,此时的贾平凹还是"十七年"精神和趣味的忠实信徒。对于"十七年文学"的迷恋更直接地体现于 1978 年的短篇小说《书》中。《书》开宗明义:"我爱杨朔的散文。"单单一本《杨朔散文选》,就足以让"我"在精神上绝对优越于忙着看《少女的心》和《虹南作战史》的弟弟、妹妹。迷恋杨朔散文在贾平凹身上产生两点直接后果。首先,他的散文创作大抵继承杨朔散文的遣词造句、谋篇布局的方式。比如,大量使用叠词以形成缠绵、荡漾的"美感",你看,短短一篇《月迹》,就先后出现玉玉、银银、粗粗、疏疏、累累、袅袅、淡淡、痒痒等现成或是生造的叠词。再如,《夜在云观台》《白夜》《雨花台拣石记》《访兰》和《太阳路》等散文的结构如出一辙:于写景或是叙事中交代"我"遇上困难、困惑,结尾则跳出一位"老泰山"式的老者,以"耐过寂寞的,才是伟大哩,同志!"之类格言警句,为"我"拨云见日,同时让全文一下子明朗、乐观、灵动起来。其次,如此织构出来的作品只能是一首首诗篇,在贾平凹及其身后的杨朔看来,我们的幸福生活怎么可以是散文——散文的诗化哪里只是美学追求,它从来是、更加是政治律令。诗篇如果潜伏着困境,困境的尽头一定是豁然的开朗;诗篇如果微带着忧伤,忧伤也只是为了让甜蜜更绵长。破译了贾平凹身上的杨朔基因,我们自会醒悟:《满月儿》令人称道的"诗情画意",其实只是"杨朔风"的遗泽;小说结尾的"Sure to be successful!"(一定会成功!),只是对于杨朔惯用的卒章显志、曲终奏雅手法的亦步亦趋。① 1984 年,贾平凹在日记中记到:"刮黄风,不得出门。四个小时写好一篇散文,又撕了。苦恼的是没个好的表现形式。老在尾巴处引出一个什么哲理来,我已经腻透了。"②此则日记透露两重信息:(一)他"老"是在玩卒章显志之类杨朔花招;(二)杨朔模式让他发"腻","撕了",就是告别。我想,只有"撕了"杨朔模式,贾平凹后来才会"浮躁"起来,奔腾出一条泥沙俱下的浩淼的河。

以杨朔为不祧之祖,《满月儿》就不太愿意涉足男女关系,因为杨朔散文严格删汰掉生活的阴暗面,而男女关系甜蜜的背后即是苦涩,诗篇也许直通图圄,如何摘得出绝对光鲜的一面来?于是,外来者"我"一定是女人,被月儿误会为满儿男友的胜文也只是满儿革命事业的"帮手",这一群同性、无性的人们(写成女性,并不着意于女性的性别特点,而是要撷取一点女性的柔美以点染诗意)亲密无间地纵身于建设"大寨村"的事业,由此造就一幅不染半点尘埃的秀丽画卷——画卷画的是现在,指的却是两年后乃至更遥远所以更值得期待的未来,或者说,只有有了必将实现的远景打底,画卷才是圆满的。有趣的是,画卷中出现了两个书目:满儿抱着的《英汉对照小丛书》和"我"承诺寄给月儿的"有关测量知识的书"。这里的书目当然迥异于庸俗的《少女的心》、僵死的《虹南作战史》,呈现出饱满的求知欲。但是,贾平凹所强调的求知欲一定不是"哥德巴赫猜想"一类漫无涯际因而"百无一用"的纯粹爱智,外语单词只有与小麦、燕麦、授粉之类农科词汇一一对应才是合法的、美好的,测量知识只有服

---

① 贾平凹在《满月儿》创作谈中说,"描绘要细腻,叙述要抒情。产生诗的意境",分明就是杨朔的声口。见《爱和情——〈满月儿〉创作之外》,《贾平凹散文创作全编·商州寻根》,时代文艺出版社 2015 年版,第 262 页。

② 贾平凹:《关于散文的日记》,《贾平凹散文全编·旷世秦腔》,时代文艺出版社 2015 年版,第 219 页。

务于"队里搞人造平原"的规划也才是正当的、喜人的。也就是说,书目本身并无意义,甚至有引人走上"白专"道路的危险,书目只有在它所服务的社会主义建设实践的加持之下才会粲然生辉,于是,爱书目说到底就是对社会主义事业的不尽之爱。这一点,中篇小说《白莲花》(77 年 11 月初稿,79 年 10 月完稿)有更直接的挑明:公社推荐西韦上大学,面临着外语还是农学的选择时,他毫不犹豫地进入农学院,因为外语充其量只是通往农田、水利知识的一座桥,哪里值得终身托付,农学才是他的战场和归宿。

杨朔诗篇美则美矣,却是静态的、逼仄的,贾平凹必须把他的人物卷入漩涡,让他们翻滚起来,冲撞起来,如此才能吐纳瞬息万变的时代风雷,而冲撞的最佳方式莫过于不回避男女关系,让人物于爱谁、为什么爱、如何爱的选择中尽显自己的品性。《白莲花》里有一本《水利测量初级知识》,与《满月儿》中的书目一样,它不是一本简单的科普读物,而是一部社会主义建设的宝典。不同之处在于:《白莲花》中的人们并不都在渴望分有宝典的辉耀,在那些有眼无珠、心灵朽坏的人们那里,宝典与废纸无异。就这样,书目成了试金石,西韦对它爱之若命,鄙夷做大立柜、大橱斗,养黄狗、小白鸽的"小日子",所以他才是俊儿的意中人。西韦兴冲冲地把圣器献给羊英,羊英却弃之如敝屣,她这种只操心自己的"小日子"、罔顾社会主义建设伟业的俗人,哪配得到他的心?从一个书目就能判断一个人是否值得爱,听起来就像不是天分、汗水而是手中的秘籍决定了一位侠客武功的高低一样匪夷所思。这一貌似匪夷所思的思路其实其来有自,"十七年文学"中它已是理所当然、怎么可能不如此的——《青春之歌》里,十九世纪经典文艺像一缕阳光镶在余永泽身上,他带着梦幻的金光,不由分说地走进林道静的心里;卢嘉川手上的《国家与革命》瞬间照穿十九世纪文艺的苍白、怯懦和虚伪,他是道静当仁不让的新主人;江华则抛弃了作为桥梁的书目,与革命事业本身合而为一,他才是无招胜有招的绝世高手,道静不爱她,爱谁?[1] 江华的胜利还可以引导我们再朝深处想:书目只是表象,革命和建设伟业才是本质,对此本质的迷恋一定会催生出我爱你是因为你爱革命、爱劳动、爱集体的男女关系模式。此一模式根深蒂固,在解放区文学中即有肇

---

[1]　关于林道静情爱之路的讨论,可参见李杨:《成长·政治·性——对"十七年文学"经典作品〈青春之歌〉的一种阅读方式》,《黄河》2000 年第 2 期。

端,试想:小二黑虽然生得好,但他如果不是"青抗先"队长,反扫荡打死两个敌人,得过特等射手的奖励,他能俘获小芹(三仙姑曾是"前后庄上第一个俊俏媳妇",小芹"比她娘年轻时候好得多")的芳心? 到"十七年文学"已是蔚然成风,周立波《山那面人家》中的新郎官从婚礼上消失,去查看社里的地窖,可是没有人会指责他的"落跑",一心向公的他才是社会主义时期最重情重义的情郎;闻捷的"种瓜姑娘"更是纵情唱出那个时代的择偶观:"枣儿汗愿意满足你的愿望/感谢你火样激情的歌唱/可是,要我嫁给你吗/你衣襟上少着一枚奖章。"其实,往民族文化传统追溯,可以看到清代文康的《儿女英雄传》已在宣扬"儿女无非天性,英雄不外人情",儿女和英雄统一于礼教之道。到了无产阶级革命时期,儿女英雄又谱新传,新传之"新"在于:统摄之道成了革命事业,只要你须臾不违背此道,你就既是最铮铮的英雄,亦是最柔情的儿女。

社会主义伦理全方位重造了情,此情不单指爱情,也指亲情,只有在血缘关系这一传统伦理的根基处爆发革命,社会主义伦理才算取得完胜,于是,贾平凹写出中篇小说《姊妹本纪》(上、中、下三部都初稿于 1977 年,完稿于 1978年)。三姊妹的父亲张三在治河工地上意外坠崖身死,咽气前把未竟之业托付给三个未成年的女儿,也许,贾平凹是想说明,时代不同了,男女都一样,谁说新时代就不会涌现几个女大禹? 不过,贾平凹设问了:"花儿都一样,谁知道哪朵花儿结的桃儿甜呢,酸呢……"如此设问的用意在于:(一)否定血缘关系的正当性、有效性,强调果实的酸甜由自己决定——其实,自己哪能决定,衡量的标准还是在于自己对社会主义建设事业的奉献度和忠诚度。(二)果实一定会有酸有甜,就像人群必须分出敌我,只有砸烂旧的血缘纽带,新的同盟或对立才能生成。果然,贾平凹用一个细节试出三姊妹的酸甜:队里往大堤运石头,沙滩结冰,驴车过不去,大家二话不说,解下衣服铺上冰面,二姐盼儿却舍不得她的新衣服,大姐水儿"狠狠"抽了她一耳光。千万不要把这一耳光简单地理解成姊妹斗气,这是对于刚刚露出苗头的敌对势力的坚决镇压,是我方立场的义正词严的宣示,其威力不亚于小说结尾三妹兴儿给已经贵为县委副书记的盼儿贴出、由母亲第一个联署的绝交书。如此剧烈的分化与斗争,一定会体现于男女关系,男女之间的吸引和排斥反过来也会对分化和斗争产生催化作用。于是,水儿和大胜恋爱、结婚了,他们在一起时谈的是丹江河、梨花村,他外出当兵,她就在信中"向他报告村子里的事情",他还要放弃排长的职位,回村和

她一起改造丹江河。此种深情无以名之,只能称之为同志情。作为同志情的
爱情不会发生任何冲撞,只会留驻永恒的和谐和不断的彼此扶持——可是,永
恒的和谐是不可能的,因为它无非意味着僵死? 升了官的盼儿一定会抛弃她
的德民哥,因为他竟然一心只想着劳动和集体。贾平凹更加诡异的设计在于:
他还要让兴儿迅速接过盼儿视若粪土她却看作金子的德民,结成一对与水儿
夫妇一样的同志式伴侣——敌人的敌人,不就是我的同志? 这样的同志哪怕
试炮炸瘸了腿,她也不离不弃,因为肉身的美或丑、健全或残缺无关乎爱与不
爱的考量,爱你只是因为你对于社会主义建设事业的不尽之爱。

　　无独有偶,1978 年出版并获首届茅盾文学奖的周克芹的《许茂和他的女儿
们》也在姊妹关系上大做文章。四姑娘许秀云被郑百如抛弃,郑百如眼睛"闪
烁着鬼火似的蓝光",显然是蛇蝎一般的毒物,被他抛弃不正是另一种人以群
分? 所以,她是平静的,双眸如一泓秋水,她更有一份未来可以展望,眼神里
"分明含着希望的光芒"。果然,她爱上鳏居多年、把整个身心扑在葫芦坝建设
事业上的大姐夫金东水。七姑娘许贞是另一个盼儿,怎么甘心把美貌埋没于
乡土,怎么情愿把命运和那个土得掉渣、整日泡在试验田里的吴昌全拴在一
处? 往本质上看,浑浊的她又怎么有胆量去正视他的"透彻的目光"? 所以,与
其说是她抛弃了他,不如说是她被山乡巨变的伟业所抛弃,而献身于伟业的他
不会真的零余,九姑娘许琴迅速向他敞开了怀抱。许琴可不是那种"把青春和
精力都花费在俗气的恋爱生活里的女子",她有着"油黑"的皮肤和红亮的心。
双重的你抛弃来我接纳,比《姊妹本纪》还要来得纠结,不明就里的后世读者倒
要莫名惊诧了:二十世纪七十年代中后期中国年轻人的男女关系竟是如此开
放和混乱? 这真是冤枉了好人,他们哪里是混乱,从来都是秩序井然的,因为
真正的混乱一定源于每个人发自内心的不可捉摸的爱慕和厌弃,而他们的男
女关系则统一于一种新型的绝对准则之下:建立劳动和战斗的夫妻生活。也
许是因为所设计的男女关系过于复杂,周克芹对于他的人物如何劳动、怎样战
斗倒有点语焉不详,不像贾平凹那里有个现成的丹江河可以随时与之搏斗。
于是,他也乞灵于书目,与战斗和劳动密切相关的书目:吴昌全看的是巴甫洛
夫的《遗传学》,金东水则买回来一堆《土壤学》《水利工程学》和《植物生物学》。
书目如此神圣,以至于可以颠倒父子关系,小小的长生娃就承担下家务,懂事
地对父亲金东水说:"不,你要看书……"书目里栖息着整个葫芦坝的未来,某

一个孩子的未来有什么要紧,这一思路颇契合于《姊妹本纪》里德民的觉悟:"我想,个人再大的事也是小事。"

没有理由假设张家和许家姊妹的故事存在相互影响,它们的惊人雷同只能说明,这个脱胎于传统文化、于解放区文学中获得新生机的男女关系想象——你的衣襟上有了勋章、奖章,我才爱你或嫁你——早已成为宰制性的模式,小说家只要想铺陈男女关系,就必须按照这一模式运行,别无其他合法路径可走。这一时期,贾平凹的小说还未涉足改革开放,但请注意,这个模式正是他后来讲述改革故事的标准套路:通过男女关系问题来写改革开放,爱你一定是因为你是改革能手、开放标兵。

二、"古代的好人"与"好的正是时候"的

1983 年、1984 年,贾平凹写出"改革三部曲"(《小月前本》《鸡窝洼人家》和《腊月·正月》)。汪政认为,正是从"改革三部曲"开始,"贾平凹的小说没有了以前的清新明快,而变得缓慢滞重,并渐起苍凉雄浑……"①其实,清新明快的未必可喜,因为那只是在一个既定轨道中顺畅滑行,大抵是不及物的;缓慢滞重的倒可以是另一种飞扬或沉潜,因为旧的轨道已经朽烂,作家不得不体露于时代的"金风",时代如是泥沙俱下的,作品当然也就是浑浊的,因为浑,所以雄。如此一来,论述贾平凹这一时期的创作,就必须从改革开放对既有的社会心理和结构的巨大冲击说起,这一点,贾平凹也看得分明:"《小月前本》《鸡窝洼人家》《腊月·正月》是风雨初至时各层人的骤然应变,其文化结构、心理结构出现了空前的松动和适应调整。"②而松动、调整得最厉害的领域,莫过于人们的婚恋结构、择偶标准——多少年来,姑娘、小伙子们第一次在工农兵装和各式各样红妆之间迷惑了,他们不知道应该把自己的感情天平倾向哪一方。

《小月前本》开头,月色下的丹江河一片柔和、幽静,小月生平第一次赤条条跃入水中,她讶异于自己身体的曲线,波浪的冲击又使她有了麻酥酥的快

---

① 汪政:《论贾平凹》,《钟山》2002 年第 4 期。

② 贾平凹:《我的追求——在中篇近作讨论会上的说明》,《贾平凹散文全编·土门胜境》,时代文艺出版社 2015 年版,第 81 页。

感,她想唱歌,她觉得她成"人"了。不过,姑娘的成熟怎么少得了小伙子目光的打量? 于是,小月的娇媚和性感被尽收于门门的眼底——这不只是偷窥,更是小月成长的一次确认,一种完成。未成"人"之前,小月的婚姻由父亲王和尚做主,她是才才的未婚妻,成"人"之后,她开始渴望把捉自己的命运,在才才与门门之间左右为难起来。小说有一个处理得潦草实则意蕴丰厚的细节:无人过渡时,小月就横了船,看爱情小说。小说没有点明具体书目(与之前一定会罗列农田、水利书目形成有趣的反差。小说也说到门门在商君县城买了《电工手册》和《电机修理》,但只是一笔带过,因为这些书目不再是圣器,而是门门发家致富的辅助手段),或许是因为三十多年来中国人就没有写出什么像样的爱情小说,而古典或者外国的又不符合农家女的身份,但这一细节足以标明,小月不再是满儿、水儿那样的生产队的女队员,她有了属于自己不关任何他人的心思——只有有心思的人才会出现选择的两难,女队员的选择则是早已派定的。小月的选择看起来应该并不为难。才才忠厚、勤劳,没日没夜在地里死干,土地是他的命、他的魂,他的目光绝不会跳出土地向地平线眺望。这样的农民落伍了,因为土地不再是财富的主要来源,更何况土地哪里公正,一分耕耘未必等于一分收获。门门脑子活,闯得开,地种得心不在焉,却撑着柴排挣了不少活钱,这样的弄潮儿才应该是新时代春风得意的情郎(也许不算是题外话:从《小月前本》开始,丹江河、州河不再是社员们与之战斗的恶自然,而成了壮阔、澎湃的改革开放运动的隐喻)。不过,贾平凹看得更深、更透也更矛盾。才才是时代的弃儿,弃儿的被弃却是因为对农耕文明太过有情。小说特意安排了死牛割出牛黄,王和尚放声痛哭的情节,贾平凹想说明的是,效率可能并不是王和尚、才才的优位原则,是人与土地相对时的宁静和充实,让他们觉得稳妥,应该设想,他们是丰收的。新政策让门门如鱼得水(门门是村里唯一订阅《人民日报》的人,他离政策最近,《腊月·正月》中的王才也爱看报纸,一篇报道翻过来覆过去地读,这些细节标明,贾平凹有做新意识形态代言人的自觉),不过,只有他占得政策的先机却可能是因为他骨子里的滑和狠。这一点,小说处处皆有提示,却不忍心挑得太明:小月说门门是"小赖子""好坏人",王和尚则认为他到底是个"不安分的刺头儿"。"好"不过就是窝囊,"赖"的、"坏"的才能成事,才是"当代英雄",改革开放的动力源中竟然有一股"赖"的精神。这段隐秘,《浮躁》阐述得更加透辟,此处暂且不表,我们已能领会的是,小月的

举棋不定有着深远的时代根源。是王和尚的一顿暴打把小月最终推向了门门一边,小月这才发现"小赖子"的阳刚之美:

> 小月看见他胳膊上,胸脯上,大腿上,一疙瘩一疙瘩的肌肉,觉得是那样强壮,有力和美观。那眼在看着天,双重眼皮十分明显,那又高又直的鼻子,随着胸脯的起伏而鼻翼一收一缩,那嘴唇上的茸茸的胡子,配在这张有棱有角的脸上,是恰到了好处,还有那嘴,嘴角微微上翘……

请注意,这段描写并不包含多少性欲成分,这是在借小月的眼睛来确认改革开放的雄性本质,在雄性的改革开放的逼视之下,农耕文明就只能是、一定是柔软的雌性了——才才幼时穿花衣,留辫子,被小月打得直哭,是个"假女子","假女子"就算被门门抢走了未婚妻,一双拳头也一定不会打在门门身上,而是砸了自己的头。不过,阳刚的固然虎虎生风,阴柔的不也温情缱绻,时代的演进如何离开这一对琴瑟的和鸣? 所以,小月虽顺时而动,离开"古代的好人"才才,选择了"好的正是时候"的门门,但她的心却在祈愿:"如果门门和才才能合成一个人,那该是多好啊!"我想,勇猛与有情的结合正是贾平凹对改革开放未来走向的期待,或者说是忧心,因为合的不可能正是最无奈、冰冻的现实。

也许是敏感到徘徊于传统的阴柔之美有可能拖住"当代英雄"披荆斩棘的脚步,仅过了两三个月,贾平凹便写出《鸡窝洼人家》。这是一个"换妻"故事,题材听起来有些耸人听闻,可是,张、许两家不也发生过类似的故事,而且他们抛得那么必然,接得如此理直气壮,何曾有过一丁点猥亵之感? 其实,在那个时候的人们看来,猥亵是对于身体的单向度垂涎,当然是低级的。在健康、高尚的男女关系中,身体之上还有精神和理念,理念错位了,就必须抛,对头了,则当然接,没有必要面红耳赤,面红耳赤的倒有猥亵的嫌疑了。鸡窝洼里的"换妻"事件的主导者同样是女性。婚恋的选择改由女性操控,女性地位看起来大为改观,男权意识实则笼罩得更深、更密了,因为只有男性才拥有所谓的理念世界,并因而拥有了被衡量的可能、被挑选的权利。烟峰对禾禾说,"要说过日子呀,这鸡窝洼里还是算麦绒",麦绒托回回给自己再找一个男人,她说,

"人才瞎好没说的,只要本分,安心务庄稼过日子"。通过这些对话可以看出,麦绒要的是"古代的好人",来跟她过安稳的庄稼人日子,她跟老实巴交的回回过到一起是必然的。"浪子"禾禾则是这种日子的天敌,他一次次把麦绒抛向未知的漩涡,于是她不得不向他扔出一把干草火——干草火是驱鬼的,"浪子"正是乡土中国的鬼。烟峰爱笑,咧一嘴白牙,喜欢吃零食,有事没事嚼几颗黄豆,"奶子一耸一耸",性感得招摇,她也是乡土中国的异数。更要命的是,她烦透了没完没了拐石磨的日子,她想:"人就是图个有粮吃吗?"——对于乡土中国,这是釜底抽薪的反问,因为乡土中国单是让人有粮吃尚且艰难,又遑论人的发展和完成?作为异数的她一定会抛弃回回,投入禾禾的怀抱,因为禾禾向乡土中国发起一浪高过一浪的冲击,他才是"好的正是时候"的。有趣的是,她向他示爱,这么水到渠成的好事,他竟"压根儿没有想到",这就进一步证明了他们的结合与肉的吸引无关,而是源于理念的相契。同理,烟峰的奶子在公公面前挺得高高的,到了禾禾那里,她的性诱惑力却出人意表地敛去了锋芒,这是因为性诱惑力之于乡土中国是叛逆,是示威,之于乡土的"浪子"却有可能沦为猥亵。就这样,猥亵的"换妻"故事瞬间转化为光明和神奇。比《小月前本》来得决绝的地方在于《鸡窝洼人家》不给"古代的好人"任何出路,贾平凹不仅要把他们赶尽杀绝,还要压榨出他们灵魂里的"小",从而确立"好的正是时候"的"好"的唯一正确性。小说设置了一个挪用自《多收了三五斗》的情节:麦子丰收,麦绒粜麦子,麦价却从三角五大跌至二角五。不过,原本一个"谷贱伤农"的社会批判故事,现在却被用来指认被伤之农纯属活该:谁让你们抱残守缺的,自作孽,不可活。麦绒舍不得贱卖麦子,旁人笑她"八成是疯了","疯了"正是贾平凹对"古代的好人"的无情判决,他们要么追上时代的步伐,要么就此万劫不复。其实,判决已是多事,因为烟峰生不出孩子竟因为回回是个"没本事的男人",嫁给禾禾很快就怀上了。"古代的好人"已丧失生殖能力,他们真的完了。

1984 年 3 月,贾平凹写作《腊月·正月》,聚焦改革开放对于乡土权力结构的重组,因为它较少着墨于男女关系,此处不赘述。我感兴趣的是,在 1984 年的《九叶树》和 1985 年的《西北口》这两部中篇小说中,贾平凹借着女主人公对意中人的选择,表达出他对城市、现代性以及改革开放运动本身的刻骨怀疑,这是前进途中一次必然的反复,还是一位农民作家对现代性与生俱来的恐惧和排斥？这两部小说依旧写一个鳏夫领着一只美丽孤雏生活在与世隔绝的村落（叙事模式仿佛来自《边城》，实际上了无干系），村子里有憨厚的小伙子深爱着孤雏。但城里的男子来了。城里的一切都没来由的迷人，他们有神奇得令人自卑的照相机（还记得《哦，香雪》中香雪紧攥住的铅笔盒吗？），有让人不明就里却无端觉得高级的词汇，比如"改革"，就连《西北口》中的老鳏夫毛老海都知道："平原上兴一个新名词，叫改革家，是光耀的事！"这样的城市自上而下地入侵乡村，乡村就只能既是被提升也是被摧毁，正像《西北口》所言："他们的到来，把文明带到了雍山，也把不安分带到了雍山。"奇怪的是，城里人给乡村送来假树种（顺便害死了现代性迷狂者毛老海，这是小说精心设计的一记对现代性迷狂者的当头棒喝），又在孤雏体内种下了真人种，可他们就是摧毁不了她们坚贞的心。她们确实慌乱过，却只是一些微波在荡漾，最出格的时候，也不过是《九叶树》中的兰兰在城里帅气男人的光晕中，"心理上得到了一个青春少女的一种自己也常常莫名其妙的满足"。城里人的诱奸、强奸只会激起她们对城市的极度仇视以及对乡土的死心塌地的归宿感，更何况不管她们走了多远，村里的那个小伙子都在等待着她们的归来，难怪兰兰会立下这样的誓言："要死，就死在生我养我的山里，死在九叶树下！"这样一来，两个始乱终弃的故事所倾诉的竟是她们与乡土之间不离不弃的绵绵情思，情比金坚的乡下人狠了心要"镇倒了城里那文明人"。需要警惕的是，此处城乡关系的剑拔弩张既是对现代性发轫以来以乡下人美学对抗城市文明的审美路径的继承，更是在质疑改革开放的合理性、有效性，贾平凹又站到了他刚刚反对过的才才和回回的立场。贾平凹的尴尬在于以下两点。首先，他想象中的乡下人的凯旋只能以含污忍垢、反求诸己的方式达成，就像他在论《天狗》时所说："人在这个世界上，不仅仅是征服着外界而爆发出光辉，而出奇的是在征服着自己本身时才显示了人的能量。"①于是，凯旋只不过是完败的一块遮羞布而已。其次，乡土以开发旅游和抢救刺绣、泥塑等民间工艺的方式来对抗城市，可这两者不都是城市对于乡土的收编？贾平凹在《他回到长九叶树的故乡》一文专门倾诉"他"的九叶树情思，又在小说《古堡》写到九叶树，被一再描绘的九叶树是乡土的圣

① 贾平凹：《说〈天狗〉》，《贾平凹散文全编·土门胜境》，时代文艺出版社 2015 年版，第 96 页。

物,到了《九叶树》的结尾,圣物却意外地成了"服务社"的名号。也许,贾平凹已经无奈地意识到,他所钟爱的乡土只能被城市收编,并以保持一种虚伪的差异性的形式来苟延残喘,除此已无路可走。

三、"人敬菩萨,人爱小兽"

到了 1986 年,改革开放已行进到第九个年头,对于该不该改,已无太大争议,争议的重心落在如何改、改了以后怎样上。于是,于此年问世的长篇小说《浮躁》就不需要借助女性对于意中男性的选择来对他们所秉持的生命态度、政治立场进行选边站,男女关系的想象模式发生了质的翻转。

金狗是中国当代文学史上第一个"大赖子"。前文已述,门门是个"小赖子",但是,他除了追小月时脸皮有点厚,庄稼种得潦草、一门心思做生意,做生意又不太讲人情而外,基本上还是一个受苦的乡下人,翻不起太大的浪。金狗就不同了。他出生即有异象:怀着身孕的母亲在州河淘米时落水,母死,米筛有一男婴,随母尸漂浮,将婴捞起,尸沉,打捞四十里,不见踪影。参禅悟道的胡河清从此异象出发,大力阐扬贾平凹的"知其雄":"这种奇特的身世暗示着男性的残忍。真正的男性的诞生往往是以脐带情结的彻底断裂为标志的。这使男性与母体之间存在秘密的敌意。"①这个说法显然求之过深、过偏,因为金狗不单克死了母亲,不也把父亲矮子画匠克得懦弱、猥琐,走不到人前? 贾平凹的真实用意在于提示读者:一个赋有超霸悍的生命元力的"大赖子"必得从母体(包括父体)汲取母体所无法提供的巨大能量以至于吞噬掉母体才能够横空出世。浴血而生的金狗就连身体发肤都异于常人:顶上双旋,"男双旋,拆房卖砖",他就算不是败家子,"也绝不是安生人";胸有青痣,形如"看山狗"(商州的怪鸟,声如犬吠,如豹吼),"看山狗"转世的生命自有一股抗邪之气——毒还要以毒来攻。种种犹如双手过膝、五岳朝天的"异秉"预示他必将成为一个"要穿就穿皮袄,不穿就光身子"的"大赖子"。他的对手巩、田两家齐声骂他"是活鬼,是恶魔,是一个乱世奸雄",这是诅咒,也是吃了亏还不得不心服口服的赞

---

① 胡河清:《贾平凹论》,《当代作家评论》1993 年第 6 期。

叹,更是对"大赖子"本质的最终确认。他与英英一起望月,脱口而出:"我如果有月亮那么大一枚印章,在那天幕上一按,这天就该属于我了!"世界无非在我,这样的胸襟比起"王侯将相,宁有种乎"还要来得恢宏,难怪英英狂喜:"你金狗是个野心家!"——"大赖子"的"赖"之所以可谓"大",就在于无论如何都要把自己的印章摁上天幕的匪夷所思的野心。其实,金狗的野心也正是贾平凹本人所有的。在 1980 年的散文名作《月迹》中,他说月亮倒映在叶上、盆里、水中,他跟金狗一样"顿悟"了:"我们有了月亮,那无边无际的天空也是我们的了。那月亮不是我们按在天空上的印章吗?"他们的"顿悟"来自佛家和理学皆有阐述的"月映万川"。不过,"月映万川"说的是月始终只是那个月,但万川分有月的原型,就像太极不生不灭,不增不减,却又在万物中千姿百态地显现自身,印章(请注意,这不是书画的钤印,而是权力之印)的比喻则反客为主,以"我"为主宰,月/太极无非是"我"之意愿的充盈。这不是哲学上的唯我论,而是实践层面的自大和向上爬的野心。还须仔细厘清的是,贾平凹和金狗的自大和野心不是来自自身的完满,而是源于根基处的绝对匮乏,因为匮乏,所以一定要征服。于是,正是因为自小"受人白眼,受人下贱"①,贾平凹才一定要打出去,成为"出生的地方如同韶山",不讲普通话因为"普通话是普通人说的话"②的不普通人;金狗进州城,也是"在强烈的自卑中建立起自己的自尊":"我金狗现在也来了,瞧着吧!"——就是在异乎常人的"赖"字上,作家与他的人物隐秘地连通起来。

金狗之"赖",小说多有表现。比如,为了进州城报社,他和小水走英英的后门,托英英跟她叔叔田中正说情,由此种下他与英英的一段孽缘。为把东阳县的贫困真相捅出去,他学会用不正当手段制服不正之风的"妙着"。他更会"机智"地周旋于各种势力之间,从而达到阻止河运队现场会的召开和营救雷大空的目的——他为此痛苦,因为油滑毕竟是一个农民的儿子、一个正派人所

---

① 贾平凹:《初中毕业后》,《贾平凹散文全编·旷世秦腔》,时代文艺出版社 2015 年版,第64 页。需要注意的是,屈辱、苦难的童年一半是真实,一半出于他的渲染和塑造。证据很多,比如《浮躁》中小水和福运卖猪的绝望经历,他在散文中一再追忆,但是,《初中毕业后》和《祭父》都说是父亲带着"我们"兄弟,而《初入四记》却成了干爹带着"我"和花子。

② 贾平凹:《说话》,《贾平凹散文全编·时光长安》,时代文艺出版社 2015 年版,第 26 页。

不为的,但他"不得不忍受自己的油滑",因为油滑是大干一场的必然方式。不过,贾平凹怎么忍心把自己精神上的对应人物写得太"赖"? 于是,金狗之"赖"大抵被处理为技术性的、枝节的,他甚至有着与自身所为并不相称的乡下人的道德洁癖。"赖"到极致反送了卿卿性命的是雷大空。雷大空"光身子"时可以沿街叫卖假鼠药,但他就是有一股天王老子都不怕的邪气,敢剁掉田中正的脚趾,能跟背景神秘的"州深有限公司"扯上关联,买空卖空,从而穿上"皮袄",暴发成到处撒钱的慈善家,最终因假树种案事发入狱(又是假树种,但这次的假树种不是城市塞给乡土,而是源于乡土自身的,城乡之间可疑的对立关系至此得到大幅缓解),被灭口于狱中。在道德上,贾平凹对他是排斥的,单是因为从他口袋里掉出五个避孕套即可宣判他的不洁。但此时的贾平凹已经意识到,不能光用道德眼光评判人,否则"只能导致黄世仁和白毛女模式",雷大空是坏人、恶人,"但从历史角度来讲他又有一定的进步性"。[1] 这里是理性判断,谨慎的贾平凹不得不多有保留,到了金狗为雷大空所拟祭文中,他则可以戴着人物的面具无所顾忌地抒发:

> 可敬你虽明知是火,飞蛾偏要赴焰,雄雄之气,莽撞简单,可叹你急功近利,意气侠偏陷进泥潭。你是以身躯殉葬时代,以鲜血谱写经验。呜呼,左右数万里,上下几千年,哪里有这样的农民? 固有罪有责,但功在生前一农夫令人刮目相看,德在死后令后人作出借鉴。

《红楼梦》中宝玉为晴雯作《芙蓉女儿诔》,这里则是金狗也是贾平凹本人为改革开放大业中"出师未捷身先死"的悲情壮士作"男儿诔",如此炽热的景仰、锥心的痛惜分明在昭告世人,只有他雷大空活出了时代的精气神,也为金狗活出了他所不敢活出的自己,同时又承受了无以承受的创痛。脂砚斋说,"晴有林风,袭乃钗副",我想,金狗为"副"雷大空才为"主",是雷大空而不是金狗更典范地代表了一个虎虎生风的大时代。很少有人注意到金狗名字的确切由来。小说交代,因为他胸前青痣形同"看山狗",故名须有"狗"字,行"金",便

---

[1] 贾平凹:《与王愚谈〈浮躁〉》,《贾平凹散文全编·土门胜境》,时代文艺出版社 2015 年版,第 163 页。

叫金狗。不过,《商州初录》就已说到贾家沟有三大土匪头子,分别叫金狗、银狮、梅花鹿,这三个诨号原封不动地借用到了《浮躁》,而《浮躁》中的金狗、银狮、梅花鹿恰恰都是改革开放的排天巨浪中的"浪里白条"。这种下意识的借用说明,在贾平凹看来,如果没有点匪气、蛮力或者说"大赖子"精神,改革开放根本没有可能打开局面。七老汉说雷大空是露牙狗,金狗才是好狗。他哪里明白,不露牙怎么可能是好狗,一只不管不顾地把时代朝前推进的好狗? 其实,不管是露牙狗还是好狗,他们都是"大赖子",正是这些"大赖子"表征着一个"泥沙俱下,州河泛滥而水大好行船,浮躁之气,巫岭弥漫而山高色壮观"的时代,浮躁的时代反过来又催生形形色色的"大赖子"来为自己代言、立命。需要着重指出的是,"浮躁"是贾平凹对改革开放的时代精神的天才概括,这不是一次价值判断而是一种中性描述,对于各种声音都在喧腾,各种人物皆有胜场,万事万物全在一个不可抗之蛮力的裹挟之下席卷而前的壮阔时代的描述。如果说贾平凹和他的金狗是在极度自卑中升腾起一定要征服的野心的话,那么,他们所代言的改革开放本身也必定走过近似的演进轨迹:正因为落后挨打、阶级斗争日日抓,所以一定要改革、不得不开放,这样的改革开放就像一驾推土机,蛮横、笃定、只争朝夕地朝前掘进着,掘进距离的短长才是"硬道理"。可惜的是,我们的小说家总是抓不住改革开放的脉搏,他们笔下的时代人物不是正了点,就是软了些,直至余华《兄弟》(下)问世,才以它的粗鄙美学接续上《浮躁》所开创的"大赖子"传统。贾平凹感慨:"最当下的生活是难写的,既要写出鲜活,又要写得没有光气。"①这里的"光气"指新瓷器、玉器所散发出来的过分鲜亮、失之虚浮的光。贾平凹想说的是,当下书写往往被当下生活牵着鼻子走,有甚说甚,缺少一个提炼的过程,这样一来,写出来的东西倒是鲜活的,却终究是一些一打眼就犯"贼"的假古董。我想,《浮躁》和《兄弟》(下)不为人知的重大意义就在于:它们正面强攻改革开放,却不拘泥于对象的枝节,径直抽象出"浮躁""大赖子"精神,粗鄙美学之类若有似无、用心体察则确实绵绵密密地笼罩着、支配着我们的时代本质。

"大赖子"以身殉时代,他们就不再是女性能够权衡、取舍的潜在的意中

---

① 贾平凹:《在〈秦腔〉首发式上的讲话》,《贾平凹散文全编·顺从天气》,时代文艺出版社2015年版,第76页。

人，她们根本走不进他们的心灵世界，她们如果深爱着他们，也只能像小水一样，"过着一种将痛苦炮制成幸福的单相思的日子"。他们毕竟有太旺盛的力比多在骚动、要喷涌，喷涌的方式却是慌不择路的：既可以是女性的躯体，也可以是他们要建的功、想立的业，而且，相比较而言，还是在改革的战场上闯一程、杀一阵更带劲些，如此他们才能获得炸裂的快感，得到略带忧愁的宁静。这一点，下面这一情节表达得很直接：金狗要小水而不得，他觉得遗憾，感到惘然，他发现他们原来是不能互通的，但大空一来拉他倒腾生意，他的脑子就又热了，"似乎刚才在小水身上未能发泄的热情在这里以另一种形式爆发"。所以，他们的力比多不是单纯的情欲，而是一种无名目的的生命元力，必须随物，才能赋形。获得形体的元力之于所随之物可能是摧毁，比如女性，就像金狗背叛了小水，抛弃了英英，石华在他那里更只是泄欲工具，欲泄了，还觉得她脏，她就算用她的脏救了他，就算为了他不得不脏时她还要用吃安眠药昏睡过去的方式对他保留一份干净，她终究还是脏的，不可救药的脏；也可能是心甘情愿的付出，以至于被粉碎、被吞噬，比如改革开放，就像雷大空病死狱中空留遗恨，也像金狗被打回不静岗，他又从不静岗向州城发起新一轮的冲击。由此可见，在"大赖子"的价值序列中，改革开放远高于女性，他们甚至不必像从前那样通过与她们之间选择或被选择的关系（如今的她们哪里还有选择权？）来抵达改革开放，因为他们原本就与改革开放同在，她们如果不是冗余，也只是可有可无的调剂而已。于是，在男女关系问题上，金狗只遇到一次两难："小水是菩萨，英英是小兽呀，人敬菩萨，人爱小兽，正是菩萨的神圣使金狗一次次逼退了邪念，也正是小兽的媚爱将金狗陷进了不该陷的泥淖中了。"不过，两难一点都不难，因为菩萨哪会真的来到人间，菩萨只是用来高高、远远地供奉的，供奉菩萨就是供奉一点念想，正是这点念想让"大赖子"更加肆无忌惮、心安理得地与小兽（关于性感女性，金狗还有一个比"小兽"来得更肉欲的称呼："雌兽"）交媾，交媾了，只要对菩萨还心存一些愧疚、悔意，污垢也就算涤清了。所以，"敬"就是驱逐，驱逐了才能长长久久地"敬"下去（如果不是因为福运横死，金狗遇祸，小水如何喊出那声压抑心头多年的"金狗哥"？）；"爱"才是真真切切的要，一种近些、再近些，恨不得即刻爆炸、马上消散却绝不跟灵魂发生一丁点关联的占有。至于雷大空，就更不会在男女关系上劳神了，他兀自带一股磅礴元力，至性所以无性，至情所以无情，五只避孕套式的男女关系只是元力必要的排泄和转移。"新时期"初期文学涌现出一大批男性改革家形象,如罗群(《天云山传奇》,1979 年)、乔光朴(《乔厂长上任记》,1979 年)、李向南(《新星》,84 年)①,他们都需要在女性对他们的绝对忠贞和崇拜——罗群的"她"叫"周瑜贞",乔光朴的"她"叫"童贞"——中确认自己的雄性本质和改革家身份,比起"大赖子"的无性、无情,他们真是娘娘腔了许多。

当男女关系凸显为凝重的问题时,时代可能正处于有问题的非正常状态,比如从"四人帮"倒台到改革开放艰难起步的矛盾重重的过渡时期,这样的时代必得经由有关男女关系问题的书写来梳理、疗治自己的问题,宣示、强化自己的价值导向,而男女关系本身倒是被压抑的。当男女关系问题变得可有可无,甚至压根不成问题时,时代这才走到日复一日的常态。诡异的是:正是在常态中,男女关系开始作为它自身而不是作为问题来吸引并折磨着人们,它不说明什么,不代表什么,它自身就是如此凝重,就好像庄之蝶在诸多妇人之间无休止的、疲惫的追逐和躲避。于是,当改革开放步入正轨,贾平凹小说中的男女关系问题随之消失,他终于有余裕来处理男女关系自身了。

2016 年 6 月 9 日,绩溪

---

① 贾平凹说:"《浮躁》中的金狗这个人物,还有对一些干部的描写,如果没有前一段出现的《新星》,就不可能出现现在的情况,我写这些人物时就有意识地站得高一点。"见《与王愚谈〈浮躁〉》,《贾平凹散文全编·土门胜境》,时代文艺出版社 2015 年版,第 158 页。

谁让谁害羞？

——从《哦，香雪》到《谁能让我害羞》

1982 年，年仅二十五岁的铁凝发表轰动一时的《哦，香雪》（以下简称《香雪》）。2002 年，四十五岁的铁凝推出并没有引起太大反响的《谁能让我害羞》（以下简称《害羞》）。这两个短篇小说看似八竿子打不着，实则打断骨头连着筋。我甚至要说，《香雪》就是《害羞》的前传，《害羞》则是《香雪》的今生，它们凝聚着、彰显着铁凝站在改革开放的开端和初步完成期的现代性想象和底层想象，想象的惯性或者说惰性如此强大，以至于整整二十年的时光漫过，铁凝还是那个铁凝。那么，究竟是一种什么样的想象，一下子串连起初出茅庐的铁凝和功成名就的铁凝？此一想象与改革开放的现代性诉求又构成什么样的共谋关系？

一、火车来了

火车是现代性的经典道具——纤细、闪亮的铁轨就是现代性的不证自明的光鲜和靓丽，席天卷地的轰鸣则是现代性的理直气壮的征服欲和不由分说的裹挟力。火车来了，"穿坟过墓破坏着风水"，老舍《断魂枪》中的沙子龙的东方大梦就没法子不醒了，他只能把镖局改成客栈，把"五虎断魂枪"带进棺材。"不传！不传！"这是智者的清醒，也是落寞者的无奈和感伤。现代性之于每一位身经者原来如此五味杂陈，哪能一言以蔽之。火车来了，撼动着马尔克斯《百年孤独》里的马孔多镇，叙述人不禁忧心忡忡："这列样子好看的黄色火车注定要给马孔多带来那么多的怀疑和肯定，带来那么多的好事和坏事，带来那么多的变化、灾难和忧愁。"现代性哪里通体透亮，它是福音，也是瘟疫。火车

127

来了,铁凝和香雪们却是多么的欣喜若狂、感恩戴德啊！小说劈面就是:"如果不是有人发明了火车,如果不是有人把铁轨铺进深山,你怎么也不会发现台儿沟这个小村。"连续的"如果不是……"的句式,一下子夯实了台儿沟/乡村与火车/现代性之间牢不可破的关联:只有火车来了,台儿沟才会被发现,乡村才得以存在、浮现,没有现代性的临幸,台儿沟/乡村只能永远沉沦于自然而非自觉的状态中。火车就是魔法石！现代性就是恩主！城市就是迦南美地！铁凝以及"新时期"初期大多数作家的现代性迷狂,一至于此。

火车开来之前的沉沦中的台儿沟是什么样的？铁凝精心描画:"它和它的十几户乡亲,一心一意掩藏在大山那深深的皱褶里,从春到夏,从秋到冬,默默地接受着大山任意给予的温存和粗暴。""从春到夏,从秋到冬",日复一日,年复一年,台儿沟原来是循环之物,因为是循环之物,所以又是自然之物、女性之物——循环本是女性的题中应有之义。台儿沟是女性之物,一路呼啸的火车则是男性之物——男性从来就是线性发展的。于是,铁凝理所当然地把台儿沟删繁就简成一群纯朴、美丽的女子,把现代性径直落实为身材高大、头发乌黑的"北京话",并把乡村与现代性的遭逢顺理成章地编织为一出你侬我侬的爱情喜剧。这群女子每天晚上多么焦急地等待着心上人的到来啊。她们心不在焉地吃上几口饭,就洗净一脸的黄土,露出粗糙、红润的脸色,涂上胭脂,把头发梳得乌亮,穿上最好的衣服,换上过年才穿的新鞋,兴冲冲地来到村口。"香雪总是第一个出门。"难怪香雪能够引爆一股"香雪热",她才是现代性最痴狂、忠贞的情人,她的走红恰好映现出后"文革"时代普遍的现代化饥渴症。小说接着说:"看火车,她跑在最前边;火车来了,她却缩到最后去了。"爱到痴狂,所以羞怯,因为羞怯,越发痴狂,铁凝真是懂得爱人心。心上人如约而至,爱的魔力竟会如此的销魂蚀骨:"她有点害怕它那巨大的车头,车头那么雄壮地喷吐着白雾,仿佛一口气就能把台儿沟吸进肚里。它那撼天动地的轰鸣也叫她感到恐惧。在它跟前,她简直像一叶没根的小草。"此爱的感受再清晰不过地凸显出现代性的男性本质,女性的乡村心甘情愿地消融在这样的男性光晕里。铁凝更强调,消融哪怕只有一分钟,那也是"美妙的一分钟","五彩缤纷的一分钟"。这就是真正的"金风玉露一相逢"了。

乡村与现代性既是男女关系,这位男性又是如此雄壮,他当然会反过来要求她的"她"性——纯洁,或者说绝对的贞洁。果然,铁凝一再勾画,香雪的眼睛"洁如水晶"，面孔"洁净得仿佛一分钟前才诞生"。香雪美就美在纯洁、干净上。对于香雪以及《香雪》的纯洁美，许多人都心领神会。孙犁说，《香雪》是一首"纯净的诗""纯净的歌"①，崔道怡说，《香雪》"将以其纯净的诗情，隽永的意境，常被忆及，不会忘记"②，丁帆、齐红则认定，铁凝作品的灵魂就是"寻找并表现生命长河中的纯净瞬间"③。如此钟情纯洁、渲染纯洁，又因纯洁而被竭力称颂，恰恰说明铁凝及其称颂的乡村想象原来如出一辙——纯洁的、无瑕的。正因为纯洁、无瑕，乡村才值得占有，一定要占有，乡村也就在被占有中越发地被置于女性的、受动的位置。不过，纯洁、无瑕的乡村显然出自现代性一厢情愿的想象，更是一种陈腐不堪的男权想象，也只有男权想象才会在薄幸之后指责女性的不贞——乡村怎么能纯净不再，人心不古？难怪铁凝会说："我对女性主义这个话题一直比较淡漠。"④她都如此男权了，怎么可能措意于女性主义？

把现代性男性化，把乡村女性化，本是作家的惯用手法，比如张爱玲《赤地之恋》中的刘荃与二姐，路遥《人生》里的高加林与刘巧珍。张爱玲说，现代性的入侵，彻底撕裂、砸烂了那个封闭的山村，路遥更说，现代性恋上乡村，一定是一出始乱终弃的悲剧，不，是闹剧，乡村的怆痛与绝望哪里会让现代性萦怀？铁凝不是没有意识到，她的爱情喜剧在一分钟以后就会闹剧化，现代性绝不是痴情汉，只是薄幸的浪子而已，你看，火车"抱怨"着台儿沟的寒冷，"忘记"了铁路旁排列整齐的台儿沟姑娘。不过，现代性再薄情、再"冷漠"，乡村都会疯狂地爱着他，甚至因为"冷漠"而汹涌起更蓬勃的爱意，就像铁凝坚定地说，"五彩缤纷的一分钟"一定会"更加五彩缤纷起来"。这是什么样的低到尘埃里的温情，又是何等歇斯底里的虐恋。⑤ 只是虐恋中透出太多现代性的沾沾自喜和乡村的委曲求全，铁凝凭什么给他们分定如此不公正的命运？即便现实真的

---

① 孙犁、成一：《孙犁、成一谈铁凝新作〈哦，香雪〉》，《青年文学》1983年第2期。

② 崔道怡：《春花秋月系相思——短篇小说评奖琐忆》，《小说家》1999年第4期。

③ 丁帆、齐红：《寻找生命的纯净瞬间——论铁凝的短篇小说》，《长城》1995年第3期。

④ 王尧、铁凝：《文学应当有捍卫人类精神健康和内心真正高贵的能力》，《当代作家评论》2003年第6期。

⑤ 这样的虐恋，在铁凝小说中并不鲜见。《麦秸垛》中大芝娘的丈夫当兵、提干，去了省城，便抛弃了大芝娘，大芝娘却来到省城，强迫他睡了，回来生下"一棵瓷实的大白菜"似的大芝。

这样不公正,铁凝为什么还要用纯净的爱意来粉饰不公正,并让不公正在爱意中被忽略和遗忘?

在铁凝看来,乡村不仅是卑微的、落后的,更是理亏的、可耻的,道德上的堕落使得乡村除了匍匐在现代性的脚下,痛悔自己不堪的过去,别无洗清耻辱的可能。所以,她又精心设计了铅笔盒的桥段。香雪有一只在台儿沟独一无二的小木盒,可是,在同桌的铅笔盒的嗒嗒声中,它是那么的"陈旧""笨拙",只能带着几分"羞涩","畏缩"在桌角。"陈旧"还只是一般描述,"笨拙"已暗含鄙弃,"羞涩"则是耻感的赤裸裸的认定,"畏缩"更是对于可耻者的下场的决绝宣判——除了"畏缩"在桌角,还能怎样?铁凝并不满足于把耻感强加给乡村,她更要让乡村自己为自己害羞。于是,因为贫穷,因为同学一遍又一遍地追问,香雪第一次意识到了"不光彩"。可是,贫穷怎么就不光彩了,我们不是一直有着"安贫乐道"的传统?铁凝要说了,去你的"安贫乐道"吧,我要现代,绝对的现代,现代性就是福音,让妓女都不再害羞,现代性就是神恩,让罪人都得救。铁凝是在播散"拜现代教"啊。正是中了"拜现代教"的蛊,香雪才会踏上火车,用四十只鸡蛋换来铅笔盒。这哪里是铅笔盒,"这是一个宝盒子,谁用上它,就能一切顺心如意,就能上大学、坐上火车到处跑,就能要什么有什么,就再也不会被人盘问她们每天吃几顿饭了"。手捧宝盒,香雪才第一次看清养育她的山谷,第一次听清核桃叶在夜风中"豁啷啷"地歌唱。宝盒竟让香雪成了人,成了能够睁开眼镜看、张开耳朵听的主体,这该是"天方夜谭"才会有的神奇吧。小说结尾,铁凝深情呼唤:"哦,香雪!香雪!"这正是对于主体性的询唤和确认,对于现代性的奇能的赞叹和感激。怀揣宝盒,香雪就连像大山的黑眼睛一样的隧道都不害怕了,猛地冲了进去。宝盒竟成了样板戏里金光四射的红宝书,奇迹般地化解了英雄的困境。铁凝的文学道路到底起步于"文革",葆有相当程度的"文革"文学的趣味和坚信。其实,何止铁凝,"文革"时期人们崇拜的是革命,后"文革"时代信的则是现代性,落后有罪,贫穷可耻,香雪才是时代的宠儿。"拜现代教"的谵妄污名化了乡村,却自有一股非理性的蛮力拓开一片现代性的"胜景","胜景"反过来遮蔽掉了现代性进程中乡村的眼泪和屈辱。站在现代性进程的这一端,我们可能压根就不相信那一端曾有过的罪恶。我想,作为一位现代性福音的传道人,铁凝正是遗忘的助推者,身为作家的她,本应该搜集起每一滴眼泪的。

二、爬，爬上八楼去

到了新世纪，城市急剧扩张，乡村逐渐现代化，或者作为被现代性建构出来的现代性的"他者"，成为现代性的一部分，乡村问题也就随之淡化，底层问题慢慢浮出了水面，成为知识界关切的焦点。那么，傲慢的"拜现代教"又该如何想象底层、面对底层？铁凝还会像二十年前污名化乡村一样污名化底层吗？

二十年前，十七岁的香雪站在火车下，仰望车窗内的奇观，倾听着漂亮的北京话。如今，《害羞》中"不超过十七岁"的少年，来到湖滨雅园八楼，给"不到四十岁"（说不定正好是三十七？）的女人送水。一定要把自己打扮得时髦到滑稽、隆重到怪异，以为这样就能接近那位雍容华贵的女人以及女人那套让人眼花缭乱的房子的少年，不就是曾经为一只铅笔盒神魂颠倒的香雪？台儿沟唯一考上初中，唯一为铅笔盒而不是发卡、香皂、纱巾、尼龙袜着魔的香雪，难道就不可能考上大学，来到城市，与女人一样成为电视台的制片人，并有一位常驻国外做生意的丈夫和一个五岁的儿子？生活在八楼，偶尔"光临"拥挤、嘈杂的肮脏小街的女人，不就是当年站在火车上有点温和又带些不耐烦，居高临下地打量车下那群叽叽喳喳的乡村女子的"北京话"？如此说来，《害羞》正是对于《香雪》的续写，铁凝借此告诉我们，来到城市，成了中产阶级的香雪会如何面对从前的自己、如今的底层，而新世纪的香雪在向城市和中产阶级流动的过程中又会遇上什么样的目光。

在《香雪》那里，车上、车下的空间关系被换算成了等级关系，高高在上的一定是只能勾留一分钟的火车以及车上满载着的现代性，卑下的则是寒风中的姑娘和姑娘们挣脱不开的乡村，对于姑娘们来说，踏上火车是不可能的新奇，更是历险。同样，《害羞》中的等级关系也体现为空间关系。女人开着白色汽车"光临"破旧、狭窄的水站，"光临"，一种有角度、有落差，看似淡定实则威风的动势。少年送水，则是"上"，铁凝还别有用心地让电梯坏了，他只能扛着水，拾级"爬上"八楼，"爬上"，一种多么艰难、多么屈辱，无限度地消耗体力和尊严的攀升。淡定的"光临"与艰难的"爬上"，划出了阶层之间无法逾越的鸿沟。不过，现代性之于乡村、中产阶级之于底层虽是一样的高下立判、尊卑森严,香雪毕竟还能拥有一次梦幻般的火车旅行,旅途中有那么羞怯、热情的伴侣,她还能换来那只让她"心中升起一种从未有过的骄傲"的铅笔盒,少年的八楼之旅却是受冷落、被怀疑、遭羞辱的,最终还锒铛入狱了。如此说来,从乡村往城市、从底层向中产阶级擢升的路已被堵塞,而亲手堵上擢升通道的人,竟是从前的那个香雪。纯洁原来如此脆弱,善良瞬间蜕变为残忍。其实,王蒙早就批评过香雪以及铁凝的"小善":"真正的高标准的作家的善良应该是通晓并战胜了一切不善、吸收并扬弃了一切肤浅的或初等的小善、又通晓并宽容了一切可以宽容的弱点和透视洞穿了邪恶的汪洋大海式的善。"①铁凝,你听到了吗?

"小善"的铁凝,才会在《香雪》中发现车上、车下两个世界,并从中细分出"北京—公社—台儿沟"这样的等级体系来,更会在《害羞》里把等级体系放大并渗透到生活的方方面面。比如,少年"有点鼠相,有点孱弱,面目和表情介乎于城乡之间",就连面目和表情都城是城、乡是乡,马虎不得,铁凝体情状物的能力真是了得。再如,少年的绒面运动鞋破了几个小洞,这样的破旧东西一定是也只能是"县级制鞋厂出产的",县级在铁凝的等级体系里当然是等而下之的。当等级体系完全重组了我们的生命世界,当我们的衣食住行、一颦一笑都已高下有序、尊卑有别,底层还有希望吗?

在等级社会里,欲望也是分层的,被贴上崇高或卑琐的标签,丝毫不能苟且。香雪要的是铅笔盒,凤娇要的是发卡,铅笔盒所表征的知识压倒了发卡背后的物质生活,香雪也就理所当然地得到旅伴以及铁凝的祝福。② 二十年后,铅笔盒和知识受到了质疑,发卡和物质生活却赢得了正当性。不过,在物质极度丰赡的时代,关于物质的欲望也已分成三六九等。女人住的是豪宅,开的是汽车,喝的是矿泉水,洗的是二十四小时热水,与此相关联的就是懒散、漫不经心而非专注的权利——不专注就是流动,就是自由。难怪铁凝会一再渲染女人的蓬乱的头发,女人的"心不在焉的自得","女人的顺嘴搭腔以及她搭腔时表情的平淡",还会告诉我们她的丈夫满世界飞来飞去,就连她的儿子也想"痛痛快快"地玩一场,不专注正是中产阶级的珍宝和专属标签啊! 少年的物质世界由杂货铺、蒙着灰尘的电话、油泼面、六平方米的小屋构成,一切都是"品质

---

① 王蒙:《香雪的善良的眼睛——读铁凝的小说》,《文艺报》1985 年第 6 期。
② 参见《历史开裂处的个人叙述——城乡间的女性与当代文学中个人意识的悖论》,罗岗、刘丽,《文学评论》2008 年第 5 期。

可疑的"，他所贪恋的也不过是"品质可疑的"西服、围巾、领带、随身听。少年的物质欲望如此卑微，所以注定是可笑的，铁凝还自以为幽默地凸显、放大了这种可笑：少年穿的西服过大、簇新、面料低劣、支支愣愣，就像不是西服而是少年扛着一桶水。因为可笑，少年又不可避免地蠢、呆、拙，铁凝当然不会放过挪揄的机会："少年没有能力归纳自己脑袋里的乱七八糟，只是一个劲儿地懊丧"，"他其实不清楚，他从来就不清楚"。"从来就不清楚"，这就是铁凝对于底层的判词。因为蠢、呆、拙，少年就格外地专注，专注于女人，专注于西服，专注于喝一口矿泉水，专注于枪。专注的少年之于不专注的女人，就像刀之于枪——在"高级到你可以憎恨你却不可怀疑"的枪面前，刀"因为低档而更显得委琐，因为委琐而格外低档"。底层的物质欲望的"低档"与他们品质上的"委琐"原来是互为因果的，他们不得不沉沦于"低档"与"委琐"的循环中，万劫不复。反过来，中产阶级因为"高级"所以高尚，因为高尚所以越发"高级"，他们悠游于物质化时代，无往而不胜。不专注的女人留给专注的少年的最深刻的印象当然不是她的豪宅，而是她的不专注——"痛痛快快"和"110"。"痛痛快快"就是随心所欲的流动性，"110"就是流动性的保证，就是流动中的人们的安全感的来源——有"110"，你还敢"毒死"他们？所以，在铁凝的想象中，现代性又成了一列疾驰的火车，中产阶级坐在车上享受着流动，底层只能像当年的香雪一样，站在车下眼巴巴地看着他们的"痛痛快快"和"随心所欲"。不过，二十年前的火车会在台儿沟善意地勾留，从而发现、创造一个纯洁的乡村，并成功地把香雪从乡村送往城市，从底层擢升为中产阶级。如今的火车却是底层不得擅自入内的，踏上了，进入了，就是一位潜在的罪犯，就连五岁的宝宝都知道打"110"。火车再也不为少年和底层停下脚步，真实的底层也就不会被发现，只能以蠢、呆、拙的形象被想象，这样的蠢相反衬出一个无比"高级"、高尚的中产阶级来。底层形象的塑造，原来是中产阶级自我认同的诡计。

三、不，"我"绝不害羞

底层因为"低档"，所以"委琐"，因为"委琐"，所以可耻，就像台儿沟因为"陈旧"，所以"羞涩"，因为"笨拙"，所以"畏缩"，因为贫穷，所以"不光彩"，底层与乡村竟是道德败坏的。那么,谁让谁害羞?财富让穷人害羞,现代性让乡村害羞,中产阶级让底层害羞?少年被捕后,警察问:你知道什么叫羞耻么?少年不回答。又问:还有什么能让你害羞的?少年想了想,说:枪。要知道,女人的枪不是真的,而是一支在加沙机场免税店花四美元买的手枪式点火器。不过,真假又有何妨?当"符号与实在被裹在同一块裹尸布中"①以后,哪里还有什么真实与幻象的区分?真实即幻象,幻象即真实,或者说幻象与真实杂糅而成的"景观"才是唯一的、最大的真实,而手枪式点火器就是消费主义时代经典性的"景观"。所以,审讯中的少年差不多已经忘记了女人,而脑海中却可能真的镶嵌着"一支乌亮的、高级而又神奇的能让他痛快的枪"!我想,财富/现代性/中产阶级就是镶嵌在穷人/乡村/底层的脑海中的一支手枪式点火器,一支作为景观因而无比真切、炫目和唯一的枪。至此,我们可以肯定,铁凝与二十年前一样,还是一位"拜现代教"的狂热信徒。稍有不同的是,二十年前,她是戏谑又善意地想象着香雪的"北京话",如今,她坐在火车上,警惕着每一位陌生人,每一个闯入者。

不过,铁凝想问的是:"谁能让我害羞?"底层原来无足轻重,中产阶级的主体性——"我"——才是至关重要的,"谁能让我害羞"的追问,就是对"我"的坚实性的焦虑和呵护,只有在"我"不再害羞,谁都不能让"我"害羞以后,中产阶级的"我"才能高枕无忧、长长久久。所以,铁凝把现代性以及在现代性铺展开来的过程中愈益尖锐起来的底层问题,偷换成了中产阶级的自我认同问题,要纾解中产阶级的认同焦虑,就先得想象出中产阶级的"他者"——底层。底层叙事其实包藏着中产阶级的趣味和忧心。那么,"谁能让我害羞"的追问如何一劳永逸地安顿了"我"的认同焦虑,其中又隐藏着什么样的心理机制?

害羞是一种耻感,耻感是道德问题,把社会问题道德化,本是左翼文学的拿手好戏,左翼作家一定要追问:万恶的地主和资本家,你怎么不害羞?这样的追问本身就预设了有钱人的原罪,原罪为革命奠定了扎实的伦理根基。所以,"谁能让我害羞"这一问题的提出,似乎源于一种悲天悯人的左翼情怀。但是,铁凝果断地拒绝了原罪意识,她绝不会像鲁迅一样,在《一件小事》中毫无来由地把车夫的背影高大化,并以此压榨出自己的皮袍下的"小"来,她一定要

---

① 【法】让·博德里亚尔:《完美的罪行》,王为民译,商务印书馆2000年版,第20页。

让女人自问："我要为他的劳累感到害羞么？"还要让她自答："不。女人反复在心里说。""不！女人在心里大声说。"反复说、大声说，一方面说明了羞耻感如心头刺一样真切存在，哪个正常人面对少年猫腰捂肚子的样子不心生怜悯，不感到害羞？另一方面则是斩斩分明的拒绝——正是因为确实有，所以才要拒绝，一再地拒绝，现代性的合法性根基和中产阶级的主体性不容动摇啊！不过，如此气急败坏的拒绝不是进一步坐实了羞耻感的确有？羞耻感刺痛了中产阶级自以为是的心。正是在这里，铁凝表现出她对于中产阶级既认同又疏离的暧昧姿态。暧昧是现代小说的美德，也曲曲折折地映现着铁凝的良知。

其实，"谁能让我害羞"是无解之问，或者说，铁凝根本不寻求解答，真的解答了，就会陷入左翼的窠臼，并撼动"我"的坚实性。对于铁凝以及所有的现代性拥趸来说，重要的是疑问的提出，因为提出疑问就已经满足了中产阶级的道德心，并把自己由罪犯转换成了法官。更重要的是提出疑问的能力，因为能够提问就足以证明中产阶级有力量和余裕从"我"自身抽离，来审视"我"自身，"我"就在这样的自反中葆有了无限的活力。试想，蠢、呆、拙的少年会问"谁能让我害羞"这样的"高级"问题吗？这一心理机制，铁凝早已挑明："女人得意自己这瞬间的自嘲，有自嘲能力的人就是那些在生活中占据主动位置的人。她就是，她觉得。"自我质疑和自嘲，都是自反，自反的能力无比雄辩地证实、坚定了中产阶级坚实的"我"，中产阶级的自我认同伟业，至此大功告成。

铁凝问："谁能让我害羞？"我却要追问："谁让谁害羞？"请所有应该感到害羞的人作答。

忠实于自己就是忠实于虚无

——刘庆邦创作局限论

1951 年出生的刘庆邦素有"短篇小说之王"的美誉,对此,他颇有些自得:"我差不多赢得了短篇小说的心,它悄悄对我说,你写我吧,一辈子都写我吧,我不会辜负你的。"①不过,刘庆邦显然不太在意"一辈子"的约定,自 2001 年调入北京作协从事专业写作起,他接连写出《远方诗意》《平原上的歌谣》《红煤》《遍地月光》等多部长篇小说,《遍地月光》还入围了第八届茅盾文学奖的十强。对于这位左手写短篇、右手写长篇的全能作家,评论界向来颇多赞颂,比如朴素、真实、温暖、诗意云云。赞词林林总总,其实可以百川到海地归结到刘庆邦素所强调的"诚实"上去:"我个人认为,一个写作者最需要诚实劳动,最需要始终保持一颗赤子之心。"②我想问的是:刘庆邦的诚实指向何物?他的诚实是可能以及必要的吗?刘庆邦真是一位赤子?他所谓的赤子是一个坐卧行走中的真实的人还是一种虚拟的,因为虚拟所以越发堂皇,说到底却是空无一物的存在?诚实、赤子这些看似不证自明的概念如果被一系列于不疑处有疑的追诘证伪的话,接下来的问题就是:太过堂皇的冠冕之下掩藏着一种什么样的真相?

一、善变的自己

刘庆邦毫不讳言人生经验之于他的写作的重要性,他说,为了避免坐吃山

---

① 刘庆邦:《短篇小说之美》,《理论与创作》1999 年第 5 期。

② 刘庆邦:《诚实劳动》,《北京文学(精彩阅读)》2007 年第 2 期。

空，他"……每年都回农村老家住几天，也时常到煤矿走一走，看一看"①。不过，再丰富、跌宕的人生经验也经不起刘庆邦数十年如一日不停歇地写啊，于是，总有一些印记深刻的遭遇和情感会让他一说再说，总有某种不堪回首的体验会让他反复流连。同一事件在不同的时代被说起，或是以不同的视角去说，难免出现裂隙、差异，差异威胁着说的主体的同一性，又反过来确证了同一性的牢不可破——同一性从来不排斥差异，差异使同一性更富弹性和力度。不过，刘庆邦关于同一事件的不同言说不只是出现差异这么简单，而是呈现出极其严重的分裂，分裂到不管我如何拼凑，都无法把破碎的刘庆邦影像剪辑成同一个人的程度，以至于我深感困惑：刘庆邦是谁？哪一帧影像才是真的刘庆邦？篇幅所限，仅列举一例。

1983 年初稿、1985 年完稿、1986 年出版的长篇小说《断层》讲述了一个惊心动魄的改革故事：野狼沟煤矿新来了个常江矿长，他带领一帮锐意进取的改革派，试图打通能够为煤矿年增三十万吨原煤的皮带巷，却受到以矿务局郑金友副局长为首的保守派的百般刁难，功败垂成之际，煤炭部副部长彭永年从天而降，一举击溃保守派，改革派从而大获全胜。我之所以详尽罗列《断层》的写作和发表时间，是因为我百思都不得其解：当寻根文学和先锋文学正在最大限度地冲刷、刺激着国人的文学神经的时候，刘庆邦为什么会埋头创作这样的向发表于 1979 年的《乔厂长上任记》致敬的小说？这是不可救药的迟钝，还是知其不可而为之的坚守？他真的相信改革文学的清浅的乐观？他真的认为青天大老爷能够一劳永逸地解决改革开放过程中不断涌现出来的矛盾？不过，考虑到刘庆邦的创作生涯是从鹦鹉学舌般的"大批判"起步的，这一不可饶恕的滞后也就情有可原了——谁让文学风潮瞬息万变，他刚把改革文学操练得顺手，改革文学就成了明日黄花？抛开幼稚的、漏洞百出的故事框架不说，《断层》还有许多细节，以及人物和矛盾的设置值得我们关注。比如，刘庆邦为了强调常江是一位深受矿工爱戴的好矿长，铺垫了一系列温馨细节："他们的矿长在雨季曾给他们每人发了一把伞；在严冬，曾给他们每人发过一顶栽绒帽子；还去工作面给他们送过包子和鸡蛋汤……"再如，一心上进的矿工梁浩与

---

① 杨建兵、刘庆邦：《"我的创作是诚实的风格"——刘庆邦访谈录》，《小说评论》2009 年第 3 期。

矿党委书记张国亮的女儿,矿医院的司药姑娘张香梅相爱,张国亮却因梁浩只是一名普通的矿工,还是右派的儿子而百般阻挠,只有到了张国亮倒台之后,他们的爱情才修得正果。要是没有发表于2006年的《红煤》的话,这样一些改革文学中司空见惯的粗陋桥段根本引不起我的任何兴趣,但是,有了《红煤》这一束从二十年之后遥遥打来的追光,这些司空见惯、层出不穷因而被我们一贯忽视的桥段就被照射得格外通透,显出令人瞠目结舌的苍白和虚伪,更显出桥段编造者不可饶恕的不诚实和分裂。容我先从《红煤》说起。

《红煤》把叙事重心从矿长转向了矿工。矿工宋长玉与梁浩一样的有文化,有胸怀,他们都是立于矿工的"辙"之外的矿工。你看,梁浩的工作服三天一洗,发白的工作服穿在身上,又合身又干净,为了保持头发的清洁,他还在矿帽下面戴一顶无檐的布衬帽。无独有偶,宋长玉也爱干净,也在矿帽下面垫上一层军帽,他还要用洗头膏,而不是肥皂洗头。正是由这份讲究暗示和凸显出来的矫矫不群,让梁浩赢得了书记女儿的芳心。宋长玉也不遑多让,与矿长女儿,同样在矿医院工作的唐丽华护士谈起了恋爱。说到这里,我们基本可以认定,宋长玉与梁浩是同一个人,最起码也是从同一个原型生发出来的——作为人生经验型作家,刘庆邦的人物不会无中生有地蹦出来,大都是其来有自的。这一原型耸动着刘庆邦在时隔二十年以后还要以长篇小说的形式来把他重塑一番,可见他给刘庆邦留下的记忆一定是深挚得无法磨灭的。不过,在二十年以后的这一次重塑中,刘庆邦对原型做出了致命的改造。从前的梁浩是从省城来的落难公子,随着右派父亲得到平反,他迟早要一飞冲天的,纵使如此,在书记千金面前,他还是自卑的,不愿高攀的——自卑其实是自爱,不愿高攀则是与保守派划出一条斩斩分明的界线。后来的宋长玉只是个农民轮换工啊,随时会被清退的,他凭什么一来到乔集矿,就大喇喇地把目标锁定为唐丽华?他真的天真到以为,就凭他一头洗头膏的清香和几封文笔不算太差的情书,就能成为一位成功了的于连?刘庆邦把那么英俊、能干、梦想、狂野、自私又充满着自省的于连,庸俗化地理解成靠女人上位的野心家,并把这一野心家形象生硬地移植到农轮工的身上,这是不可理喻的懒惰,也是对于自己的书写对象的不可原谅的轻忽。更关键的是,那个原型一会儿被刘庆邦吹捧为自爱、自强的改革派,一会儿又被他贬抑成不择手段的野心家,那么,哪一个才是原型的真实或者相近的写照?作家当然有权剪裁材料,却决不应该如此颠倒黑白地编排记忆,特别是如此深挚的记忆。刘庆邦不仅随心所欲地打扮原型,还完全恣意地、为我所用地从记忆中征引细节。比如,伞、包子和鸡蛋汤等道具被原封不动地挪到了二十年后——像常江一样,唐洪涛矿长也在雨天送伞,也亲自挑着包子和鸡蛋汤慰问采煤一线的将士,只不过,当年的亲民符号,如今成了揭露唐矿长自私、虚伪和好大喜功的证据,你看,只有在聚光灯下,他才会想到体恤矿工嘛。时隔二十年的丝毫不爽的征用,使我有理由相信这些细节不是空穴来风,而是确有其事的,那么,确有其事的"事"究竟是什么事?为什么这件事在彼时可以用来唱颂歌,到此时又能拿来念咒语?我们是不是可以这样理解,常江也可以是隐藏得太深的唐洪涛,而唐洪涛说不定正是一身正气的常江?忠与奸、正与邪、黑与白之间怎么可以如此轻而易举地倒换?要知道,细节本身是有光晕的,只有置身于光晕之中,细节才会有自己的呼吸和血脉,也才会此呼彼应地牵动起一个人,乃至一个世界。刘庆邦这些既可以用来唱颂歌亦可以拿来念咒语的细节,就被从光晕中完全剥离了出来,它们都是僵死的,冷冰冰的,无可无不可的。这些僵死的细节扼杀了小说世界的生机,也顺带着谋杀了刘庆邦自己的记忆——记忆中如此难忘的细节的光晕都被磨平了,消泯了,那么,记忆何在?记忆何为?舍不得孩子套不着狼,看来,为了写小说,刘庆邦真是"豁"出去了。

好像是搭积木,就这么一堆材料,刘庆邦一会儿搭出一首改革颂歌,一会儿搭出一位豫东平原上的于连的发迹和破败史,这样的魔法把我看得眼花缭乱:"文革"时期写惯了大批判和讲用稿的人就是不一样啊。会玩一手炫目的魔法,本该是小说家的看家本领,没必要大惊小怪,不过,到了刘庆邦这里,情况就大不一样了。刘庆邦口口声声说诚实,对他来说,诚实"……不仅仅是一种态度,一种道德,更是一种精神,一种人格"。那么,被刘庆邦无限上纲上线的诚实到底是何方圣物?他紧接着阐明,所谓诚实,"无非是忠实于自己的内心,忠实于自己的真实所感和真实所思,真正做到独立思考,以我之手写我之心"①。原来,诚实无它,就是忠实于你自己,一个坚实、稳定的自己是诚实的根本前提——自己不存,诚实焉附?以刘庆邦这一番郑重其事的宣告回视他自身,我不禁莞尔:你刘庆邦的自己是什么?一个连自己的记忆都敢谋杀的魔

---

① 刘庆邦:《诚实劳动》,《北京文学(精彩阅读)》2007 年第 2 期。

法师哪有什么自己可言？一个如此善变的自己怎么去忠实？善变的人又有什么资格大谈特谈诚实？

二、庸俗的自己

拘泥于一己之经验，刘庆邦的故事说来说去就都离不开自己刻骨铭心的记忆，他所有的叙事都围绕着这些记忆，形成一个"元叙事"——"到城里去"，也可以叫作"远方诗意"。只有远方，只有城市，才是刘庆邦以及他的人物们魂牵梦绕的所在，套用《到城里去》的叙事人的话，就是："到城里去！这是一个梦想，也是一个战斗口号……"于是，在刘庆邦的小说世界中，能否成为城里人，简直就是衡量人生成败的唯一标尺："成功的人生，就是摆脱羁绊的人生，失败的人生，就是被泥巴吸住腿的人生。"

其实，乡下人进城是"新时期"，特别是新世纪以来文学的一个母题，而乡下人进城时必定会遭受的疼痛、屈辱和悲怆，早在路遥《人生》里就已得到淋漓尽致的揭示，其后的人们之所以还要一说再说，无非是因为进城的冲动太持久，创痛太酷烈，不说不得安宁。不过，路遥的进城故事意在"为时代立心"[1]，刘庆邦则自顾自地追忆自己有点坎坷、有点侥幸更有点自得的进城史，他甚至要用《远方诗意》这一部长篇小说的篇幅，来事无巨细地回顾自己当年是如何"上北京""下江南"，哪儿都没得去了，就去"走姥娘家"的。他的追忆潜藏着多重危险。首先，城市既繁华又堕落，既向乡下人发出了向我进军的召唤，又冷漠地拒人于千里之外，所以，远方的城市既迷人，又阴鸷、邪恶，让人心生恐惧，岂能由诗意二字一言以蔽之？也许，城市只是我们的异乡，就像《孽债》片尾曲意味深长地说道："上海那么大，有没有我的家？"其次，个人经验的书写一定是有意义的吗？个人经验的书写如果自始至终停留在彼时彼地的层面，缺乏此时此地的观照，更没有全局性的统摄的话，这样的书写不就成了琐屑不堪的有一说一？有一说一如果还是一位成功进城的人士出于忆苦思甜的心理而说，甚至大说特说的话，这样的书写只能是一次最沾沾自喜，也因而是最腐败的写

---

[1]　翟业军、张长青：《为时代立心——路遥的文学遗产》，《天津文学》2009 年第 12 期。

作。腐败的写作就算写上一万遍，也不可能开启一丝半毫的洞见。于是，围绕着那个"元叙事"，刘庆邦流水作业一样地制造出一个又一个的进城故事，却从来没有反省更不会意识到他所写的进城故事究竟是什么性质，为什么注定如此悲怆和惨烈。这一点，我们从《红煤·后记》一文可以看得分外分明。在此后记中，刘庆邦上溯到明初，说朱元璋规定，农民耕作"不出一里之间，朝出暮入。作息之道，互相知晓"。由此一点，他"斗胆"做出了一个判断："我国几千年的历史，从某种意义上讲，就是一部进城和反进城的历史。"这一判断看起来极具概括力，其实太过荒谬。首先，朱元璋的峻法意在抑制游民的滋生，无关乎"进城和反进城"，因为他自己就是从土地和宗法制度游离出来的游民，游民的破坏力他再清楚不过了。其次，传统时代的乡下人压根没有"到城里去"的冲动，阿Q和老通宝都视进城为畏途，只有随着现代性的降临，"到城里去"才成了绝对律令。再次，刘庆邦那一代人灼热的城市梦，是被那个时代残酷地剥夺农村，支援城市，并坚决地阻断农村人口向城市流动的通道的政策点燃的，把那个时代的政策和明初的峻法炖成一锅粥，是对那个时代的特殊性的忽视，更是对高加林，也包括刘庆邦自己在内的一代人的唐突。

刘庆邦不仅要以当年的苦来确证如今的甜，还要用至今仍旧困守农村的人们的苦来进一步落实自己的甜。当然，刘庆邦不会笨到直接去嘲笑城市梦断的人们，不仅不嘲笑，他还要赞美，还要抒情，就是这样的赞美和抒情给他赢来极大的文学声誉。可是，谁又能想到，赞美的背后可能是蔑视，抒情的前提说不定是幸好我已经不是你？仅举一例。

刘庆邦最著名的作品莫过于以唯一的满分获得第二届鲁迅文学奖的短篇小说《鞋》。刘庆邦说，《鞋》写的是"诗趣的美，农业文明的美"，许多不明就里的读者确实就是被这样的美打动的。不过，问题来了：作为一个自小就认定"城市在高处，农村在低处。人往高处走，水往低处流"的人，刘庆邦会打心眼里认同并感动于"农业文明的美"吗？让我们先看小说的开头："有个姑娘叫守明……"寻常不过的开头，其实浓缩了整篇小说的症候，让我来一步步地推演。故事说的是一个叫守明的姑娘的萌动和羞涩，憧憬和失望，可是，那么缠绵悱恻、欲说还休的，连女性本人都不一定掯得清楚，更不用说直视的女性心理，怎么可能被一个男性叙事人一五一十地知晓？更何况男性叙事人正是这位女性的思慕对象，从情理上说，他应该对这一切一无所知的。而且，男性叙事人凭什么进入原本是禁地的女儿心,却对自己的心理完全地缄默?我们都知道,缄默者一定是安全的,被打开的对象却是被审视、被狐疑、被塑造的。要回答这些问题,还得从这个开头所奠定的过去完成的故事时态说起。所谓过去完成时,就是叙事人站在时间的这一头,向我们讲述一段他不说就早已湮没了的往事。正因为是过去完成的,故事就算再激荡、再浩渺,也是被尘封的,不可能波及叙事人——早已完成的故事不具备正在发生时的不确定性以及由此带来的攻击性。故事丧失了不确定性和攻击性,叙事人就能整个地掌控故事,从而绝对地高于故事。故事完全置于叙事人的掌控之下,故事的客观性便无关紧要了,叙事人的态度才是故事的出发点和归宿。明乎此,我就可以断定:女性的心理世界大抵出自男性叙事人的揣测和杜撰,而男性叙事人之所以愿意如此丝丝入扣、绵绵密密地揣测和杜撰女性的心理来,是因为这样的女性心理能够满足男性对女性的占有欲,一种哪怕抛弃了你也还是最终极地占有了你的占有欲,男性叙事人就在这样的占有中达成了我原来如此优越的自我确认,至于女性心理原本是怎样的,从来就不是一个问题。果然,《鞋》的后记印证了我的推定——男性叙事人把鞋退给了守明,想象中的她已经满足了他的自我确认的需要,真实的她和她的真实的鞋纯属多余。再往深处说,小说中的男性—女性关系与城市—乡村关系还是同构的,也就是说,所谓的"农业文明的美",其实出自站在城市回望农村的叙事人的一厢情愿的想象,这样的农村想象满足了城市,特别是刚从农村跨入城市的人们的想象,因为只有想象出如此痴情、柔顺、无言的农村来,城市的绝对优越的自我认同才能随之确立,至于真实的农村,跟我有何干系?十多年后,刘庆邦仍旧不能忘情于那双给他带来巨大满足的鞋,写出了《西风芦花》。在这篇小说的结尾,叙事人得知,守明还珍藏着那双被他退回去的鞋,"鞋还是新的,用一块蓝格子手绢包得很精样"。这一细节揭示出女性对于男性、农村对于城市无怨无悔的,甚至越虐越恋的痴恋,这样的痴恋反过来阶段性地满足了被恋者的永无餍足的占有欲。也许,有人会指责我刻薄,那么,我就从反面再来证明一下刘庆邦对女性的倨傲。他有一篇题为《手艺》的短篇小说,就好像是《鞋》的反面。《鞋》写她为他做鞋,《手艺》则写他为她锔碗,做鞋的,鞋被退了,做鞋的人却一直珍藏着被退回的鞋,锔碗的,碗当然会被她珍藏,不,是供奉,你看,过年时,大家看到月兰家桌子上盛供品的碗都是用锔子锔起来的。那一只只被供奉着的碗,就是一颗盈盈欲溢的,被展示、被占有的女儿心,而那个占有者照例隐匿在暗影中——他与《鞋》中的"那个人"一样,都是匿名的,因为匿名,所以是安全的,进可攻退可守。

刘庆邦的小说世界中男性对于女性、城市对于农村的倨傲被落实,他所苦心营造的"农业文明的美"也就随之瓦解了,他那一阕又一阕关于农村的抒情曲,说到底还是唱给自己、唱给城市的赞歌。站在城市回望农村,农村的一半是真实、一半是出于想象,让人心生怜悯的赤诚,让刘庆邦不由得心有余悸:幸好我走了。幸好走了的刘庆邦在追述这一部血迹斑斑的进城史时,坚定地以成败论英雄,走没走得了才是他的硬道理,唯一的道理。于是,他的人物大抵可以分成两大类:走了的刘庆邦和走不了的守明。走了的对于走不了的有一点同情,也有一点优越,更有一点厌恶——守明如果不是默默地珍藏着鞋,而是死乞白赖地缠着他,他会觉得她以及她背后的农业文明美吗?不仅如此,在刘庆邦的笔下,走还是分等级的,走到煤矿是走,走到北京也是走,于是,厌恶也就从北京往下一层又一层地传递:调到北京的厌恶还待在煤矿的,就像《家道》说到的那样,调到煤矿的厌恶还待在农村的,就像《乡亲》所写的那样。在这一座等级的金字塔中,业已爬到最顶端的刘庆邦油然而生一种高等生物的优越感,一种哪怕是痛苦也是丰富的,也是那些低等生物们所不配拥有的优越感:"作家发现和承受的痛苦要比一般人多得多。正如人们说的,'生物愈高等,痛苦也就愈大。知识的发展并不能解决痛苦'。"[1]从这个角度说,进城几十年了,刘庆邦始终没有摆脱渴望进城的农民心态,他的那个自己仍然是一个巴望着进城,进了城就赶紧做一些田园乐、农家美之类无病呻吟的文章来愉悦自己的庸俗的自己。

三、虚伪的自己

从豫东平原的农民成长为北京的著名作家,个中太多的艰辛和屈辱,刘庆邦冷暖自知,所以,他的创作有柔美的也有酷烈的,酷烈是对于一路风雨的逼视,柔美则是对酷烈的抚慰。正是酷烈一路的小说,比如《走窑汉》《玉字》,给

---

[1] 刘庆邦:《痛苦一回》,《当代作家评论》1990年第5期。

刘庆邦带来最早的文学声望,也代表了他的最高水平。不过,刘庆邦终究缺乏逼视残酷真相的勇气和决心,从《走窑汉》以小蛾的跳楼身亡突兀作结,《玉字》的最后多少有些"男孩子气"地出现两个持枪人等,我们可以看出他的目光在犹疑,在躲避。其实,刘庆邦自己也不太看重酷烈一路的创作,他认为,"……短篇小说的最高境界不是抓人,而是放人",那些酷烈的作品把读者"抓"得太够呛了,所以,他"更喜欢一些放人的小说"。什么是放人?刘庆邦说:"就是让人走神儿。能让人走神儿的作品是最好的作品。"①"走神儿"毕竟是一个太过费解的说法,他接着罗列了三部让人"走神儿"的经典:契诃夫《草原》、沈从文《边城》和史铁生《我与地坛》。在另一个场合,他又着重强调了沈从文的魅力:"沈从文的小说让我享受到超凡脱俗的情感之美和诗意之美,他的不少小说情感都很饱满,都闪射着诗意的光辉。大概我和沈从文的审美趣味更投合一些,沈从文的小说给我的启迪更大一些。"②至此,我大概可以总结,在刘庆邦那里,只有"超凡脱俗的情感之美和诗意之美"才能让人"走神儿"。可是,沈从文何曾"超凡脱俗"过?你体会不到"这个人也许永远不回来了,也许'明天'回来"的孤苦?体会不到秋天来时菊花开遍了一地。主人对花无语,无可记述"的绝望?体会不到他所有的创作中流淌着的楚人命定的悲哀?不单沈从文,你体会不到《草原》中让人发狂的无聊?你体会不到《我与地坛》的疼痛、悔恨,以及由血泪凝成的不放下又能怎样的开悟?要么是肤浅得愣是领悟不了,要么是轻薄地远远绕开,刘庆邦硬是把沉重、晦暗、无望的生命感悟化为轻情的一笑,并在此一笑中优哉游哉地走起神来。刘庆邦的自己,实在浅薄得惊人。

浅薄的人绝无意愿也没有力量甚至根本就想不到去蠡测世界之深与人心之微和危,他说来说去,一定都是在说他自己,所以,浅薄的人又是颟顸而自得的。如此一来,我们就能理解,刘庆邦笔下为什么常常出人意表地涌现大段大段的风景描写——这些风景与那些压根无心看风景的人物们没有任何关联,而是得意扬扬的刘庆邦在欣赏,在把玩。比如,《红煤》说到周老师带着通讯员学习班的学员去爬山,站在山顶,宋长玉鸟瞰矿区:

① 刘庆邦:《短篇小说之美》,《理论与创作》1999年第5期。
② 杨建兵、刘庆邦:《"我的创作是诚实的风格"——刘庆邦访谈录》,《小说评论》2009年第3期。

矿区的建筑错落有致，像是一幅画。这幅画最好用木刻的版画来表现，只有版画才显出一种有力度的美。版画也不必套色，只有黑色和空白就行了，白和黑的明暗对比，最能体现煤矿的特色。如果非要套色，可以在红旗那里印一点红，就足够出色。

宋长玉当然有可能把矿区看成一幅画，可是，如此精细的琢磨、比对，显然只能出自有足够多的闲情的刘庆邦的后设视角，而与正在处心积虑、心无旁骛地往上爬的宋长玉无关。如果说这样的风景描写只是生硬了些，并无伤大雅的话，那么，另一些风景描写则居心叵测多了。比如，《哑炮》写矿工单调、沉闷、黑暗如长夜的劳作，突然来了一段想象中的风景：

> 他们伐的是变成了煤的木头。他们愿意沿着伐木的思路想一下，在想象中，他们仿佛来到了一眼望不到边的树林里。树林里有参天树，也有常青藤，分不清是树连藤，还是藤缠树。树林里鸟也有，花也有。长尾巴的大鸟翩翩地飞过去了，眼前的各色野花一采就是一大把。花丛中还有一股一股的活水，活水一明一明的，如打碎的月亮的碎片。

我想，没有人会相信这一大片诗意的风景会出自做牛做马的矿工的想象吧，它们只能生长并摇曳在"超凡脱俗"的刘庆邦的心中。但是，刘庆邦硬是把自己的天马行空塞给了没有丁点话语权的矿工，这是对矿工的精神强奸，更是以诗化的方式把他们的痛苦和愤怒黑洞化了，于是，天下一片太平，刘庆邦可以安安心心地"走神儿"了。由此，我可以肯定地说，"走神儿"就是怯懦的人在真相面前闭上了双眼，更是怯懦的人终于露出了狰狞的一面，一举扑杀了他不愿直面的真相。

可是，总有一些真相是无法回避的，也总有一些矛盾是无法调和的，怎么办？刘庆邦自有对付的办法。比如，《神木》写两个歹人专门骗"点子"去小煤窑挖煤，在挖煤的时候伺机杀死"点子"，然后制造事故的假象，以"点子"亲属的身份向急于了事的矿主索赔。这本是煤产区权钱交易的生态必定会导致的寻常黑幕，捅破这一层黑幕，刘庆邦也就揭开了权钱联合起来吞噬一个又一个生命的触目惊心的真相了。不过,刘庆邦哪有那样的雄心和良知,他早就开始一点一滴地渲染这个少年"点子"的纯真、善良,并用他的纯真、善良水滴石穿地感化其中的一个歹人,最后让这个歹人瞬间醒悟,杀死了另一个意欲行凶的歹人,于是,原本无法调和的矛盾,被一个心狠手辣的歹人靠不住的恻隐之心轻而易举地化解了。如果说以恻隐之心推动歹人醒悟,还只是跟与虎谋皮一样稍微有些牵强罢了,刘庆邦让那个歹人自杀,并让歹人给"点子"留下一段情深意长的遗言——"我死后,你就说我俩是冒顶砸死的,你一定要跟窑主说我是你的亲二叔,跟窑主要两万块钱,你就回家好好上学,哪儿也不要去了"——则纯属人性华彩的假性喷发。在人性华彩的假性喷发中,刘庆邦自己的情感被推向虚幻的高潮,人性本身却被当成璀璨的烟花放掉了,既然放掉了,就没了,要知道,无节制、无底线地拔高人性,从来就是对人性的蔑视和诛杀。这样一种在小说快结束时用人性无来由的觉醒来调和不可调和的矛盾的"曲终奏雅"的做法,是刘庆邦的惯用伎俩。比如,《遍地月光》是一部地主羔子金种的求偶记,背负着阶级原罪的金种的求偶注定要以失败告终。不过,不要急,刘庆邦早就准备好了一个寡妇,这个寡妇一定会在小说的结尾处突然被金种的悲伤打动,并同意嫁给他。再如,《沙家肉坊》里的矿工马安阳的骡子瘸了,他不忍心把心爱的骡子送进肉坊,他的情妇杨妹喜就让自己的丈夫牛有坡去卖,牛有坡本是个粗枝大叶的人,却被肉坊杀骡子的惨象惊呆,又把骡子牵了回来。这一次恻隐之心的大喷发不仅救了骡子一命,更感动得那一对情人断了苟且,人性感天动地的伟力,竟至于此。

其实,唱一唱人性颂歌倒也无伤大雅,可是,你总不能写别人时要求别人那么人性,到了自己这里,却因为人性会给自己带来不堪的重负,自己就不愿有人性,不敢有人性,更一个劲地编排人性的不是啊。刘庆邦自己对人性的不信任感,在《家道》中挑得很分明:"我想让人们知道,人间的亲情是多么有限,是多么靠不住……由此可见,所谓责任感是多么无奈,多么勉强,又是多么虚假。"明明知道亲情有限,责任感多么勉强,可是,你就是不去推己及人地体谅世人的不得已的冷漠、世故,而是变本加厉地索求他们的人性,这是明目张胆的作伪,更是赤裸裸的道德敲诈。刘庆邦的自己原来又是如此的虚伪,所谓诚实,根本就是一个笑话。

刘庆邦有一篇题为《拾豆子》的短文,写他和妻子在雨后的京郊田野散步,来到一块割过的豆子地,童心大发地拾起了豆子。他说,他们不在意豆子本身,他们家有挺好的豆子,老也想不起来吃,他们拾起的"是记忆,是乐趣,是童心,是一种比豆子宝贵得多的精神性的东西"。我想,穿越豆子本身,一眼看到据说比豆子宝贵得多的,属于自己的精神性的东西,正是刘庆邦小说创作的一贯思路。在刘庆邦那里,农村、煤矿等书写对象都是他的一袋老也想不起来吃的豆子,他无意于这些对象本身,那个对象之外、之上的,能够如此深情地、优雅地把玩对象的自己,如此诗意的、有同情心的自己,才是他念兹在兹的。所以,我们完全有理由把这一个小小的故事,看作刘庆邦为自己的文学世界勾画的一幅最逼肖的速写。

刘庆邦如此钟情于自己,执着于自己,必然的逻辑后果就是强调忠实于自己,并由此水到渠成地拈出诚实的命题来。其实,喋喋不休地说诚实,是一种吃力不讨好的俄国态度,只有俄国态度才格外珍视为人和为文的一致性,而法国态度从来就把人和文区分得一清二楚。不过,俄国态度的基本前提是对自己的怀疑,甚至是极其苛刻的否定,就像布宁说托尔斯泰犯了一种"圣人之罪"[1],他一直在用瓦片刮自己的罪孽的脓疮,像约伯一样战栗,所以在俄国人那里,自己从来就是一种靠不住的东西,哪怕是托尔斯泰的自己,忠实于自己就是忠实于虚无。而刘庆邦的自己已是如此善变、庸俗和虚假,他却从来不去反思,反而要求忠实于自己,而且,他所谓的忠实还为他引来一大批拥趸,我想,这正是一种可笑又可哀甚至可怕的态度吧。

---

① 【俄】布宁:《托尔斯泰的解脱》,陈馥郁译,辽宁教育出版社 2000 年版,第 33 页。

复制的写作
——迟子建创作局限论

1964年元宵节出生，1986年借着《北极村童话》惊艳文坛的迟子建，年纪不算太老，却早已跻身"德高望重"的老作家之列了。二十多年来，中国文学这个主义、那拨浪潮轮番登场，冷不丁还来个"断裂"，格局虽是往"小"处、"细"处走，读者也渐寥落，热闹却是依旧的，变化更是"一夕数惊"。面对文学场内外天崩地裂的大变局，迟子建我自岿然不动，一径用温暖、诗意的语言，讲述一个又一个"忧伤而不绝望"①的故事，顺带着三摘鲁迅文学奖，一捧茅盾文学奖，极一时之盛。我的任务是看看这位"北国的精灵"如何又凭什么能够处变不惊，自顾自地沉浸于属己的文学世界中，而这样的世界又给当下文学带来了哪些启示，抑或是警示。

一、复制举隅

迟子建产量惊人，每每让人心生疑虑：她哪里有那么多的故事要讲，莫非被山鲁佐德的精魂附了体？其实，只要仔细考量这些作品，我们便会发现她的写作很多时候就是复制，细心的人们可以一一罗列出她所凭借的母本。复制的写作当然轻省，可以批量化生产，复制出多少，我们都不必奇怪。而且，古往今来的小说汗牛充栋，这里抓一篇，那里切一段，改改头，换换面，谁能看得出来？只是，金发碧眼的洋人穿上东方的衣冠，陈死的人又借尸还魂，上演一出

---

① 谢有顺：《忧伤而不绝望的写作——我读迟子建的小说》，《当代作家评论》1996年第1期。

现时代的好戏,会不会有点不伦不类? 复制的写作能有多少诚意和原创精神可言? 当然,你可以反诘说:这是高标准、严要求了。

迟子建的复制,大抵可以分成三类,容我由轻及重、由隐及显地一一道来。

第一类是小说整体结构和情绪的挪用。挪用而成的复本,与母本有大致相似的脉络和情调,具体的人物、故事却不尽相同,因而隐藏较深,很难发现。此种挪用说重了是复制,说轻了是化用,是融会贯通。说法大可不同,原创精神的缺失则是板上钉钉的事实。

比如,发表于 1991 年的《树下》(初版时更名为《茫茫前程》),是迟子建的长篇处女作。2001 年《树下》再版时,她在《自序》中说:"我愿意在这座已经陈旧的老房子里点起一簇炉火,约你在炉旁小憩,喝一杯清茶,共叙光影斑斓的往事。"什么样的往事呢? 就是少女七斗在母亲死后,先后流离于惠集小镇、斯洛古、白卡鲁山、白航船和农场,经历父亲暴毙、被姨父强奸、朱大有杀人案、结婚第二天即离婚、老船长自杀、儿子多米病死等诸多变故,一步步成为沧桑到纯净、柔软得坚韧的成年女性的成长史。在成长旅程中,种种苦难沉入逝川,消磨掉锋利、冰凉的棱角,竟也有了抚慰人心的暖意。在成长的梦里面,天堂里的姨妈不再吝啬、刻薄,就连姨父也不再是阴冷的淫魔,他们一起构成另一种奇异的安稳。这一满眼凄凉实则潜隐着温暖,处处险恶其实有着笃实、明亮的相信的女性成长史,与《青春之歌》之类充斥着否定、决裂和仇恨的成长故事是多么的不同啊,作者该深藏多少绵延不竭的爱意,中国文学又发生了何等天翻地覆的变迁。不过,令人沮丧的是,这一"爱的创造"大抵挪用了帕斯捷尔纳克《日瓦戈医生》的结构和情绪,七斗就是一位女性的日瓦戈医生。不信请看,日瓦戈不也是孤儿? 他的一生不也在西伯利亚、莫斯科、瓦雷金诺、尤里亚金、大森林等地转徙,就是找不到自己的归宿?《树下》以母亲的葬礼开始,给小说皴染上一股湿漉漉的哀愁,更给七斗一个无望、孤独的前程,《日瓦戈医生》的开头不也是母亲的葬礼,暴风雪中的死亡不也给小说以及日瓦戈的一生带来一种俄罗斯特有的忧郁和荒寒? 白卡鲁山下的小木屋里七斗的寂寞和温暖,不也像日瓦戈深夜坐在雪原中的小屋里写作,觉得自己是"幸福的、强健的和平静的",因为有四匹狼在长嚎,有拉拉和卡坚卡纯净的酣眠? 有人会说,这些"疑似"只是巧合嘛,有什么好大惊小怪的。那么,让我们来看看迟子建在 2001年 1 月 13 日的日记中的"不打自招"吧:"这一段时间又读了一遍《日瓦戈医生》。最早读它,是在北京鲁迅文学院求学期间。"①这里有两个有趣的时间点。(一)"在北京鲁迅文学院求学期间",也就是1987至1990年之间,迟子建读到了《日瓦戈医生》,其后不久,她开始创作《树下》这部深镌着帕斯捷尔纳克印记的小说。(二)"这一段时间",即2001年1月13日之前的一段时间,正是《树下》再版之际,再版《自序》就写于2001年1月2日,而在此时重读《日瓦戈医生》,一定是因为《树下》又勾起了她的帕斯捷尔纳克记忆。重读,是对那段挪用往事的不由自主的追怀。

顺理成章的疑问是:《树下》对《日瓦戈医生》仿得像吗?姑且不论户籍制度死死地缚住国人,七斗绝无浪游的可能,单说在充斥血腥和罪恶的时代苦苦寻求着灵魂的自由和永恒的休憩的"圣愚"日瓦戈②,被简单化为心高气傲又逆来顺受的七斗,那么艰难、执拗的精神苦旅,被简单化为一段"光影斑斓的往事",就让人实在是哭笑不得了。这一太过简单的处理方法,正源于作者心智和情怀的简单,她根本理解不了伟大的母本:

> 评论家们都喜欢把这部书当作一部"政治"书来看,因为它写到了十月革命,写到了一代知识分子对革命的态度。但我今天宁愿把它当作一部辛酸的爱情小说来看待,因为哪个时代没有哪个时代的悲剧呢!③

《日瓦戈医生》怎么会是"一部辛酸的爱情小说"?此种误读正好提醒我们,迟子建的复本恰恰讲述了一个辛酸却浪漫的爱情故事,那个鄂伦春小伙骑着一匹白马疾驰而来,才是让七斗乃至迟子建面颊潮红、心动如兔跃的动人画面。浪漫只是迟子建"东施效颦"时紧皱的眉头而已。

再如,《逝川》是一篇精巧得透明的短篇小说,不,是玉雕。逝川上一年只来一次的泪鱼下来了,每户人家捕上几条这种闪着蓝幽幽的光、呜呜哭泣着的鱼,再放回逝川,就能求得一年吉运。老吉喜也备好渔具,准备捕捞,却被唤去

---

① 迟子建:《我伴我走》,中国青年出版社2002年版,第247页。

② 【美】汤普逊:《理解俄国:俄国文化中的圣愚》,杨德友译,生活·读书·新知三联书店1998年版,第235—241页。

③ 迟子建:《我伴我走》,中国青年出版社2002年版,第247页。

给胡刀老婆接生,偏偏产妇难产,仿佛跟渔汛较劲。等双胞姐弟终于落草,老吉喜来到逝川边,泪鱼早已灵巧地摆动着尾巴,飞快地游向下游。望着空荡荡的渔网,老吉喜很想唱上一段歌谣,"可她感觉自己已经不会发声了"。但是,如此精巧的构思,却来自拉克司奈斯的《青鱼》。一样的渔村,一样的一年一度的渔汛,一样的年老的女人,老女人一样地拥有过最茂密、蓊郁的青春,最后一样地老去,成为由渔汛点燃的生命狂喜的局外人。我想,迟子建对于这篇被收入流传极广的 1981 年版《诺贝尔文学奖金获奖作家作品选》(信德、仲南编选)的小说,一定不陌生吧? 如此抽象化地书写人之一生,书写韶华逝去的落寞甚至绝望,也一定是受了它的启发。只是,《青鱼》的结尾,拉克司奈斯让老卡达放声大哭,仿佛倾吐出整个大地的悲苦。这是没有任何东西能够填补的巨大空洞。这是只有自己能够体会的最彻骨的绝望。生之恐惧,莫过于此。迟子建却让老吉喜突然看到她的木盆中竟有十几条蓝色泪鱼在悠闲地舞蹈,她忙把这最后一批泪鱼放回逝川,世界便"沉浸在受孕般的和平之中"。迟子建刚刚通过拉克司奈斯的"快车道"直抵生命本相,却又不敢逼视,匆匆遮掩起来,继续着优雅、香甜的美梦。复制的写作,终究是无力的。

　　第二类是小说中某些片段的复制。如果说前一种挪用好歹还要重新设计人物、场景和氛围,多多少少有些创造性因子,此种复制就实在没有一丁点的技术含量了,也非常容易被发现。这真是让人百思不得其解:都"老革命"①了,还要如此复制吗?

　　单以《伪满洲国》为例。第六章第二节写到杨三爷进城进货,杨三娘勾引小杨浩。杨三娘是这样出场的:

　　　　她穿一件绿底白花的肥裤子,一件白底紫花的祆罩,十个指甲涂得油红,脸上也是刻意修饰过了,眉又粗又黑的,不过一条描得长了些,另一条则短了。粉和胭脂涂得不均匀,弄得红一块、白一块的,她把嘴唇涂得像猪血一样紫红,鬓上还插了三朵纸花,一朵红,一朵黄,一朵绿。

---

① 　文能、迟子建:《畅饮"天河之水"——迟子建访谈录》,《花城》1998 年第 1 期。

　　杨三娘不就活脱脱一个虎妞？勾引祥子的那个晚上，刘四也恰巧走亲戚去了，虎妞精精细细，与杨三娘别无二致地打扮起来：青洋绉肥腿的单裤，浅绿的绸子小夹袄，脸上擦了粉，比平日里白了许多，嘴唇涂了胭脂，那红唇让祥子"心中忽然感到点不好意思"。写一个老、丑、荡的女人，就没有别的办法了？杨三娘引诱杨浩的方法，也与虎妞如出一辙：做几个好菜，沏一壶好酒，把愣头青灌醉。不喝吗？虎姑娘循循善诱、恩威并施："你个傻骆驼！辣不死你！连我还能喝四两呢。不信，你看看！"杨三娘也是不由分说的："你尝一口，尝一口就知道它的好处了！"愣头青很快就醉了，老女人得成好事。只是，虎妞勾引祥子，是一个泼辣、剽悍的女子紧紧把攥住所剩无几的青春的孤绝努力，说到底还是柔弱的、委屈的，丑陋的行径其实隐隐透着点美丽。杨三娘则因为三爷这些年"身下的活儿越来越不济"，熬不住，就丑得惊人了。而且，杨三娘会如此赤裸裸地勾引学徒、继子杨浩吗？安排这个丑陋的场景，对于情节的推动、人物性格的展开有什么用？这种复制实在愚蠢。

　　第九章第一节写到杨靖宇身陷绝境，棉鞋的鞋底裂了，鞋帮碎了，只能用绳子捆起来，没有吃的，就靠草根和树皮充饥，腿上的伤口溃烂、流脓，裹伤口的破棉絮与肉烂在一处。但是，天大的劫难也打不倒他，他有想象啊，他用想象为自己营造出一个春天里的大花园。这里有婆娑树影，扑鼻花香，此起彼伏的鸟鸣，飞来飞去的蝴蝶和蜻蜓，顽皮的小松鼠还钻进他的裤筒，柔软的长尾巴把他抚弄得麻酥酥的。这座大花园更是天方夜谭一样的灵异世界，小草就是阿拉丁神灯，采下一棵对着月光轻轻一吹，就能心想事成。于是，奇迹出现了：

　　　　杨靖宇将第一棵草吹过后，他看见了一双崭新的棉鞋；第二棵草顷刻间就化成了一桌美味佳肴，鲫鱼汤呈奶白色，红烧猪肉呈金红色，雪白的馒头比天上的云朵还要丰莹，桌上还有琥珀色的美酒，有比水晶还要透明的杯子。杨靖宇吹的第三棵草，化成了一匹威风凛凛的战马，马鞍上配备着精良的武器，他骑上去，在电闪雷鸣中杀出重围，摆脱了日伪军的层层堵截。

　　看到这儿，大家都会莞尔：这不就是卖火柴的小女孩，燃起一根火柴就看到一个美妙的梦境？如此耳熟能详的童话也敢拿来复制一把,胆子太大了吧。而且,铁骨铮铮的抗日英雄怎么就成了卖火柴的小女孩,安徒生美丽到寒冷的故事怎么被改造得如此粗俗、做作？暴殄天物的水准真是到家了。

第三类是从结构到细节、从情节设置到人物性格刻画的全方位复制。如果说片段的复制还无损于整体结构的原创的话,这种复制则彻彻底底属于文字垃圾,暴露了迟子建写作的虚伪和苍白。这样的作家竟然享有如此盛誉,真是中国文学的悲哀,更是批评家的失职,甚至渎职。

比如,荣获第二届鲁迅文学奖的《清水洗尘》讲到,礼镇人每年只在腊月二十七洗一回澡,天灶从来都洗大人的剩水,他今年下定决心,一定要用一盆真正的清水洗澡。奶奶第一个洗完,让天灶就着脏水洗洗。天灶未搭腔,把水倒掉,为妹妹天云放好水。这时,蛇寡妇来请父亲补澡盆,父亲在母亲的白眼下嗫嚅着去了。母亲洗完澡,开始洗衣服了,父亲才满脸黑灰,神色慌张地回来。母亲醋意大发,不肯给他搓背。父亲洗澡时,母亲却一再问天灶,父亲是否在叫她,并甜蜜地嘟囔一句,"真是前世欠他的",走进了浴室。天灶先是听见母亲的一阵埋怨,接着是由冷转暖的嗔怪,然后是低低的软语,最后只有清脆的撩水声。一股极细的水流从浴室汩汩流出,铁质澡盆被撞击出阵阵震颤声。他们终于出来了。天灶看见他们面色红润,眼神既幸福又羞怯,"好象猫刚刚偷吃了美食,有些愧对主人一样"。这个故事完全复制自左拉的《萌芽》啊。《萌芽》第四章写到马赫一家晚饭后在火炉边洗澡。第一个洗的是卡特琳。她毫不在乎地脱衣服,用黑肥皂在身上使劲搓,洗完后赤身走上楼去。紧接着让兰和扎查里同时洗起来,互相搓着,洗完后也像卡特琳一样,光着身子上楼去。最后是马赫洗,妻子一边细说着这顿晚餐的来历,一边给他打肥皂、搓背。她越搓越起劲,全身一点也不漏过,"连屁股沟也都搓到了,就仿佛星期六大扫除时擦她那三口锅一样,要擦得明光锃亮"。他一把搂过她,推到桌边,享受他一天里唯一愉快的时刻。"他说这是他饭后的点心,而且是不用花一个钱的点心。她呢,扭动着软绵的身子和颤动的乳房,稍稍挣扎一下,为了逗乐。"同样是劳累一天(年)之后全家洗澡,同样是孩子们争着洗,同样是母亲给父亲搓背,同样是搓背后的肌肤之亲。更加致命的雷同,是先抑后扬,从凡俗生活中萃取诗意和温情的立意。我想,这绝不会是无意为之的巧合,说是复制,应该不算冤枉。

再如,《踏着月光的行板》讲述了一对分居两地的打工夫妇为了给对方一个惊喜,乘慢车去看对方,结果相互错过,扑了个空的故事。那么兴冲冲而来,那么甜蜜、急切的期待,却换来一场空,但是,就是再空,也是满满当当的,因为有融融的爱意流溢,有怎么也摧不垮的相信打底。这种贫贱夫妻之间微苦、轻甜的爱的喜剧,不就是欧·亨利的《麦琪的礼物》? 不单单构思,就连细节都是照复制不误的。你说一个圣诞节的故事,我就讲一段中秋节的插曲,你让詹姆斯·迪林厄姆·杨夫妇俩相互赠送一条白金表链和一套纯玳瑁、镶珠宝的发梳,我就让这对夫妇送对方一把口琴和一条蓝地紫花丝巾。迟子建为了复制这个精妙的故事,还额外搭上了多少笨功夫啊。她必得安排他俩同时在自己的领导面前露了脸,意外得到一天假期,还必得让他俩没有手机以及一切可能的通信工具,然后踏上一段阴差阳错的旅程。于是,那个原本就巧合得略觉失真的故事,被改造得越发做作、虚伪起来。而且,这种捉襟见肘的浪漫发生在迪林厄姆夫妇这样的小知识分子身上,还是可信的,硬扯到这对农民工夫妇身上时,则太过牵强,使人不禁想问:可能吗? 果然,迟子建后来自述,爱人在世时,他们常常乘慢车去大庆看他的父亲。有次路过松花江,一团落日浸在水中,水面一派辉煌,车厢中旅人疲惫的神色,也被映照得格外安详和温和。当她数年后把笔触落到那一列列果绿色的慢车,和慢车上的旅人时,这一曾经的温暖重又忧伤地回到了她身上,所以,"那对民工夫妻的感情很大程度上倾注了我对爱人的怀恋"[1]。让农民工来演绎作家的情感,当然勉为其难,何况还是一位浪漫到不可救药的作家。此种情感的错置,是身份的倨傲,更是让农民工以"在"的方式"不在"。表现,常常就是遮蔽。"底层书写"是难的,需要技巧,更需要诚心敬意的凝视和关注。这是一位写作者必需的"道德"。

我想,不用再多举例,我们已经可以看清楚迟子建复制式写作的真相了。揭露这样的真相,用意不仅在于重新定位迟子建,而且是要质疑当下装聋作哑的文学批评:是什么样的力量把这样的写手塑造成名作家?

---

[1]　迟子建:《自序》,《名家近作自选集·踏着月光的行板》,北京十月文学出版社 2004年版,第 2 页。

二、"音乐与画册里的生活"

复制的写作不仅指复制别人的作品,还指对貌似深刻、清高实则浅薄、流俗的观念的鹦鹉学舌。缺乏诚意的写作,不会有对于生命和世界的一己体认,更不会有戛戛独造的创见,那就卖弄一些道听途说来的道理吧。迟子建的小说就由这些道理一步步推演而来,道理而非生活,才是她的小说世界的第一推动力。她的道理既是千疮百孔、人云亦云,其小说大厦也就跟着摇摇欲坠了。

西方抒情性文学有两种需要警惕的传统:(一)像"湖畔派"诗人那样吟咏宁静、神秘的湖光山色以及栖居其中的温情脉脉的宗法生活,以此逃避喧嚣、分裂的现代文明;(二)像 D·H. 劳伦斯的《查泰莱夫人的情人》那样神圣化野蛮人、边缘人的生命强力,以此滋养空虚苍白的文明人。诗人、作家或静谧或奇伟的想象,只是在启蒙现代性之外开辟一片审美现代性的"空地",并与前者形成一种美妙的张力,供人性休憩,让紧张松弛,仍属于现代性想象,而非鼓吹复归原始和封闭。不过,这样的传统包含致命的危险:抒情性的自然可能是对真自然的回避,或者说,抒情性自然无意写出一个真自然来,它是立足现代性语境中对于自然的自顾自的代偿性想象。人们往往误把想象当成实存,并进一步把这两种传统简单化为两组粗暴的对立:原始文化/现代文明,野蛮人、边缘人/文明人。对立甚至逐渐沉淀为后者压抑前者,前者拯救后者的"神话"(也是谬见)。既是"神话",就为大众所分享,成为无须反思的本能认知。现代人对"瓦尔登湖"的想象,对城市文明言不由衷的拒斥,都是在复制"神话"。这样的"神话"并非文化保守主义。卡尔·曼海姆说,保守主义的本质特征"在于它通过实用的方式对直接事物和具体事物的坚持","是一种新颖的、对具体事物近乎移情的经验"。[①] 也就是说,保守主义迷恋事物具体、直接的光辉,于此光辉中,开启出现代性的另一种维度,与热衷于抽象和目标的"进步"思想形成呼应,一起组构成新的扎实、绵密的均衡。保守主义原来不是回到过去,更不是故步自封。压抑和拯救的"神话",只是些一厢情愿的浪漫想象,当不得

① 【德】卡尔·曼海姆:《保守主义》,李朝晖、牟建军译,译林出版社 2002 年版,第 77 页。

真的。

可偏偏有人当了真,比如迟子建。她反反复复地传颂并演绎着压抑和拯救的"神话",从来不会反省:真的吗?事情就这么简单吗?这两种"神话"甚至成了她的生命观和绝大多数创作的主旨。让我们先看看她在散文中的直接宣谕吧。她曾在日记里写下这段文字:

> 如果在大兴安岭的密林深处,我一个人走上半天也不会害怕的,因为那里远离凶杀和暴力,而城市却是集中了一切犯罪的行为,发生地往往是公园和远离城市的郊区,卖淫、吸毒、凶杀、抢劫等等。所以城市里没有一处可供灵魂休息的地方,这真是太可悲了。①

密林深处真的干干净净?城市真的没有灵魂栖居处?当然不是,这只是迟子建的怀乡情结作祟,是她对经由无数书籍和影像传播开来的压抑和拯救"神话"的复制。公园和郊区往往云集各种犯罪行径?实在太想当然了,她说不定刚刚看过一部黑帮电影。她在《年年依旧的菜园》中又说,"农民是土地真正的主人",那些坐在咖啡厅里"发着空虚的牢骚"的城市人,则是些"饱食终日"的家伙。她当然不会知道,咖啡馆也可以是"革命的炼金术士"聚啸之处,是诗人、艺术家的灵感的渊薮,现代性思潮于其中蕴蓄、激荡,继而电闪雷鸣。她还自豪地说,从小跟外祖父、外祖母学会了打垄、锄草、间苗、施肥和收割,"我的手是粗糙而荒凉的",她接着又说,"我的文字是粗糙而荒凉的"。她的手是否粗糙、荒凉,我不得而知,要说她的文字是粗糙而荒凉的,那可是谁都不会同意的。就连第七届茅盾文学奖授奖辞都说啦:"迟子建的文风沉静婉约,语言精妙。"她硬是这么讲,还是对压抑和拯救"神话"不由自主的复制——粗糙而荒凉的文字该有一股淋漓元气在磅礴吧?

在小说世界里,迟子建也着力指斥现代文明对于自然领地的大肆鲸吞,揭露"人道"对于"狗道"的傲慢和摧残,这是压抑的"神话",比如《起舞》《额尔古纳河右岸》和《越过云层的晴朗》。她相信,在野蛮人、边缘人甚至疯子身上葆有不灭的纯真,足以拯救这个污秽、堕落的世界,这是拯救的"神话",比如《朋

---

① 迟子建:《我伴我走》,中国青年出版社 2002 年版,第 54 页。

友们来看雪吧》《鸭如花》《疯人院里的小磨盘》《百雀林》《树下》和《晨钟响彻黄昏》。复制"神话",当然得心应手,按章操作就行了,就像她在《额尔古纳河右岸》名为"从山峦到海洋"的"跋"中所说:"写作是顺畅的,几乎没有遇到什么障碍。"顺畅是顺畅了,但是,当我看到不管什么人都能讲出一套契合"神话"的道道来时(《越过云层的晴朗》里,连狗的意识都是"正确"的,它怪罪人类:"没有你们这些人,这树不是好好地站着么? 这树应该是啄木鸟找虫子吃的树,该是老鹰歇脚、燕子筑巢的树,树就该长在山上。"),总觉得荒唐——阿猫阿狗都能讲的"道理",还要你迟子建写这么多小说干什么? 当我看到她把那么多有问题的人塑造成自由的飞鸟、力量的源泉时,更加觉得荒诞——如果这就算自由,不要也罢。

在《晨钟响彻黄昏》里,宋加文绝望于尘埃烟云挡住了星星,"到处都流着脓血"的城市后,在狂想中对"孩子"(多么神圣的名词啊,自从鲁迅喊过"救救孩子"以后)呼喊:"去塞外,那里离天堂更近。"就这样,"神话"变成了行动纲领。《热鸟》中的少年真的走出了"冰冷而规矩的家",抛开爸爸房间里那些羽翼枯干,"感受不到阳光直接的照拂和雨露的滋润"的鸟类标本,去寻找梦中那只美丽、温暖的大鸟。我想,迟子建之所以一再编织"北极村童话",搜寻"额尔古纳河右岸"散落的歌,正因为这都是"塞外"啊,离天堂更近。但是,拯救的"神话"只是笼统地说原始的地方、野蛮或畸零的人蕴蓄着无穷热力,却没有告诉我们有关热力的为什么、哪里来、怎么样之类的情况。"神话"从来是不能深究的。迟子建抵达她的"塞外"之后,自然四顾茫然:传说中的热和力在哪里呢? 她只能描画下她所见的一切,并往神秘处、奇异处去写,因为那是"塞外"之外。于是,她的世界里有能看得见星星的希楞柱,席天卷地的大雪,莽莽的丛林,丛林中纵情奔跑的驯鹿,伞一样的蘑菇,也有排山倒海而来的鄂伦春马队,穿着艳异的神衣、神帽、神裙,敲着神鼓、唱着神歌的萨满,金发碧眼的河左岸的女人,插满了鲜花顺江而下的"如意",更有白夜、日全食、"棒打孢子瓢舀鱼"等奇观。迟子建的小说成了奇观大全,成了一帧帧"原始风景",满足着现代人永不餍足的猎奇心。惯于从图像观看并想象那片高寒地带的人们,终于从她的小说里得到证明:太神奇了,真的这样呀! 难怪迟子建经常为"原始风景"的消逝懊恼不已。比如,她的《马背上的民族》一文,这样说到如今的鄂伦春人:

我看不到那些骑在马上的英武的男人了。他们的民族服装,也只有到了特殊的节日才会被穿在身上。至于传说中的"萨满",也只有到了为外地游客展示民族风貌时,才会披挂上"神衣",做一些空泛的动作,全没了那种与灵魂共舞的"出神入化"的感觉。

迟子建是要他们永远穿上奇装异服,"装疯卖傻",做我们的"风景"啊。鄂伦春人怎么就变成了"他们"?"我们"是谁?"我们"凭什么把鄂伦春人风景化?风景化的动力机制,就是"我们"的倨傲和无知。

迟子建有篇小说叫作《音乐与画册里的生活》。这个题目倒能恰当地形容迟子建的复制写作——她一再演绎的压抑和拯救的"神话",悉心勾描的异域风情画面,都是由通俗音乐(比如乡村民谣)、旅行画册和流行读物提供的现成生活啊,哪些是她自己的?

三、没有历史,哪来日常?

复制也指对自身写作模式的一再克隆。苏童说:"大约没有一个作家会像迟子建一样历经二十多年的创作而容颜不改,始终保持着一种均匀的创作节奏,一种稳定的美学追求,一种晶莹明亮的文字品格。"[1]褒扬也可以从背面读:一个作家怎么能写了二十多年还是一个调子,一种模式?世事改天换地的迁移,生命水滴石穿的变化,怎么就渗透不进她的写作?

迟子建的写作模式就是先铺叙人与人之间的误会、伤害,最后让大家在一种不期而至的契机中谅解、拥抱,生之温情和诗意于是汩汩不息。《驼梁》通过高考落榜生王平的坎坷心路告诉人们,世界再幽暗、寒冷都不要紧,一直朝前走,到了驼梁,就会满眼春色了。《驼梁》实在是迟子建创作世界的元叙事——她所有的作品都欲扬先抑,让我们在跌跌撞撞中直抵驼梁。站在驼梁回望来路,辛酸也显得楚楚动人,不可或缺,就像《世界上所有的夜晚》里"我"所想的:"真正的喜悦是透露着悲凉的"。于是,《白银那》的结尾,乡长一定会原谅马占

---

① 苏童:《关于迟子建》,《当代作家评论》2005 年第 1 期。

军夫妇，因为"他们也是咱白银那的人，我相信他们以后会变的……"《日落碗窑》里，关老爷子一定会烧出一只完美无瑕的碗，"仿佛是由夕阳烧成的"，刘玉香也会平安产下一个七斤半的男婴。《鸭如花》一定会让一只白褐色的鸭子在逃犯的坟头开成一朵美极了的花。《第三地晚餐》中，马每文和陈青一定会回到大卧室，相拥而眠，陈青用金黄色丝线连缀睡衣上的裂口，竟有种惊人的美丽，"既像从天边飞来的一缕晚霞，又像一株摇曳在紫花丛中的黄熟了的麦穗"。《越过云层的晴朗》中，"我"在弥留之际一定会想："我马上要越过云层，去拥抱它背后的太阳了。那里始终如一的晴朗，一定会给我一种住在暖屋子的感觉。"《伪满洲国》更会让破镜重圆，"那铜镜上被斩断的花枝又连在了一起，那阻隔了的云彩又飞涌到了一处"。《世界上所有的夜晚》是迟子建文学世界中调子最阴郁的一篇，蒋百嫂一声"这世界上的夜晚怎么这么黑啊"，是她笔下最凄厉的绝叫。迟子建一定会在小说结尾勉为其难地消解掉苦难，"我突然觉得自己所经历的生活变故是那么那么的轻，轻得就像月亮旁丝丝缕缕的浮云"，世界仍旧是爱的翩翩起舞。不用多举例，我们可以清楚地看到，迟子建的小说都是对那个元叙事的复制。问题是，我们真的能够抵达驼梁吗？或许，驼梁压根就不存在？没有的话，只好生造了。于是，迟子建笔下的转机往往来得十分突兀，由转机带来的诗意也不可避免地显得苍白、做作。她曾在《晚风中眺望彼岸》一文中说："现在我不太喜欢屠格涅夫了，因为他笔下的悲剧人为的痕迹太浓，而且弥漫在作品表层的诗意氛围太明显。"如果把屠格涅夫换成迟子建自己，这段话倒是恰如其分的自评。我想，迟子建要是有自省精神的话，应该不太喜欢自己。

一再复制那个元叙事，不去探究另一种叙事的可能性，迟子建就只能在人物设置、情节安排等方面换换花样，作品的面貌大抵差不多的。有时候，就连人物、情节都是雷同的。比如，《花瓣饭》写三个孩子等待爸爸、妈妈回家。下雨了，爸、妈分别回来，又出去接对方，其间，爸爸还误会妈妈和梁老五有染。就在三个孩子以为爸妈寻了短见，大哭起来时，他们回来了。"爸爸和颜悦色地提着手电筒，而妈妈则娇羞地抱着一束花。"情绪为何一下子好转？原来"爸爸妈妈的头上都沾着碧绿的草叶，好像他们在草丛中打过滚"，不是好像，一定打过滚，你看，妈妈衣裳的后背全湿了，"洋红色因此成了深红色"。这不就是《清水洗尘》，性爱成了屡试不爽的解毒丸？更具讽刺意味的是，这两篇发表时间只隔三年多的雷同小说，竟都登在《青年文学》上。再如，《越过云层的晴朗》写一条衰老的大黄狗"我"对漫漫人生的追忆，追忆里，过往一切人事都如此熨帖人心，就连曾经那么刻骨的仇恨也染上一种伤怀之美。无独有偶，《额尔古纳河右岸》写年届九旬的鄂温克族酋长女人"我"追忆有苦有乐、有爱有恨的一生，一个民族式微的悲怆在追忆的光晕中不再凛冽，曾有的辉煌，比如"你们很了不起，你们的舞蹈能让战马死亡，你们的音乐能让伤口结疤"，从记忆深处稳稳升起。正是这种浑然的柔美使"我"落泪，"我已分不清天上人间了"。我想，小说结尾，酋长女人一定也像大黄狗一样，沐浴于一片"越过云层的晴朗"。用同一种方式重述同一个故事，迟子建难道不厌倦？

迟子建之所以陷溺于自我克隆的泥淖，无力自省，是因为她的去历史化创作取向，使她丧失了多向度挖掘的可能。

说到历史，不能不说它的矛盾项——日常，或者说，历史的意义是在与日常的关联中显现出来的。迟子建正是在历史/日常的张力中思索历史的。她在《伪满洲国·跋二》中说："我觉得只有在小人物身上，才会洋溢着更多的人性之光，而人性之光是照耀这个世界黑暗处的永远的明灯！"也就是说，满洲国历史应该由小人物的日常生活来显现，大人物的"传奇"倒是可有可无的。如此处理历史，确实有种"朴素"的力量，不过也潜隐着危险：日常生活泛滥开来，会不会淹没历史，历史会不会被日常同化、吸收？她在《越过云层的晴朗》的"后记"《一条狗的涅槃》里更直接地说：

> 我并不是想抹杀历史的沉重和压抑，不想让很多人为之付出生命代价的"文革"在我的笔下悄然隐去其残酷性。我只是想说，如果把每一个"不平"的历史事件当做对生命的一种"考验"来理解，我们会获得生命上的真正"涅槃"。

就这样，"文革"这一历史事件被处理成了日常生活中的"考验"。"考验"有多种多样啊，比如高考失败、失恋，"文革"只是"考验"之一种，就失去了它的具体性和纵深。迟子建的写作，说到底是一种去历史化的日常叙事。但是，没有历史，哪来日常？只有在历史的具体规定性的基座上，日常才能舒展开来，怒放诗意之花。日常只能是具体的，无数具体日常的共性，正是人性之恒常。

拆除了历史纵深,摈弃具体性的日常,注定是抽象、干枯的,因而也是虚伪的。迟子建的文学世界就建基于这样的抽象日常之上,没有丰富的可能性,也无力对人性做深度掘进,只能在同一向度反复滑行,不自我克隆,又能怎样? 比如,《花瓣饭》叙写"文革"伤痕,却沉溺于日常生活,略去了"文革"的具体规定性,当然与《清水洗尘》无异了。克隆,就是抽象日常的反复演绎。这样的演绎,是不是对"文革"等历史劫难的回避,或者践踏? 人们也许很难相信,那就听她自述吧:"它(伤痕——引者)可以用很轻灵的笔调来化解。"伤痕怎能用笔调化解,还如此"轻灵"?

再往深处想,历史怎么去得掉呢? 我们就生活在历史之中,被某种历史观所支配,这一历史观要么本着一己心性"争"而后得,要么由"教化""习"得。迟子建刻意去历史化,其实仍被"习"得而非"争"得的正统历史观深深罩住。去历史化,往往就是对历史的无知。比如,她花那么大气力,用小人物的日常生活编织的"伪满洲国"历史,其实还是正统的历史叙事,未曾稍稍逾越。这里有大屠杀,细菌实验,开拓团,既战战兢兢又不可一世的傀儡皇帝,国民党间谍,人性不泯的日本兵,更加不会缺少艰苦卓绝的东北抗日联军。就连溥仪的情报,都好像经过筛选,符合"政治正确":"他曾听人说,给共产党打江山的都是土八路,两腿都是泥,满手是老茧,扛枪打仗不要命。"就是这些碎片,被嵌进日常的肌理,形成一部看似驳杂、多端其实非常主流的历史叙事。这一叙事只是对于我们从小到大习见的主流叙事的复制而已,绝无惊奇。

综上所述,我们可以看到,迟子建的创作集复制之大全。这里既有文字的复制,也有观念的复制;既复制别人的,也复制自己的。说明这一点,并非与迟子建过不去,而是要给当下文学提一个醒——真正的文学精神在于创造。由此生发出来的沉思是多角度的,比如,我们的文学奖究竟要激励一种什么样的文学取向?

最后还要声明,复制不是剽窃。创作本是难事,化用前人,是创作的本然路径。不过,化用的境界有高低之分。高明者,化用母本却不入母本的窠臼,另创一片天地,是所谓"夺胎换骨""点石成金"。平庸者,化用了却没有能力别开生面,是所谓的复制。复制是当下文坛的普遍现象,反映了作家想象力的匮乏,换言之,文学创新遇到了瓶颈。

去价值化与价值的催眠术
——论方方《武昌城》

这是一次勉为其难到捉襟见肘，捉襟见肘到千疮百孔、漏洞百出的写作。

你看，原本就是一个近八万字的中篇，发在《钟山》2006年第6期上，可是，有人"诱惑"了：你写得很好啊，为什么不写成长篇呢？方方不由心动，便在"守城"之外另起炉灶，写出一个篇幅大致相当的"攻城"，有"守"有"攻"，也就合璧出一幅完整的战争画卷。同一件事从不同角度或者由不同人去说，本是寻常的叙事技巧，就像福克纳在《喧哗与骚动》，李锐在《无风之树》中做过的那样，方方的按章操作虽无新意，倒也无可厚非。不过，方方忘了或者说从来就没有想过，当且仅当多重视角之间注定会发生矛盾、龃龉、冲撞和驳诘，一种巴赫金意义上的祛除了独白的复调得以生成，一种德勒兹所说的斩断了树状逻辑的块茎结构得以恣意地匍匐、蔓延、交织、回旋，从而一举揭穿宏大叙事的虚浮和矫饰，并绽露出真相的复杂和暧昧的时候，视角的倒换才是成立的，也才是有意义的。可是，在方方的攻守之间，除了一出现就死掉的袁宗春以及偶露峥嵘的孟洋人算是为双方扯上一点关联而外，攻城的一方兀自在一种莫名的意气风发中奋进、牺牲，守城的一方则在一种绝对的无望中下意识地、茫然地抵抗，两个故事基本上没有交集，更谈不上什么冲撞和驳诘，我甚至可以认定，它们压根就是两个毫不相干、自说自话的故事，两张任意揉弄到一处去的光滑、清爽的皮，方方就是找来最强力的胶水，也无法把它们黏成一体。这一点，方方倒没有避讳："我准备以两个独立的中篇来展示这场战事。"不过，方方不会忘了吧，你可是一直在说你写的是一部长篇啊，难道把两个独立的中篇搁到一起就能凑成一部长篇，只是因为它们写了同一场战事？那么，同理，我们岂不是可以把果戈理的《彼得堡故事》看成一部长篇小说，因为那些长长短短的小说都在描述光怪陆离的彼得堡，而茅盾的《幻灭》《动摇》和《追求》则是一部响当当的鸿篇巨制,因为它们完整地再现了"大革命"的高潮和败落? 长篇之为长篇的特质如果只在于长,而且越长越好的话,我倒建议方方不妨再换一个乃至多个视角接着写下去,写写溃逃孝感,妄图反扑无奈回天无力的吴大帅,写写置身战火之外却又因亲友深陷围城而为战火揪心、痛心的汉口和汉阳的人们,如此一路写来,一部中国的《战争与和平》说不定就横空出世了。

是的,我说的是方方的《武昌城》,荣获第二届《人民文学》长篇小说双年奖的《武昌城》。两个独立的中篇竟然能获长篇大奖,这样的文坛"奇观"最起码应该引发两个层面的思考:(一)我们的文学奖究竟在鼓励什么样的创作取向? (二)作者在拿起笔之前,是不是先要问问自己,什么是文学,什么是小说,什么是长篇小说?

说《武昌城》是一次勉为其难的写作,不仅是指方方把一个中篇的构思生生地弄成了长篇,更是指她对于那场战争,对于北伐,对于整个中国现代史完全是有隔膜的、进不去的,明明在事件的外围打转,还要硬写,这样的写作怎么可能不是隔靴搔痒? 说方方理解不了武昌围城,绝不是我信口开河,让我们先听听方方怎么说:"我恐怕自己对历史的氛围把握不好,对战争的场景描述不真,便没打算写长篇。"没能力写,还是写了,写出来的东西当然经不起任何推敲。比如,方方说,她有个同学指出,把梯子搭在壕沟上面当桥,太不可信了,她去查了一下资料,壕沟有多宽,梯子可能真的不够长,"我就不做声算了"。白纸黑字,不做声就真能算了吗? 再如,受伤后的梁克斯一寸一寸地爬向宾阳门,"往常他三跳两跳就到"的"短短几步路",他爬了一上午。诡异的是,这么短的距离,这么漫长的时间,这么朗朗的白日,他竟会在快到门洞时才"遇见"一个断了腰、正在呻吟的士兵,"说话间"又"发现"几个正在爬行的伤员,要知道,他伤在腿上,头能转动,耳目还是聪明的呀。就这样不知深浅地乱写,方方也怯了,毕竟是写了多年的老手,冷暖还是自知的,那就能回避则回避,能带过则带过吧,哪怕正在关节点或者高潮处,于是,《武昌城》处处都是如此浮皮潦草、不知所云的叙述不像叙述、描写不像描写的战争描写:"前进,肉搏。再前进,再肉搏。直杀得天昏地暗。"

连翻一下资料或者稍微动一下脑筋就不会出错的细节都一错再错,方方怎么可能掌握并吃透整场战争? 我们怎么可能指望从她这里了解并进而理解武昌城? 对此,方方自有一套貌似精致的说辞:"我可以按我自己适合的方式来写,按我所理解的历史氛围和我所推测的战争场景来写。小说毕竟不是原始事件的还原,而更重要的恐怕还是写作者对历史事件的想象。"这样的诡辩术实在不堪一击,因为小说虽然是虚构的、想象的,不过,小说的想象一定是关于现实的想象,一定是从现实中来又回到现实中去并最终在现实中完成自己的想象,这样的想象就是现实本身,甚至比现实还要现实,能够击穿现实的机械、僵死,朝向无限的丰润和弹力飞翔。这一点,亚里士多德早有断言:诗比历史更真实。相比之下,方方的无视现实甚至背离现实的想象则无异于一种沙上建塔、缘木求鱼的谵妄,而我们都知道,精神病学意义上的谵妄正是对于最庸俗的现实以及现实最庸俗的法则的无条件认同,于是,方方所谓的"自己合适的方式"就只能是最习见、最庸俗并因而最荒谬的方式。这样的方式可以是用那些看起来很雅致其实早已被万口传诵得无比扁平、贫乏和做作的诗句来想象和比附那些被战火煎熬得毫无诗意的人们,比如,她会用"无言独上西楼"这样说不清道不明的"别有一般滋味",来形容陈明武痛失爱母的绝望,会连着用"醉里挑灯看剑"的豪情和"念天地之悠悠"的怆然来定位北洋小军阀马维甫的抱负以及抱负被撞得粉碎之后的失落,她还会让已经成为无智老和尚的罗以南适时地想起弘一法师的"悲欣交集",并东施效颦一样地写下"若有若无"四个字,此时,一个我们都已烂熟的感喟犹如背景音乐般响起:"人生代代无穷已,江月年年只相似。"不是说这些诗句不能引,而是说方方这样无节制地乱引、滥引以及只能在常识和流行的范围内引,只能说明她的趣味和想象早已被这些通俗到贫乏程度的诗句凝固,她就是一个不折不扣的海德格尔意义上的常人。方方一直沾沾自喜的属己的想象方式原来如此流俗,如此贫乏,那么,她怎么可能洞穿那场太过惨烈、悲怆因而注定长久地缄默在常人视野之外的围城往事的真相? 方方的想象方式还可以是对盘踞在教科书等体制化的或被体制诱导、鼓励的读物之中的观念的图解,甚至不是图解,而是照搬。当然,她也会寻访一些普通读者不会在意的资料,不过,这些原本可能质疑并刷新资料还是无一例外地被成见收编、重组,成了成见的最司空见惯的一部分。这一点,方方的另一部关于武昌首义的小说《民的1911》表现得更加分明。在那里,方方的历史观全盘照抄"革命史",她会依葫芦画瓢地罗列义和团、火烧圆明园、自力军、《辛丑条约》、同盟会,直至首义,就连小说的细部,比如两位义士正在研读,所读之书也径直从"革命史"中撷取——《警世钟》《猛回头》。这样一来,方方就算写出再多关于武昌城和民国史的小说,也只是在不断地复写"革命史","革命史"及其背后的意识形态才是她不能也不愿走出的"书中之书"。

不过,过分的"革命史"化一定会被读者厌弃,读者早就被"革命史"及其主导的革命叙事败坏了胃口。那么,方方该如何开辟一条既在"革命史"框架之内又能多少中和、冲淡一些"革命史"的说教气的蹊径?

"革命史"是一部一半是魔鬼一半是天使,天使终将消灭魔鬼的斗争史,价值观上的来不得半点苟且的甄别和遴选贯穿于斗争史的始终,价值观本身也在不断的甄别和遴选的过程中得以强化,所以,价值观的分歧才是革命的动力源。到了去深度化的后现代,价值观无可避免地贬值,甚至被抛弃、被狐疑,革命随之成了传说,历史也走向终结。方方捕捉到去价值化的时代潮流,并敏感到去价值化能够冲淡"革命史"的戾气,便果断解除了《武昌城》中各色人等过分强烈的价值呼求。这一去价值化工程,首先是从主要人物的设置开始的。"攻城篇"的主要人物是罗以南,一个心已出家随佛的伪志士,他只关心一件事:"梁克斯呢,他还活着吗?""守城篇"的主要人物则是马维甫,一个既恋恋于表妹又为朋友的未亡人心动的心猿意马的情人,一个既以服从为天职又因服从而身心俱疲并最终开城输城的北洋军官。之所以用这两个软弱、游移、暧昧的视角来追述武昌围城,方方就是要模糊掉革命与反革命、光明与黑暗、圣洁与龌龊之间斩斩分明的界限,就是要告诉人们,革命的未必理直气壮、器宇轩昂,就像梁克斯悲哀地发现,"只有他一个人是为了主义而参战的",反革命的却自有一番铮铮铁骨,就像被俘的守城司令刘玉春接受失败,却不会认错,"因为,他是军人,执行命令是他的天职",他的骄傲,让马维甫羞愧,也像方方借吴妈之口石破天惊般地认定,北洋官兵的阵亡同样是为国捐躯!冲淡乃至泯灭了价值分歧之后,《武昌城》中的人就脱下了志士、反动派等意识形态冠冕,成为各有各的伤痛的凡人,用方方的说法,就是"我们生活当中的正常人",造作的只能是宿命,以及那一撮面目模糊也正因为面目模糊所以实际上空无一物,可以放心归咎的逃兵。就这样,一场壮烈、惨烈的战争就在不知不觉中被改编成了一群"正常人"既在命运的播弄之下相互残杀又在涸辙之中相濡以沫的带点残酷更带着温情的生活剧,在这一出生活剧中,不仁的一定是天地,人间则满满的都是爱意。不信请看,"攻城篇"的故事主干是一个名为"拯救大兵梁克斯"的好莱坞式传奇,"守城篇"的主脑也是救人,拯救暂居洪府的人们,或者是武昌城的生灵,如此一来,人性的灼灼光辉就完全遮蔽、驱逐了原本剑拔弩张的价值分歧,人,只有人本身,才是万物的灵长,才值得方方深情唱诵。在此基础之上,方方宣告了她的文学观:"我只是想把人本身的东西给揭示出来,文学是人学,不是阶级学,也不是某一个派系的学,也不是一个党学。"去价值化之后的剩余物,原来就是人。

文学是人学,一个太不新鲜的命题,而且,方方在旧事重提时没有比前人往前迈出哪怕一小步,比如,她没有想过更没有阐明,人究竟包不包含真实的所指,抑或只是一个空洞的能指? 人是一个理念、一个集合还是一具温热的肉身? 人会不会不仅是光鲜的,更是贪婪、嫉妒、仇恨、疯狂的,而且正是这些人性暗影的烘托才使人挣出概念的泥淖,成为无比丰饶的存在? 从来没有思索过人本身的方方高扬着人性的大旗,就像高扬着一片虚无。虚无不要紧,反正方方也不真是人性的信徒,她反复申说她根本就一知半解的人性,自有一番深意存焉,让我们先来看看她所谓的人性是什么吧。在方方看来,人性首先是对生的执着,一种不管多么艰难都要活下去的执着,那些不管是畏葸还是坚毅抑或超然但说到底都是无比炽热的求生意志才是方方真正悬心之所在。《武昌城》的写作是一种铭记:"让我们从此路过这里,心里会想起他们,想起他们为什么而死。"而铭记正是对于艰难的生的赞颂。人性还是对各有苦衷的生的体谅,一种摈弃所有价值立场,仅仅从生的角度生发的体谅,就像方方明确总结的:"守城和攻城,各有自己的角度,各有自己对事情的看法,也各有自己的痛苦和悲伤。"于是,"正常人"一定是一些处处潜悲辛的好人。人性也是对生的各种准则的恪守,比如忠诚,就像莫正奇不惜一切代价都要救回宾阳门下的伤兵,因为这是曹营长的遗训,也像马维甫拯救了全城生灵,却被众人唾弃,因为他背叛了长官,出卖了兄弟。逐一检视方方的人性观,好像个个都有道理,可是,当我们把这些论点放在一起看时,就会发现方方说的是人性,用意却在于追诘所有读者,并让他们作答:生已如此多艰,为什么非要斗个你死我活,分出一个高下不可? 对于芸芸众生来说,那些是非、黑白又有什么意义? 人是指望离我们十万八千里的价值观还是靠与我们如此切身的准则活着? 只要人们直面这些追诘,就开始被它们背后的潜台词编码了,只要人们觉得方方问得有道理,就已经无条件地接受了她的潜台词——与现实妥协,承认现实以及现实的法则。承认现实,不正是典型的中产阶级价值观? 要知道,中产阶级多么珍视他们的宁静、高雅的现实,多么害怕这一太过美妙以至于脆弱得不堪一击的现实被击碎啊,所以,他们需要编织他们的叙事并通过他们的叙事确立他们的价值观,需要把他们的价值观伪装成普世价值并在不动声色中灌输给时刻威胁着他们的现实的人们。于是,方方和她的中产阶级想到了去价值化——价值去除了,分歧也就消泯了,没有了分歧也就没有了争执的人们冷也好热也好活着就好好地活下去吧,中产阶级的现实随之江山永固。从这个角度说,去价值化的过程就是中产阶级价值观的崛起和灌输的过程。要想去价值化,当然离不开人学,人学一方面让人们体会生之艰难,从而不再执着于一己的价值观,另一方面又让人们在我们都是一样的人的意识的催眠之下,下意识地认同中产阶级这一特定阶层的价值观。所以,哪里有什么客观、明确的人,人从来只是一个冠冕堂皇的幌子,一个空空荡荡的能指,一个把绝大多数底层人排除在外却又好像所有的人都与有荣焉,于是就连被排除在外的人都会心悦诚服地通过它来接受中产阶级价值观。大说特说人,原来是中产阶级的催眠术和致幻剂啊。

最后再提一句,去价值化既是对现实的维护,"革命史"及其背后的意识形态这一最大的现实也就在去价值化的过程中得以维系和巩固。"革命史"的价值观竟然以去价值的方式留存,人性的鼓噪竟然与从来就警惕、贬抑人性的"革命史"并行不悖,中产阶级的消化力真是惊人。

与方方谈《涂自强的个人悲伤》

方方女士：

您好！

虽然未能有幸结识您，但我一直是您忠实的读者和尖锐的批评者——您应该知道，寸步不让的批评原本就是最忠实的阅读的题中应有之义。

在这一封信的开始，我先要衷心地祝贺您走过了精彩的 2013 年，在这一年，根据您的旧作《万箭穿心》改编的同名电影在赢得好口碑的同时，还获得了不少奖项，而您的《涂自强的个人悲伤》(《十月》2013 年第 2 期，以下简称《涂》)被《中国作家》和"中国小说学会"分别评为 2013 年度最佳中篇小说奖的第一名和第三名。不过，正是这篇据说激起了广泛、强烈的反响，其程度可以与路遥当年发表《人生》相媲美的《涂》，触发并加剧了我在阅读《万箭穿心》《声音低回》等作品时就已萌生、滋长的不满，我是如此的错愕和不解，以至于不得不以写信的方式向您一吐为快。学术乃公器，文学无大小，得罪处，请您包涵。

我认为，《涂》是一篇粗糙、生硬、虚假、落伍、做作的小说，它集中并放大了您与底层生活根深蒂固的隔膜，您在写作时不可救药的心不在焉、自以为是，它还再清楚不过地标明，您自以为您生活在世界之中，其实您只是在您自己的世界之中，您一直在他们的世界之外。言长纸短，我的意见分如下三点略述。

一、与五四的"问题小说"一样的浮皮潦草

您用四万多字，分四十节，概述了涂自强从考上大学到大学毕业数年后患肺癌离世的处处潜悲辛的人生。您没有平均分配您的笔墨，一上来，您就花了

168

四分之一的篇幅来渲染涂自强从大山深处徒步走到武汉上大学这一路上所遇到的温暖,描述之不足,您还要借用他的"天真汉"口吻大抒其情:"他觉得自己力量很强大,也觉得这世道上的人十分善良。他想,书上常说人心险恶,人生艰难,是我没遇到还是书上太夸张了?"不过,您蕴蓄如许盈盈欲溢的温情,并不是要礼赞温情本身,而是为了在第十一节涂自强来到学校,解下腰带,抠出一堆沤馊的零钱的那一刻,让它们被无数或惊讶或同情或鄙夷的目光撞得粉碎:"(他)心里突然就胆怯起来。一路走过的信心瞬间消失。"这一瞬,就在这一瞬,"天真汉"才真正地出门远行了,远方有的只是铺天盖地的寒冷,没完没了的疏离。所以,您玩的这一手叫作欲抑先扬,您的重点在于后面的"抑":勾画万恶的城市如何吞噬一个来自乡村的"天真汉",从而提出"这只是他的个人悲伤么"的巨大疑问。不过,姑且不论主题的陈旧和可疑,单说原本就不长的一部中篇,一下子用掉四分之一来打铺垫,在剩下的四分之三的逼仄空间里,您怎么可能把这位"天真汉"长达数年的被吞噬史,以一种令我们信服的方式铺陈出来?被吞噬的过程如果交待得不清楚、不可信,您提问题的咄咄逼人的气势和义正词严的道德感也就要大打折扣了。

果然,在接下来的部分,您省略了所有不得不交代的交代,跳过了所有必不可少的细节,尽量不触及人物内心,坚决不刻画人物形象,就在一种与前文的铺叙绝不相协调的粗线条勾勒中,把涂自强的生命一泻千里地推向终结。于是,我们不知道涂自强学的是什么专业,单知道是理科;不知道他从事什么工作以及是如何工作的,单知道是"电话营销";不知道和他有过交集乃至烙下过印迹的人们叫什么名字、长什么样子,单知道他们是城里长大的赵同学、同样来自乡村家境略好的马同学、从更僻远的大山走出来的中文系女生、校友老板,他们在他的生命中分别执行着映衬、教唆、阻挠之类的功能——您写的真是一部比故事梗概还要粗糙、简单,连概念化、脸谱化都谈不上的小说模样的东西!围绕着涂自强,还发生过太多的死亡、失踪,包括他的两兄一姐、父亲和他自己。在神话、寓言、武侠和侦探小说中,死亡是再简单不过的事,就像阿加莎·克里斯蒂的世界如焚尸炉的烟囱一直飘荡着黑烟,王安忆却说,我们不必推敲何以发生这么多的谋杀案,因为它们与现实无关。到了现实题材小说里,死亡就一定是难的、重的,就像安娜的卧轨、爱玛的服毒,都必须有极精准的情境设置和不得不如此的逻辑。《涂》是要向现实尖锐发声的,却不合时宜地堆砌着过量的死亡,这些死亡又被您三言两语就打发了,比如,父亲突如其来的去世让涂自强错过了考研,这是他人生中最重要的挫折,其后的种种磨难只是这一次摔倒之后身不由己的下滑而已,可就是如此至关重要的转折,您只用"父亲去世了"五个字一笔带过,未做更多解释。我明白,您只是需要一个转折,转折本身倒是无足轻重的,可是,当死亡被抽象成转折之类的情节元素,连一桩事件都算不上的时候,您离现实就已经太远、太远了,您其实是在编织神话,您如果以为这就算是鞭打现实了的话,那就跟用敲锣打鼓来喝退吞月的天狗一样可笑。我也明白,您只是想在人物身上累加无数的不幸,使读者同情、悲愤,只要煽动的效果达到了,不幸本身又何必深究?可是,您如果以为屋漏偏逢连夜雨就算是最深重的苦难的话,那您的苦难充其量只是一些意外、巧合,就像是通俗小说里的烂熟情节,跟现实扯不上多少关联。

行文至此,我想起了鲁迅对于《新潮》上的"问题小说"的三点批评:(一)技巧幼稚,有旧小说的痕迹;(二)"平铺直叙,一泻无余";(三)太过巧合,"在一刹时中,在一个人上,会聚集了一切难堪的不幸"。通过前面的分析,您应该承认,鲁迅的批评几乎可以丝毫不爽地挪用在差不多一个世纪之后才出现的尊作身上。尊作跟白话小说草创期的"问题小说"一样急于提出问题,也一样浮皮潦草、敷衍塞责,以为只要把问题提出来就万事大吉了。可就是如此浮皮潦草的作品,竟会招来一片叫好声,我想,这不单是"方方的个人悲哀"。

二、涂自强的悲伤,您不懂

其实,用小说来提问题本是无可厚非的,小说从来就不是什么不食人间烟火的玩意儿。不过,您的问题与五四作家所提的"这也是一个人?""是爱情还是苦痛?""是谁断送了你?"之类问题有着截然不同之处。五四作家是从"从来如此"、怎么可能不如此的世界中醒转,觉出了令人窒息的肮脏和罪恶,从而不得不发出"便对么?"的追诘,他们每一个问题都不是现成的、公认的,而是从"我"与世界的搏斗中创生出来,甚至只能以疯癫之眼才能看取的,这样的问题创生出一个,就是开启了一种新境界,就是对世界的一次宣战。而您的"这只是他的个人悲伤么?"的疑问,您的"读书无用正以另一种方式在出现,如果不修正,后果很可怕"的忧虑,却是阶层固化时代众所周知的,您不说大家也都看到、都在说的事实,而且,大家可能比您说得更俏皮,更自嘲嘲人,更像是"几乎无事的悲剧"。艺术性不值一晒,问题也不是您的独到发现,那么,您还剩下什么?

更要命的是,您自以为您是在以提出问题的方式,为涂自强这样的"蚁族"鼓与呼,可实际上您自始至终都被隔绝在"蚁族"的世界之外,涂自强的悲伤,您不可能懂,您也不愿意懂。问题随之而来:如果您压根不懂涂自强的悲伤,那么由他的悲伤到"这不只是他的个人悲伤,而是一个时代的悲哀"的推论就显得名不正言不顺了。我这样说当然不是要为时代洗脱罪责,而是说如果真要引起疗救的注意的话,您首先得弄清楚您想要疗救的对象究竟是什么样子的,换句话说,想占题材的便宜,您多多少少还是要做一点案头工作的。

断言您不懂涂自强的悲伤,是因为您笔下太多的细节、桥段都出自您的臆想,严重背离事实。比如,大学宿舍开始流行电脑、手机,就连涂自强也用上了二手货,到他毕业时,单位招人起码要研究生,这些细节说明,您的故事最早始于世纪之交。而世纪之交,中国已经启动大规模的高校扩招,扩招最大限度地稀释了大学文凭的含金量,大学生从天之骄子一下子坠落成教育流水线上源源不断地制造出来的成品,像涂自强这种"又不是武大华科的",至多也就是个半成品。就这么个半成品,村人们怎么可能拿他当英雄,指望他当了大官,回来拯救整个村庄?不相识的深山农妇怎么可能对他稀罕到哪怕自己的丈夫坐一晚,也要让他睡下的程度?更诡异的是,您说到乡土对于大学生的景仰时,您好像生活在二十世纪八九十年代,可是,当您要把大学生毕业生"逼"得无路可走时,您又瞬间穿越到了毕业等于失业的二十一世纪,如此凌乱的时间感,如何能够说服读者?再如,只要说到人与物件的关系,您就一定犯错。第十三节,赵同学搬回一台电脑,与第一次见到电脑的涂自强发生了一次让我哑然失笑的对话。赵说,电脑可以发电邮,打游戏,涂惊呼,太神了,赵又说,电脑还能搜集资料,节省大把时间,对于理科生可是如虎添翼的,涂瞪大了眼睛,说,是吗?姑且不论涂自强在商场、网吧、学校的办公室或者机房都应该见过电脑,单说他对于电脑的功能、意义淳朴到愚蠢的惊讶,就像

171

是《人生》里高加林对刘巧珍说你要刷牙她才知道要刷牙，就足以说明您对他的世界不怀好意的隔膜。刘巧珍的时代，现代性刚刚开始入侵，她置身于现代世界之外，现代之于她是耀眼的，就像一口洁白的牙，却终究不是切己的。到了涂自强的时代，现代性早已重新编码了世界，世界以现代的样子向人们打开，人们也只能现代地生活在世界之中，即便你想反现代，反现代也只是现代的一种极端样态。所以，涂自强与时代的错位不应该在于他对现代的一无所知，而是他明明知道现代是什么样子，应该是什么样子，可就是不得其门而入，我们可以设想，在最极端的情况下，他会去卖肾换一只 iphone土豪金，却绝不会一惊一乍地说，这也能拍照片？能上网？不幸的是，您就是让他一惊一乍了，看来您还是把他写成了刘巧珍，在您的想象中，农村人就是那么土里土气，再过多少年也进化不了。

三、您终究还是属于那优雅的一群

您对涂自强的扭曲更多时候并不是出于隔膜，而是刻意而为之，您就是要把他塑造成一副愚不可及的样子。比如，一个在学校食堂勤工俭学了四年的人，哪里会被宾馆的冷、热水管弄得手忙脚乱、一再求援，可您就是让他洋相百出了。您不仅反复刻画他的滞拙，还要内外夹击，把这一份滞拙彻底坐实。比如，您让那位女同学迈着"轻盈"的步子走向"铮亮"的银色小车，没有任何停顿，依然"轻盈"地跨进去，接着，小车以一个"流畅"的拐弯驶出他的视线，轻盈、流畅、铮亮等一系列形容词叠加在一起，就是要反衬他的令人不忍直视的滞拙——全世界都是流动的，唯独这滞拙、愚蠢的一块被遗忘、被抛弃了。又如，您让那位学生批评他的穷，"连幽默感也这么穷"，他没有反驳，未觉尴尬，相反是打心底里认同："被学生一说，他还真觉得自己很无趣。"连自己都认定自己无趣，而且不以为忤，看来他真是无趣到家了，而且还要一直这么无趣下去。赵同学说他这样的乡下人"又自尊又自卑"，还是太高估了他，自卑到了天经地义、心悦诚服的人，哪有什么自尊可言。

在您的想象中，底层人就应该如此木讷、无知、缓慢、坚忍，无数这样的底层人水乳交融成了一个颠扑不破的滞拙的底层。当然，底层人不是没有痛感，他会问："这世界于自己是哪里不对呢？是哪里扭着了呢？"但您立刻就会让他把它归入与生俱来的罪孽："莫不是，这就是人们所说的我有原罪？这本就是我的原始创痛？"您不单让他认命，还破天荒地让他拥有了逻辑思维能力，于是，他从三峡平静而又迅猛的江流领悟了原罪之必然："地势决定水的方向。水且如此，人又如何不如此？他的命运同样也是地势所定，这几乎就是他的原罪哩。"领悟了原罪，底层人也就各安其位了，底层人各安其位，铁板一块的底层也就可以世世代代地传承下去了。从这一点说，您的涂自强还不如老舍的祥子，祥子哪像涂自强窝囊、无能，祥子就像一棵树，"上下没有一个地方不挺脱的"，祥子更不像涂自强认命，祥子一定要买上自己的车，哪怕"三起三落"，遇上了不平，他更会愤怒地问："我招谁惹谁了？!"大学生怎么会不如一个拉车的有力量？是现实还是您的想象出了问题？不单是涂自强，您还塑造了很多类似的底层人。比如，《万箭穿心》中的女扁担李宝莉被丈夫以背叛和自杀的方式抛弃了两次，最后又被功成名就的儿子抛弃，连房子都被不近人情地剥夺，可您就是让她用半夜的时间"平静"下来，"修补"了创痛，第二天满条汉正街又都听到了她的笑声——底层人的伤痛从来都是自我"修补"，不需要补偿，更不会报复。

《声音低回》里有一个傻子阿里。傻子是愚蠢的，妈妈死了，死是什么，他不懂。傻子也是可怜的，旁观的人不禁泫然：没妈的傻子该怎么过啊！傻子还是高贵的，您认定："只有母亲，其他什么都没有的心，是一颗最干净的心。"傻子阿里恰好是您心目中的底层的化身。您看，涂自强和李宝莉不都是愚蠢、可怜，却又因为要么一心只装着妈妈，要么为了儿子什么都愿意付出、愿意放弃而显得无比高贵？这样的底层，才是您想要的，因为您先天地阉割了他们的思维和行动能力，他们不会惊扰到您的温柔世界，您一定是无比安全的，而且您可以在他们身上寄寓您在文明却又刻板的中产阶级生活中无处发泄的诸种情绪，比如惋惜、怜悯、同情、敬仰，甚至是礼赞，您通过这些情绪的发泄终于又一次发现并确认您就是一个有良知的人，一个情感丰富、细腻的人，至于底层到底是什么，跟您有什么关系？

在第三十四节，您写到一群优雅的女士在书城里座谈，一个中年女士批评现在的青年只知赚钱，不懂读书，活像行尸走肉。您当然是在嘲笑这群饱汉不知饿汉饥的雅士，可是，您自己就真的懂得、真的在意饿汉的饥饿是什么滋味？

您不也同样认定,底层就是一堆行尸走肉？您不就是通过对行尸走肉的怜悯来确认自己的优雅？您这样的怜悯比起她们的刻薄与批评就要人道和高级一点？其实,您对她们的嘲弄,只是五十步笑一百步而已,您终究还是属于那优雅的一群。

拉杂说这么多,一定会有让您不快的地方,再次请您包涵！也期待您的回复！

祝您笔健！

翟业军

2014 年新正,南京

向内："分享艰难"的一种方法
——论刘醒龙《天行者》

不知是因为太过钟爱、景仰民办教师这一群"当代最伟大的民族英雄"，还是因为当年的"现实主义冲击波"辉煌、炫目得让人不由自主地追怀和沉湎，时隔十七年后，刘醒龙扩充《凤凰琴》，写成长篇小说《天行者》。弱势群体的辛酸故事总会让人唏嘘，弱势群体如果还是"最伟大的"，他们的故事就会越发地让人动容，歌颂这样一群人，当然具有道义上的正当性。道义上的正当性可以为《天行者》赢得茅盾文学奖，却不一定能够确保它的艺术甚至是基本技巧的水准，更何况这个貌似理所当然的正当性可能问题重重——刘醒龙真的在为民办教师发声吗？这种叙述会不会就是遮蔽？

一、这是长篇小说？

《天行者》暴露了刘醒龙写作能力的严重不足。不足是多方面的，仅罗列三点。

首先是人物语言的失当。比如，老会计说，如果余校长说句硬邦邦的话，保证村长儿子将来能考上大学，就不仅补发拖欠的工资，还提前发放未来几年的工资。邓有米接口就说："只要读书就有希望，不过，最有希望的还是余壮远——村长的爱子。"这里的破折号所起的作用是"具体说明性注释"："破折号后面的句子具体说明破折号前面的句子中所提到的人是谁，或者是什么人，事是什么事，物是什么物，地点是哪里等。"①"具体说明性注释"属于书面语的用

---

① 翟华：《试论破折号的用法》，《语文建设》1991年第10期。

175

法,口语哪里需要如此缜密、周详。即便真要突出余壮远的村长儿子的身份,也应改破折号为逗号,逗号后的"村长的爱子"是对余壮远的身份的强调,而非注释。而刘醒龙偏偏用了破折号,正说明他的体情状物能力的差强人意以及语感的稍稍迟钝。再如,叶碧秋找张英才借书,碰上张英才的母亲骂他不晓得报恩:"邓有米那样周密计划,孙四海那样恃才傲物,余校长那样忘我工作……"农村妇女骂人时每每出口成章,指桑骂槐的借代、朗朗上口的排比都不在话下,但是,"周密计划""恃才傲物""忘我工作"之类文绉绉的词汇显然出自知识分子刘醒龙之手,而不是农村妇女的声口。硬把自己的话塞进人物的嘴里,人物的爱恨贪痴嗔就被扭曲了、挤跑了、遗忘了,刘醒龙还怎么把弱势群体放在心上?

　　其次是人物性格的前后矛盾。比如,李子写了篇题为《我的好妈妈》的作文,说妈妈为了给同学们买教科书,卖掉了给爸爸备下的棺材。姑且不论买几十本教科书是不是需要卖掉一副棺材,我们起码可以看到,此时的王小兰是执拗的、泼辣的、敢作敢为的,而她的瘫痪在床的丈夫则是瑟缩的、忍气吞声的。果然,王小兰不顾外界的风言风语,常常来界岭小学与孙四海幽会,为他缝补拆洗。不过,到了续写的第二、三部分里,丈夫突然强硬了、歇斯底里了,不许王小兰去学校,不许她唱孙四海喜欢的《我们的生活充满阳光》,并最终掐死了她。人物性格的陡转并没有什么深文大义,也不是刘醒龙别出心裁的设计,只是因为续写部分与《凤凰琴》实在是两张皮,根本粘不到一起去。或者说,刘醒龙不是一位精明的影视制片人,在一部注定要火的影视剧里早早地埋设一些悬念,打开一些破绽,将来好去投拍续集、续续集,他相对完整地写成封闭而非开放性的《凤凰琴》,却不料《凤凰琴》取得巨大成功,这时强要续写的话,当然就会捉襟见肘、漏洞百出了。基于此,我认为《天行者》是由《凤凰琴》《雪笛》和《天行者》连缀而成的中篇小说三部曲,而不是一部真正意义上的长篇小说。

　　再次是叙事视角的极度混乱。《凤凰琴》是第三人称限知叙事,只写张英才看到、听到和想到的。如此处理,类似于丁玲的《在医院中》、王蒙的《组织部新来的年轻人》,用初来乍到者的陌生化眼光,事半功倍地打探出一个单位让人习焉不察的光鲜或窳败。小说还多次提及那一本让张英才爱不释手的《小城里的年轻人》。这本书反反复复地出现,就与张英才的生命轨迹形成"互文性"，这一"互文性"暗示我们，张英才不会安于乡村教师的生活，"死在城市的下水道里，也胜过活在界岭的清泉边"，他一定会和路遥《人生》里的高加林一样，闯进城市碰一碰他的运气。不过，刘醒龙无意亦无力严守第三人称限知叙事的叙事纪律，一不小心就会溢出张英才的视角，转成第三人称全知叙事。比如，邓有米请假下山打听转正的消息，回来以后神情忧郁，"背后"和余校长嘀咕："可能是这次转正的面很窄，名额很少，所以上面保密，一点口风不透。"明明是"背后"的嘀咕，叙事人如何得知，除非这个叙事人是全知的。《凤凰琴》只是偶尔溢出视角，还算无伤大雅，但是，当年的刘醒龙没想到还要写续集啊，轻率地打发张英才去了省城进修，续集的写作就失去了叙事的支点，只能在全知视角和余校长的限知视角之间摇摆失据，其后的小说就必然地纷乱、拖沓了起来。从限知叙事滑向全知叙事，从张英才的视角转到余校长的视角，从"新人"的抵触、感动跳到"老人"的坚守和负重，从一个心比天高的年轻人的奋斗史变调为一阕民办教师的颂歌，《雪笛》《天行者》和《凤凰琴》怎么说都不是一体的，只是前后相续的三部中篇小说而已。试想，如果茅盾先生在世的话，他会拿"农村三部曲"（《春蚕》《秋收》《残冬》）参评专为奖励长篇小说创作而设的"茅盾文学奖"吗？

二、拿什么治疗"心情之癌"？

蓝飞对张英才说，界岭小学的民办教师日日夜夜渴望转正，"早已化为一种心情之癌，成了永远的不治之症"。身患"心情之癌"的人们没有治愈的可能，只能夜夜泣血悲鸣，就像孙四海坐在旗杆下吹笛子，笛孔里流出鲜艳的东西，滴在地上，变成一块殷红。但是，刘醒龙偏偏知其不可而为之，要为普天下的民办教师治疗这一不治之症。那么，他的宝葫芦里究竟卖了一些什么样的神药？

首先是圣化民办教师。民办教师是挣扎在贫困线以下的弱势群体，有卑微中的高贵，有困顿中的希望，更多的却是柴米油盐的烦恼，是何日才能转正的纠结。活着，有点起码的尊严地活着，才是他们日日萦怀的所在。但是，刘醒龙大抵忽略了他们平凡、屈辱的一面，无限放大、拔高乃至生造出他们的高贵。比如,夏雪看不惯余校长每天一大早就把学生从被窝里撵出来升旗的"怪行",讽刺道:"全中国也就天安门广场是如此,界岭小学更应该做点实事,没必要弄得像是国旗班。"余校长却还是坚持升旗,"国旗和太阳一道,从余校长的手臂上冉冉升起来……"国旗的象征性、精神性力量一下子剔除了余校长的卑琐,连自己的命运都无力托起的他竟然被神化、圣化到能够托起太阳的程度,寒碜、破败的小学也就能够与大山、国旗一道,分享永恒的荣耀了。我想,张英才所写的通讯的标题——《大山·小学·国旗》——正突出体现了刘醒龙圣化民办教师的企图,刘醒龙的写作也流溢着浓郁的新闻报道的趣味。但是,都能托起太阳了,还托不起自己吗? 都像大山一样博大、如国旗一般高贵了,怎么可能还有什么卑琐的物质欲望想要达成呢? 就这样,怎么也治不愈的"心情之癌"被轻而易举地化解了。不过,如此化解不就是对民办教师的真实处境的掩盖和湮除? 圣化原来是漠视和摧残的一种方法。在《凤凰琴》中,刘醒龙还只是适可而止地圣化,当圣化给他带来太多的甜头之后,他在续集中就无所不用其极地吹嘘了。他借万站长之口宣称要把界岭小学办成乡村教育事业的"小延安",还借他的嘴礼赞余校长是界岭的孔圣人、蔡元培。姑且不论延安、孔圣人、蔡元培,也不论他们与余校长有什么关联,单单揣摩这三者之间可能存在的一丁点共性,我们就能大致明白,刘醒龙高扬一种穷且愈坚、安贫乐道的个人操守,一种不掺杂丝毫物质因素甚至是反物质、因为物质的极度匮乏而空前高涨的献身精神。向上流社会宣扬这样的精神无异于与虎谋皮,刘醒龙很知趣,不会做无用功,向弱势群体贩卖,倒是雪中送炭般满足了他们对尊严的渴求,也一劳永逸地给他们去了势——你们就一旁高贵去吧,远离这个丰赡却不义的世界。就这样,弱势群体被刘醒龙戴上高帽子,又被踹上一脚,光荣得永远不求解决了。

其次是一切向内转。《论语》强调内省,"吾日三省吾身""见贤思齐焉,见不贤而内自省也""已矣乎! 吾未见能见其过,而内自讼者也"之类的格言散见于全书的角角落落。《孟子》宣扬"内圣"之道:"行有不得者,皆反求诸己;其身正,而天下归之。"不单儒家,道家也走了一条向内转的道路,就像《老子》的"守真"之道:"见素抱朴,少私寡欲,绝学无忧。"对此,梁漱溟有精到的总结:"中国式的人生,最大特点莫过于他总是向里用力,与西洋人总是

向外用力者恰恰相反。"①不过，"内圣"一定要指向"外王"，向内的修行本然地
汹涌着强烈的济世冲动，用王阳明的话说，就是要"致良知"——知行合一。刘
醒龙也让他笔下的人物向内转，行有不得的时候，"皆反求诸己"。比如，学校
被山洪冲毁，没钱修，那就由余校长掏钱垫吧，再没钱，就让孙四海挖茯苓付
吧，垫了，付了，连句怨言都不能有，谁让他们是当代的孔圣人呢？再如，只有
一个转正名额，大家再想要，也只能给即将咽气的明老师。明老师死了，又给
了张英才，给张英才说不过去啊，别人会恨死的，刘醒龙就让他们不约而同地
"想通"了——孙四海说："从上次李子出事后，我就一直在想，假如自己一走，
李子和王小兰怎么办？我的一切都在这儿，转不转正，已经无所谓了。"邓有米
接着说："明老师这一死，我也彻底想通了，不能把转正的事看得太重。人活着
能做事就是千般好，别的都是空的。"无权无势的民办教师，你能想不通吗？想
不通的话，又能怎样？一切都向内转，民办教师就博大了，恢宏了，有了爱意，
有了让人羞赧的力量，就像余校长质问李家表哥："你们晓得孙老师为什么如
此慷慨吗？"他当然不晓得。余校长郑重地说："因为爱！"李家表哥得意扬扬的
脸立刻煞白。爱意盈盈的民办教师当仁不让地成了最可爱的人："将七十二行
中的好人全都加在一起，也比不上第七十三行的民办教师。"不过，刘醒龙一再
申说的向内转根本无关乎"内圣"，"好人"就是打碎了牙齿却不得不咽进肚子
里的无用的人，更不通往"外王"，"好人"哪有这么磅礴的野心和能量？向内转
就是要求以民办教师为代表的弱势群体永远不要向外界归咎、怨恨，就是要求
他们有了艰难了自己解决，解决不了就"想通"些，别人特别是领导有了艰难了
就与他们分享艰难，特别要分享他们无力解决或者根本就不愿解决自己的艰
难的艰难。弱势群体向内转了，"无所谓了"，"心情之癌"也就豁然痊愈了，而
上流社会也就没有了任何亏欠，欢欢喜喜地享受这场后现代的盛筵吧。向内
转原来是一种让上流社会心安理得的奸计啊！你们看到了吗？

---

① 梁漱溟:《中国文化要义》,世纪出版集团、上海人民出版社 2005 年版,第 171 页。

家园消失在家园的消失中
——论格非"江南三部曲"

　　一种消泯已久的巴尔扎克式的野心，一种为在一百多年的沧桑巨变中辗转流离的人们招魂的企图和忧心，使得格非的"江南三部曲"成为让人不得不瞩目的文学存在。耐人寻味的是，这部史诗竟然毫不客气地略过了原本应该大书特书的事件和时段，比如辛亥、抗战、中华人民共和国成立和"文革"，更小心翼翼地绕开北京、上海之类多事的地方，把自己径直座架在从来没有成为这段历史的策源地，甚至较少被它惊扰的江南。如此避重就轻的处理方式透露出格非的骄傲——这是属于我的、唯一的、绝对不容混淆的百年史。我想问的是，格非拿什么来想象和建构他的一个人的百年史？这样的建构方式如何在确保他的个人性的同时又准确地呼应百年史本身的客观性？他凝视历史的眼光会不会被历史以及潜隐在历史阴凹处的既有眼光反向凝视并建构，于是，一次别开生面的创造不过是又一次的人云亦云？

一、诱惑的死亡与更生

　　格非借着"江南三部曲"做出了重大的理论宣判：诱惑已死。

　　诱惑是禁忌，是距离，是从我到你、从现象到本质、从此岸到彼岸、从有限到绝对的绝对不可能性。这一不可能性就是"/"，一道横亘在诱惑物与被诱惑者之间的，看起来虚幻、脆弱实则永远无法逾越的"/"。不过，"/"既是不由分说的阻隔，也是刻骨铭心的思念，更是"一种从现象到本质的批判性揭示的逻

180

辑决心"①,一种理解世界、阐释世界并进而改造世界的雄心。于是,有诱惑的世界鸢飞鱼跃,一派生机,被诱惑的人则是天生的冒险家,在探寻意义的不可能的旅行中沉醉不知归路。这样的人置身这样的世界,注定要引爆一场又一场的追逐和躲避,占有和逃离,世界也由此葆有灵动和生辣。

《人面桃花》所写的晚清便是一个诱惑的时代。那时候,爱是不被允许的,可越是禁止,人们就越是鼓荡起那么汹涌、磅礴的爱意,就像张季元是秀米的表舅,更是她母亲的情人,不能爱的,可她偏偏爱得那么疯狂,那么绝对。性也是被遮蔽、被压抑、被诅咒的,可就是被诅咒的羞耻呼唤着性的萌动,开启着性的高潮,由此生成一种越羞耻越癫狂、越癫狂越羞耻的诡异循环,就像秀米被五爷庆德强暴时感到极大的羞耻,"她的身体却在迅速地亢奋"。性亢奋中的人们对禁忌的渴求和耽溺,使他们多少有些施虐和受虐的倾向,就像凌辱即将来临,秀米"竟然隐隐有些激动",也像张季元跋扈到残忍的性狂想:"一个庄稼汉,怎么会娶到如此标致的妇人?杀杀杀,我要把她的肉一点点地片下来,方解我心头之恨。"不过,这里的施虐、受虐无关乎萨德,而是一种肌肤接触肌肤,体液交换体液的渴望,一种在性亢奋中死去并在死去中重生的深度沉迷,说到底还是纯朴的、真切的。革命当然更是要被镇压的,可正是镇压的必然嗾使着人们飞蛾扑火般地投身革命——革命可能并非缘起于大庇天下寒士的情怀,而是发端于突破禁忌的隐秘狂喜。爱、性和革命既然都是被横亘眼前的"/"煽动起来的,它们就具有了一定程度的同构性,于是,革命、革革命的过程中也会有爱的缠绵和性的快意,力比多喷发的沉酣也不亚于革命的惊天地、泣鬼神。爱、性与革命水乳交融的奇观,最典范地呈现于张季元的呓语狂言中:妹妹,我的亲妹妹,我的好妹妹,"没有你,革命何用?"如此一来,在那个处处是隔障却又时时被诱惑的晚清,人人皆"体露金风"②,有着一股一脚踏翻"/"的及物豪情。他们那么嚣张地相互拥抱,又那么歇斯底里地彼此作践,哪怕一切都是不伦的、罪孽深重的,哪怕结局只能是"引刀成一快"。于是,他们的眉眼总是那么的清晰,他们的举止优雅到了夸张的程度,他们的爱恨来得如此欢畅,这样

---

① 张一兵:《反鲍德里亚——一个后现代学术神话的祛序》,商务印书馆 2009 年版,第 427 页。

② 僧问云门禅师:"树凋叶落时如何?"云门云:"体露金风。"胡兰成解释,"体露金风"就是把身体从过量的物、系统和经验中解放出来,显露于大自然的"金风"之中。见《禅是一枝花》,胡兰成,上海社会科学院出版社,第 87 页。

的人似乎只能生活在传奇里，歌哭在戏台上。

到了《山河入梦》所写的二十世纪五十年代，原本无比明晰、斩决的"/"软化了，漫漶了，颓圮了。想爱吗？那就痛痛快快地爱吧，"我是我自己的"早已成了共识，更何况谭功达还是一个四十多岁的老光棍，爱任何可爱之人都是天经地义的。于是，他可以跟白小娴相亲，也可以把在澡堂子里卖筹子的姚佩佩安置在自己身边，更可以跟个寡妇稀里糊涂就结了婚。想革命吗？那就革它个"天翻地覆慨而慷"吧，谁让革命成了公理，大家都欢呼雀跃、斗志昂扬地奔走在不断革命的康庄大道上？于是，谭功达"造大坝，凿运河，息商贾，兴公社"，要让梅城在 1962 年之前跑步进入共产主义。不过，"/"毕竟没有完全拆除。那是一个权谋的时代，政敌环伺在谭功达四周，随时都有可能取而代之。那又是一个路线斗争的时代，有识之士一直在痛斥谭功达的狂想是右倾机会主义（格非还多次把这一狂想定位为右倾冒进主义，他显然犯了一个不辨左右的常识性错误）。那更是一个有远景的时代，一张"桃源行春图"远比现实中的梅城真切、动人。就这样，种种重物把时代抻出了深度，碾出了层次，真相就在"/"的那一头发出向我进军的神秘召唤。所以，格非眼中的五十年代，诱惑依旧蠢蠢欲动，只是再也没有了晚清的豪横罢了。半明半昧的诱惑一定会造就出谭功达这样贾宝玉式的被诱惑者。汤碧云说，谭功达"百分之百是一个花痴"。"痴"既是对对象的狂恋，是冲决"/"的孤注一掷的决心，更是被山高水深的"/"吓阻在这一头，只能朝向内心世界不断开掘，从而以倒影的方式代偿性地满足自己的深度渴望的软弱。"痴"者的及物触须渐渐萎缩、腐烂，他注定是秀米的不肖子孙。

《春尽江南》一下子跳跃到了当下。二十一世纪的骄阳消融了"/"，顺带着照彻黑暗中的本质，本质也就随着自身神秘性的消失，瞬间翻转成了现象。世界现象化了，也就取消了深度，消泯了层次。洞穿了本质的绝对空无的人们不再仰望，因为已经没有天空，不再寻找家园，因为家园成了景点，花点钱就能去一趟，他们只能无比欣快地栖居在此时此地，生活在丰赡到不必要的程度的物的包围之中。不过，物犹如超级市场一般地铺排、泛滥，物的物性却离奇蒸发，物突变成景观和符号，人与物遭逢时丝丝入扣的熨帖和欣喜只能成为神话，甚至梦话。消费社会据说是欲望的天堂，所有的欲望都能在这里得到激活和满足，可欲望本身却急遽枯萎——对象触手可及，如何"欲"？扁平化的世界，朝哪里"望"？这一消费社会的古怪辩证法,绿珠自有精妙总结:"这个世界的贫瘠,正是通过过剩表现出来的。"所以,这是一个诱惑已死的时代,死因是过剩的物对欲望的窒息和取消。无诱惑时代的典范人物就是谭端午。他爱不起来,不管对手是绿珠还是小史,也恨不起来,哪怕妻子屡屡红杏出墙,他甚至丧失了性欲,"钱一分都不会少",他却蜷缩在娼寮角落,一直睡到凌晨。请注意,端午不同于郁达夫笔下那些性欲勃发却有着强烈的羞耻心的嫖客,前者心如止水,后者则要用自责、自贱和自虐的方式,来排遣自己在性欲与道德之间的两难。如此说来,端午与绿珠那些不真不假、不咸不淡的调情倒真是须臾不可或缺的,因为正是调情时时遮盖着欲望根基处的空无。无欲的人当然就是无用的人、失败的人、多余的人,只能在那种"可有可无,既不重要,又非完全不重要的单位"慢慢"烂掉"。可是,冯延鹤却说:"得首先成为一个无用的人,才能最终成为他自己。"格非也说:"文学就是失败者的事业,失败是文学的前提。"①我想,这种无来由的倨傲正是失败者最后一点可怜的自尊吧。

就这样,格非把百年史描述成一出诱惑的衰败史,在不可逆转的衰败的过程中,人们愈益丧失了及物的冲动和能力,只能不停地向内转。于是,站在百年史那一头的主角是意气慷慨的革命志士,到了这一头却成了诗人,多余的诗人。正是有了这样的发现,格非才会得意地说,《春尽江南》"刺痛了这个时代我们精神疼痛的症结"②。不过,格非没有意识到,旧诱惑死了,新诱惑却已铺天盖地地簇拥着、耸动着、重造着我们。旧诱惑源于现象与本质的根本性隔绝,源于逾越"现象/本质"的不可能性,新诱惑则明目张胆地剔除了任何一丁点的意义剩余物,因为意义的剩余"假设了一个没有解析的方程,一个没有实现的命运,一种减少或一种压抑"③。掏空了内囊之后的诱惑只需要现象和外表,热衷于能指链的相互指涉和生长,于是,一切就成了一场没有故事、记忆和内部积累等所有重物的完美、纯净的游戏,游戏又依照自身的"规则",而非旧诱惑时代的"法则",组构出一种比真实还真实,又谋杀了真实,真实于其中成了死亡的讽喻的"拟真"。"拟真"是困境,也是宿命,是对本真欲望的扼杀,也

---

① 格非:《代表失败者》,《作家》2000年第9期。
② 《格非:聚焦当下中国的精神现实——专访格非谈新作〈春尽江南〉》,《深圳商报》2011年8月29日。
③ 【法】让·鲍德里亚:《论诱惑》,张新木译,南京大学出版社2011年版,第208页。

是对伪欲望的马不停蹄的制造和召唤。格非伤悼于欲望的消退,并在伤悼中顺理成章地回避了伪欲望重生的时代命题。所以,格非的精神世界说到底还是锚定在二十世纪八十年代,他是二十一世纪的落伍者和局外人,就像他所钟爱的端午,只能在追忆中时时重回 1989 年仲秋的那个夜晚,重回他的洋溢着力比多的青春时代。

二、梦的破灭与重造

只要有现象与本质、此岸与彼岸的两分,就会有梦。梦是虚幻、脆弱的,一丁点的嘈杂声就会把梦打回现实。梦又是坚固、绵延的,人生不过是一场从一个梦境跃入另一个梦境的醒不过来的大梦。梦比现实还要真切、本质,现实不过是梦的粗鄙不堪的仿本。有"/"的晚清当然是一个有梦的时代,"人面桃花相映红"不就是一个恍兮惚兮的美妙梦境? 于是,秀米就一定常常生活在梦里,梦梦里,以致迷失了梦与现实的分野,甚至在梦与梦的相互投射、倒影中宿命般地坠入镜像的 N 次方——一种镜像的无限叠加,一座滗除了所有真实并因此确立自身的绝对真实性的迷宫。 比如,孙姑娘出殡的场面竟与秀米梦中所见一模一样,她不由得想:"尽管她现在是清醒的,但却未尝不是一个更大、更遥远的梦的一部分。"再如,她对老虎说:"她相信梦中所有的事都是真的。 你有的时候会从梦中醒过来,可有的时候,你会醒在梦中,发现世上的一切才是真的做梦。"就连粗俗的老虎也深得梦之三昧。他从春梦中惊醒,立马企愿这是一次梦梦:"能不能反过来,从什么地方一觉醒来,发现自己是醒在梦里面……"这样一种把梦拉近现实从而拓开现实的层次和深度,或者把现实梦幻化从而彻底地驱逐掉现实的坚实性的努力(就像秀米幽幽地对韩六说,这世上的一切原本就是假的),使得晚清人们的生命葆有哲学甚至玄学的弹性。人生玄学化之于当下人来说,不啻又一桩"庄生梦蝶"般的奇谈吧?

其实,现实梦境化与梦境现实化,既是格非对现象世界的一己领悟,也是他从废名那里习得的。作为格非获得博士学位之后发表的第一部长篇小说,《人面桃花》深镌他的博士论文研究对象废名的烙印。比如,废名喜欢庾信的"露随霜白,月逐坟圆",《桥》便常有"独留青冢向黄昏"的意境,琴子更说,"天上的月亮正好比仙人的坟"。于是,《人面桃花》中的薛举人家对面的池塘中央就有一座坟包,谭四问秀米:"这人死了,为什么要把尸首葬到塘中央去?"秀米听着"忘忧釜"的金石之声,觉得自己像一片羽毛轻轻飘起,落在荒坟之上。被劫到花家舍的秀米更是恍如梦寐:自己会不会只是偶然闯入一片坟地,中了狐狸鬼魅之魔?废名更喜欢梦。坟不就是梦的觉醒或是另一场更深沉的梦的开始?他在《桥》中写道:"我感不到人生如梦的真实,但感到梦的真实与美。"梦的真实与美就在于刨除了现实之物的必朽性,并在想象中焙制出物的意象,使物以意象的方式永远地活色生香。这样的废名当然是有厌物症的。他不喜欢世界,却喜欢"姐姐的瞳人"倒影着的如梦似幻的世界,不喜欢淫雨霏霏,却喜欢不管怎么下都"装不满一朵花"的想象的豪雨。如此一来,李商隐的"一春梦雨常飘瓦,尽日灵风不满旗",才是他心目中不可能的胜景。梦一般的风雨也飘进了《人面桃花》:"到了梦雨飘瓦,灵风息息的清明前后,连井水都有一股甜丝丝的桃花味。"正因为有了梦和想象,现实才是粗鄙的、不值一过的,张季元、秀米才能葆有一种混沌未明却正因为未明才充满无穷张力的革命冲动。正因为梦的审美化,一群疯子重造乌托邦的可怕行径才会洗清现实的血腥,成为让人感佩和追怀的壮举。也正因为梦的离间效应,那个时代才能被充分客体化,我们才能与之形成一种既排斥又吸引、既投入又抽离的暧昧关联。所以,同是一梦,梦之于废名是逃避,是厌世(当然,"厌世者做的文章总美丽"),之于《人面桃花》却是向意义世界一跃的冲动,是折叠或拉抻世界的韧度,是虎虎生风的相对性,说到底还是进取的。

到了《山河入梦》,那种让"字与字、句与句,相互生长,有如梦的不可捉摸"①的相对性、有机性和生发性早已丧失大半,小说以及小说中的万物都从大梦中醒来,没有了梦之光晕皴染的一切,显出原本伧俗、恧恧的面目。毕竟还有残梦和回味,万物还想重新入梦,于是,梦以仿真的方式再一次降临。梦的仿真是要把现实强行升华为梦,或者以梦为蓝本由下而上地重造现实,如此一来,现实与梦便不得不同一化。同一化是梦的丰富可能的沦丧,是梦的僵死,是梦的无可挽回的非梦化。在仿真的梦里,疯子的没有来由、没有名目因而可以向任一方向奔涌的冲动,被坐实成修大坝、挖运河、建沼气,让天下山河

---

① 废名:《说梦》,《废名集》(第3卷),北京大学出版社2009年版,第1155页。

入我梦境的"左"倾冒进。仿真的梦更试图扼杀梦的复杂性、不可捉摸性,使之透明化为一览无余的图画,哪怕是两性之梦的摇曳生姿、扑朔迷离,就像谭功达想:"要是世上没有女人,没有复杂的男女之情,那该多么太平!"不过,世界透明化的刹那,便是梦破灭的时分——幽暗和神秘才是梦的托身之所。梦境中人人皆有锦心绣口,就像小林、琴子、细竹无非是参禅悟道的废名先生,读者不会责之以失真,也像《人面桃花》中的老尼兼女佣亦能细细道来花家舍的隐秘,一切皆有可能的奇妙的梦里,她为什么不能是另一个秀米?到了仿真的梦里,万物各归凡俗的本位,这时候的大老粗高麻子怎么能像卧龙先生一样足不出户,却照样纵论天下大势?泼妇白夫人又如何在搬弄是非的时候娴熟地引鲁迅的经据毛主席的典?这不仅失真,更是可鄙的。不单是不合适的人说着不合适的话,梦境仿真化之后,还未完全清醒的格非根本找不出各色人等应有的声口,只能统统代之以话本、拟话本体。于是,《山河入梦》大量出现"厮会""小蹄子""客官"之类"三言二拍"时代才有的词汇,上访妇人也会有王婆一样的腔调:"这个不消跟你说得,等见了县长我自与他说便了。"格非相信,他为"江南三部曲"分时代、分地区地找到了"最合适"的叙事语言。① 我想,这样的自信只能是将醒未醒时的谵妄。

江南春尽,梦也就彻底破灭,无梦因而无眠的人们只能无比清醒地目睹这一场物的堆砌和符号的翔舞。不过,梦既是现实的衍生,更是主体的投射——梦的斑斓就是主体的丰满,从梦到梦的穿行就是主体的灵动和活力。所以,梦的破灭必定导致主体的死亡,无梦时代一把删除了主体,从前与对象世界相对的地方,如今一片空无。正是在此意义上,我们可以确认,丰裕社会的人们都是既在又不在的,就像端午,在多年前那次自以为创造历史其实不过是在偶发的梦游中假性喷发过一次之后,就再也没有过梦境,他的"我"也就随之消散,从此浮沉在类似于荼蘼花事的,既不让人沉迷也不让人完全绝望的末世之美中。无梦时代极少数的有梦人感到自己的不合时宜,他们知道扁平化的世界容纳不了梦的宽广和深邃,他们一定会被人们视为疯子——不是有梦时代让人畏惧、被人尊崇的疯子,而是病理学意义上的精神崩溃者。于是,他们的疯

---

① 格非、张清华:《如何书写文化与精神意义上的当代——关于〈春尽江南〉的对话》,《南方文坛》2012 年第 2 期。

狂行径不是革命,也不是全力跃进,而是在头脑清醒的间歇,于风光绮丽的山林深处为自己造一座永久的监牢——精神病院。或许,这就是合理化时代最不可思议、最梦幻的举动了吧。

不过,生命毕竟需要梦,需要一个不管填充了什么都一定要在的"绝对之域"。于是,格非自觉地承担起为失魂落魄的时代招魂,给无梦的人们造梦的使命。格非的造梦术无它,还是诗。他实在太清楚作为白日梦的诗对于无梦世界的无效性,他也同样明白诗已被消费社会同化到了什么程度,所以,他必须用"出卖"许多诗人朋友的方式把堕落的诗歌江湖驱逐出诗的领地,他还要先发制人地宣判汗牛充栋的伪诗的多余:"多余的洛尔加。多余的荷尔德林。多余的忧世伤生。多余的房事。多余的肌体分泌物。"经过一番严格的去伪存真之后,一种彻底无用因而绝对有用的纯而又纯的诗沉淀了下来。写着这样的诗,端午就牢牢地把攥住了他的"我",有了"我"的他才能心安理得地自居为"肩负着反思的重任"的失败者,并睥睨所有"肤浅"的成功者。只要有诗,就连成功者守仁也可以是一个大男孩,"至少,在他心里的某一块地方,还是纯净的"。诗的施魅术更体现于《睡莲》的结尾:"这天地仍如史前一般清新/事物尚未命名,横暴尚未染指/化石般的寂静/开放在秘密的水塘/呼吸的重量/与这个世界相等,不多也不少。"诗原来能为世界拓开一片绝对的清新和寂静。可是,格非不是明知诗作为审美乌托邦的无效性?他的狡计,或者说是无法挣脱的时代局限性在于:在一个主体被抹除因而根本性悬欠的时代,我们必须制造一种对于诗的人为的需要,不是诗本身而是被造的伪需要让我们感到自己与故园、真实和梦的虚假关联,这一关联反过来一劳永逸地遮蔽我们早已不在的事实,于是,空无便永远地空无着。所以,伪需求制造者不是真的诗人,而是消费社会的同谋者。

三、伪乌托邦的陆沉与真家园的沦丧

晚清以来,中国最宝贵的经验和最惨痛的教训莫过于乌托邦的陆沉,基于此,二十世纪九十年代才会出现"告别革命"的重大命题。到了二十一世纪,格非用三部曲的方式缕述乌托邦的陆沉史,倒算是抓住了百年史的症结。格非的乌托邦丰富到了混乱的程度。在他看来,乌托邦既可以是陆侃心中由风雨长廊相连的桃源或者谭功达梦想的插满烟囱的桃花源,也可以是王观澄的土匪窝花家舍、郭从年的社会主义天堂花家舍或者元庆的夭折了的"花家舍公社",更可以什么都不是,只是一股不明就里的造反冲动,一种献身的绝对律令。如此庞杂的乌托邦无以名之,只能称之为疯子的事业。于是,格非多次强调,从陆侃、王观澄、张季元、秀米到谭功达、姚佩佩再到元庆、端午、家玉,他们"每个人的心都是一个小岛,被水围困,与世隔绝",他们都是疯子,就像走在梦中一样的失重和执拗,循着宿命的轨迹,前赴后继地走向那个既是天堂也是地狱的花家舍。

　　对于乌托邦,格非显然是爱恨交加的。恨是因为乌托邦的恶托邦化。自"反乌托邦三部曲"①以及一系列反思现代性的著作问世以来,恶托邦问题几成共识,格非也按照恶托邦批判的旧章,驾轻就熟地操作了一次。他会认定,恶托邦的大恶是同一化、透明化。于是,在王观澄整齐划一的花家舍里,"蜜蜂都会迷了路"。秀米则妄图把普济人打造成同一个人,"每个人的财产都一样多,照到屋子里的阳光一样多,落到每户人家屋顶上的雨雪一样多,每个人笑容都一样多,甚至就连做的梦都是一样的。"在郭从年缺席统治的花家舍,人们同样是一样的穿着,一样的呆板木然、如履薄冰的表情,一样的一年到头津津有味地反复观看同一场戏,一样的患有历史健忘症——"三天前的事情他们都完全有可能记不清了。"格非更要从福柯处汲取"全景敞视监狱"的启示,写出花家舍人严苛的自我规训和相互规训,原来源出于公社和郭从年因为不在所以处处在的存在——统治者的绝对神秘化和被统治者的绝对透明化,使权力的目光无碍地、单向度地穿透了被统治的世界。为了直接挑明其实已经挑得很明的真相,格非更要让学童一语道破恶托邦中的人们根本不可能洞悉的处于暗影中的统治逻辑:"在花家舍,每个人都是郭从年。"不过,乌托邦现实化为恶托邦固然可恨,乌托邦冲动本身却是珍稀的、宝贵的,格非当然爱之若命。于是,格非珍视疯子每一个出人意表的言行,为他们暂时性的成功而欣喜,为他们惨败的必然而焦灼和心痛。他们就算太不近人情,比如秀米对小东西的决绝,格非照单全收地原宥。他们即便太荒唐了些,就像连高麻子都认为谭功

---

① 即赫胥黎的《美丽新世界》、奥威尔的《一九八四》和扎米亚京的《我们》。

达早该下台,因为钱大钧他们虽不是好东西,却还是现实主义者,格非仍毫无保留地同情和理解。因为过度的爱,乌托邦成了格非心中最柔软的部分,他不得不如此悲怆地注视着它在消费社会里变得落伍,受到嘲弄,或者以畸变的方式得到落实并在落实中永远地消亡,就像"花家舍公社"成了景点和销魂窟。难怪格非让端午整天捧读欧阳修的《新五代史》,此书对当下以及叙述当下的格非形成强大的指涉性:《新五代史》是"衰世之书",葬送了乌托邦的当下不也是不折不扣的衰世?《新五代史》中的人物大多"以忧卒",没有了乌托邦的世界,人们又怎么可能快乐得起来? 欧阳修对五代发表议论时,总以"呜呼"始,"呜呼"不也是格非对当下,对百年中国乌托邦陆沉史的一声长叹?

有趣的是,《春尽江南》多次提及福楼拜的《布法与白居榭》,布法与白居榭的乌托邦幻灭记就不再是一个单纯的异国故事,而与格非的乌托邦陆沉史形成互文性,或者说,成了"江南三部曲"的元故事——小到个人大到时代,乌托邦冲动都是可笑的,回巴黎做一名抄写员才是稳妥的、天长地久的。果然,就连最天马行空的绿珠都对漂泊和寄居生活感到羞愧,她要回鹤浦做一名幼儿园老师。这样一来,格非就预设了所有的乌托邦的陆沉,不管这个乌托邦是善的还是恶的,是一种冲动还是已经现实化为灾难。一个合理的逻辑后果就是,格非顺带着终极性地否定了乌托邦本身——所有的乌托邦无一例外地陆沉,乌托邦本身也就一定会陆沉,于是,家园本身便永远消失在诸多家园的消失中。问题在于二十世纪的乌托邦实践大抵恶托邦化了,可是,格非从伪乌托邦的陆沉推导出乌托邦本身的沦丧,在逻辑上却是非法的,因为伪乌托邦实践废墟上的无,并不能证明乌托邦本身的必无。明明非法,格非还要自顾自地为伪乌托邦的陆沉一嘘三叹,同时连根拔起乌托邦本身,大概出于两种动因。其一,对一种早已被质疑、被祛序、被淘汰的乌托邦的缅怀,就像是恋尸癖,只有在对于尸体的精神性眷恋和生理性排斥的两难之中,叙述主体才能无中生有地寻找或开创属于自己的原本并不存在的主体。其二,看穿无数乌托邦实践的粗暴和荒诞是时代赋予格非的后见之明,由此完全放逐乌托邦却又是时代强加的不明——消费时代只制造物的眩晕,拒绝任何的桃花源,早被时代同化了的格非一定要通过说出幻象之无来宣判世界的根本性之无,从而达成消费时代的逻辑自洽,并把自己严丝合缝地焊接进这样的逻辑之中。

杀死乌托邦,事情还没完——没有了乌托邦,我们朝哪里安放自己的幻想？我们还能在什么样的他者面前最终确认自身？格非的应对方式便是乌托邦的异托邦化。异托邦也是一种现实化了的乌托邦，只是它不再对现实构成批判性的超越，也不试图以梦幻的魔力重构现实。它要在世界之中划出一小块版图，来容纳我们的期冀与恐惧，欢欣与疼痛，就像把白日梦关进影院，把田园风光关进度假村，把死亡关进墓园。这样，我们可以随时走进这些比真实还要真实的"拟真"家园，来体验那些稀缺的情感和离奇的际遇，不稳定因而充满了无限危险的一切却不会真的侵入我们的实生活，它们作为实生活的他者，甚至成了实生活的最可靠的确认。格非的异托邦就是作为审美乌托邦的文学。文学再也引领不了现实，当然是失败者的事业，但是，文学可以容纳乌托邦怀旧等一切实生活需要提防的情感，使作者和读者得到安妥的同时又与之保持一段安全的距离。正是在此意义上，格非深有会心地说："文学的力量比以往任何时代都更加重要。"①不过，当格非把乌托邦关进了文学，真家园也就彻底沦丧了，因为乌托邦与生活已经没有了任何干系，它静静地躺在文学中，在打开书本时被短暂地、假性地激活，在合上书本时真正地寂灭。

---

① 《格非：聚焦当下中国的精神现实——专访格非谈新作〈春尽江南〉》，《深圳商报》2011年8月29日。

创世·拟世·慰世
——论余华《第七天》

　　很难想象,如果是在印刷品而不是互联网(特别是微博)时代推出《第七天》,余华会招致如此一边倒的骂声,因为印刷品时代的文学批评是专业的,更是延后的、审慎的,而互联网时代的文学批评(如果还算是文学批评的话)却是一场即时性、去反思、相互依赖、彼此感染的全民狂欢。① 更难想象,如果没有互联网时代突如其来、铺天盖地的降临,《第七天》会呈现一种由互联网源源不竭地编织和传布出来,"浅薄""粗糙"到令人沮丧的程度的"新闻串烧"样态,以致那些认定文学远比新闻宽广、博大的人们不得不遗憾地宣判,"从前那个包裹在牛仔裤里的充满紧张感和血肉感的余华在这里崩裂了"②,他像收藏家一样精心搜集的案例和事件,"只是大海表面的泡沫和漂浮物"③。所以,互联网时代这一此前时代的人们做梦也不会梦见的"新天新地",才是《第七天》及其引爆的一系列故事的真正背景,我们必须本着"新天新地"赋予我们的全新经验和眼光,去观察、体悟、描述、反思我们所置身的时代,并由此评估此前时代在我们体内积淀下来的审美和伦理惯性的适用度,否则,我们就是一群刻舟求剑的傻瓜。

---

① 全民狂欢一定会拉抬《第七天》的商业价值,就像陈村语带讥刺地说:"余华不怕你们黑他。《兄弟》就是负面评论推动大卖。"见"新浪微博·小众菜园"2013 年 6 月 15 日。

② 毛尖:《牛仔裤崩裂》,《文汇报·笔会》2013 年 7 月 16 日。

③ 张定浩:《〈第七天〉:匆匆忙忙地代表着中国》,《上海文化》2013 年第 5 期。

一、"所见的"和"所想象的"

如何表现现代性发轫以来不断喷涌而出的崭新现实,特别是二十一世纪以来恍如一次次魔鬼作法,既足够光鲜、魅惑又那么阴邪、残酷的超级现实,一直是摆在中国作家面前的巨大难题,因为现实如此彪悍、决绝地超过了他们,压扁了他们,他们无法穿透现实的厚度,无力克服由厚度带来的异己感。你看,早在印刷品、蒸汽机时代,"新感觉派"作家就被飞速向前的现实重重甩下,成了一群 pierrot(带着快乐面具的孤独丑角),pierrot 除了以爆裂的气球、拗断的火柴梗、断弦的小提琴之类哀怨、落寞的意象来自况、自怜、自恋而外,再也没有了向外突进、一把攥住现实之核的雄心。到了互联网、高铁时代,作家们更加只能瞠目结舌地仰望那片绝对地逾越了他们的神奇景观,还谈什么去芜存菁、透过现象看本质? 抑或,之于无力的人们,压根不存在现象和本质、表面和内里、短暂和永恒之类的两分,"符号与实在被裹在同一块裹尸布中"。由此,博德里亚尔早早认定:"过去,一个重大的哲学问题是:'为什么是有而非无?'而今天,真正的问题是:'为什么是无而非有?'"[1]这里所说的"无",是真相注定沦丧的"无",是"用符号来使实在消失并掩盖它的消失"的"无"。需要强调的是,"无"未必是现实的本真面目,因为如果一切真的皆"无"的话,如何解释现实本身确实存在着、演进着的"有"? "无"毋宁是一种主体之于客体的挫败感,以及因为挫败所以放弃的宣告——真相无法认知,那么,真相就是不存在的。放弃了现实,也就自然而然地略过了城市和当下,中国作家只能一再地盘踞于乡村,退守至历史。

但是,就算推不开真相之门,把捉现实的冲动和使命感还在啊,那么,就老老实实、绵绵密密地写出自己"所见的","所见的"终归真切,总能通达现实和现实之核吧。不过,问题也随之而来:谁说眼见就一定为实? 如果抓不住现实的心跳,聚拢无数之"所见的",到头来会不会堆垒成一个绝大的想象,或者说是虚幻? 容我举数例说明。比如,尤凤伟看到报纸整版报道"打工妹受到凌

---

[1] 【法】让·博德里亚尔:《完美的罪行》,王为民译,商务印书馆 2000 年版,第 7 页。

辱、打工仔在中介公司受骗"的新闻,激出一股为农民工"立言"的冲动,写成《泥鳅》。农民工受骗、被辱,是一种处处可见的真实,可是,尤凤伟硬是用于连的生命轨迹重新编码了主人公的进城之路:国瑞是一个英俊的农村青年,勾搭上富婆玉姐,几乎圆了老板梦,却不料陷入圈套,替人顶了一千五百多万的贷款,被判死刑。无独有偶,刘庆邦从自身经验中抄出《红煤》,如此切身的过往,竟也被他改造成一个矿区于连的发迹和败落史,当有人称赞《红煤》是一部中国的《红与黑》时,他不无得意地说:"那是过奖了。"并不是说农民工就不能像于连那样英俊、聪慧和野心勃勃,但是,农民工进城这一最壮阔也最惨烈的社会变迁,以及变迁中每一位农民工的憧憬与绝望、荣耀与屈辱,同资本主义上升期知识青年的奋斗历程决无一丝半毫的共通之处,因为前者是自惭形秽、渴望被接纳,后者却是咄咄逼人、当然要征服的。明明不容混淆,却还是拿后者改造、覆盖了前者,这是讲故事的人不可饶恕的懒惰,更是对前者的傲慢和斫伤,我们还能从中看出"所见的"原来不尽可靠,它可能就是想象的。再如,贾平凹数度前往拾荒村"体验生活",写出《高兴》来,《高兴》的细节、素材和人物,当然是他"所见的"。不过,贾平凹把拾荒者的苦难轻而易举地化解于更加卑贱、疼痛的卖淫女的怀抱中,并把卖淫女隐喻为"锁骨菩萨"①,如此轻巧的化解,不正是对苦难的闪避? 更进一步说,卖淫女自有度世人的愿心,卑贱者才最高贵,这是中外皆有之的古典想象,以这一传奇、古典的想象模式来架构农民工进城的巨大现实,注定一无所获,就像用竹篮打水,捞上来的只能是一只空空荡荡的竹篮。如此一来,我们可以认定,"所见的"从来不会必然地通往现实,特别是如此庞大、迅猛、坚硬,绝对地压倒了我们的现实,可作家们偏偏要用那么现成的想象模式去想象它、探究它,一来说明他们的想象力锚定在了过去的时代,他们是新时代的失语者,二来说明"所见的"本身的想象性、虚幻性——从现象到现象,如何能够逼问出一个实在来?

与之相反,《第七天》写杨飞死后七天之所见,纯属"所想象的"。这种"所想象的"一点也不新奇,因为胡安·鲁尔福《佩德罗·巴拉莫》、阿尔博姆《你在天堂里遇见的五个人》,都在写一个死者的遭遇,而帕慕克《我的名字叫红》的

---

① 《续玄怪录》《太平广记》《喻世明言》等文献均有记载,版本略有不同,综合而论,是讲一美貌女子与无数男子交欢,数年而殁,一胡僧见其冢,敬礼焚香,众人异之,胡僧曰:"非檀越所知,斯乃大圣,慈悲喜舍,世俗之欲,无不徇焉。"此即锁骨菩萨。

第一章,就叫"我是一个死人"。如此司空见惯的"所想象的",似乎只是文学惯例的一次寻常操练,与现实发生不了多大的关联。更关键的是,《第七天》看似"所想象的",想象的外衣所包裹的却是强拆、卖肾之类人尽皆知的网络新闻——点一点鼠标就能杂凑出来的小说,哪能葆有多少现实性? 不过,我却坚定地认为,余华的"所想象的"才是最现实的,因为"新闻串烧"可能正是我们时代最根本的存在方式,更因为真相无法被肉眼之"所见的"获取,却可能被虚妄、荒诞的"所想象的"一下子击穿。具体理由如下。

首先,在互联网时代,了解并理解现实的方式不再是口耳相传或身体力行,"我"的在场性、能动性,在"我"与现实的关系之间早已变得无足轻重。"我"后撤了,退出了,现实就不再以现实本身的生辣样态与"我"见面,而是转化成关于现实的新闻,或叫资讯,从报纸、电视、网络等媒体上潮水一样地朝"我"涌来,就在涌来这一压倒性的动势中,"我"对现实的认知,乃至"我"的存在方式本身,被一股脑地新闻化,"我"的特殊性和现实的坚实性随之被取消。这一逻辑过程的实际后果,从下面的图景中可以看得格外分明:在同一时间段,不同年龄、地域、阶层的人们在不同场合所浏览、议论的话题,大致是同样一些源自媒体,特别是自媒体的新闻热点,热点更迭的速率,就是他们转换认知对象、调节兴奋程度的速率,他们的生命节奏也就由此凝定,哪有多少属己的特性可言? 对于这一点,余华有着不算太明确的认知:"我们的生活是由很多因素构成的,发生在自己和亲友身上的事,发生在居住地方的事,在新闻里听到看到的事等等……"①之所以说余华的认知不算太明确,是因为我们对于居住地所发生的事可能一无所知,对于从媒体上听到、看到,遥远得哪怕是来自地球另一边的新闻,倒有可能如数家珍。所以,新闻才是我们生活的主导元素,互联网时代最基本的现实,正是现实的新闻化。现实的新闻化既是海量现实的瞬间布展,更是在布展的过程中摒弃、遗忘了现实本身——现实被删减成可展示的现实之表象,现实本身就是无关紧要的了。从这个角度,我们可以肯定地说,《第七天》的"新闻串烧"式写作,正是对现实新闻化这一互联网时代最基本的现实的天才洞达和无限逼近。

其次,新闻,特别是负面新闻的"串烧",确实能最大限度地激起读者的义

---

① 见《余华首度回应〈第七天〉"炮轰"》,《新民晚报》2013 年 6 月 25 日。

愤,就像"公知"们所常做的那样,却又容易流于肤浅的、漫不经心的煽情,因为"串烧"根本无暇顾及,甚至会大枝大叶地删除苦难、黑幕的根源和来龙去脉,唯余足够耸人听闻的新奇——新奇,才是"新闻串烧"最高的美学追求。不过,死后游走这一看似光怪离奇的"所想象的",却令《第七天》丧失了骛新炫奇的愿望和能力,众多新闻"串烧"出来的,竟是一阕反新闻的安魂曲,其原因有二。其一,新闻意在忘却,迅速、彻底、无休止的忘却,只有忘却才能保证新闻层出不穷的新奇,而《第七天》的死者视角却先天地拆除了追逐新奇的动力装置,死者是如此被动地与一个个新闻事件的逝去的主角相遇,这些主角以及他们的事件就在这样的相遇片刻,逐一于死者虚无却又饱满的心上烙下了印记,再也不会抹去——诸多印记是并存,而不是覆盖,是烙下,而不是播散,接着消逝。比如,鼠妹说,后来的人说报纸上没完没了地说她的事,杨飞说,也就三天,鼠妹说,"三天也很多"。"三天也很多",正是鼠妹对互联网时代,或叫"那个离去的世界"里一切皆速朽,唯新奇永存的真相的质朴直觉。不过,到了"这里",鼠妹的事件就不再是一则注定只能热门三天的新闻,而是作为这一事件本身存在着,并以事件本身的重量、硬度和热度,深深地烙在死者以及读者的心上;鼠妹也不再是一位早已被遗忘的新闻主角,而是一个真切的亡灵,一个在"那里"饱经贫困和屈辱,在"这里"得到永恒的慰藉的亡灵。所以,余华"所想象的"世界是谦抑的、承受的、滞留的、绵长的,从呼啸而过、今是而昨非的新闻世界决绝地转过身去,"在宁静里越走越深",越走越远。其二,新闻一定要唯新奇是骛,只要足够的新奇,就可以不管美丑、无论善恶,统统提炼、升华为一片神奇——杀手的轨迹,变态狂的心路,哪一件不是劲爆十足的新闻素材?所以,新闻是一种化腐朽为神奇的点金术,时时挑逗并暂时性地满足着读者的好奇心。而《第七天》中的死者不但被褫夺了幻化的能力,他甚至被隔绝在世界之外,就像他尝试从不同方向走近自己和前妻重逢的出租屋,却"好像行走在静止里,那间出租屋可望不可即"。"行走在静止里"的死者,无力突进并进而提炼事件,只能一直倾听着各个先来与后到者的讲述,倾听是如此平静,仿佛无动于衷,就像伍超的窗前每天会有鸟儿飞过或停留,它们叽叽喳喳的叫声,在他听来只是一些"无所事事的聊天";还进行一些必要的交流,交流是那么简单,仿佛漠然,就像杨飞告诉鼠妹,她的牛仔裤崩裂了,她问,裂成什么样子,他说,一条一条的,她又问,一条一条是什么样子,他想了一会儿,说,"有点像拖把上的布条"。其实,我们都知道,无动于衷的也许早已悲不能禁,漠然的未必没有盈盈欲溢的一腔深情,它们都只是余华的一种化神奇为腐朽的还原术而已——把那些被新闻点金术点中的神奇的人物和事件,还原到稀松、暗淡的本来面目,本来面目激不起读者的好奇心,以至于许多人都误以为余华的笔法太过粗糙和潦草,却可能原原本本地泄露现实的真相。所以,余华"所想象的"世界又是平淡的、清浅的、朴拙的,一把掀掉了新闻逻辑给现实盖上的新奇帷幕,让现实以现实自身的样子敞露出来,就在敞露的过程中,疲惫不堪的现实为自己唱起了一首舒缓的安魂曲。

综上所述,在互联网时代的超级现实面前,"所见的"竟是想象的,那种以为只要有一说一地实录,就能做一名称职的时代书记员的想法已经过时了、失效了,"所想象的"反而如此犀利,一下子扼住了现实之喉,真相就在虚幻之镜中隐隐若现。这一次,余华正是以死后七天既虚妄又实在、既匮乏又充盈、既遥远又切近的想象性游走,走出了旧时代的想象惯性,走出了新时代的新闻逻辑,把世界角角落落的碎片一一勾连起来,于是,新时代的超级现实终于在余华手上完成它的拼图,在余华的拼图里,每一块碎片都不会随风吹散,而是赢获了各自的重量,永远地驻留了下来。由此,我们可以得出结论:余华凭借《第七天》以及此前的《兄弟》,成功克服了中国作家面对现实时由来已久的无力感和恐惧症,他是当下中国的肖像画家,也是时代守夜人。

也许不算是题外话,《你在天堂里遇见的五个人》的死者视角带来的是一份"麦琪的礼物":"这是上帝能够给予你的最好的礼物:理解你生命里发生的一切。让你的生命得到诠释。你一生所寻觅的正是这份宁静。""麦琪的礼物"给不完满的生命带来想象中的完满,生命以升华了的样态徐徐打开。可是,升华了的生命恰恰是对生命本身的闪避和倒错,阿尔博姆哪有余华那种逼视现实的决心和能力。所以,畅销书只是浮世中一点不疼不痒的慰藉而已,生命不会天天都是圣诞。①

---

① 陈村说:"不清楚余华是否读过这本书。作家与作家,作品与作品之间的相互启发是很普遍的。任何创新都有出处,或者原本不是创新。建议夸奖余华创新的朋友先读一读这本畅销书。在我看来,它比《第七天》更像一部小说。"这里所说的畅销书,就是《你在天堂里遇见的五个人》,所说的"创新",就是死者视角的设置。见"新浪微博·小众菜园"2013 年 7 月 15 日。

二、安息的力量

接下来的问题是:《第七天》所呈现出来的超级现实是什么样子的? 要弄清楚这个问题,先要厘清小说与现实之间可能存在的多种关联。

小说与现实的关系非常复杂,概而言之,有如下几种。第一种是纳博科夫所心仪的"创世"型小说,"创世"型小说中的一草一木、一人一事都来自现实,可是,好的小说家必定是一位魔法师,就像神说"要有光",就有了光一样,把这些寻常、熟稔的材料一下子点化成一个从头到脚都是簇新的世界,这一世界完全独立于现实,它为它自身立法,不过,就在如此异己、陌生的世界中,现实与自身又隔离性地相见了。《活着》《许三观卖血记》即是"创世"型小说,在这两部作品中,余华以根本不具备现实可能性的一个人不断的丧失或是长达一生的"卖血记",野心勃勃地开创出属于他自己的世界来,这两个世界的素材看起来皆源于现实,你看,土改、"大跃进"、大饥荒、"文革"等重大历史事件依次登场,可是,你如果想要从中寻觅历史真相的话,那就找错地方了,因为这些事件被转化并吸收到余华自己的世界中,它们不再是它们本身。第二种是批判现实主义所钟爱的"拟世"型小说,"拟世"型小说不为自身而存在,而是意欲成为一面纤尘不染的镜子,清晰、准确地映现着现实,更梦想成为一架 X 光机,瞬间穿透现实内置着的规律或本质。《兄弟》即是"拟世"型小说,它模拟"文革",特别是改革开放以来中国的发展道路,并探寻如此高歌猛进的发展势头背后的动力源——粗鄙的力量。余华的"拟世"冲动强烈到一个地步,他还要以纪实的方式,在十个典范词汇中再一次模拟近几十年来中国的发展历程,模拟的结果是:他惊奇地发现,中国的经济奇迹的奥秘,恰恰在于"政治上的不够透明",更在于"今天的中国人以无孔不入的方式和无所畏惧的草根精神促进了经济的发展"①——"无孔不入"和"无所畏惧",就是一种粗鄙的力量。所以,我们可以说,到了二十一世纪,余华的"创世"欲望逐渐被"拟世"冲动所取代,他如此执着、切近地观察和思索着我们的时代,不时做出诸如"我们不仅生活在现

---

① 余华:《十个词汇里的中国》,麦田出版社 2010 版,第 234 页。

实和历史的巨大差距里,也生活在梦想的巨大差距里……还生活在社会认知的巨大差距里"之类的断语,而他自己也从仿佛无所不能的"创世"之神,蜕变成同时书写自己和中国的疼痛的见证人。如此一来,我们又回到了前面的结论:二十一世纪以来的余华是当下中国最具现实关怀的作家,他一直在凝视现实,解剖现实,他非常清楚,现实永远是第一位的,"文学不可能高于生活"①。

当余华把视线从近几十年的发展史收回到刚刚涌现出来的超级现实时,"拟世"的神圣冲动猝然衰竭——现实绝对地超过了他,如何"拟"?现实新闻化了,"拟"又从何说起?面对这一既熟悉又陌生,既盛大又衰颓的现实,余华只能大而化之地说一说自己的感觉:浓雾弥漫,空虚混沌,"这个城市失去了白昼和黑夜,失去了早晨和晚上";只能因陋就简地用塑料椅子与沙发、国产与进口火化炉之间过分直露的比照,来指涉巨大的阶层落差;更只能人云亦云地发表一些并不新奇的言论,就像"金钱在权力面前自惭形秽",等等。不再企图"拟世",余华就在新闻化的现实中载浮载沉,他甚至要设置一个死者的视角,用死亡本身的虚无和匮乏,一劳永逸地解除死者以及死者背后的叙述人的"拟世"能力,于是,他们不再有常人的喜怒哀乐,面对背叛,他们不再嫉恨,比如对李青,面对黑幕,他们也不再愤怒,比如对伍超的死,叙述就在一种类似于"声音陆续降落到安静里"的语调中,一步一步地走下去。这一能够吸纳、溶解所有声音的安静语调,就像余华心中如祖父一样沉默,任何惊喜或忧伤都打动不了的土地:"他知道一切,可是他什么都不说,只是看着,看着日出和日落,看着四季的转换,看着我们的出生和死去。我们之间的相爱和钩心斗角,对他来说都是一回事。"②就在如土地一般安静的叙述语流中,生与死、爱与恨的鸿沟被逐一抹平,余华的"拟世"冲动也随之流泄净尽,那个一直试图读懂中国的余华似乎不见了。从世界稍稍后撤,余华自顾自地创造了一个名叫"死无葬身之地"的貌似乌托邦的所在:那里没有公安、消防、卫生、工商、税务,那里"水在流淌,青草遍地、树木茂盛,树枝上结满有核的果子,树叶都是心脏的模样,它们抖动时也是心脏跳动的节奏"。不过,站在人人生而不平等的现世,去设想"人人死而平等"的乌托邦,不是一种软弱症和幼稚病?而且,乌托邦对现实构成

---

① 余华:《威廉·福克纳》,见《温暖和百感交集的旅程》,上海文艺出版社 2004 年版,第122 页。

② 余华:《土地》,见《没有一条道路是重复的》,上海文艺出版社 2004 年版,第 44 页。

一种批判性、超越性的力量,只会存在于与现实保持高度紧张感的人们的心中,而《第七天》如此无力的死者视角,如此安静的叙述语流,又能涌起多少批判的激情? 其实,批判的激情是在"拟世"的基础之上自然喷发出来的,批判现实主义这一名词,就是对批判与"拟世"关系的最好注解。余华消泯了"拟世"的冲动,批判的锋芒也就大大收敛了,他不会去悬想一个光亮、整全、绝对的乌托邦,来逼视与审判可诅咒的现实,而愿意去细细勾描"死无葬身之地"这一簇微凉之火,微凉之火在一阵紧似一阵的异己、疏离的风中摇曳。

　　既无意"创世",亦无力"拟世",《第七天》与现实是什么关系? 余华勾画这一簇微凉之火,到底意欲何为? 让我们从《第七天》的题目说起。余华常常征引《圣经》,《兄弟·后记》说到了"登山训众"中的"宽门"和"窄门",在《第七天》的扉页上,余华又引述了《创世记》的段落:"到第七日,神造物的工已经完毕,就在第七日歇了他一切的工,安息了。"我感兴趣的是,创世七日,余华为什么单单选中第七天? 第七天之于刚刚创造出来的新鲜世界,又有着什么样的意义? 我们知道,在创世的前六天里,神分别创造了光、空气、植物、日月星辰、动物和人,更创造了世界的秩序,"神看着是好的"。不过,"天地万物都造齐了",神倦了,所造之物也倦了,神和他所造的一切都需要安息——敛去创造的光芒,把世界沉入暗影之中,迎来忘却一切的酣眠。安息是对创造之辛劳的充分体谅和无上之慰藉,是给予创造者和所造物的神圣报偿,就在这一收获之后的宁静、安详中,新的创造力在苏醒,在孕生,于是,"神赐福给第七日,定为圣日"。第七天原来是有福的、神圣的,它的神圣性就在于创造中的世界终于获得了安息,一种歇了"一切创造的工",让所有的疲惫都得到神圣的安息。这样的安息似乎是无力的、向后的、弥散的,却又是温柔的、绵长的、孕生的,就像是月光,如果它也算是力量的话,也是一种润物细无声的,反力量的力量——因为消融了力量,所以更有力量。相反,前六天的创造虽然饱满、辉煌,却又因为疲惫,所以是匮乏的,因为亢进,所以是难以持续的,只有在安息的轻柔、博大的暗影中,创造才能确认自身,并达成自身的持存。《第七天》里的"新闻串烧"所描述的现实,就类似于神的创造,它从无开启出有,从混沌辟出一片鸢飞鱼跃。不过,在神那里,一切被造都是甚好的,而在中国奇迹的背后,却是数不胜数的操劳、颠簸,甚至是屈辱、疼痛。面对这种一面是奇迹一面是灾难,一边是灯红酒绿一边是断壁残垣,有时演出喜剧有时演出悲剧,看起来是暴力、暴力之中却又潜藏着惊人的爆发力的撕裂性腾飞,余华不会昧着良心唱赞歌,也不会轻松地登上道德制高点来痛加挞伐,而是把撕裂性腾飞不由分说地烙在人们身上和心头的印记,极精准、平静地叙述出来,这样的叙述,就像他对杨飞听到那对夫妇哭声的感受的描述:"我仿佛看见潮水把身穿红色羽绒服的小女孩冲上沙滩,潮水退去之后,她独自搁浅在那边的人世间。"如此精准、平静的叙述所叙述出来的现实既不是花团锦簇,也不是千疮百孔,而是一种耗尽了心力之后的太操劳、太疲惫的样子,这样的现实,就像死后一直守候在殡仪馆,只剩下骨骼的杨金彪,"他的声音里有着源远流长的疲惫"。"源远流长的疲惫"既是余华对杨金彪一生所付出的过量辛劳的体察,亦是他对经济奇迹背后堆积如山的苦难,以及苦难极久远的历史根源的追认——这样的历史根源,他有过明确的总结:"其实在三十多年所发生的经济奇迹里,革命并没有消失,只是脱胎换骨以另一种形式出现。或者说,我们的经济奇迹里,既有大跃进式的革命运动,也有文革式的革命暴力。"[①]因为疲惫已是如此源远流长,所以,余华就一定要开启一种安息的力量,创造他的第七天,让被疲惫掏空、衰竭了的人们得到休息,就像神曾经做过的那样。这样的写作之于现实的关系,我称之为"慰世","慰世"绝不是闪避现世的苦难,而是在承认世间之苦的基础上,用安息的力量来慰藉受苦的人们。

《第七天》所开启的安息的力量有如下特点。首先,安息的力量是谦抑的、无力的,仿佛来自现实的另一面,所以,它只能源于那些不断丧失而不是不停收获的人们——收获的人们正在前六天里热火朝天地攫取,他们鄙视丧失者,他们还想不到安息。这就难怪《第七天》里的人物大都经历过接二连三的丧失,比如,杨金彪因为养子的存在所以丧失了爱情、婚姻,因为养子生父生母的到来所以丧失了养子,杨飞相继丧失了生父生母、爱人、养父、工作,伍超用卖肾的方式(多么像许三观的卖血啊),表明自己终极的匮乏,最终,他们还一定要丧失他们的生命,成为死者,成为骨骼的人,在"死无葬身之地"里游走。其次,安息的力量既是由一再的丧失充盈而来的,于是,它就不像是一只有力的大手,一副宽厚的怀抱,而像是哀伤,更像是哀伤之时的哭泣。哀伤和哭泣不带来,也拒绝现世的报偿,因为仇恨之类的现世因果被阻挡在了"那个离去的

---

① 余华:《十个词汇里的中国》,麦田出版社 2010 版,第 190 页。

世界"里,它们甚至无法为丧失者洗清伤口,剔出伤口里的碎石子和木头刺,因为伤口在"那里"裂开,就再也缝补不上。不过,到了"这里",到了余华的第七天,哀伤和哭泣却可以让丧失者得到抚慰,让疲惫者得到安息,你看,当杨金彪对儿子哀伤地说,"你这么快就来了",如是者四,还说,"我在这里每天都想见到你,可是我不想这么快就见到你",当他为儿子"流下了白发人送黑发人的眼泪",我们知道,杨飞的疲惫得到了休憩,他可以安息,或者得永生了。由此,《第七天》便常常于静默之中响起哭泣,"这里"的哭泣不是愤怒的绝叫,疼痛的嘶嚎,也不是有余裕、有距离的悲天悯人,而是一种让所有的丧失者都得到安息的虚弱的力量。再次,安息的力量因为谦抑,所以又是温润的,因为无力,所以又是绵长的,谦抑与无力,让那些死去的人们只能自己为自己戴上黑纱,他们都是一群自我悼念者,温润与绵长,又让自我悼念者坐到了一起,他们成了"一棵回到森林的树,一滴回到河流的水,一粒回到泥土的尘埃",他们不再是一个,而是一群。安息的力量原来能给予丧失者以"一群"的体认,就在"一群"这一如水溶于水的熨帖、安详感中,丧失者再也不会孤单。需要说明的是,这种由不断的丧失充盈而来的安息与《创世记》的安息大为不同。在神那里,安息既是对于有创造的报偿,亦是对新一轮创造的开启,它是创生的。在余华这里,安息不指向任何未来,它不奢望甚至害怕新的循环的开启,所以,它也绝不是对既有创造的肯定,当然也不是简单的否定,而是在对所有的辛劳和斫伤充分懂得之后,一再叹息般地说:太疲惫了,安息吧,让所有的丧失者永远地安息吧。这一既微妙又斩决的区别,就像是微凉之火与月光的差异——创造的阳光熄灭,月光升起,月光使阳光遍洒的世界获得了一张一弛的均衡,微凉之火不会燃成熊熊大火,它就那么既柔弱又坚定地摇曳着,摇曳着,这就够了。

从这个意义上说,《第七天》不仅是一部互联网时代的痛史,更是一阕安魂曲,安魂曲为这一时代所有的丧失者响起。

从"藏地三部曲"看西藏故事的西藏化趋向

　　二十一世纪伊始,范稳用十年的时间写就"藏地三部曲"——《水乳大地》《悲悯大地》和《大地雅歌》。走进"藏地三部曲",我们会看到溜索、玛尼堆、煨桑的青烟、耸入云天的卡瓦格博雪山、咆哮的澜沧江、磕长头的喇嘛、骑鼓飞行的苯教法师等"奇观",会遇上土司与雪山巨人族之间世代相续的血仇、喇嘛与教会的相互吸引与相互残杀、流浪歌手或杀人如麻的土匪对于一个女子无需理由更拒绝任何理由却耗尽了一生去痴恋之类的传奇。这些"奇观"和传奇是如此的陌生、新奇,因为它们离我们那么遥远,遥远得像是神话,它们又是如此的熟悉,熟悉得像是从来如此、只能如此、怎么可能不如此——我们心中不都深藏着一片神奇的西藏?我无意于复述并赞叹这些一定会让猎奇者觉得兴味盎然的"奇观",而是想探究这一系列既陌生又熟悉的"奇观"背后的生产机制,并追问批量生产如此"奇观"的心理和社会动因及其不可避免的后果——"奇观"之于制造和消费"奇观"的人们意味着什么?之于现实中的藏人和藏地又意味着什么?

一、释、耶、爱熔铸成的"人间净土"

　　在《大地雅歌》题为《从慢开始,越来越慢》的"后记"中,范稳总结了"藏地三部曲"各部的主旨:

　　　　写《水乳大地》时我看到的是多元文化的灿烂与丰厚,我写了文化、民族、信仰的砥砺与碰撞,坚守与交融;在《悲悯大地》中我描述了一个藏人的成佛史,以诠释藏民族宗教文化的底蕴;而在最后一部《大地雅歌》中,我想写信仰对一场凄美爱情的拯救,以及信仰对人生命运的改变,还想讴歌爱情的守望与坚韧。

让我们循着作者手绘的草图,逐一检视"藏地三部曲"。

《水乳大地》以沙利士神父在弥留之际又一次神回二十世纪之初他与卡瓦格博雪山相遇的那一幕起,以神父升天终,中间的长长篇幅交织着土司、喇嘛、纳西人、传教士、红汉人等多重势力在逼仄峡谷中长达百年的缠斗。基督教只在西藏零星流传,它与藏传佛教的冲突在西藏诸多问题中从来没有显眼过,可是,范稳偏偏要用一个神父的生与死来绾结峡谷乃至西藏的百年史,如此知其不可而为之的处理方式暗藏如下用心:首先,只有在神父外来者眼光的映现中,西藏才不再是那个藏人眼中司空见惯到平常甚至平庸的西藏,而被陌生化为"纯净如天国"的圣域——圣域从来在别处。其次,神父的视角不仅是外来者的,更与信仰、皈依、拯救等"向内"的精神性质素和趋向相关联,于是,由神父的视角折射出来的西藏哪怕有过太多的仇恨和杀戮,仇恨和杀戮也会被过滤、宁息,从而沉淀下一个绝对静穆的西藏,一片精神化了的净土,就像那座秀美、纯洁的雪山,宛如"一个冰清玉洁的无言美人"。再次,传教士涉足佛土,难免震动藏传佛教原本铁板一块的统治,从而导致宗教冲突,宗教冲突既指械斗,乃至战争,也指各宗教派别之间无望的沟通和无休止的诘难,就像杜朗迪神父与让迥活佛那一场自说自话的"大辩论"。于是,以传教士为总绳带起西藏故事,势必会把西藏的现代史写成基督教与佛教,乃至于纳西人的东巴教、红汉人的主义之间的冲撞、消长史,用范稳自己的话说,即是多元文化相互"砥砺与碰撞,坚守与交融"的历史。不过,西藏全民皆佛,文化素来单一,何曾有过这样的大冲撞、大交融?滇、藏交界处的不典型个案又怎能成为整个藏地的一张切片?更关键的是,从文化冲突的角度切入西藏的书写方式本身,潜藏着一个根深蒂固的逻辑,也可以说是偏见:西藏是一个精神性的西藏,只在文化和宗教的意义上被我们瞩目和憧憬,它的世俗性、肉身性的一面从来都是不必要的冗余。

精神性的西藏生来一派乐园景象:"那是一个没有族别、猜疑、仇恨以及战争的年代,家家的土地都一样大小,羊皮袋里的青稞面也一样多,没有人饿死,也没有人是奴隶。"从乐园坠落下来的西藏虽然历经无数的劫难,却仍旧不改它的与生俱来的精神性,它的精神性表现在如下方面:(一)灵异。灵异的世界里,咒语是有肉身的,天空和山梁上遍布着被枪弹打得支离破碎的咒语的尸体;落败的神巫翻身入水,就能变成一条黑色的鱼,转瞬间消失了踪影;苯教法师播散的黑烟迷失了清兵的心窍,直至多年以后,他们才醒来,发现自己回到了汉地老家,抑或是去了一个做梦都没有见到过的地方。需要说明的是,灵异既是藏人眼中的现实,也是他们天才的再创造,在一种创造性的沉酣中,"人人都是神灵世界的作家和诗人,这份才能与生俱来,与秘境一般的大地有关"。(二)不发展的时间。"秘境"的时间从来是不发展的,就像伊甸园里何曾会有逝者如斯的感叹。不过,时间的根本特性就是线性发展性,时间不发展,也就是要让万物在空间中延展开去,获取各自生动的具体性,却又取消了时间,从而使生动的万物不会被时间风蚀,而是永恒地驻留着。这样的时间感,把洪荒和当下折叠起来,唯余一曲雄浑的歌谣在传唱:"流传在峡谷里的创世歌谣和英雄传奇被人们唱了一代又一代,但是每一代的吟唱者给人们叙说的并不是洪荒年代的历史,而是昨天刚刚发生的事情。"所以,不发展的时间,说到底还是一种把西藏神秘化的施魅术。(三)净土。现实与艺术、洪荒与当下之类不可能突破的时空桎梏被突破、被搅乱,生与灭、苦与乐、爱与恨这些两极性的经验和情绪也就泯然相契了,甚至不单是相契,更可以由此推演出感激苦难的逻辑,因为极乐正是从苦难中孕生的。此种古怪逻辑,劫后的让迥活佛一语道破:"生生灭灭,灭灭生生,我们还要感谢这场苦难哩。"苦难只是极乐的养料,苦难的地基上一定能绽出极乐的花朵,这样的西藏当然是没有荫翳的净土,藏人则是净土上无忧的子民,沙利士神父说,这些子民把人生简化为干活、信教和娱乐三件事,他们永远不会出现精神障碍。(四)特例化。作为净土的西藏更是一个特例,一个与我们处于同一个物理时空却又遥远得仿佛栖居于异星之上,无法用普世价值去教化,反而会用它的怪异的价值来滋润被普世价值禁锢得口燥唇干的我们的特例。特例化的世界与我们的世界毫不通约,比如,藏人的病只有藏人的"门巴"才能治得了,也如,我们的世界要求快,越快越好,西藏却是慢的,"越来越慢",就像让迥活佛说:"洋人的想法让神灵也感到不可思议,既然每个人的终点都是死亡,我不明白他们跑那么快干什么。"特例化的西藏,就像是纳西人的"养毒鬼","养毒鬼"照应着人类生活离不开的魔鬼世界,西藏则珍藏着种种我们心向往之却又不想真正拥有的神奇,"养毒鬼"因为与鬼怪打交道而被人们敬而远之,西藏则因其一定会惊扰到世俗生活的稳定性的神奇,而成为一座我们都想涉足从而分有它的荣光却不会真的居留以免被特例化的"异托邦"。

《悲悯大地》中的西藏也有过人、神"一同交流与舞蹈的美好岁月"。美好的岁月一去不复返的世界里,万物依旧有灵,你看,雌雄宝刀在空中飞舞、嬉戏,羊对活佛说出一段亦释亦耶的箴言:"伤害越深,人们的罪孽越重,开悟也才来得更快。"红狐能变成女人,这女人还能堂而皇之地成为朗萨家族的儿媳妇——"既然藏族人的灵魂寄存在大自然中的某个动物或植物身上,既然在生死轮回中生命忽而为人忽而为动物,人和它们中的一员成为一家,又有什么奇怪的呢?"不仅人与物的藩篱被拆除,梦境还闯进了现实,现实不过是另一场梦境,就像一支从梦的深处射来的毒箭击穿了白马坚赞头人的喉咙。如此一来,藏地的幻化本性也就水落石出了:"神圣雪域,无一物不庄严,幻化国土,无一事是事实。""幻化国土"是一片讲究因缘果报的佛土,不过,藏地的因缘果报不是理性化的因果锁链,而是一种开启灵异之境的契机,一种万事万物之间断续的、跳跃性的此呼彼应,被因缘果报的网络缠绕着的世界,理直气壮地"是"其所"是",却无须问更不该问为何"是"、怎么可能"是"。于是,范稳不必顾及事理的可能,甚至懒得做出必要的情绪上的铺垫,径自让骁勇、气盛的阿拉西一夜之间变成虔信的洛桑丹增喇嘛,喇嘛放下刀枪,朝圣城拉萨磕起了长头,去寻找他的佛、法、僧三宝。就这样,"一个藏人的成佛史"以乖谬的方式揭开了序幕,走向一个又一个越发不可理喻的乖谬。比如,洛桑丹增还要丧失所有护佑着他的亲人,甚至要丧失布施给他的渡船人才桑一家,才能接近他的三宝,因为执着,哪怕是对于亲人的眷恋,都是成佛的禁忌,佛性本无他,只是"……舍弃了人间的一切执着,让人的本性像河流里顺水而漂走的木棍那样,自然而轻盈地漂向大海"。由此可见,范稳所理解的藏地之佛就是对于日常生活的倒错,就是要把世界转换为世界的影子,让"在"不在从而长长久久地"在"——"把心训练得跟空气一般轻灵透明,甚至连轻灵和透明都不存在"。佛,原来是一种精神化到空无一物的至高境界。绝对精神化的佛因为一无所有,所以无所不能,于是,一个喇嘛的悲心可以阻止峡谷里的一场屠杀,有了供奉喇嘛骸骨的白塔的庇护,"峡谷里再没有发生过战争,人们再没有动过刀枪"，那里还成了一个宗教圣地，五彩的经幡挂满塔的周遭。有趣的是，范稳还让达波多杰走遍雪域高原，去寻找一个康巴好男儿的三宝——宝刀、快枪、良马。可是，当达波多杰终于囊括三样宝物的时候，他却发现自己已是一无所有，因为最完满的有一定是无，是烦恼，而无才是真正的有，是菩提。佛、法、僧三宝之于刀、枪、马三宝的无可比拟的优越性，标明范稳已经把西藏更深一步地精神化，精神化到了蔑视乃至湮除一切现实之物的程度，他的西藏原来是有厌物症的，它的真理只在死亡的时刻到来。至于范稳在"藏三宝"价值序列的顶端，又添上红汉人带来的翻身、自由和土地"新藏三宝"，则纯属与小说主旨无关的错乱，他还无法用他的精神化逻辑消化和编码他从教科书上得来的"常识"。

到了《大地雅歌》，范稳重拾宗教旧题，写信仰对于爱情的拯救，对于命运的改变。不过，峡谷里一百年来未曾停歇过的宗教对峙和仇杀，非但没有加深神父与喇嘛之间的隔阂，反而在他们的心里各自鼓荡起一种理解对方、尊重对方，甚至与对方交融在一起的神圣愿望。这样的愿望，用杜伯尔神父的话说，就是在被驱逐、被诛杀的死路之外，"去开辟一条发现佛教中的基督这条新路"，而屡遭劫毁的顿珠活佛亦有类似参悟："实际上佛性和基督性，都是有信仰的人心中的一汪幽泉，只是我们更多地去论辩它们的相异，而没有去发现其本质的相同之处。"这个"本质的相同之处"，被顿珠活佛提炼成了一本书——《慈悲与宽恕》。接下来的问题是，慈悲与宽恕这两种全然不同的宗教情怀怎么就在本质上相同了？这一相同处又怎么会拥有让活佛与神父跨过十余位传教士的尸体，达成谅解和包容的伟力？范稳的答案是爱。在范稳那里，爱是佛家与一切众生哪怕是仇敌苦并乐的无上慈悲，也是传教士前往最危险的地方，哪怕牺牲了自己的性命，也要拯救世人灵魂的大愿心。这些宗教之爱的出发点都是对于世间苦的体认，旨归则是对于世间苦的拔除，其中全然是交出了自己乃至抛弃了自己的无怨无悔。爱到无我，怨怼如何发生？不过，无我之爱看似透亮得没有一丁点杂质，实则暗含着无法调和的悖论：没有了我，如何涌向世界？涌向世界不是从来都是我之于世界的动势？所以，无我之爱根本没有现实的驱动力，只是一种让世故的人们可以心安理得地世故下去的口号而已。不过，宗教之爱在范稳的爱的差等序列中只居于下方，在它的上面，还有一种更让人着迷的"爱情的守望与坚韧"在散发着永恒的光辉。这里的爱情，不是俗世里的男欢女爱,而是两个男人对于一个女人的,无需理由更不计后果,所有的现实考量于其中都被宣判为庸俗和腐朽的爱意。这样的爱情很轻,只是一棵草的重量,因为它走到了现实的背面,又极重,因为它拒绝了现实,所以恰恰长在了人的心上,它的根还会扎进人的血管,"你身上的血管有多少、有多长,它的根就有多少、有多长"。这样一种完全祛除了现实所以纯粹、惊心动魄到了极致的爱情,恰似死神的翔舞,因为爱神与死神一样,都处在生的那一边,难怪《水乳大地》中的纳西人本然地认定:"爱和死,是一对如影相随的、非此即彼的孪生兄弟。"如此一来,范稳所鼓吹的爱情就不可避免地带上了宗教的气息,它与宗教之爱甚至是一回事的——因为绝对无我,绝对超凡脱俗,所以绝对爱。绝对的爱只能在精神化的西藏里长养,也只有精神化的西藏才配拥有,绝对的爱甚至就是精神化的西藏本身。

回视整个"藏地三部曲",我们会发现,西藏的现实性被渐次剥离,精神性则在现实性被剥离的过程中得到反向的刺激,从而越发的激越,激越的顶点,即是活佛与神父在爱的名义下的谅解,以及因爱反目的人们在心底里对于对方的懂得和守望。精神性西藏的来路颇芜杂,有藏传佛教、基督教、东巴教、红汉人的主义,更有爱,爱才是藏地的主导精神,是爱把诸多异质性的精神调和到一处,从而熔铸成一片人间净土,净土中处处都有爱的歌声在传唱。不过,范稳很少考虑,绝对的爱如何可能?爱真的能够调和那么多无法调和的矛盾?称颂爱会不会正是对于现实问题的悬置和遗忘,而且,现实问题越棘手,越堆积如山,爱的颂歌就会越发高亢?

二、西藏故事的几种讲法

让我们暂时放开"藏地三部曲",先来回顾一下自 1951 年西藏和平解放,特别是 1959 年"平叛"以来西藏故事的流变史。需要说明的是,故事讲法先于故事而存在,故事可以千差万别,故事讲法却只有那么几种,故事讲法的有限性就是我们想象并抵达对象的方式的有限性。西藏故事的讲法,大致经历了如下变迁。

其一,从二十世纪五十年代年到八十年代初期的绝大多数西藏故事,说的虽是藏人、藏地、藏事,却并不在意西藏的特殊性,而是关注在社会主义改造以及其他一系列现代性工程中,藏人如何获取社会主义公民的身份,怎样融入现代化进程之类的普遍性问题。比如,才旦卓玛演唱的《翻身农奴把歌唱》,虽然铺排了霞光万丈的太阳、展翅飞翔的雄鹰、闪着银光的雪山、波浪翻滚的雅鲁藏布江等雄奇的西藏风光,这些风光却没有汇聚成一个独一无二的西藏本身,而是指向了翻身以及带领农奴翻身做主人的领袖和政党:"毛主席呀红太阳/救星就是共产党/翻身农奴把歌唱/幸福的歌声传四方。"就这样,西藏风光的特殊性使得翻身故事的普遍性更显生动,翻身故事的普遍性吸收、消解了西藏风光的特殊性,并以此进一步确立了自身。再如,意西泽仁的《依姆琼琼》写十二岁的藏族小姑娘依姆琼琼在大风雪中赶着牦牛去县城卖干牛粪,换取家中急缺的茶叶和盐巴,却晕倒在冰天雪地,为县委书记所救的故事。小说处处点染着藏地风情,可藏地风情从来不会作为自身驻留,而是百川到海地归结到对于"洁白的哈达也要染成红色"的年月的批判上去,以至于《依姆琼琼》与汉地的《陈奂生上城》相比,根本没有多少特殊性可言,反而要粗陋了许多——不再担心弄脏地板、坐瘪弹簧椅之类细节无法被意识形态收编,它们才是小说的。

其二,在二十世纪八十年代以后的西藏故事里,西藏开始作为西藏本身被对待,西藏的特殊性也就随之浮现出来——西藏的千山万壑中到底埋藏着多少隐秘,究竟是哪些神奇的力量模塑了西藏的过去,更制约着它的将来?需要强调的是,西藏的特殊性不是作为抽干了"意思"的"形式",就像西式客厅里摆放着的一只转经筒一样被想象、被消费,而是作为有着深邃内里的"意思"被陈述、被追索的,我们从这些特殊性里获取的不是特殊性本身所带来的西藏果然如此特殊的审美餍足,而是西藏哪里特殊、怎样特殊、为什么特殊之类特殊性之所"是"依据自身逻辑的一一布展。比如,扎西达娃的《西藏,系在皮绳扣上的魂》写一对康巴青年对于香巴拉的寻找,这是最能体现西藏特殊性的故事,可是,扎西达娃果断驱散特殊性迷雾,声明这一对青年是从他的小说里走出来的,纯属虚构。弥留之际的塔贝终于听到了神示,"我"不忍心告诉他,神示不过是洛杉矶奥运会开幕式的实况转播——理性化的世界到处都是世俗普遍性,哪里来的神示特殊性?不过,藏人硬是把实况转播听成了神示,西藏现代性转型注定会无比艰难的特殊性也就被轻轻拈出了。再如,阿来的《尘埃落定》以一个傻子的眼光看取土司制度如何一步步走向灭亡,其中不乏血亲复仇、割头盗罂粟种之类"奇观"。但是,阿来的目光并没有黏附于"奇观",而是投向了"奇观"背后暗藏着的土司制度土崩瓦解的历史之必然,当历史之必然被彰显和厘清,"奇观"也就被取消了它的奇异性,成了历史之本然,我们于历史之本然中收获的不是果然如此的餍足,而是原来如此的沉思。餍足是对象对于我的迎合,是消极的、腐朽的,沉思则是我朝向对象深处的突进,是积极的、创生的。

其三,西藏一直是西方世界想象中的乐土,詹姆士·希尔顿发表于1933年的长篇小说《消失的地平线》以及据此改编的同名好莱坞电影,又最大限度地激发并扩散了这一香格里拉想象(亦称香巴拉,即极乐园),从此,西藏就像电影的主题曲《这美丽的香格里拉》所唱的那样,成了西方人的梦中家园:"我们欢畅/我们欢笑/这可爱的香格里拉/这美丽的香格里拉/是我理想的家。""理想的家"当然不同于现实中那个被理性祛魅之后变得日益贫瘠、板结的家园,而拥有了一系列与理性背道而驰的梦幻特性:"神秘的、精神性的、充满启示的、非技术的、热爱和平的、道德的、能够通灵的⋯⋯"[1]就在家园神话反复传颂的过程中,梦幻的、精神性的西藏形象日益得到强化,强化到西藏仿佛生来就是如此梦幻、精神性还要世世代代地梦幻和精神性下去的程度。需要说明的是,西藏形象的梦幻性、精神性不是从现实西藏中抽绎出来的,它与现实西藏原本就没有多少关联,而是一种被强加、被建构的西藏性。被强加、被建构了西藏性的西藏,就不再是西藏本身,而是西藏化的西藏。西藏化的西藏不在雪域高原,而在西藏神话传颂者的心中,它也不再是真实的存在,而是西藏神话传颂者现实缺失的想象性补偿。西藏化的西藏之于现实西藏,就像被佛法加持之后,拥有了通灵神力的符咒之于作为物的符咒本身。西藏化的西藏所拥有的魔力,作为西方人的戈伦夫深有体会:

> "西藏"——仅其名字就会使人浮想起神秘、离奇、灵性、奇风异俗和玄妙的幻景。她是一块笼罩在朦胧中的土地,几乎任何一个有关她的或者声称来自她的稀奇古怪的故事,都毫无疑问地被世界上

---

[1] 汪晖:《东方主义、民族区域自治与尊严政治——关于"西藏问题"的一点思考》,《天涯》2008年第4期。

无数的人敬畏地接受和相信。①

到了二十世纪九十年代的中国,市场成了铁则,市场在给中国人带来富裕的同时,也理性化、实利化了中国人的灵魂,理性化了的中国人也做起了香格里拉的美梦——把奇异、通灵的幻想寄放到那一片雪域,他们就可以踏踏实实地做一个实利的人了。他们不会想到,所谓的香格里拉,其实是一种西藏想象。更关键的是,当香格里拉成为一个普泛的梦时,一定会被文化工业征用,文化工业源源不断地生产出合乎标准的西藏化的西藏来。当西藏化的西藏被批量化生产和消费时,也就必然地丧失它的乌托邦属性,蜕变成带有浓郁的异域特殊性的乌托邦符号,乌托邦符号是市场系统的重要一环——乌托邦符号并不试图激起乌托邦冲动,消费乌托邦符号的人们也并不真的期待乌托邦的降临,他们所要的,只是一些证明他们也在向往乌托邦的符号而已,而这样的普泛需求,正是无限的商机。对此,汪晖有准确的判断:"这个西藏其实更像是时尚,而不是精神的故乡。"于是,这个时代漫天飞舞着有关香格里拉的符号,你听,流浪歌手在召唤:"来吧来吧我们一起回拉萨,回到我们阔别已经很久的家。"你看,十卷本的《藏地密码》以解谜的名义把西藏永远地谜语化。就连藏人也汇入了这场狂欢,他们以个中人的身份确保了传奇的真实性,比如,次仁罗布的《放生羊》《德吶》《传说在延续》等小说,讲述了一个又一个奇异、通灵的西藏故事,作为"秘境"的西藏形象于是得以固化。

从关注西藏的普遍性到制造和兜售西藏的西藏性,西藏故事经历了巨大变迁:西藏故事的讲述者不再关心西藏"是"什么,而是要求西藏"应该"怎样,关心西藏"是"什么的人立足于西藏本位,而在要求西藏"应该"怎样的人那里,西藏则是一个痛痒不相干的"他者",他们在"他者"身上看到的只是他们自己。无疑,精神化的"藏地三部曲"就是三部要求西藏"应该"怎样的"力作",范稳的出发点和目的地从来都是作为文明的现代人的"我们",而不是据说无比灵异的"他们"。对于这一点,范稳并不避讳,《悲悯大地》多次有意无意地提及一个喜欢听达波多杰讲过去的故事、靠写字吃饭的家伙,这个家伙的出现,正好标

① 【加】谭·戈伦夫:《现代西藏的诞生》,伍昆明、王玉宝译,中国藏学出版社1990年版,第1页。

明达波多杰及其身后的西藏对于他以及整个"我们"的世界来说只是一个有趣的故事而已。在创作谈中,范稳更直接认定,"我们的生活有问题",为了"逃避都市生活的单调枯燥和不可遏制的颓废萎靡",从 1999 年起,他开始了在西藏大地上的多次"行走","行走"的理所当然的结果就是,那些"高耸的雪山、深切的峡谷、广阔的草原、苍茫的森林",以及"古老的寺庙、古朴的村庄、歌舞的海洋、神秘的教堂",为他的创作"提供了想象力腾飞的基地"。① 撇去瑰奇的自然风光不谈,他对人文场所的修饰语无非是古老、古朴、神秘云云,在在契合由西方人开创出来的西藏性,虽然他非常清楚,现实的西藏绝非如此冥顽不化,他甚至会因为西方人的西藏想象对现实西藏的误解和丑化而叫苦不迭:

> 我长久以来的推断这次在国外终于得到证实:九成以上的老外认为西藏不是中国的。不管你怎么跟他们解释西藏过去怎样现在发展如何国家投入了多少,藏族人现在的生活又如何。但老外们都不相信,连西藏也需要现代化也不相信。我想我们的外宣实在太失败了。平常没有公信力,关键时刻就失灵了。②

明明知道现实的西藏是现代的,更是需要现代的,可是,西藏现代性一面就是进入不了范稳的创作世界,他的笔只指向那片人间净土,一个西藏化的西藏。基于此,我可以肯定地说,范稳的西藏"行走"是一种想象的旅行,他穿行在真实的峡谷与河流之间,却沉湎于由西方人构想出来的想象的西藏中,想象的西藏给真实的西藏盖上一层神秘的面纱,真实的西藏就不可能向他打开真相,更不会给他启示,他的思绪就停留在那一层面纱之上,为面纱本身的神秘而惊叹和沉醉,并由此赢获丰沛的写作灵感和激情,从而写出一部比一部更绝对、更纯粹、更精神化的"藏地三部曲"来。其实,范稳非常清楚,以皇皇三部曲的形式铺排人间净土的种种神奇,会给他自己带来什么样的好处,因为《水乳大地》反复告诉我们,都伯修士拍了许多峡谷风光的照片,这些照片要是能带回欧洲,将会给他带来"令人羡慕的荣誉","植物海盗"布洛克博士在中国西南

---

① 范稳:《我在文化多元的云南》,《当代(长篇小说选刊)》2004 年第 2 期。
② 见"新浪微博·微笑的范稳"2012 年 12 月 4 日。

部采集了十多万份的动植物标本和种子,"他的英名早就誉满全球"——全方位刻画人间净土的浩大工程,不是比拍照片、采集标本更能抓住西方人以及同样渴望着香格里拉的中国人的心? 值得一提的是,《水乳大地》的法译本题为"牛奶与蜂蜜的土地",由此标题即可看出,《水乳大地》获得法译者青睐的原因并不在于它写的是西藏,一个真实的西藏,而在于它描绘了一个雪域里的迦南美地,一个现实中的香格里拉。从这个意义上说,范稳十年磨出来的一剑比"我们的外宣"更失败、更糟糕,而且越万花缭乱越失败,越深入人心越糟糕。

西藏的西藏化会引发一系列连带效应,简单列举如下。(一)把西藏工艺品化。《大地雅歌》中的奥古斯丁擅制土陶,他的土陶器在藏区的各大景点畅销,令人不禁心生赞叹:"看看吧,这些原始、质朴,造型又奇特精美的玩意儿,上面还有个洋签名。这是来自神秘藏区最神奇的工艺品,是一个隐居在雪山下的藏族艺术大师的创世之作。"其实,"藏地三部曲"就是一件奥古斯丁的土陶,原始、质朴,带有神秘雪域的灵性,上面还有传教士、教民这些"洋签名",土洋结合的精致"玩意儿"当然会走俏于怀有香格里拉梦想的人们之中。可是,如果你把"藏地三部曲"当作西藏写真,并以为读了它就好像真的理解了西藏的话,那你就如同在藏区景点门前沸反盈天的摊点买了件"玩意儿",就大言不惭地宣称拥有了西藏一样荒唐。工艺品迎合的是游客到此一游并因为到此一游所以一劳永逸地收藏了景点的占有欲,其实,游客与景点从收藏的刹那就永久地分别了,而"藏地三部曲"满足了世人的香格里拉梦想,世人就在梦想满足的瞬间头也不回地离开了西藏,西藏则被打包,沉入了忘川。(二)把西藏特例化。特例化不仅是前文所说的把西藏当作一个迥异于"我们"世界的特例来看待,更指以特例的名义把西藏从"我们"的世界中刨除出去,于是,西藏就不再是一个需要严肃对待的现实之域,而是一个故事,一则神话,就像琼斯先生和杜伯尔神父不约而同地认定:"在我们看来,迄今为止,他们就是一个生活在童话中的民族。"更严重的问题随之而来:神话的美丽和灵怪慰藉了世俗的心灵,可是,几乎每一则神话都会出现恶魔噬人的桥段,有谁会真的在意神话里人的厄运,更何况神话的神奇之处就在于,一定会有一位法力无边的大神救人于恶魔的趾爪。同理,作为神话的西藏满足了"我们"的家园梦想,"我们"却不必为家园里一直存在着的贫困、宗教及民族冲突,甚至不断发生的藏族僧侣自焚之类的惨剧而揪心,更不必费心去厘清这些惨剧的来龙和去脉——这不是看三国流泪,替古人担忧吗? 而且,神话的世界无所不能,今天的净土即使在恶土化,说不定明天又会复归为永恒的净土、不朽的香格里拉了,谁知道呢? 所以,西藏的特例化的必然后果,就是要把西藏从现代化进程中剔除,一任它沉沦于贫困和冲突的苦海。

痴迷于西藏化的西藏故事的人们当然不是有意作恶,但是,他们的想象和叙事却在事实上掩盖了现实西藏危机重重的真相。所以,西藏故事的西藏化趋向可以休矣,还世人一个真实的西藏,不仅是"我们的外宣"的职责所系,更应该从"我们"每一个人做起。

怒与耻,"顺从"世界的两种方式
——论苏童《黄雀记》

一、近视法与"我们香椿树街"

苏童早就挑明他之于历史的无力感:"历史长河中的人几乎就是盲人,而历史是象,我们属于盲人摸象的一群人。"①万事万物都是在历史的流转中获取自身意义的,历史与意义从来都是双生子,失去了历史感,也就在一定程度上勾销了意义,所以,苏童这句话的另一层意思是:我不懂你们所谓的意义,在意义面前,我就是一个盲人。我们还可以把这句话进一步理解成一种态度的宣示:患了意义失明症的我自动退出你们的意义系统,意义系统之内所有的元素、秩序、准则,我一概不懂,统统没有兴趣,你们要是想在我这里寻找那些被意义系统祝福过的诸如正义、自由、反抗、平等之类的大词的话,那算是找错地方了。卸载了意义系统,苏童顺势把目光从远景、观念、绝对、永恒处往回收,停留在近景、现象、相对、暂时处。其实,意义系统里面不是没有近景、现象、相对、暂时,只是被意义系统同一化了的它们不是作为它们自身存在着,它们从来不是自足的,它们只是通达远景、观念、绝对、永恒的一只筏子,当我们登上岸来,筏子也就被永远地舍弃了。但是,到了苏童这里,筏子再也没有义务载着我们登上彼岸,筏子就是筏子自身,筏子自身作为风景驻留。这样一种把目光收回到筏子这样的近景处,只在近景处流连往复的看世界的方式,我称之为

---

① 苏童:《回答王雪瑛的十四个问题》,见《纸上的美女》,人民日报出版社 1998 版,第 189 页。

近视法,近视法看不清既高且远处的目标,却能把一直为远视法所鄙夷、所忽略的近景处尽收于眼底,苏童就在近景处那些鸡零狗碎、挨挨挤挤的人和事之间乐此不疲地逡巡,竟也发现这里自是一派大好的风光。

苏童的近视法所发现的大好风光,落实到纸面上,就成了他一直在努力构建的"我们香椿树街"。请注意香椿树街的修饰语——"我们"。主流话语体系中的"我们"是一种神圣同盟,神圣同盟压倒了"我",吸收了"我","我"只能作为"我们"的一员发声,"我"的每一次发声要么是"我们"的大合唱中的一个小小和声,要么是一缕悠远回响。苏童的"我们"则消解了对于"我"的压迫性、同一性,成了一种弱而又弱的泛指,在此泛指中,哪怕是再卑微、再怯懦的"我"都可以作为"我"自身被浮现、凸显出来,被凸显出来的"我"与无数同样被凸显出来的你、他原来是同一艘船上的,同一艘船上的"我"与你、他一起组构成一个松松垮垮的集合——"我们"。"我们"没有神圣性,只有凡俗性,没有宏伟蓝图,只有不得不一天天度过的日常生活。苏童之所以创造性地清洗"我们"这一词汇,就是要避开任何一种"知识"强加在"我们"的日常生活之上的前理解,让无法被意识形态照亮,不可能被现代化的规划、目标所打动的日常生活,以其幽暗、潮湿、嘈杂的本来面目呈现。需要说明的是,查尔斯·泰勒把"日常生活的肯定"视作现代认同的"三个主要侧面"之一,他甚至引用《失乐园》的诗句——"对我们日常生活的了解是最大的智慧"——来肯定日常生活自身内蕴着的,不待他物自上、自外地赋予的神圣性。① 而苏童所发现的日常生活却只是"是"其本来所"是"而已,没有多少神圣性可言,当然也就不会引发苏童对它的简单化的肯定。香椿树街既然是属于苏童意义上的"我们"的,香椿树街上既然每天流驶着苏童意义上的日常生活,它就不可能是试验田、样板街,也不会是批判现实主义所谓的典型环境,它就那么自顾自地散乱着,堕落着,拒绝提升,远离整饬,苏童提及它,每每看似痛心疾首实则会带着一丝自得地说:"寒酸破败的香椿树街,落后守旧的香椿树街。"同样,行走在香椿树街上的"我们"也不会是标兵、模范、典型,而是《黄雀记》中保润、柳生、仙女这样一些既善

---

① 【加】查尔斯·泰勒:《自我的根源:现代认同的形成》,韩震等译,译林出版社 2001 年版,第 317—351 页。

良又邪恶,既彪悍又怯懦,既相互依存又彼此伤害的"平民"①,这些"平民"从来不会像王朔笔下的大院子弟们过着"阳光灿烂的日子",他们就在也有风雨也有晴的寻常日头下,各自献上自己"卑微的香火""卑微的祈愿"②,并最终完成卑微的自己。

用近视法切入世界,当然也就看不清,或者说是主动放弃了世界的框架、走势、规律,大框架被解除了、放弃了,小细节也就顺理成章地得以彰显、放大,近景处原来一定淤塞着太多原本被大框架所删除的小细节。更重要的是,没有了大框架的限定,小细节也就不必作为大框架的附属物、填充物来说明大框架,而是各自有理、有趣地蔓生开去,小细节甚至赢获了自身的厚度、密度,弥散着神秘的光晕,它们竟是如此光彩照人。彰显小细节,就是对于世界的陌生化,因为我们历来所见无非是一些内置于大框架之中因而早已被大框架所解释、所转化的小细节;更是对世界的"神化","神化"不是对世界的提升,而是一种承认自己没有能力来判断世界、切入世界,未被惊扰的世界由是开启出半是苍白半是瑰奇的原初面目的过程。《黄雀记》到处都在绽出动人的小细节。比如,保润提着仙女的旅游鞋,"热乎乎的,白色鞋垫上有一圈汗渍,她的脚,也出脚汗的"。这是旅游鞋及其主人的世界向他的一次敞开,在此敞开的过程中,他的肌肤感受到她的温度,"热乎乎的",他的眼睛看清了她的形体所留下的印迹,"一圈汗渍",他的心若有所悟,"她的脚,也出脚汗的",如此,他才真切地把捉到她,他和她原来可以挨得那么近。再如,保润被抓,一家子过得水深火热,但是,老实的父母出门喊冤之前还记得用粉笔在门板上工工整整地写下,电表:1797,水表:0285。一丝不苟的字迹,就是一颗什么样的风雨都打不乱、摧不折的安安稳稳的"平民"的心,有了这样的心,香椿树街的日子就算再鸡飞狗跳,说到底还是可以按部就班地过下去的。专注于小细节,苏童的写作就一定是捡了芝麻、丢了西瓜的,不过,西瓜丢了,就丢了吧,在他看来,芝麻可能比西

---

① 苏童在《我为什么写〈菩萨蛮〉》一文中特意拈出"平民"这一概念:"我一直觉得有一类人将苦难和不幸看作他们的命运,就是这些人且爱且恨地生活在这个嘈杂的世界上,他们唾弃旁人,也被旁人唾弃,我一直想表现这一种孤独,是平民的孤独,不是哲学家或者其它人的孤独。"见《纸上的美女》,人民日报出版社1998年版,第168页。
② 傅小平:《我不在先锋的江湖上——苏童谈长篇小说〈黄雀记〉》,《海南日报》,2013年12月5日,B10版。

瓜香甜得多。

苏童曾在《我为什么不会写杂文》一文中说，伟大的杂文家是一群"真正勇敢而大胆的人"，他们把世界当作病人，他们要拿世界开刀，反之，他接连用四个"作家如我"的句式，来表达他这样的作家之于世界的无力、茫然、沮丧，因为他这样的作家根本看不出世界哪里病了，为什么病了，这样的病该如何医治，他的解剖刀应切向何处，比如：

> 作家如我，有时候企图为世界诊病……但我发现我无法翻动它的巨大的沉重的躯体，我无从下手，当我的手试探从巨人的腋下通过时，我感受到巨人真正的力和重量，感受到它的体温像高炉溶液使你有灼痛的感觉，我感到恐惧，我发出了胆怯的被伤害了的惊叫。

一再申说如此深重的沮丧感，似乎证明苏童体认到自身的局限，可这一系列申说为什么就不可以是一种强烈到不得不以沮丧感来表现、来伪装的自傲：正因为我是无力的，我在世界这一杂文家眼中的病夫面前放下了我的解剖刀，世界才有可能向我传递出就像高炉溶液一样的灼灼体温，向我展露出"真正"的力和重量，世界原来就是一个"巨人"！世界由病人朝向"巨人"的转化，正是前文所述的彰显小细节的陌生化、"神化"过程的必然后果，而"巨人"令人恐惧、惊叫的力、重量和体温，无非就是由去框架化的小细节叠加而成的日常生活以及日常生活所弥散开来的光晕。

二、小物件与匮乏者

林林总总的小细节中，最炫目的莫过于各色各样的小物件，小物件在苏童的世界里散发着绵长的、摄人心魄的光辉，这样的光辉让苏童以及他的人物们如此沉醉，以至于苏童不得不郑重其事地把它们放置在标题之上，比如《回力牌球鞋》《木壳收音机》《灰呢鸭舌帽》《伞》《古巴刀》，不一而足。在《黄雀记》里，小物件当然也不会缺席，这里有放射出两道优雅、高贵、冷漠的绿光的旱冰鞋，有一直没有真正出现的罗医生的"最漂亮最威风"的白色雅马哈和头盔，还有仙女昧了保润的八十块钱买来的录音机。请注意,苏童世界里的小物件只是一些寻常什物,未必会有多少出彩之处,可苏童就是让这些寻常什物焕乎有光、有神了,其奥妙无非如下两点。首先,苏童的小物件一般不会是自然造物,这就杜绝了人对于小物件的触手可及或是人与小物件之间悠然相契的可能,顺带着回避了人之于大自然的乡愁。相反,他的小物件大抵是初级工业化时代的人工造物,放射着自然界不可能拥有的陌生、奇异的光辉,这样的光辉让刚从农耕时代走进初级工业化时代的人们感到无比"震惊"(shocking),"震惊"中的人们被这些绝对地超过了他们的不可思议的造物彻底俘获。苏童笔下即便出现自然造物,自然造物也会被初级工业化时代所改造和同化,成为一种自然的人工造物,自然的人工造物依旧令人"震惊"而不是与人相契的,就像那只挂在城市肉铺里的珍稀的"白雪猪头"。其次,原本寻常的小物件要能弥散出光晕,当然离不开一直在凝望却又始终得不到小物件的人们的无可弥补的匮乏,小物件与匮乏者之间存在一种紧张的反向依存关系:匮乏令人绝望地拉远了匮乏者与小物件的距离,悬隔于不可逾越的距离之外的小物件因而越发璀璨,匮乏者则因为小物件的璀璨而越发匮乏、越发羞愧、越发愤怒。比如,保润的梦遗大抵与S形相关,S形就是仙女穿着绿色旱冰鞋滑行的优雅弧线,这样的弧线让他羞辱、让他愤怒、让他梦遗——梦遗是欲望的虚幻的达成,这是由匮乏导致的更深一层的匮乏。再如,听着录音机的仙女让蹲伏在窗外的保润觉得自己病歪歪的,而且下贱,就连他的影子都是又细又瘦的,像一滩"卑微的水渍"——病歪歪、下贱、卑微,是匮乏在匮乏者心上烙下的不可磨灭的印记。小物件对于匮乏者的压倒性优势最典范地体现于《一个礼拜天的早晨》的结尾:李先生被卡车撞死,血污边横陈着散了架的破旧自行车,车龙头上挂着的肥肉却完好无损,"在早晨,九点钟的阳光下,那块肥肉闪烁着模糊的灰白色的光芒"。这个场景看起来像是小物件之于卑微的匮乏者的祝福,其实是诅咒,匮乏者就在小物件的祝福一般的诅咒声中,一步步走向自身的晦暗和终结。

小物件与匮乏者之间的反向依存关系,源于苏童刻骨铭心的童年记忆。苏童在《过去随谈》等文中一再忆起他的就像是一盏十五瓦灯泡的黯淡光线弥漫了的清苦童年,他还曾说起母亲买盐丢了五块钱,找了整整一天都无果之后的伤心哭泣。童年的极度匮乏使他太敏感于小物件的璀璨,因为他自己就曾

"震惊"于它们无法抗拒却又遥不可及的光辉，更使他一再地重返"我们香椿树街"的匮乏者身边，他只有反复叙述着他们的匮乏，才能暂时性地纾解自己无法纾解的紧张，所以，匮乏是他的起点，也是他的宿命。不过，说到童年记忆之于匮乏者形象的影响，并非暗示"香椿树街系列"就是苏童的自叙传，这就像《二十四诗品》所说的"语不涉己，若不堪忧"——正因为苏童在讲述匮乏者的故事时毫不"涉己"，才会倾泻出仿佛无法承受的巨大的忧伤，反过来说，正因为无法承受巨大的忧伤，才会好像毫不"涉己"。

小物件煽动着匮乏者的既蓬勃又空洞的欲望，它们就是欲望的具象化。在欲望面前，不单丑陋、懦弱的保润是匮乏者，潇洒得有些流里流气的柳生同样也是匮乏的，匮乏的他不得不习惯于与保润的阴影同行，他还隐隐看见自己的未来冒出了一缕神秘的青烟，他更时时记起仙女坐在窗边，看书，发呆，像一个旅行者坐在火车上，"他眺望着她的火车，她的旅程。他可以望见她的火车，但眺望不到她的旅程"——他拥有她的初夜，却在初夜的同时无可挽回地错失了她，他的一生还要被这一错失一股脑地吞噬，她成了他永远的匮乏。有趣的是，这些被历史/意义遗忘的匮乏者在赌咒发誓的时候偏偏喜欢征用历史之类的大词，比如，柳生骂保润"你这个国际大傻逼"，保润也会对提审员说："历史会证明的，我没有强暴她，我只是捆了她。"不过，他们对这些大词的征用显然出于误用，误用拧干了大词的真实所指，只剩下干瘪的空壳，可是，在匮乏的征用者面前，就连这些空壳都是光闪闪的，不断地证实着他们的不可救药的匮乏，嘲弄着他们还未喷发就已衰竭的欲望。这一次，苏童还要把高高在上的仙女拉回人间，让看似无比充盈的她显出匮乏的真面目。仙女的匮乏是全方位的，这不仅体现在她被庞先生抛弃，她在温婉、虔诚的庞太太面前看清了自己的粗野，还体现在她出身处的一片空无，更体现在不论是被强奸还是怀孕，一切的罪孽都必须由她的身体来买单——怀孕哪里是充盈，怀孕是自己的身体孕育出一个庞大的异体，是身体对于自身的决绝的逃离。匮乏到虚无的仙女成了一片阴影，一片刚刚降落的黑夜，"带着浓重的露水，带着一些诡秘的忧伤"。这样一来，白小姐就跟保润、柳生一样，都是香椿树街上的匮乏的"我们"，"保润的春天""柳生的秋天"和"白小姐的夏天"所讲述的，无非就是一些"我们"的冬天里的故事，在冬天里，"我们"各自应付着自己根本无法应付的匮乏人生，"我们"再也快乐不起来，快乐是假象，"而真相是连绵不绝的阴影,它像一座云雾中的群山,形状变幻莫测,排列的都是灾难的比喻"。这里还要说到小说中那位最深重的匮乏者——美男子瞿鹰。美丽会让匮乏加倍?瞿鹰哭了,"奔放而流畅"地哭了,边哭边嘟囔着,他后悔,后悔死了。瞿鹰就是一面最清晰的镜子,映照出"我们"所有人的匮乏,"我们"面面相觑:"后悔。后悔。谁不后悔呢?他们各自的生活都充满了懊悔,所以他们静静地听着,并无人嘲笑他的哭声。"后悔不就是生之否定,一种彻头彻尾的匮乏?

三、围困与拯救之路

内在的匮乏必将导致外部的围困,外部的围困又将加剧内在的匮乏,匮乏与围困原本就是一回事。为了进一步钩沉出"我们"的匮乏,苏童精心编织了一批关于围困的意象,把他的人物死死地缚住。比如,圈套,四月充满了由欲望演化而成的圈套,圈套套住了保润。也如,捕鱼,保润就像一条咬饵的鱼,被柳生的鱼竿拉出了水面,白小姐就像一条不安分的鱼,自以为游得很远了,"还是逃不脱这个城市的渔网"。此外,还有两个意象被苏童一用再用,以至于成了"我们"被围困的存在状态的象征。其一是兔笼,柳生觉得,他像一只兔子,钻进了笼子,也许已经被白小姐提在手上了,而白小姐和柳生一起睡在保润家的夜晚,她也觉得,她和柳生,"多像两只兔子,两只兔子,一灰一白,它们现在睡在保润的笼子里"。其二是绳结,绳结是指保润打出来的莲花结、文明结、法制结,还指保润通过"绳索之路"在仙女身上找到了欲望的出口,更指命运的捆绑把白小姐从一个人的手上传递到另一个的人手上,"绳套对她说,留在这里。绳套对她说,你丢了魂,一切听我的"。被兔笼罩住、被绳结捆住的"我们"被限定死了,也消耗尽了,"我们"中的每一个人都把捉不住自己、不再是自己,或者说把捉不住自己、不再是自己的自己才是"我们"最真实的自己,"我们"只能以不是自己的方式存在着,这样一种以不在的方式存在的尴尬状态,穷途末路的白小姐体会尤深:"她是一个囚犯,是一个胎儿的囚犯。她是一个人质,是一个模糊的未来的人质。她也是一件抵押品,被命运之手提起来,提到这个陌生的阁楼上了。"囚犯、人质、抵押品,大概就是"我们"的存在状态的真切写照，无论如何都挣不脱的。这样的存在状态，苏童还要用"黄雀"一词轻轻拈出——黄雀是美的，让人沉迷，黄雀又是一种惘惘的威胁，让人恐惧，"我们"就在沉迷与恐惧交织的令人亢奋的绝望感中等待着被命运吞噬的时刻的到来。

世界围困着"我们"，处于命运共同体之中的"我们"应对世界的方式当然会存在一定程度的共性，这样的共性又会使"我们"养成一种相对稳定的社会性格。"我们"的社会性格的第一个特征是羞耻，一种因为觉察出自身的生命比风中飘荡的废弃塑料袋还要"茫然"而油然生出的羞耻。强烈的羞耻感让羞耻中的自己从鲜亮、异己的世界中往后撤出一步，以免遭受更进一步的羞辱，所以，羞耻是以拒绝的方式关上世界入侵"我们"的大门。不过，大门不是想关就能关上，世界对"我们"的羞辱也不是想规避就能规避的，于是，"我们"的社会性格的第二个特征就是愤怒，可以是被羞辱的愤怒，也可以是因为害怕羞辱的来袭所以总是无来由地怒气冲冲——这样的愤怒是以主动出击的方式来掩饰自己的根基处的匮乏，愤怒与羞耻压根就是一回事。《黄雀记》中充斥着这种看似无来由实则其来有自的愤怒，就像仙女的愤怒总是"来历不明"，她的眼神在粗暴地驱逐别人，"走开，走开，离我远一点"，也像全家福中的保润忿忿地站着，"目光是受骗者的目光，瞳仁里隐隐可见两朵愤怒的火焰"。愤怒甚至会让愤怒的人们亲近起来，因为他们从愤怒中嗅出了"我们"的气息，就像那张愤怒的无名少女像，让保润感动一种"难以形容的亲近"，他舍不得把"这一小片精致的愤怒"还回去。小说的结尾，白小姐产下一个婴儿，婴儿的红脸正是"我们"的羞耻的标记，所以被称为"耻婴"，婴儿总是很暴躁、很绝望地"恸哭"着，仿佛哭出了通过血液流传下来的"我们"的愤怒，所以又被称为"怒婴"——羞耻和愤怒原来是"我们"的基因，无法摆脱，不可改造。需要说明的是，羞耻和愤怒既是"我们"应对世界的方式，也是"我们"根据世界赋予"我们"的可能来"顺从"世界的方式，"顺从"是"我们"面对世界的攻击做出保护自身的反应从而求得自身持存的一种努力，就像理斯曼所说：

　　　　顺从不能代表整个社会性格，例如创造方式是社会性格的重要
　　部分，如果没有创造性，社会和个人的生活将很枯燥，然而却能生存

下去,但没有顺从的方式(即使以反面的形式出现)人们则不能生存
下去。①

为了"生存","我们"不得不羞耻、愤怒,所以,羞耻、愤怒说到底都是出自
本能的狡狯,有点虚张声势,有点伏低做小,"我们"终究属于卑微的一群。

不过,苏童还是给围困中的"我们"开启出了两条逃离之路。首先,苏童让
白小姐从河流中找到了最后的出路,虽然这也是"一条压抑的河流,一条被玷
污了的河流,一条患了思乡病的河流"②,不过,即便是这样的河流也能推着她
顺流而下,并在"洗一洗"的训诫声中把她送抵"善人桥"。这里的河流、清洗,
与《渔父》里的"濯足""濯缨"无关,苏童对于太过"高雅"的文人情怀并无多大
兴致,与基督教的受洗更是毫无瓜葛,香椿树街始终飘荡着日常生活的烟火
气,苏童只是在用自己最钟爱的意象为"我们"生造出一条通往乌托邦的拯救
之路,至于这条路通不通,又有谁知道呢? 其次,苏童让怒婴/耻婴在丢了魂的
祖父的怀里获得了宁静,在另一张全家福中,也只有祖父"在时间与水滴的销
蚀中完好无损",在一篇访谈中,苏童也说,保润、柳生、白小姐构成一个三角
形,祖父正是"三角形的中心,或者底色"③。丢了魂的获得了永恒的安稳,守
住魂的却早已失魂落魄,那么,骚动不安的魂魄以及把魂魄刺激得骚动不安的
灼热的欲望才是"我们"造作的根源吧? 接下来的结论当然就是,挣出围困的
另一条道路只能是绝圣弃智、斩除欲望,苏童似乎踏上了老子所倡导的拯救之
路。不过,真的要像祖父一样丢了魂才能获得拯救? 丢了魂的人不就像祖父
的生殖器一样,退缩成一只"隐藏在稀疏的白毛中间"的小小田螺? 这一条拯
救之路同样是靠不住的。其实,苏童想说的是,让拯救见鬼去吧,我不要拯救
的光明、通透,香椿树街上的既爱又恨、既清洁又混浊、既愉悦又悲伤的日常生
活本身不就是一派太过迷人的好风光?

---

① 【美】理斯曼、格拉泽、戴尼:《孤独的人群——美国人性格变动之研究》,刘翔平译,辽宁
人民出版社 1989 版,第 4 页。

② 苏童:《河流的秘密》,见《河流的秘密》,作家出版社 2009 年版,第 16 页。

③ 傅小平:《我不在先锋的江湖上——苏童谈长篇小说〈黄雀记〉》,《海南日报》,2013 年
12 月 5 日,B10 版。

论严歌苓的极致美学及其限度

随着《梅兰芳》《金陵十三钗》《归来》《小姨多鹤》等影视剧相继问世,严歌苓惊艳了整个华语文坛,她仿佛就是华语世界里最会说故事的那个人,她的排山倒海而来的故事不停地满足着人们永远不会满足的故事饥渴症。不过,问题依然存在:(一)故事与文学的审美机制、创作动机有哪些不一样,换句话说,故事离文学有多远? (二)究竟是什么样的强烈的创造冲动和独特的写作秘诀使她能够源源不断地写出数量浩瀚到惊人而且带有一种家族相似性的小说,这些小说的水平还都能维持在一个较高的标准? 本文就是一次揭秘之旅。

一、从《天浴》结尾的枪声说起

藏区,荒无人烟的牧场,成都来的女知青文秀和藏人老金一起放军马。为了回城,她跟每一个可能有门路的男人睡觉,哪怕刚刚做了人流。女知青用身体去推开回城之门,并不是什么新鲜话题,王安忆《岗上的世纪》说的也是类似的故事。严歌苓的独异之处在于,她根本不在文秀能否回城这一至关重要的问题上纠结,她也无意深入文秀的世界去细查一次次既肮脏、屈辱又满怀希望还带着点自暴自弃的交媾给她带来的身心创痛,径直用老金的一枪就潦草地终结了她的奋斗史。请注意,这是意味深长的一枪,就是这一枪向我们宣告,类似于知青回城这样的具体的、历史的事件,并不是严歌苓关注的重心,她感兴趣的是这些具体的、历史的事件所提供的独特的、极致的情境——你如此迫切地想,可是不管你付出多大、多重的代价都不可能得到——而一声枪响又把这一极致情境以毁灭的方式永远地封存并升华。只有在这种既可以彻底榨干一个人也能够完全释放一个人的极致情境中,严歌苓才能触摸到她的意义上的人性,才能建构属于她的美学,而这样的人性与美学和它们所由出的具体的历史事件本身并没有多大关联。

更惊奇的地方在于,当老金缓缓抬起枪口,她竟一点都不惊慌、恐惧,一定要回成都的执念在这一美妙时刻也因其粗鄙而被她屏蔽,她就这样"得救似的、信赖地,几乎是深情脉脉地看着他",他也明白了她的"永诀的超然"。于是,枪响了,她飘飘地倒下,"嘴里是一声女人最满足时刻的呢喃"。不管多少次的交媾都不可能让她满足,不,不是不满足,是恶心,只有在死亡的黑暗降临的时刻,她才能顺畅地抵达高潮,她还要哼唱出从身体深处、从灵魂深处喷涌而出的呢喃——最极致的生之欢喜只能由死亡开启,只有死亡才能让她既满足如妇人又纯净如处子,她永生了。永生的她合着眼躺在离天最近的浴池,"身体在浓白的水雾中像寺庙壁画中的仙子"。此情此景分明告诉我们,"天浴"哪里只是一次青藏高原上的身体清洗,更是一场从内到外、不留一丝一毫污垢的全方位洗涤,这一场洗涤的主宰一定是、也只能是死神,死神来临之前,这里是无边无际的人间污垢——只要是人间的,就一定是污垢;死神来临之后,这里则是刹那却永恒的非人间的洁净——只有跳出人间,才能获得终极的洁净。所以,枪杀就是婚礼,就是交欢,就是由人而神的瞬间飞跃。这一场极其怪异、缠绕的枪杀背后,有"刑场上的婚礼""绞刑架下的报告"等革命叙事的魅影在飘荡,严歌苓不管已经多么洋化,也还是生活在自己的成长记忆里面的。就在这一阵由枪杀所引发的高潮处,我们可以看穿严歌苓创作的双重秘密:第一,她所要看取的人性不沾染一丁点人间的尘埃,只有在远离琐碎、芜杂、缓慢的日常生活的时刻和地点,她的人性才会舒展,才会怒放;第二,她的美学只有在生即死、死才生,生与死、黑与白、美与丑之类截然相对的两极被打通、被重合甚至被置换的绝对情境中才能诞生,她的美学是一种极致美学。

我们不要忘了,《天浴》的结尾响了两枪,前一枪把文秀送进了高潮一样的死亡,后一发射向老金自己的子弹又会引发什么样的后果?要知道,他是阉男,一个被劁得很干净,老实了几十年的阉男,他难道还有生命的精液在枪声中喷射?离奇的事情真的发生了。他脱光衣服,调转枪口,命中了自己,爬行两步,没入池中,抱起她,"要不了多久风雪就把他们埋干净了"——从来不洗澡的他在一种一定要以生命相许,也只有生命才配拿来滋养和祭奠的爱意中,在由这一感天动地的爱意所召唤来的片片好雪中,奇迹般地"干净"了。这种"干净"当然是属灵,而不是属肉的,在严歌苓的价值等级中,灵绝对地、不由分说地高于肉,灵甚至要把肉绞杀净尽才能完满自己,获得完满的灵不单是灵本身,它就是肉,一种更高级的肉,一种被灵所充满和改造的肉,它更是灵与肉永恒地交织在一起的无上欢畅。灵尊肉卑的逻辑,她在《雌性的草地》中亦有剖明:"肉体实际上是束缚了生命,只是生命短暂的寄存处,而不死的精神是生命的无限延续,是永恒。"正因为此,他就一定要是一位阉男,一个拖着尘根、不离俗世的男人怎么配成为这一场非人间的爱情的主角?要知道,一丁点的人间污垢就足以把天上的爱情拉回到人间,把概念中的全圆落实为现实中残损的圆。从这个角度说,我们完全可以把他几十年前的被阉割看作一次主动的去势,因为他只有带着他的永远的悬欠投入这一场既无望又笃定的精神恋情,才能获得一种真正的圆满——终于,"老金感到自己是齐全的"。这里的"齐全"当然不是说他在死后长出了尘根,因为尘根从来都是"齐全"的死敌,而是说他以肉身上绝对的空空荡荡走向了自己的大欢喜,我们可以设想,在这销魂蚀骨的大欢喜中,他喷射出精神的精液,发出既像是恋人絮语又仿佛山呼海啸的呢喃,他在她之后高潮了。灵的高潮从来不必同步,同步只是低等的肉的交合。属灵的极致之爱在《老师好美》中亦有完美的演绎:丁佳心不是作为一具肉体而是作为一颗"心"来被爱慕的,她是恋人眼中的"肉体存在之外的一切存在",是"生命的生命"。

二、故事与抽象的、作为情境的悲剧性时刻

理解严歌苓的极致美学的一个关键问题,是它对待日常生活的方法和态度。所谓日常生活,就是"……用来称谓人类生活涉及生产和再生产方面的技艺术语,生产与再生产指劳动、生活必需品的制造以及我们作为有性存在物的生活(包括婚姻和家庭)"①。也就是说,日常生活无非是日复一日的劳作、性

---

① 【加】查尔斯·泰勒:《自我的根源:现代认同的形成》,韩震等译,译林出版社 2001 年版,第 318 页。

和死亡,这样的亘古如此、极少变化的日常生活无法被宏大的意义系统所整合和祝福,它是意义之光照射不到的阴暗和潮湿之地,"它是被所有那些独特的、高级的、专业化的结构性活动挑选出来用于分析之后所剩下来的'鸡零狗碎'"①。东西方的传统文化都厌弃作为化外之地和"鸡零狗碎"的日常生活,它们要穿越日常生活的迷雾,直抵明晃晃的理念世界。到了二十世纪,文化出现一个重大转向,就是回归日常生活,日常生活理直气壮地作为自身而存在,它为自身立法,查尔斯·泰勒还把日常生活的肯定视作现代自我形成的根源之一。毫不奇怪,严歌苓这种从灵魂中分泌出来、不沾染半点肉体尘埃的极致美学对于"鸡零狗碎"的日常生活会怀有深深的恐惧,因为日常生活的拖沓会把它一直紧绷着的琴弦调松,日常生活的污浊会把它的明亮染黑,日常生活浓浓的体味会把它的清爽熏臭。严歌苓从来不会像列斐伏尔那样去设想日常生活在平庸之下可能潜藏着神奇,她一定要从日常生活的无边无际的围困中冲决而出,跑到山高水远,跑成天高地迥,这样才能造就她自己的传奇——她是一定要传奇的,不传奇,毋宁死。严歌苓真是一位二十一世纪美学的孤独旅客,或者叫心甘情愿的落伍者。不过,与日常生活断裂,未必就意味着她要探寻和编织意义,把自己锚定在一个宽阔、厚重的主题上,她的极致美学只是厌恶"鸡零狗碎"的日常生活而已,与作为化外之地的日常生活倒是心有戚戚焉:它们就是要无意义、非意义地存在着,一个轻盈,一个滞重。

这样一来,严歌苓就本能地回避、厌恶正常人的正常生活,因为这种生活太日常了,肉味太重了,她一定要到荒野,到边陲,到异域,到抗战,到大饥荒,到"文革",到一切能够让日常生活的逻辑发生错乱,于是人非人、物非物起来的地点和时刻去建构她的传奇。就算一时找不到这样的地点和时刻,不得不在最正常的生活里排沙简金,她也会在人物的内心深处筑起一间黑黢黢的牢笼,他们看起来过着再正常不过的生活,实则随时汹涌着要把正常生活捆起来关进牢笼的冲动,于是,一次决裂、一种背叛、一场谋杀几乎注定要上演,正常终归要回复原初的混乱,混乱才是终极的宁静。那么,什么样的时刻和地点会比一百年来的中国来得更不正常、更惊心动魄、更匪夷所思?作为一位在中国

---

① 刘怀玉:《为日常生活批判辩护——论列斐伏尔〈日常生活批判〉(第一卷)的基本意义》,《江苏社会科学》2008 年第 4 期。

成长的华人作家,严歌苓有"资格"感到由衷的欢喜和自豪,她说:"大陆的文学资源(故事,生活)比台湾丰富,大陆的文学作品在取材和思考上要胜过台湾。"①她还说:"其实我们占有的文学原材料是相当相当丰富的,所谓故事多发的年代,全世界的作家都应该很羡慕中国作家这一点。"②我想,大多数中国人在回顾这一百年的历史时都会感到痛心疾首或者心有余悸吧,那是一段多么黑暗、颠簸的岁月啊,而华语世界里最好的说故事人却出人意表地感到欢喜,并把血淋淋的苦难焙制成"文学资源",把闹剧、惨剧轮番上场的暗夜般的年代抽象化为"故事多发的年代",这大概正是"感谢苦难"的又一种变调——因为苦难,所以中国作家有福了。

就这样,严歌苓毫不犹豫地删除、回避了一百年时光中"山静似太古,日长如小年"的家常日子,小心翼翼地收藏并大开大合地演绎了所有动荡的、绝望的、窒息的段落。在她的笔下,我们依次可以看到南京大屠杀(《金陵十三钗》)、二战时期发生在上海的名为"终极解决方案"的屠犹行动(《寄居者》)、"反右"以及右派劳改营里的三年饥荒(《陆犯焉识》)、知青返城(《天浴》)、出国热和绿卡梦(《少女小渔》)、澳门赌场的风云(《妈阁是座城》)……千万不要以为严歌苓要用这些关键性的时间点串联起一幅二十至二十一世纪中国的全景图,不,这样的雄心、野心在她看来是可笑的、吃力不讨好的,她要的只是这些时刻所能提供的极致情境,只有在这样的情境里,她才能看到她所要看取的人生。有时候,一个悲剧性时刻远远不够震惊,她需要接二连三的悲剧性时刻来把她的传奇推向顶点,于是,她会让战争、"镇反"、大饥荒、"文革"之类的劫难在王葡萄(《第九个寡妇》)、竹内多鹤(《小姨多鹤》)的身上一一碾过,一记重过一记地碾过,看故事的人也就在短暂的阅读时间内跟着她坐上过山车,翻了无数个跟头。这样的阅读当然是过瘾的,因为一个惊险还没过去另一个惊险就已经到来,更重要的是,涉足险境的阅读者本人又是绝对安全的,他们的心灵不必真的被扯入那些悲剧性时刻,从而感受到拉肝扯肺的疼痛,因为悲剧性时刻已经被抽象为一个个极致情境——这就像过山车所"虚拟"的一浪高过一浪的危险,过山车要是真会翻的话,谁还敢坐?

---

① 庄园、严歌苓:《严歌苓访谈》,《华文文学》2006年第1期。
② 严歌苓、木叶:《故事多发的年代》,《上海文化》2015年第1期。

　　如果说这一百年的历史是一座文学富矿的话,作家们都在朝深处挖,诡异的是,严歌苓的独创性竟然不在于她比别人挖得深、说得透,而在于她根本就不挖、不说,她只是把它们抽象化为极致情境,让她的人物为难、碰壁、逾越、疯狂,从而陷入剧烈的耻感、痛感以及由此带来的无法明言的快感。比如,《金陵十三钗》说的是大屠杀,但大屠杀事件本身并不重要,它完全可以被置换成《创世记》里那场淹没了世界的洪水,因为严歌苓所要的只是一场抽象的、足以毁灭一切的惨剧而已。被毁灭了的南京城竟有这么一座美国人的宁静教堂,教堂里还有一帮唱诗班的少女,这是一种多么具有张力的设置啊——整片黑暗中的一点洁白,这一点洁白随时都有被吞噬的危险,就像汪洋中的一只方舟,遇险的人和动物都想爬上去,负重的方舟在风雨中飘摇。果然,国民党伤兵来了,救不救? 秦淮河的妓女来了,留不留? 这都是一些令人绝望的选择,因为你无法选择却不得不选择,而不管你如何选择你都是错的,你必须独自承担你的选择给自己招致的无法承担的后果。再如,《妈阁是座城》(在严歌苓那里,"澳门"一定要是"妈阁",只有洋人口中这个既熟悉又遥远的地点才能上演她的传奇,就像"南京"一定要是"金陵",否则如何衬得上"十三钗"的巾帼豪情?)看起来是在写赌场风云,实则根本无意于赌本身,严歌苓不会讲述一个"赌神""赌圣"的传奇,也不会编织一个悲惨的"劝赌"故事,她所要的只是妈阁这一块彻底驱离了日常生活的极致之地,并把女叠码仔(从事博彩中介的人)梅晓鸥孤独地扔在那里,梅晓鸥眼睁睁地看着几个心爱的男人依次走向毁灭,她自己也在两种身份——"单纯雌性"这种有情人与叠码仔这样的无情客——的猛烈撕扯中消耗殆尽。这样的消耗是令人窒息、左支右绌的,因为对其中任何一种身份的任何一种偏向都会招致另一种身份的加倍求偿;更是丝丝入扣、刀刀见血的,因为被抽离了日常生活的她所面对的只能是无穷无尽的消耗,她没有多余的空间可以用来走神,用来休憩。

　　严歌苓根据十八世纪法国作家拉克洛的长篇小说《危险关系》改编过一部颇具影响力的同名电影,"危险关系"一词正好能形象地说明极致情境为何物:在严歌苓这里,不管如何具体、历史的情境都只是一种危险到极致的"关系"而已,她就是要把她的人物安排进这些险象环生、迈出任何一步都可能酿成大错,但你又不得不硬着头皮迈出去的关系中,从而让她的读者体验到高度的紧张感以及紧张解除之后的强烈、持久的放松感。正是从严歌苓一定要、只是要满足并鼓荡起读者的阅读快感这一点,我可以认定,她是一位优秀的通俗小说家,一流的说故事的人,她在影视圈比在文学界受追捧得多,有着事理之必然。

三、"有问题的人"

在严歌苓的极致情境中受尽考验、煎熬的人绝不会是常人,因为常人对深渊般的极致情境怀有深深的恐惧,他们从来都是退避三舍、敬谢不敏的;而极致情境也厌弃所有循规蹈矩的人们,因为他们的身体已经跟日常生活长在了一处,他们的生命里不可能有任何故事发生,他们只配做一个瞪着眼、张着嘴看故事的愚蠢的观众。如此一来,严歌苓所写的就一定是一些不正常的人,或者叫"有问题的人","有问题的人"生活在正常人的正常世界的另一边,物质性的阳光照射不到的幽暗的一边,就在这些幽暗的地方,有一束精神性的追光骤然亮起,打到他们的身上,他们一下子鲜活起来,灵动起来,为我们——包括严歌苓在内的所有常人——表演一出出日常生活中不可能的传奇。严歌苓本人也毫不讳言自己对于"有问题的人"的偏好,并把这样的偏好从心理学上认定为是一种"Fantasy"(幻想、好奇):

> 我不仅有 White Fantasy,而且有 Tibet Fantasy,Black Fantasy,India Fantasy,Maya Fantasy……我对妓女、死刑犯、同性恋、强奸都有不同程度的 Fantasy。一切对于我形成谜、离我足够遥远、与我有着悬殊的差异的人物事物,都是我的 Fantasy。①

请注意,严歌苓说的是"Fantasy",也就是说,她无意弄明白界限那一边的人们究竟是怎么回事,也无须感同身受于他们的疼痛与欣喜,她甚至就是一位心狠手辣的"凶手",把他们无情地、决绝地驱逐到界限的那一边,让他们成为"他们",顺带着让我们成为"我们","我们"就在界限的这一边好奇地也是安全

---

① 严歌苓:《从魔幻说起——在 Williams College 演讲之中文版》,见《波西米亚楼》,当代世界出版社 2001 年版,第 152 页。

地窥视着那一边的稀奇古怪的"他们"。"我们"对于"他们"的"Fantasy",正是严歌苓的小说拥有大量拥趸、受到影视圈青睐的原因之所在:正因为"我们"的生活是如此按部就班、波澜不惊,"我们"才越发需要"他们"来为"我们"提供幻想、震惊和绝望,"我们"就在"他们"的大悲大喜中短暂地、想象性地拥有了自己的悲喜。更神奇的是,正因为"我们"已经悲喜了"他们"的悲喜,所以"我们"终于可以把自己的不悲不喜的寻常日子有滋有味地过下去;也因为"我们"已经非常清楚"他们"的悲喜是怎样耗费心神,所以"我们"才会越发心安理得地正常下去、平凡下去——说到底,只有"我们"的世界才是稳妥的、扎实的。从这个意义上说,严歌苓的小说就是一个个寄存着"我们"所有的不安分和冲动的白日梦,这样的梦一定要做,一旦做了,日常生活中的"我们"也就安安分分了。

耽溺于各种各样的"Fantasy"的严歌苓拥有一颗越轨的心,越轨的心拉拽着她用越轨的笔致写下一个个越轨的人和他们的越轨的故事。比如,她决不会涉笔正常的女人,要写她就写妓女,而且一定要是那种身体越是处于下贱心灵就越发比天还要高的妓女,因为灵的"干净"能够绝对地清洗肉的"脏",肉的被动的不得不"脏"反过来还会映衬灵的主动的一定要"干净"——普通的妓女一身肉味,从内到外"脏"得通透,哪有资格出现在她的小说中。在《扶桑》中,我们可以看到,周围的人越邪恶,妓女扶桑就越纯洁,环境越艰险,扶桑就越从容,被占有、被剥夺得越多,扶桑就越是丰满和充盈,严歌苓还要用"虽然……但是……"的句式直接揭示出扶桑始终葆有的、迥异于正常女人和普通妓女的"淳朴又纯粹":

> 她虽然是妓女,但在她身上从来没有妓女常有的贱、嗲、习、媚和那种以灵肉作生意的贪婪,她是一个原始的嚣张的自由体,在她身上没有任何社会和世俗给予的概念和符号,她没洗过脑,只是一个最低的原初的生命形式,一个淳朴又纯粹的雌性体……①

不过,扶桑的"干净"总是令人起疑的——妓女凭什么比常人还来得干净,

---

① 李硕儒:《严歌苓·李硕儒对话录》,《出版广角》2001 年第 8 期。

肉的"脏"为什么非但不会侵蚀反而还能提升灵的"干净"？当然,我们可以退一步想,"干净"只是消极的不被污染,原始的"雌性体"或许可能做到,这就像大地包纳了所有的污垢,却还是一种原初的洁净。圣洁就不一样了,圣洁是朝向价值高位的不停跃升,是对于自我欲望的不断绞杀,它一定是积极的、苛酷的。可是,严歌苓明确地告诉我们,"金陵十三钗"也可以是圣洁的,甚至只有她们才配得上圣洁——假扮唱诗班女孩走向日军堂会的她们成了"南京城最漂亮的一群'女学生'"。我不禁要问:她们从哪里汲取到跃升的动力和能量?她们怎么可能对自己这么狠?更要命的是,为了营造极致的美学效果,严歌苓还把"十三钗"的起点拉得很低、很低,刚逃进教堂的她们就跟别的妓女一样的"贱、嗲、刁、媚和那种以灵肉作生意的贪婪",她们怎么可能于污泥中一夜绽出莲花?从这个角度说,严歌苓对于妓女的圣化是一厢情愿的,无法自圆其说。严歌苓也许会觉得我的指责过于郑重其事,不值一哂,因为能否自圆其说在她那里根本不是一个问题,她在乎的只是站在界限这一边的"我们"能否从对于"他们"的"Fantasy"中获得快感——对于通俗小说来说,快感才是最高原则,真实与否有什么关系?

再如,《谁家有女初长成》写的是杀人犯。我们不要指望这一位充满各种古怪的"Fantasy"的作家去探究罪与罚之类的深层问题,因为在她那里,杀人犯与妓女并无二致,它们只是一种与"我们"足够遥远、极度差异的"谜"一样的身份,这两种身份还拥有一个共同的奇异逻辑:看起来"脏",实际上"干净",貌似有罪,实则无辜。为了落实杀人犯的无辜,她设置了一个绝对荒僻的角落,让两兄弟轮番占有巧巧,无助的巧巧只能以毒杀他们的方式把自己拯救出牢笼。不过,一个只是无辜的杀人犯哪里能够满足严歌苓那一颗越轨的心,她还要求这个杀人犯必须是圣洁的、辉煌的,从而让圣洁与不得不如此的凶残形成剧烈的比照。于是,她又把巧巧抛进一座小小的边防兵站,巧巧就在这个全部由男人组成的封闭世界里——多么极致的情境啊——尽情展露她的美丽、温柔、能干和怯怯而绝望的爱,她真是一个被毁灭的天使。严歌苓没有顾及的是,这两个情境都太极致了,无法融通,它们一定会把小说生生地撅成两半,断了。也如,《小姨多鹤》写中日断交时期隐姓埋名在中国的日本女人。多鹤是一个有家难回的异乡客,一个会说话的哑巴,一个作为小姨的母亲,一个作为生育工具的热烈的情人,即使是妓女、杀人犯还会拥有一些暂时性地忘掉自己的身份、潜进正常生活的安稳时刻,多鹤却注定要数十年如一日地被太多矛盾的身份撕来扯去,一刻不得安宁,她的"问题"真是深重得万劫不复。还如,《护士万红》写植物人,一位在大家眼中与植物无异在护士万红看来却正在以一种敏感、纤细的方式活着的英雄连长。如此设置人物关系的直接后果就是,这一具"无法动弹、欲喊不能的躯壳"同时困住了连长和万红,万红这一个能呼喊、会动弹的大活人也注定慢慢地长成一株植物。这又是严歌苓的诡异辩证:动物性属于肉,是"脏"的,无欲无求的植物性才属于灵,是"干净"的,万红这一株美丽的植物就这么安安静静地矗立着,远离一切饮食男女的日子,内心深处怀着一种"无法施予的忠贞"——还有比一个作为植物人的大活人更分裂、更越轨也更残忍的人物设置吗? 严歌苓的想象力真是丰沛到了疯魔的程度。

四、抽象人性与模式化写作

把"有问题的人"抛进极致情境,细述他们形形色色的痛苦(对于人物)却精彩(对于读者)的挣扎、抉择,这样的叙述语言本身也一定要是极致的,因为温吞水的叙述抵达不了惊心动魄的地点和时刻。严歌苓的极致语言的基本配方就是杂糅反义词:让两个乃至多个反义词相互冲撞、彼此争夺,于是,执着于一边的日常状态消失了,取消了两边同时也就吸纳了两边、超越了两边,两边于其中保持高度紧张的极致状态诞生了。这样的例证实在太多,下面只稍作胪列:

《学校中的故事》:"让一堆丰富的感觉把痛苦变成享受。"

《金陵十三钗》:"谁会加害这些播送无条件救赎的女孩呢? 狼也会在这歌声中立地成佛。"

《扶桑》:"真的有如此残颓而俏丽的东西!""昏了头的女孩子有什么善和恶? 她可以把黑的看成白的,把死亡当成盛典。""它是最脆弱,又最是顽强,这样不设防,坦荡荡的渺小生命。"

《爱犬颗韧》:"它从此理解了这暴虐中的温柔。"

《约会》:"他看不懂这个少年脸上一阵微妙的扭曲。那是交织着
忠贞的背叛。"

反义词杂糅与极致情境是彼此催化、相互生长的关系——反义词一定会
杂糅出极致情境,极致情境也需要一系列杂糅的反义词去逼近、去开拓。于
是,反义词杂糅就成了严歌苓重要的美学标签,运用得多的小说往往就是最严
歌苓的,比如《扶桑》。这样一来,严歌苓的创作从内容到形式就都是"无所不
用其极"的,她也凭借她的极致美学成为最具商业价值的华语作家。不过,这
种竭力挣脱日常生活,一个劲地朝极致情境突进的写作存在多重局限和困境,
比如,我们轻易就可以质疑:美而不信的文学可能吗,脱离了日常生活的极致
情境能够包含多少真切的人性,由此所看取的人性会不会变形乃至走形? 让
我们还是从严歌苓的极致情境说起。前文已经说过,极致情境只是一种"危险
关系",而非具体的、历史的境遇,她也直接挑明自己对历史的淡漠:

作为女人我不是一个对中国的政治历史感兴趣的人······我是一
个唯美主义者,既然我的立足点和着眼点都不在这里,那么历史只是
我所写的故事的一个背景而已,我不想对历史的功过是非做什么价
值判断。①

去历史化的极致情境一定是抽象的,因为这些情境看起来千差万别,其实
只是一些足够"极致"的情境而已。把人物架在抽象的极致之火上来回翻烤,
我们所能嗅吸到的人性的香也一定是抽象的,而禀赋着抽象人性的人物又一
定是面目雷同的——没有生发出具体性的生命怎么可能拥有自己唯一的、不
容混淆的面目? 严歌苓的抽象人性,最典范地体现在《第九个寡妇》中的王葡
萄身上。王葡萄是性感的、妖娆的,就像一枚多汁、饱满的葡萄,一个葡萄一样
的独身女人在接踵而至的乱世中该会受到多少心怀爱意或恨意或醋意的攻击
啊,何况她还在地窖里藏着她的被镇压却侥幸活命的公公? 她能保守秘密并

① 严歌苓等:《王葡萄:女人是第二性吗? ——严歌苓与复旦大学学生的对话》,《上海文学》2006 年第 5 期。

活下去的唯一法宝就是坚忍,这是"雌性体"因其葡萄一样的多汁、饱满而与生俱来的一种抗击打性——汪曾祺在《葡萄月令》中描述过葡萄的抗击打性:葡萄装筐,要一个棒小伙跳上去蹦两下,新下的果子很结实,压不坏。王葡萄正是以这种无与伦比的坚忍逆来顺受地"忍"过极致境遇抛过来的一重又一重劫难,当劫波度尽时,她成了地母,或是女神,她才是真正的胜利者。所以,严歌苓的抽象人性就是把人性窄化为"她"的"她性",只有"她性"才能承受一切、包纳一切并孕生一切,从而稳稳地"忍"过一切苦厄。如此,我们便能理解严歌苓为什么一直在孜孜不倦地写女人,因为只有在"她们"身上,她才能寻找到她所要的人性,而被赋予了这样的人性的人,比如扶桑、多鹤、小渔、万红、梅晓鸥,其实是同一个人——她们无不是那个很结实、压不坏的王葡萄。严歌苓偶尔也写男人,比如《陆犯焉识》,但追踪这样的对象对她来说是力不从心的,她一定要把重心转移到具有一种"宁静的烈度"的冯婉喻,才能获得写下去的动力,虽然这会导致再一次的脱节。张艺谋敏感到她的尴尬,果断删除小说的前半段,把重心放在她等待他"归来"上——等待,一个女性的主题,一种女人的宿命。

把人性窄化为"她性",把"她性"归结为坚忍,并且二、三十年如一日地书写着这份坚忍,严歌苓的写作就一定是模式化的、有章可循的,因而也是轻松的、痛痒不太相干的,这就像是流水线上的操作,哪像手工制作那样既贴心贴肺又呕心沥血? 她的按章操作之"章",就是把"有问题的人"抛到正好能够引发他们的问题但是问题又绝对不能被引发的极致环境中去,就像把巧巧抛进兵站,把文秀抛进荒无人烟的牧区,把小渔抛进真男友与假丈夫的争夺,把多鹤抛进母亲不是母亲小姨不是小姨、妻子不是妻子情人不是情人的尴尬,不一而足。这样的模式以及由此模式所带来的戏剧化效果,《雌性的草地》的"前言"说得很通透:"把一伙最美丽最柔弱的东西——年轻女孩放在地老天荒、与人烟隔绝的地方,她们与周围一切的关系怎么能不戏剧性呢?"掌握了这个秘籍,严歌苓就真的像一条流水线一样批量化生产起来,批量化生产是顺畅的,碰不上什么障碍,她对采访者也一再说明过这样的顺畅感:"我只知道我写作不费力气,写得很快……"①但是,批量生产出来的工

---

① 庄园、严歌苓:《严歌苓访谈》,《华文文学》2006 年第 1 期。

业制品,又能带多少"人"的气息?梅晓鸥说,歌曲、网络上泛滥着爱恨,但是,这些爱恨"都那么人云亦云,都那么不假思索,都那么光打雷不下雨,给她的感觉是这些爱和恨都是无机的,一个模子可以压无数份的"。我想,严歌苓的叙事模子压出来的爱恨也是无机的吧,天空中电闪雷鸣得热闹,可就是下不下一滴雨来。

当然,我的论述从根本上可能就是虚妄的、站不住脚的,因为我在用文学的标准去描述、去要求一个通俗小说家,一个以说故事为志业的人。

"睁一只眼闭一只眼"的"美丽的日子"
——第六届鲁迅文学奖获奖小说综论

第六届鲁迅文学奖甫一揭晓,诗歌奖就照例激起轩然大波,中、短篇小说奖则平静得一如往常。不过,平静未必意味着肯定,平静毋宁表明时代对小说乃至整个文学的漠视和抛弃,就像喧嚣的批评声浪并不真的指向诗歌本身一样。面对这一冰冷的、不怀好意的平静,我们在指责时代病了的同时,也应该反思一下我们的小说创作是不是出了问题,说不定正是这些问题招致了时代的始乱终弃,因为时代不可能抛弃一个能够穿透它、抓住它的对象。此处综论本届鲁迅文学奖十部获奖小说,正是一次反思的努力。

一、不"准确"的语言

汪曾祺论文学语言的关键词是"准确",比如,他说:"什么是好的语言,什么是差的语言,只有一个标准,就是准确。"[1]"准确"的语言观来自沈从文,汪曾祺回忆:"沈先生对我们说过语言的唯一标准是准确。"[2]语言一定要"准确",看起来不过是一句大白话,哪有多少深意,实际上却是得道之人的甘苦之言,因为只有他们才会知道,"准确"的语言要经过多少无情的锤炼,而不只是出自天才和灵感而已。这一事实,沈从文在论述作为"情绪的体操"的文学时,

---

① 汪曾祺:《文学语言杂谈》,《汪曾祺全集》(第4卷),北京师范大学出版社1998年版,第226页。

② 汪曾祺:《沈从文和他的〈边城〉》,《汪曾祺全集》(第3卷),北京师范大学出版社1998年版,第160页。

有着生动到恐怖的描述:"扭曲文字试验它的韧性,重摔文字试验它的硬性。"①再往深处说,"准确"不单是语言层面的要求,它还要指向写作的态度,一种无限地逼近现实、最大可能地打开现实的态度,只有在此态度的逼视、询唤之下,现实才会现身,才能被"准确"地呈现,而"准确"地呈现现实的语言本身也一定是"准确"的。反之,如果我们从现实的表面轻快地滑向由他者和自我共同编织出来的现实的幻象(此时的自我已被催眠、勾销,其实是不存在的),或者干脆闭上眼、转过身,那么,语言就成了幻象的自我编码,"准确"与否,也就无从说起了。"准确"是语言更是态度上的要求,对此道理,《周易·文言传》早有明快的总结:"修辞立其诚。"能够"立其诚"的修辞当然首先要能够"准确"地传情达意,不过,据王齐洲的研究,它还"……要求修辞者持中正之心,怀敬畏之情,对自己的言辞切实承担责任,采用最好的方式予以表达,并预期达致成功……"②这一结论再清楚不过地说明,"准确"的修辞还是一种中正、敬畏、负责的写作态度。明乎此,我就有充分的理由从罗列这十部小说在语言上所存在的诸多不"准确"处开始。

除了吕新《白杨木的春天》把狗的一阵撕咬说成是"上演一段景象惨烈的血泪史"、说瘦弱的冬冬脸色"时常呈现出苍白之势"这样一看就属于用词不当的低级不"准确"之外,大致还有以下三大类型的不"准确"。

第一类是滥用套语,体现了作家描写能力的匮乏以及面对现实时的软弱,他们只能把自己安顿在由套语所编织出来的关于现实的陈旧想象之中,叶弥《香炉山》就是滥用套语的典型。《香炉山》一上来说天上一弯桃粉色的上弦月,"清丽淡雅。它淋了一天的雨,化去了媚态和火躁,散发出蕙心兰质"。姑且不说我无论如何都想象不出一弯"火燥"的弦月,就是"清丽淡雅""蕙心兰质"云云,我也只能朦胧地体会,不能真切地感知,叶弥的月亮之于我始终是模糊的、混沌的。究其根由,是因为叶弥根本就没有在描写月亮的色泽、形态及其给予人的感受和想象,而是用"清丽淡雅"之类不包含任何具体感觉的套语

---

① 沈从文:《废邮存底·情绪的体操》,《沈从文全集》(第 17 卷),北岳文艺出版社 2002 年版,第 216 页。

② 王齐洲:《"修辞立其诚"本义探微》,《文史哲》2009 年第 6 期。

匆匆打发了,套语中没有属于叶弥一个人的月亮。① 月亮不是叶弥自己所思所想、所描所画的,那么,又怎么能指望这个月光下的故事说出叶弥对现实的属己的发现? 还是看看张爱玲对于月亮的描写吧。比如,《金锁记》中的芝寿快被逼疯了,她猛地坐起,哗啦揭开帐子,这真是一个疯狂的世界:"今天晚上的月亮比哪一天都好,高高的一轮满月,万里无云,像是漆黑的天上一个白太阳。"漆黑天上的白太阳无情地炙烤着这个脆弱、错乱的女人,她离死不远了。到了小说的结尾,"我"打开花雕,味道"纯正雅致"——什么是"纯正雅致"? 红酒、白酒甚至红茶、绿茶,哪种上等一点的饮品不能用这个似是而非的套语来形容? 叶弥触摸不到现实的肌体,现实也不会向她回流温度和力量,她还是置身于她所置身的现实之外。

其次是比喻的不知所云。之所以要运用比喻,是因为我们无法穿透太过细密、错综的现实,而只能以熟稔的"彼"来说明陌生的"此",也可以是"此"已经熟稔到了视而不见的程度,一定要通过陌生的"彼"来再陌生化"此",于是"此"一下子焕乎有光,它重生了。不管是哪一种用法,比喻都源于我们对现实以及现实中的自己的强烈的求知欲和奔腾的热情,哪怕是钱锺书式揶揄、讥刺性的比喻,也还有一种发现的欣喜。当比喻开始不知所云起来的时候,我只能认为这些打比方的人是心不在焉的,他们不能也不愿辨析现实的纹理,作为"这一个"的现实也就不会被淘洗出来并涌现于他们的笔端。比如,胡学文的《从正午开始的黄昏》有一个比喻:"虚浮的笑在迈进门那一刻便不断脱落,很快剩下干巴的一绺,像花朵枯落后的秸秆。"秸秆是成熟农作物的茎叶,显然不能用来指称花茎,即便"花朵枯落后的秸秆"这一搭配成立,也无法与虚浮、尴尬的笑联系起来,更不可能进一步渲染出笑之虚浮和尴尬,所以,这是一个无效的比喻。不过,在胡学文看来,只要点出"虚浮"和"脱落"这两个词就够了,如何"虚浮"、怎样"脱落",又有什么关系呢? 胡学文真是粗糙得很。再如,滕肖澜在《美丽的日子》里说上海话是一门学问,"掺杂着许多东西在里面",却又极不恰当地把上海话比喻成了冲过几道之后的茶——谁不知道泡过几回的茶是淡而无味的? 滕肖澜意欲把攥一颗既细腻又厚实的上海心,看来还是有点

① 汪曾祺反对用"绚丽多彩"这样的套语来写小说,他称之为报纸、广播的语言,他说:"什么叫'绚丽'? 我到现在也不知道什么叫'绚丽'嘛。"《文学语言杂谈》,《汪曾祺全集》(第4卷),北京师范大学出版社1998年版,第230页。

力不从心啊。

最后是人物语言(包括所说与所想)与人物身份的错位。汪曾祺多次回忆,初学写作时,他拿着自以为精彩的习作给沈从文看,沈从文看后说:"你这不是两个人在对话,是两个聪明脑壳在打架。"由此,他一直记得老师的教诲:"紧紧地贴到人物来写。"①据他分析,所谓"贴"住人物,不仅是说小说要写人,写其他部分(如景物)也要附丽于人,更是指作家要秉持与人物平等而非居高临下的态度,一种怀着"不可言说的温爱"的态度。如此一来,没有"贴"住人物,而是径自以叙事人的"聪明脑壳"附着于人物的身上来说与想的错位的人物语言虽然可能更睿智、更凝练,可终究是隔阂的、居高临下的,这样的语言中不存在作家之于人物的"温爱",有的只能是倨傲和不屑。比如,《白杨木的春天》中,那个一直管宣传队叫戏班子,称演员为戏子的农村干部王果才在魏团长震怒之下竟有了这样的领悟:"精心给你们准备的内容,你们却说不在意、不重要,只看重形式上的锣鼓声和唢呐声,只追求表面的热闹和混乱,对方不寒心、不委屈、不愤怒,那才是怪事一桩。"看着这些欧化的句式,内容与形式、表面与深层的辩证,我分明觉得,这个农民就是在写论文一样地想问题,吕新的倨傲由此可见一斑。汪曾祺说,小说中的人物不能用警句交谈,良哉,斯言!

语言的不"准确"不胜枚举,细节处漏洞百出。比如,香炉山上一弯弦月挂起,路上已经杳无人迹,此时就算没黑透,也该一片朦胧了吧?可"我"硬是看清路边横躺着一只土黄色蝴蝶翅膀,有着咖啡色和淡黑色的波浪纹——这是"我"眼神太好,还是光学原理在"我"这里根本不起作用?神奇的还在后面。到了深夜,苏送我一支野菊花,"每一朵花儿都光泽亮丽"——即便是后来"我"也能夜视了,也不会看到此番盛景啊,因为"光泽亮丽"的前提是要有光。如果说叶弥在细节处的不"准确"还只是漫不经心造成的,王跃文《漫水》的疏漏就致命了。余公公燕子衔泥般造起了"六封屋,十几间房"的大屋,可是,有太多迹象表明,他的浩大、漫长的造屋大计竟然成就于"文革",比如,新屋落成,秋玉婆在乔迁宴上暴毙,出殡时沿途喊的号子正是"砸烂孔家店啊""林彪是坏蛋啊"之类"批林批孔"的口号。作为 1962 年生人,王跃文亲身经历了"批林批

---

① 汪曾祺:《小说创作随谈》,《汪曾祺全集》(第 3 卷),北京师范大学出版社 1998 年版,第 309 页。

孔",作为中文系毕业生,他不会不知道"李顺大造屋"的悲喜,可他硬是让余公公心想事成了,这样的"知其不可而为之",只能说明他执意要把他的小说从现实的土壤中连根拔起,自顾自地成为一个封闭的世界,一个梦。不过,没有现实力量的持续回流,他的梦注定会枯萎的。

通过以上的琐碎列举,我们已能觉出,这些作家根本无意于现实,对于现实没有一颗中正、敬畏、负责的心,他们只是要经由写作,把自己从现实的跟前拽回来,再回来一点。接下来的问题是:他们如何做到这一点,为什么要这样做,这样做的必然后果又是什么?

二、丰盈的内心世界

把自己从现实的跟前拽回来,回到哪里去? 又有一种什么样的力量能够抵挡现实的黑洞般的吞噬力? 他们共同的答案就是:拓开自己的内心世界,让它更舒展、更丰盈,丰盈得可以让他们忘掉或者假装忘掉不管是阳光明媚还是凄风苦雨的现实,而且,这样的内心世界必须切断与现实的一丝半毫的关联,它与现实的隔绝度之于自身的充盈度正好成正比。让我们还是从具体的例子说起。

徐则臣《如果大雪封门》中的慧聪是一个与现实格格不入的人,他敢在高考试卷上写下洋洋洒洒的"如果大雪封门",他来到北京不是要看天安门而是想看一场大雪——大雪不正是对现实的想象性遮蔽? 驱离了现实性的银装素裹的世界想必非常怡人:"北京就会像我读过的童话里的世界,清洁、安宁、饱满、祥和,每一个穿着鼓鼓囊囊的棉衣走出来的人都是对方的亲戚。"有趣的是,慧聪的想象越是癫狂,他的现实性就被剔除得越发干净,反过来,现实中的他被压抑、被剥夺得越多,他的内心世界的版图就越是蔓延开去,于是,我们仿佛看到了这样一副诡异的画面:一个瘦小、虚弱的南方男孩顶着一个既美丽又脆弱还荒诞的巨大的肥皂泡行走在北京的凛冽寒风中。我们不禁担心:肥皂泡总要破的,慧聪该怎么办? 再如,《香炉山》中的"我"叫艾我素,我行我素了,现实的藤葛于我何有哉! 其实,谁能摆脱藤葛的缠绕? 唯一的方式只能是逃,"我"逃到了花码头镇,而且,"在我享受生活的时候,身边从来不带手机"——不带手机是因为无法抵御喷涌而来的现实,只能抽身而出,关上现实的闸门,所以,"我"享受的只能是非现实的内在生活,就像一场梦。果然,"我"在一次心灵的浪游中遇见了苏,"我"心里低问一声:"你是鬼吗?"当然不是,"我"要他假得跟真的一样,但真的前提是他一定要是假的,就像一个招之即来挥之即去的温柔的女鬼,就是在这里,叶弥接通了鬼故事的传统,也是在向施蛰存《魔道》等系列小说致敬。值得注意的是,鬼故事大抵是男书生邂逅并拯救女鬼,《香炉山》却是女书生邂逅男鬼并被男鬼所拯救,想象的主导权好像从男性转移到了女性手中,男性(拯救)/女性(被拯救)的模式却还是始终如一的,叶弥依旧沉浸在老中国的梦中,"但愿长醉不复醒"。至此,我们可以做一个总结:徐则臣、叶弥都是以关闭现实的方式营造一则童话或者一个梦境,他们忘了或者是不愿深想,现实说关闭就能关闭上吗? 要知道,书生在做着红袖添香的好梦的时候,他们的茅屋一般正在为秋风所破。

童话和梦境是内心世界的外在投射,投影的斑斓倒映着内心世界的虚幻的丰盈。也有直接朝向内心深处推进的,他们掘得那么深,深得成了一个谜、一片禁地,就在这片禁地上,他们郑重地扎下了他们的根,他们觉得,他们好像把自己扎进了遥深、坚实的地壳里,他们终于赢获了自身的主体性。比如,《从正午开始的黄昏》中的乔丁拥有安稳的工作、温馨的家庭,他却一定要间或地偏离规范化的轨道,在"她"的引领下做一个贼。贼当然见不得人,可正因为见不得人,这样的生涯就成了秘密,就像匿名抑或佚名的"她"原本就是一个打不开的秘密——多么迷人的秘密啊,越是幽暗就越是烛照着神秘的光辉,神秘到贼的生涯竟是"关乎心灵"的。到这里,胡文学的诡异逻辑水落石出了:越是神秘得无法命名,就越是拥有了自己的名字,越是完成了自己。贼的故事原来是一个自我确认、自我命名的神话,被命名的自我的主体性竟会如此坚实,就像一个谁也猜不透的缄默着的秘密。被命名的欢乐使得乔丁,一定程度上也就是胡学文本人不由自主地溢出,于是,乔丁/胡学文顺带着让其他人也拥有了秘密,结成了"果子":"他想起远去的她,想起岳母、李护工、杨护工,包括吴欢——也许他不知道罢了。秘密是生命的一部分。从早晨到正午,从正午到黄昏,秘密随生命生长,成为饱满结实的果子,散发着诱人的甜香。"当然,他们都知道,总有一天,"果实会干瘪坚硬,划伤碰触它的人"。

241

不过,转念一想,"从青涩到成熟,从柔软到坚硬,是有一个过程的"——生命无非如此,又能怎样呢?用做贼的方式掘出内心的湖,怎么看都觉得不伦不类,格非的路径就高雅了许多。《隐身衣》中的"我"处处被剥夺,可越是被剥夺,"我"就越是在古典音乐的世界中获得了心灵的安妥,"我"的心灵被音乐淘洗得那么纯净、深广,音乐的浩淼就是"我"心灵的浩淼。这正是格非的古怪逻辑:因为失败,所以凯旋。这样的逻辑,从下面的例证可以看得格外分明。在所有的钢琴协奏曲中,勃拉姆斯的"第二"在"我"心目中首屈一指,它是"我"的"安魂曲",安了"魂"的"我"怜悯着那些失魂落魄的可怜虫:"如果一个人活了一辈子,居然没有机会好好地欣赏这么美妙的音乐,那该是一件多么可怜且可悲的事啊!""居然"一词再清楚不过地揭示了作为"选民"的"我"的倨傲。被选中的人们之间形成了一种类似于基督教"团契"的关系,格非称之为共同体或乌托邦。这个共同体因为只关乎心灵,所以绝对纯粹,因为绝对纯粹,所以人数少之又少,全北京不超过二十人,少而精的共同体完全排他性地存在着,他们不是在世界之中,而是在世界之外、之上:"我们也有足够的理由来蔑视这个社会,躲在阴暗的角落里,过着一种自得其乐的隐身人生活。"从这里可以看出,"我"哪里是不得不隐,"我"是自己给自己披上了一件古典音乐的隐身衣,在隐身衣的庇护下,现实被完全封存,现实中的失败者因其如古典音乐般浩淼的心灵世界而赢获了"至尊性"。杨庆祥说,格非的"我"脱历史、去担当,是真正的失败者,"我"的触目惊心的失败意味着中国的小资产阶级被完全去势,他们"依然是一个无法被命名的暧昧存在"。① 他没弄清楚的是,"我"和乔丁一样,正因为无法被命名,才被一劳永逸地命名了,他们自己为自己加上了冠冕。值得注意的是,我们只是看到"我"一再申明古典音乐的神奇、通灵,可这些音乐究竟是如何神奇的,"我"又通达了什么样的灵境,"我"却自始至终未赞一词,那么,音乐的境界竟如做贼一样神秘得不可言说?不可言说会不会意味着压根就是空空荡荡?格非所构想的"至尊性"可能跟胡学文的一样站不住脚。

---

① 　杨庆祥:《无法命名的"个人"——由〈隐身衣〉兼及"小资产阶级"问题》,《文学评论》2014 年第 2 期。

三、逃离，是为了更紧紧地拥抱

为了保持内心世界的丰盈，就必须关闭现实的闸门，他们关得如此严实，不留一条缝，不透一缕光，他们也由此面临尴尬：他们要拒绝现实，可是怎么可能拒绝得了一个不了解最起码也是假装不了解的对象，就像拒绝一片空无？他们的解决办法就是指认一种抽象的现实之恶，抽象的恶让他们有理由关上闸门，而这样的恶因为还没有获得具体性，恰巧无力叩击、涨破这道门。比如，《如果大雪封门》里的现实之恶就体现于那个稍觉突兀的开头："宝来被打成傻子回了花街，北京的冬天就来了。"现实的北京就像冬天一样冷漠，至于如何冷漠，那就无足轻重了。《香炉山》同样开始就指认出恶：花码头镇出了杀人案，世界一下子危险起来，于是，"我"一定要浸入一个鬼故事一样的梦境，来获得新的安全感。"我"当然不屑细说杀人案本身，因为杀一个人和撕下一只蝴蝶的翅膀给"我"带来的不安全感并无二致。《良宵》所认定的恶是势利，正是势利把年迈的艺术家和艾滋病童驱逐到一处，他们因此拥有了他们的"良宵"，他同样不必费神去厘清艺术家儿子和村民们的势利到底有哪些区别。《隐身衣》所嘲弄的恶则是庸俗，庸俗可以是教授们脸上"既神圣又轻佻的劲儿"，也可以是崔梨花的小市民气，他们都因其不可救药的庸俗成了高雅的"我"的对立面。冷漠、危险、势利、庸俗，哪个时代、什么样的人们不是如此啊，他们讽刺了、抨击了，其实等于什么也没说清。现实之恶被抽象化的必然后果，就是具体的现实之恶不再被深究，这一隐秘机制被《隐身衣》彰显得十分清晰。《隐身衣》不顾跑题的危险，一再调侃教授们郑重到无聊的高谈阔论，而像丁采臣突然摸出一把黑笃笃的手枪一样"狰狞"的、令人不安的现实之恶却被轻轻放过，并随着他的纵身一跃而被永远封存。格非甚至要将被封存的现实之恶审美化，称之为哥特式——审美哪里只是审美，审美其实是面对现实的一种抉择。①

---

① 这一机制在《美丽的日子》《我的帐篷里有平安》等作品中均有露骨的显现。比如，《我的帐篷里有平安》中的"我"明明是被黑脸汉子劫持的，黑脸汉子的部落明明如此卑微、困顿，而仓央嘉措更不只是吉祥的化身而是阴谋、矛盾的可怜的殉品，可是，对于这些幽暗的现实，叶舟一概无视，径自从恶的泥沼跃升至恩典和慈祥的天堂。

以抽象的恶模糊、封存具体的恶，一定会导致对现实的全面肯定，个中关联，被《隐身衣》中的"我"一语道破："如果你能学会睁一只眼闭一只眼，改掉怨天尤人的老毛病，你会突然发现，其实生活还是他妈的挺美好的。不是吗？""睁一只眼闭一只眼"，生活当然挺美好，不过，从"他妈的"这一看似亲狎的粗口中我们还是能够体会到推导过程的艰难以及"我"的内心的挣扎——闭上一只眼，良心能过得去吗？这样一来，"不是吗？"的反问也就不是为了加强肯定语气的"无疑而问"，而是泄露着强烈的不安和犹疑。格非的不安确属珍贵，更多的人则心安理得地闭上了眼睛，"睁一只眼闭一只眼"的写作大抵遵循如下的流程：睁着眼睛看着现实→闭上眼睛沉入内心世界→现实之恶被封存→生活如此美好。他们急切地逃离现实，原来是为了更紧紧地拥抱现实，现实在他们的小说中，特别是结尾处绽出最美的花朵。你看，《如果大雪封门》的结尾降下了三十年来最大的一场雪，慧聪一边吃雪一边说"这就是雪。这就是雪"；《香炉山》的结尾，苏的"一夜之爱"让"我"驱逐了懦弱，"我"将像从前一样无所畏惧；叶舟《我的帐篷里有平安》的结尾处下起了雨，在这个"恩典的夜晚""慈祥的夜晚"；马晓丽《俄罗斯陆军腰带》的结尾，"斑驳的月光从林间洒落下来，迷彩一样涂满了他们的全身"，秦冲的神经性皮炎"奇迹"般地好了；《良宵》的结尾，小孩的手攥住老太太榆树皮似的掌心，她忽地有了力气，如踏着棉花般的云朵，离天空和星辰更近了；《白杨木的春天》的结尾落实在了吃上，只要剪去边缘处腐烂的部分，"就会是一小捆新鲜碧绿的菜"；《从正午开始的黄昏》的结尾，乔丁结束了他的告别之旅，从此，他只是一只散发着甜香的果子，不可告人的一切将如尘埃，静卧在记忆的角落里；《美丽的日子》的结尾，"窗外的风，温润中透着清冽。树叶摇摇摆摆，像微醺的人。阳光淅淅沥沥地洒着，一路泼墨，留下满地金黄色的印迹，很美很美"，一如姚虹此时的心境；《漫水》的结尾，"山顶飘起了七彩祥云，火红的飞龙驾起慧娘娘，好像慢慢地升上天"，余公公缄默了一辈子的爱情在慧娘娘的死亡中得到了完满。列举到这里，我的心中不禁展开一幅幅明媚的画卷，这里有童子面茶花在盛开，有蜜蜂在荔枝林中嘤嘤嗡嗡地采蜜，有"老泰山"掐了一支野菊花（还记得《香炉山》里的一支野菊花吗），插在车上，推着车，"一直走进火红的霞光里去"……且慢，这不是杨朔散文的经典场景吗？此届鲁迅文学奖获奖小说竟有杨朔的文学精灵在翔舞？如果真是如此的话，一个看似刻毒的联想就不会是没有道理的：杨朔的纯美、温馨建立在隐瞒和删除"三年困难时期"饿殍遍野的现实的基础之上,他的抒情已被历史证明只是一则谎话、神话而已①,那么,这些一定程度上继承了杨朔精神的作家与他们的不祧之祖一样也在撒谎? 如果说杨朔因为用他的美文抹去了冤魂的哭号而被历史抛弃,他们是不是也应该因为回避、掩盖了时代的伤口而受到质疑甚至谴责? 其实,还有更多证据可以指认他们与杨朔的隐秘关联,比如,马晓丽所向往的"精神的乌托邦",张楚所钟爱的"日常生活的诗性",胡学文所努力构筑的"光亮和温暖",在在都可以看到杨朔"诗化"散文观的影子。早就应该吐尽的狼奶,他们居然还在甘之如饴。

"睁一只眼闭一只眼"就能过上"美丽的日子",可是,闭上的眼总要睁开的,这日子不可能一直美好,就像滕肖澜笔下的两代女性付出那么屈辱的代价所换取的日子哪里真的美丽到宁静。由《美丽的日子》,我不禁联想到张爱玲的质问:"人类的文明努力要想跳出单纯的兽性生活的圈子,几千年来的努力竟是枉费精神么?"②我们也许不能指责人物在"单纯的兽性生活的圈子"里挣扎,却有充分的理由抨击作家对于此种挣扎的礼赞。同样是写保姆以嫁人的方式融入上海的小说,王安忆的《富萍》也写到了淤泥一般的日子,最后,她却一定要下一场透雨,让上海变得剔透晶莹,"然后开出莲花"——在淤泥中开出莲花,就是跳出"单纯的兽性生活的圈子",这才是属"人"的。张爱玲、王安忆的努力与沈从文的文学观不无暗合处,沈从文认为,文学在给人以真、美的感觉之外,还要能引人"向善",所谓"向善"就是要让读者"从作品中接触了另外一种人生","对人生或生命能作更深一层的理解"。就人生说人生不过是在兽性、淤泥中打转,"更深一层的理解"才是跳出兽性、淤泥,开出了莲花。所以,中正、敬畏、负责的作家和引人"向善"的文学一定要睁开眼看,更要进一步问、深一层想。以徐则臣为例,他发表了题为"听见他说想看雪,我感到了心痛"的获奖感言,他相信,评委们在听到少年放鸽人说想看雪时,"一定也感到了心痛"。我感到了徐则臣的心痛,遗憾的是,他在心痛处停下了脚步,并如约降下了片片好雪,他没有勇气深一层去想:雪会不会已经远离了口燥唇干的人类? 即便真的大雪封门了,说不定也不再有一片好雪? 就这样,他把他刚刚在现实

---

① 详见马俊山《论杨朔散文的神话和时文性质》,《文艺理论研究》1998 年第 1 期。

② 张爱玲:《烬余录》,《张爱玲典藏全集》(第八册),哈尔滨出版社 2003 年版,第 32—33 页。

的躯体上切下的小口又轻柔地盖上,世界重新回到一种虚妄的光洁,他没有想到,这样一来,他也成了时代之恶的合谋者。

文章的最后,我愿意与这十位作家,也与所有的写作者分享一段阿甘本的论述。阿甘本说:"那些与时代太过于一致的人,那些在每一个方面都完美地附着于时代的人,不是当代的人;这恰恰是因为他们无法目睹时代;他们无法坚守自身对时代的凝视。"真实的凝视需要凝视者有勇气与时代断裂、脱节,只有诸般不相宜的人才能不为时代的光明所蒙蔽,窥见那些隐秘的黑暗。阿甘本的思索并未就此终止,他进一步说,凝视黑暗还意味着"在这种黑暗中觉察一种距离我们无限之远、一直驶向我们的光明"①——光明不是对黑暗的无视和覆盖,光明源自我们对黑暗的凝视,在此凝视中,那种始终在快速逃离却又在不断地驶向我们的幽暗之火闪闪欲现。

---

① 【意】阿甘本:《什么是当代人》,lightwhite 译,http://myy. cass. cnnews745072. htm。

张生的跨界旅行

——论《忽快忽慢的旅程》

同张生以往的小说一样，也跟他所钟爱的村上春树的创作差不多，《忽快忽慢的旅程》（以下简称《忽》）的故事未见得精彩，结构松散、生硬，人物面目模糊、行为乖张①，种种迹象都在表明，张生并没有把《忽》当作一部作品来完成。或者说，在写作的过程中，张生忘记了自己的作品制作者身份以及此一身份所要求的冷静、准确和优美，不由自主地、一再地把自己带进小说，以关叔同和张生二而一的眼睛来打量、心灵来思索他们一路上所遇见的人和事②，这些偶然地、无序地撞进他们生活的人和事也就成了小说的人物、故事以及组织（如果算是组织的话）起人物和故事的结构——这样的结构不松散、生硬才怪。可是，只要我们领悟到小说未必就是一件精美的作品，它还可以只是一次思索、一声喟叹、一种氛围，我们就应该意识到，张生在有所不为处可能会有他的一定要为、不得不为。

一、一个有根而飘荡的旅人

《忽》以上海为原点（既是起点，也是不断回归的根本所在），写到关叔同前往界城和美国加州的两次旅行。相对于上海的开放、繁华，界城是一个封闭的

---

① 这里对于《忽》的描述，大致复制于张生对于村上春树的描述。张生论村上，一定程度上是在说他自己，那个他自己所看不清的、误认为就是村上的自己。参见《村上的收音机》一文，见《人生就是高速公路》，张生著，上海书店出版社2014年版，第121页。

② 在未刊稿《未来是流向过去的河流》中，张生如此说明自己与小说主人公关叔同的关系："像我之前写过的那些小说一样，他当然也是我的化身。他所走过的道路就是我和我的同代的很多朋友所走过的道路。"

247

内地小城,不同于上海的东方风情,加州是西方,是太平洋彼岸的一个异域,所以,从上海去界城、去加州,就不是简单的位移,而是从现实到奇境的穿越,或者叫跨界旅行。跨界旅行是中外文学史上的热门话题,刘易斯·卡罗尔《爱丽丝奇境历险记》、儒勒·凡尔纳《月界旅行》(即《从地球到月球》)、李汝珍《镜花缘》、老舍《猫城记》、张天翼《鬼土日记》等俱是佳构。面对林林总总的跨界旅行,作为考察者的我们首先应该追问:是谁在跨,为什么要跨?

先来回答是谁在跨的问题。关叔同是同济大学的历史学副教授,这个世俗身份似乎把他牢牢嵌入了科层制度,他是庞大体系中一根被规定、被设计的微不足道的螺丝钉。可是,奇怪的是,在小说中我们只看到这位历史学副教授不停地跟一些身份暧昧的人唱歌、喝咖啡、闲聊,却看不到他给学生上过哪怕一堂课。他的研究方向也是游移不定的,他一直无法决断是继续从事界城近现代史的研究还是转攻唐朝西域交通史。不单工作状态是漂浮的,他的私生活同样不具备确定性,他没有婚姻,没有子女,也不跟父母住在一起,是一个真正的孤家寡人。这种工作、生活状态的必然后果就是,他已然从既热气蒸腾又拖泥带水的现实世界中游离出来,像一粒孤独的原子。不过,大学副教授这一"象征资本"又确保他不是像流浪汉一样被世界所驱离,沦为暗影里无声的幽灵,他的游离是一种主动的脱序,由此他才能与现实世界保持一段若即若离、可即可离的距离,他就在距离之外打量着这个变幻莫测的世界。本雅明笔下的闲逛者从大都会行色匆匆的人流、从合目的性的线性锁链中挣脱出来,沉淀下来,他在每一个细节处驻留,向所有擦肩而过的路人特别是女人投去好奇的一瞥,他才是现代生活真正的体验者,他也因为自身的无所事事而成了都市风景线中最撩人的景致。无独有偶,游离者与闲逛者一样逸出了线性锁链的围困,他也有余裕去体验那个他刚刚游离而去的现实世界。稍有差别之处在于,游离者毕竟已经从现实世界游离开来,他"总想在自己所处的现实生活中成为一个陌生人",他不可能再回过头去触碰现实世界那具温暖又带着点垢腻的肌体,就像关叔同在莉莉面前一定会性无能一样,于是,游离者之于现实世界的关系更准确地说来就不是体验,而是思索——正是游离把"我在现实世界之中"这一囫囵的事实分化成了思索的主体和客体。这是一桩多么尴尬的事实:关叔同/张生不是在生活,而是在思索生活,思索生活这种第二手的生活才是他们所要的生活。这样的事实在现实世界的拥抱者看来根本不值一哂,就像何申嘲笑关叔同"把那些用文字写成的乱七八糟的虚拟的东西看得比自己亲眼看到亲身经历的现实还重要",他已经异化了。可是,文明不就是自然的异化,写作不就是生活的异化,异化不就是人之为人的一点努力、一些挣扎?绝大多数人在生活,异化的张生却在思索生活,他那些关于生活的即时的、碎片的、对他本人来说却是至关重要的思索就敷衍成了小说,一种可以称为"思索小说"的小说——并不是说其他人的小说就不思索,而是说思索成了张生小说的主要情节和唯一动力源,他的小说就是思之轨迹的一次次铺展。

游离者即思索者,在他们那里,只有经过思索的生活才是值得一过的,只有被洞观了的世界才值得重新嵌入。关叔同/张生的思索聚焦于两个方面:其一是他们这一代人的代际属性,这是在时间之轴上的考察;其二是他们所置身的上海以及由上海所表征的当下中国的真相和本质,这是在空间之轴上的探究。不过,时间和空间不可能抽象出来单独存在,而是一直相互依存的,也就是说,时间一定是某一空间里的具体的时间,空间则是有特定时间流过的具体的空间。这一定律在《忽》中的具体呈现就是,小说所探究出来的当下中国的本质是由他们这一代人看取的,在其他代际那里则未必如是,对于某些代际来说,连本质这样的问题本身都是郑重其事得可笑的;而代际属性反过来又是被本质死死锚定的,他们无法脱离脚下的土地来达成"我们这一代"的代际认同。当游离者被代际属性和当下中国的本质这两个重大的、非解答不可却又不可能轻易得到解答的问题锁死的时候,这两个问题就成了游离者的根性,游离者无论怎样游离,都被根性牢牢缚住,就像风筝迎风飞扬,线绳却攥在放风筝的人手里。

正因为具有根性,游离者就不仅是游离的,还需要四处飘荡,需要不断地进行跨界旅行,至此,我们碰上了第二个问题:为什么要跨?除了少数"科学小说",比如"比事属词,必洽学理"的《月界旅行》,一般的跨界旅行故事正如鲁迅所说,都是"徒摭山川动植,侈为诡辩"①。鲁迅的评语当然是一种严苛的批评,不过,他的批评却在无意中回答了跨界旅行者因何而跨的问题:要"辩"或者"辨"清自己以及自己所处的社会的本质,我们就必须穿越到"山川动植"中去,这里的"山川动植"已经不再是它们原来的自己,而是对我们自己的世界进

---

① 鲁迅:《月界旅行·辨言》,《鲁迅全集》(第 10 卷),人民文学出版社 2005 年版,第 164 页。

行一番扭曲、变形、夸张之后所创造出来的奇境,只有在这些既陌生又熟悉的奇境中,我们才能意外地看清自己的脸,一副以前一直习焉不察、难察,如今却被奇境陌生化,因为陌生化所以格外清晰、格外令人震惊的鬼脸。从这个角度说,游离者的飘荡绝不是要逸出而是为了更直接、更精准地回到自己的根性——关叔同不管穿越到哪个奇境,说到底也还是行走坐卧在他的上海和中国,就好像他明明置身加州的华人教会,却恍若在上海的大学里学习上级文件一样。

二、轻轻擦出这一代的来路

张生一直有着非常强烈的代际意识,他相信在他们这一代人之中存在一种神秘的"团契",故此,我曾以《为"我们这一代"存真》为题讨论过他的长篇小说《倾诉》。① 而一代人之所以能够成为一代人,分散在各地的他们之所以能够凝聚成一个隐秘的团体,不是因为他们将要走向同一个渺茫的未来,而是因为他们从同一个刻骨铭心的过去走来,所以,过去,只有过去,才是代际认同的基石,才是隐秘团体内通行的,在其他团体听来却多少有些不知所云的通关密语。这样一来,《忽》的关键词、高频词就一定是过去,主人公随时随地都在念叨、咀嚼他的过去,比如,关叔同对莉莉说:"很多事情就是因为过去了,才有意思啊。"再如,他又会无涯际地想:"不管现在的风景多么优美,也难以阻挡人们对自己过去的回忆。"这样一种对过去的过度偏执当然是反进化的,执着于过去的人们也一定会自讨苦吃,因为人生总是痛苦大过、多过欢愉,欢愉更多时候只存在于关于未来的想象中,这一点,他的前妻李蔓说得很清楚:"人生的意义不在于反复咀嚼过去的痛苦,而是要不断寻找未来的欢乐。"我想,正是由于这对夫妻中的一个哪怕未来一片空无也会奋不顾身地扑上去,另一个则自顾自地沉溺于过去、只有从过去才能汲取到活在当下并进而通往未来的勇气这一种根本性分歧,才导致他们分道扬镳。

其实,时间从来都是迷离的,过去、现在和未来这三个维度紧紧地缠绕在

① 翟业军:《为"我们这一代"存真》,《文汇报》2007 年 9 月 8 日。

一起,侵入对方的同时又被对方所侵入,对其中任一维度的执着都是偏颇的,关叔同/张生不会不明白这个浅显的道理。而他们之所以罔顾常识,一再地潜回过去的隐秘的理由在于,发生在美国的"9·11"事件震碎了他们原本单靠常识即可维系的生活,或者说"9·11"这一遥远的、不可思议到只会在好莱坞灾难片中一次次有惊无险地上演的事件把他们生活中业已存在的暗痕放大了,撕裂了,他们感到前所未有的衰竭,他们的匀速行进失重成"忽快忽慢的旅程",他们需要新的慰藉和依靠。这一心理塌方的直接证据就是:"9·11"翌日早晨,刚刚醒来的关叔同有一种奇怪的感觉,好像"这一天所有的意义都被发生在纽约的这件事抽空了"。"9·11"和中国人并没有太直接的关联,关叔同的感受有一点无病呻吟的嫌疑。但是,只要我们不单以国族身份还要用现代性来进行自我认同的话,"9·11"就是我们所有现代人的魔幻时刻——用齐泽克的话说,就是"不是现实进入了我们的意象(image),而是意象进入并粉碎了我们的现实"①;更是梦醒时分——世贸大厦的废墟不是一个单纯的灾难现场,而是现代性的黑洞。正因如此,张生才会让他的小说从"9·11"开始,而且,他的开始还是如此非同寻常:关叔同等人不是在电视新闻更不是在现场目击事件的发生,而是在超级夜总会里一块块魔幻的屏幕上迎面撞见世贸大厦燃烧的奇景。夜总会、世贸大厦与好莱坞大片一样,都是现代性的典范产物,在夜总会里目睹世贸大厦的燃烧,就像一部炫酷、跌宕的大片被一种神秘的力量抽离成黑白片,给人带来极度的恐怖感和错乱感。这是现代性不可避免的自爆,被爆裂的现代人不再相信未来,也无法安于现在,他们的时间感被删繁就简成过去这一个维度,只有从他们唯一牢靠地拥有的过去,他们才能张望他们的现在和未来。所以,关叔同一再地想,"只有回到过去才有可能真正抵达未来","未来是通向过去的一座桥梁"。就连未来的忠实信徒李蔓的世界也被"9·11"爆裂了,她一定要回来寻找宋爱疆,一个她的过去的符号,来重新组构自己的世界。最终,她死在寻找过去的旅途中,不过,死亡不是朝向过去的更深层的沉潜? 在创作谈中,张生同样既深情又无奈地总结了过去之于自己的意义:"我终于明白,我的未来不再像以前那样总是连接着另一个未来,而我的

---

① 【斯】斯拉沃热·齐泽克:《欢迎来到实在界这个大荒漠》,季广茂译,译林出版社 2012 年版,第 15 页。

梦想也不在未来的某一个点上等着我。因为,对于我来说,未来已经变成了流向过去的一条河流。"①

　　这样一来,关叔同的世界就同时存在两个时间:一个是顺流而下的自然时间,一个是溯流而上的心理时间。关叔同越是在自然时间中随波逐流,就越是在心理时间中抵达他们这一代人共同的过去,而不管是顺流还是溯流,他的起点都是"9·11",一个幻象破裂,他以及他的同代人开始与自己的过去相遇的关键性时刻。于是,从"9·11"始发,他一路来到界城、加州接下来又要远赴新疆,另一路则断续却又持续地向上回溯,依次是二十世纪九十年代的出国热、经商热,八十年代的集会和更早的"严打"……有趣的是,他这么一个"对过去有依赖的人"在回溯每一个过去的时间节点时,并不会激动得呼天抢地,甚至不会停下来细细勾描、回味一番,而是止于淡淡、浅浅的交待,其原因大致如下。首先,回溯是与当下的顺流同时发生的,顺流遇到什么样的人、事就会触发他回溯到什么样的过去,这样的触发旋起旋灭。其次,对于任一过去的沉迷和勾描都有个案化的危险,他要的不是自己而是一代人的过去,一代人无法在他的过于个人化的过去中认清自己的过去。所以,他只能在一片浩茫的逝水中用炭精笔轻轻擦出一个个时间节点来,一个时间节点就是一个既载浮载沉又无比清晰的坐标,无数个坐标勾连出这一代人的来路,来路也就是他们随时都可以踏上的回家之路。"轻擦"是忧伤的,但不悲恸,是若有所思的,但毕竟已经惘然,这样的小说"充满着忧伤的感喟"——引号里的话又是张生评论村上的,他在村上那里找到太多的共鸣。

三、穿越进中国的实在界

　　轻擦一代人的来路,来路当中的时间节点天然地具有关联度,而空间上的不断跨界又该如何保证自身的有机性,特别是当朝向不同地点的跨越成了小说基本情节和结构的时候?比如,张生很容易受到质疑:去往界城与加州的两次旅行有什么关系,把它们硬性拼接在一起,粘得住吗?让我们来仔细审查这

---

① 见张生的未刊稿《未来是流向过去的河流》。

两次跨界旅行。

界城是关叔同现实中的老家,他在"严打"中被枪毙的哥哥至今还葬在那里。老家遍植杨树,树干上的疤痕令他着迷,因为它们就像古埃及壁画中直白又神秘的眼睛,透过这些眼睛,他一下子看见自己"那些现在已经消逝的时光"。美国则是关叔同的精神故乡,那里有他求学时所钟爱的文学、音乐和电影(张生在不同场合罗列过冯尼古特、杜鲁门·卡波特、钱德勒、索尔·贝娄……),通过这些"鲜亮""明媚"的符号,他可以一次次地触摸自己这一代人的青春。如此说来,跨界旅行竟是以空间穿越的方式进行时间上的回溯,空间的目的地也正是时间的关节点,在这些地方和时刻,关叔同获得原初的宁静和整全。不过,张生的思索如果到此为止的话,他的"思索小说"就还是通俗性的,因为他用"回家"这种仿佛能够获得如同胎儿荡漾于羊水一般的终极快感的行动掩盖自己现实中的分裂,他的"忽快忽慢的旅行"在想象中重新匀速、平稳起来,而这样的遮蔽和抚慰功效恰恰是通俗文化所特有的。张生的"严肃"在于:他在抵达老家的同时发现这个老家并不是他所要的,或者说老家只存在于想象中,我们已经回不去了,我们只能是一群异乡客。张生更加惊人的发现还在于:界城和美国竟然都是变了形的上海及其表征的中国,它们以陌生化的样子展露中国被深埋着的、只能在夸张之镜中惊鸿一瞥的另一些面向。

齐泽克说:"一旦我们过于接近被欲求的客体(desired object),对色情的痴迷就会变为对赤裸肉体这一实在界的深恶痛绝。"[1]他的意思是说,色情(欲望主体与欲望客体之间的相互吸引)只存在于符号界和想象界,只有被符号和想象编码过的肉体才能鼓荡起我们的欲望,而"赤裸肉体"则是令人厌恶的实在界——其实,如同实在界是不可能的一样,肉体也不会真正赤裸。从齐泽克的发现出发,我们会发现关叔同在两次旅行的过程中都经历了从"痴迷"到"深恶痛绝"的转变,他也由此挣出他所置身的、以符号界和想象界的样态与他相见的中国,抵达令他目眩、恶心的作为实在界的中国。先看界城之行。这趟旅行,张生多次写到车,这里有从上海开往郑州的绿皮火车的臭气熏天的硬座车

---

① 【斯】斯拉沃热·齐泽克:《欢迎来到实在界这个大荒漠》,季广茂译,译林出版社 2012 年版,第 2 页。

厢,从郑州到界城的宽敞的、飘着淡淡汽油味的大巴车,还有从界城驶向云山的,就像《千与千寻》中那辆驶向沼底的海上列车一样既美丽又恐怖还忧伤的"梦幻列车"。这些火车、汽车是现实中的交通工具,也是张生和他的人物从符号界、想象界穿越至实在界的渡船,就在这些渡船的引领下,他们从摩登、悠闲、散漫的小资产阶级或者中产阶级生活登陆到优美、划一、封闭的管控社会。这个管控社会在经济上突飞猛进,城乡面貌发生了天翻地覆的变化,生活于其中的人们充满了作为界城人的自豪感。但是,"一心一意谋发展"这一逻辑的潜台词就是对于一切资源的全面、严格的调配,就连人都被当作软件建设起来,与界城的优质硬件天衣无缝地运行在一起,而手握鼠标运行这一切的人,就是那个神出鬼没的老杨。从这个角度说,界城就是一座陀思妥耶夫斯基所痛恨的"水晶宫殿",一所福柯描述过的模范的"全景敞视监狱"。不过,不同于乔治·奥威尔《一九八四》中的独裁者老大哥(BIG BROTHER),老杨毋宁是亲切的、有情怀的,他要把他一个人的意志和梦想推广至整个界城,让界城人拥有同一个世界、同一个梦想,由此他也造就了一个新式的、不同于威权社会的管控社会,这样的社会让当地人甘之若饴,却让外来者五味杂陈——关叔同感慨:"一个地方越是迷人,越是有诱惑力,越是有可能让人失望,甚至让人恐惧。"联系中国这些年风起云涌的造城运动以及操纵着运动的魔法师一样的明星官员,我以为张生关于界城的描写是对上海和中国的实在界的洞观,作为符号界与想象界的它们则是一系列我们耳熟能详的词汇。

再来看美国之行。美国原本是张生超淫荡的色情客体,这个客体之所以性感,就在于文学、艺术、学术甚至包括自由女神像、DUNKIN DONUTS 的甜甜圈等物件对它的包裹,就像比基尼、香水和音乐包装起一个摩登女郎一样。抵达美国是张生和关叔同关于美国的色情史上的一次重要转折。与齐泽克的论断相仿,张爱玲也有一个著名的说法:深入色情客体的身体之后,红玫瑰就成了墙上的一抹蚊子血,白玫瑰则是衣服上的一颗饭米粒。果然,关叔同踏上美国之后看到了一个令他失望和厌恶的"真实的美国"(real America),一个作为实在界的美国,他永远地错失了他魂牵梦绕多年的色情客体。于是,他怎么能不像一个摘下红盖头看到一位丑陋新娘的新郎一样喋喋不休地诉说:怎么会这样? 明明不是这样的啊? 比如,他发现自由女神像原来如此瘦小、单薄,哪像传说中的魁伟? DUNKIN 甜甜圈根本不好吃,跟其他地方的有什么区别？近距离看到的贺叔叔竟是矮小的、瑟缩的、寂寞的，哪像当他以哥伦比亚大学教授、大名鼎鼎的历史学家的头衔现身中国时那样光彩照人？面对巨大的落差，他不禁感喟："我们对这个世界最终一定是误解比理解多，想象比眼见多，虚构比现实多。"张生当然不会让关叔同的美国之行停留在揭秘这个浅层次上，他一头扎进"真实的美国"，反复描述美国的实在界的真实用意在于，他要用"真实的美国"修正作为符号界、想象界的美国，而美国形象的复杂性正好是中国形象的倒错镜像——不同于流行文化中充斥着暴力和性的魔幻美国，"真实的美国"其实是保守的、清教徒式的，不同于我们一般所想象的中规中矩、勤俭克己的中国，"真实的中国"才是我们之前所想象的"那个充满色情的美国"，作为实在界的中国就是作为符号界和想象界的美国，我们早已把好莱坞大片搬进我们的生活，我们真实的生活就像电影一样从来都是不真实的。

至此，我可以总结张生对"赤裸"的上海的宣判了：上海是一个既规训又淫荡、既束手束脚又大开大合、既含情脉脉又心狠手辣的奇异所在。这个所在的四不像特征是所有身处其中的人都熟视无睹、习以为常的，只有通过跨界旅行才能看得格外分明，我想，这就是张生一再跨界旅行的真正目的吧，他的努力与李汝珍、老舍等前辈比起来并无二致。